政协六盘水市委员会文史资料第十七辑
政协六盘水市委员会文化文史与学习委员会 编

风姿凉都

四川民族出版社

图书在版编目（CIP）数据

风物凉都／政协六盘水市委员会文化文史与学习委员会编. --成都：四川民族出版社，2022.12
ISBN 978-7-5733-0897-9

Ⅰ.①风… Ⅱ.①政… Ⅲ.①散文集-中国-当代 Ⅳ.①I267

中国版本图书馆CIP数据核字（2022）第237949号

风 物 凉 都
FENGWU LIANGDU

政协六盘水市委员会文化文史与学习委员会　编

出 版 人	泽仁扎西
责任编辑	伍丹莉
责任印制	谢孟豪
出　　版	四川民族出版社(四川省成都市青羊区敬业路108号)
邮政编码	610091
设计制作	成都圣立文化传播有限公司
印　　刷	四川金邦印务有限公司
成品尺寸	170mm×240mm
印　　张	20.5
字　　数	350千
版　　次	2022年12月第1版
印　　次	2022年12月第1次印刷
书　　号	ISBN 978-7-5733-0897-9
定　　价	78.00元

著作权所有·侵权必究

六枝牂牁江旅游景区　／罗潜洋摄

北盘江峡谷　／姚咏摄

北盘江大转弯　／胡小柳摄

北盘江云海　／胡小柳摄

丹霞山晚霞　/ 蔡军摄

盘州竹海　/ 何维江摄

妥倮屯　/ 聂康摄

阿珠电站库区　/ 胡吉斌摄

六枝牂牁江旅游景区——牂牁江畔双双飞　/ 黄龙星摄

哒啦仙湖　/ 惠永摄

乌蒙大草原杜鹃花海　/ 胡小柳摄

花戛天门村的清晨　/ 聂康摄

百车河梦回明清小镇一角　/ 胡小柳摄

百车河畔夜景　/ 姚咏摄

1	3
2	4
5	6	7

1 金盆天生桥　/ 胡小柳摄
2 凉都明湖湿地公园　/ 何维江摄
3 龙井温泉　/ 六枝特区政协提供
4 归集三屯航拍远景（右面为妥倮屯、左近为棋盘屯、左远为马龙屯）　/ 聂康摄

5 归集三屯航拍近景（右面为妥倮屯、左近为棋盘屯、左远为马龙屯） / 聂康摄
6 阿扎屯 / 胡小柳摄
7 水洞边——妥倮屯二屯美景如画 / 杨凤龙摄

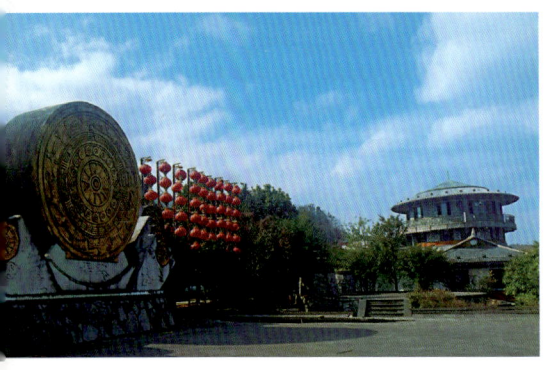

1 凤山书院　/蔡军摄
2 天门布依古村落　/胡小柳摄
3 凤池全景图　/何维江摄
4 水城化乐碉堡　/吴学良摄
5 水城玉舍钱氏印楼　/汪龙舞摄
6 落别布依铜鼓　/六枝特区政协提供
7 美丽双洞　/聂康摄

阿扎屯上种植成片的烤烟　/ 聂康摄

阿扎屯上种植成规模的烤烟　/ 聂康摄

龙场茶　/ 姚咏摄

茶园光影　/ 姚咏摄

刺梨丰收　/ 聂康摄

刺梨加工忙　/ 聂康摄

水城野钟刺梨丰收　/ 聂康摄

凉都红心猕猴桃　/ 符号摄

红心猕猴桃　/ 胡小柳摄

摘　/ 聂康摄

凉都雪域野玉海滑雪场　/ 聂康摄

灯火阑珊处：海坪彝寨　/ 姚咏摄

月亮河夜郎布依文化生态园——颂铜鼓　/ 张家裕摄

水城古镇　/ 何维江摄

南开千人苗族芦笙舞 / 聂康摄

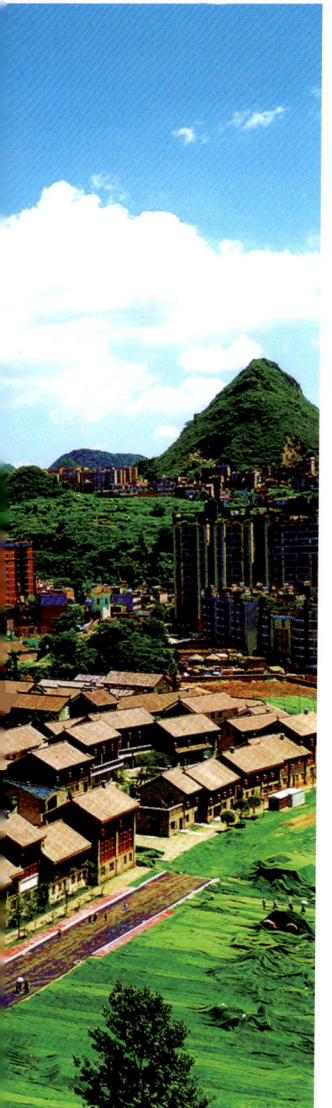

海坪彝族火把节 / 聂康摄

水城海坪千户彝寨 / 聂康摄

桃花灼灼的妥倮屯春天 / 聂康摄

春天到妥倮屯旅游的客人 / 聂康摄

半方塘水上乐园 / 水城区文联提供

1	2
	3
4	
5	

1 凉都红心猕猴桃汁 /符号摄
2 冻米稀饭 /惠永摄
3 甜酒 /惠永摄
4 布依八大碗 /胡小柳摄
5 金一烙锅 /姚咏摄

水城羊汤锅　／姚咏摄

水城茨冲鸡火锅　／姚咏摄

水城茨冲鸡火锅　／姚咏摄

水城茨冲鸡火锅　／姚咏摄

盘县火腿　／惠永摄

荷叶糯米鸡　／惠永摄

渣面粑　/惠永摄

东坡肉　/李丰摄

彝家美食　/胡小柳摄

盘州小吃——渣面粑　/将若乡摄

盘州火腿丁　/将若乡摄

砂锅鸡火锅　/水城区文联提供

1	2
3	4
5	
6	7

1 水城烙锅　／胡小柳摄
2 水城烙锅　／姚咏摄
3 水城烙锅　／姚咏摄
4 水城烙锅　／姚咏摄
5 水城羊肉粉　／符号摄
6 水城羊肉粉　／姚咏摄
7 水城羊汤锅　／符号摄

鲜活风物数凉都

——《风物凉都》序

民族是文化的主体,文化是民族的血脉,文化自信是一个国家、一个民族发展中最基本、最深沉、最持久的力量。习近平总书记指出:"中华民族有着五千多年的文明史,我们要敬仰中华优秀传统文化,坚定文化自信。"在中华民族多元一体的格局中,中华文明不断在社会实践中传承、融合和发展,中华优秀传统文化构成中华文明的核心内核。这是中华民族的根和魂,也是我们文化自信的坚实根基和突出优势。

作为贵州省已发现的早期智人主要分布地——"中国凉都·六盘水",在距今30万年以上的历史长河中,各民族筚路蓝缕、以启山林,栉风沐雨、薪火相传,奠基立业、携手奋斗。境内各族人民创造了丰厚的物质文明,也创造了灿烂的民族民间文化,留下了许多鲜活的风物。这个"风物",指的是一个地方的风光景物、风俗物产、民风习俗。为了把六盘水境内有代表性的山水风光、风景名胜、文物古迹、民风民俗、民间传说、民歌民谣、特色小吃等记录和描摹下来,生动展现这片神奇的土地,政协六盘水市委员会文化文史与学习委员会收集、挖掘、整理了部分资料,并集结成册,编辑出版了《风物凉都》。

六盘水历史文化悠久,气候资源独特,民族文化多彩,矿产资源丰富,生物资源多样,交通区位优越。《风物凉都》力图展现六盘水的历史文化、风物人情、发展脉络、精神品质,通过"胜景凉都""人文凉都""记忆凉都""饮食凉都"四辑

67篇，力求从不同侧面、不同视角，带领读者走进凉都、感受凉都、读懂凉都。

读罢本书，沧海桑田、世事变幻，跃然眼前。春秋牂牁地，秦汉夜郎国，隋唐羁縻州，宋元宣慰司，清朝废除土司、"改土归流"等，每个朝代都在这近一万平方千米的土地上留下了独特的印记。散落的铅锌厂遗址、北盘江上的茶盐古道、古寺碉楼、书院考棚……林林总总，粲然可观，娓娓道出六盘水的悠悠历史。读罢本书，各美其美、美美与共，滋润心田。封建王朝中央集权与本地少数民族政权间的分离与统一、包容与互融，让六盘水民族民间文化与外来文化共存共生、各领风骚，彝族火把节、苗族跳花节、布依族"三月三"、回族开斋节、仡佬族吃新节，驰名中外的布依盘歌、苗族飞歌、白族踏歌……传递着亘古以来生活在这片热土上的人们对美好生活的向往。读罢本书，风光景物、人文景观，流过心间。有人说对一个城市的眷念，其实是对那里的人和事的留念。磅礴雄奇的乌蒙山，千回百转的北盘江，"贵州屋脊"韭菜坪，"百里乌蒙千仞壁，一地锦绣万树花"的乌蒙大草原，"凉都三宝"——早春茶、猕猴桃、刺梨，长角苗风情、布依族"八音坐唱"、夜郎国的传说以及端午节、春节习俗……一处处天然美景，一款款"凉都珍好"，一幅幅凉都人文图景，在这片神奇的土地上不断演绎着。行走其间，就可能在一个陌生的故事里、从未去过的场景中，找到熟悉的自己，寻回埋藏已久的记忆。

我们期待，《风物凉都》能够进一步展现凉都壮美的山川河流，展示凉都丰富的物产资源、厚重的人文历史、独特的地域文化，让更多的人知道六盘水、了解六盘水、向往六盘水、建设六盘水，为助推六盘水旅游产业化发展，服务幸福六盘水经济社会高质量发展汇聚磅礴力量。

是为序。

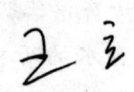

2022年12月18日

目录 Contents

第一辑　胜景凉都

002	北盘江大峡谷	胡小柳
006	圣水恩泽	陆先平
010	丹山：秋月或菩提	吴学良
012	好个妥乐村	李运春
016	翠竹掩映竹海寺	李　波
018	哒啦仙湖	黄春廷
021	乌蒙杜鹃别样红	徐　鹦
023	天门传奇	吴学良
027	梅花山	马永超
029	月照双洞福地	施　昱
033	凤池新韵	胡明琳
037	多彩大河	胡明琳
041	水城古镇笔记	胡馨元
045	金盆天生桥	符　号

047	明湖湿地公园	王　华
049	寻古访幽到岩脚	张　磊
051	水城名屯笔记	符　号
063	南台山考棚	许雯丽
068	毛口峡谷物语	吴学良
072	风雨胜境关	李　茂
075	碉　殇	吴学良
078	古寺·碉楼	陈永革
080	落银厂散记	符　号
088	水塘文庙	李丰收

第二辑　人文凉都

092	火　浴	吴学良
097	盘县书院史话	许雯丽
101	长角苗风情	封培定
109	毛口·夜郎传说	卢云儒
113	盘州市礼俗拾辑	高积俊
120	月亮山的传说	丁　圣
122	一卷传承祖先庄严信仰的历史载图	汪龙舞
128	端午习俗散记	符　号
136	盘州的春节习俗	吕文春

138	布依族的婚丧礼节	王想同
140	蜢帐的传说故事	杨　锦
143	布依族铜鼓神话传说	赵　庆
145	天地之舞　彝家神韵	吉庆菊
148	南开苗族跳花场走笔	符　号
152	海坪彝族火把节	胡小柳
155	高炉村回族风尚散记	施　昱　赵平湘

第三辑　记忆凉都

160	凉都城区风物散记	吴学良
168	凉都逸闻趣事五题	马永超
175	水城民间逸闻逸事四题	符　号
186	水城民间小调集萃	符　号
205	水城民间歌谣	胡小柳
213	寻找《江南才女陈氏寄夫书》	符　号
218	水城"布依八音"	杨　锦
220	水西故里·扒瓦河的传说	肖俊良
225	红联碑	施　昱
231	韭菜坪传奇	马美燕
234	北盘江上的茶盐古道	王鹏升

第四辑　饮食凉都

238	凉都三宝	符　号
252	吃酱吃出个夜郎国	甘忠勇
254	盘州美食四题	高积俊
264	凉都年粑	胡光贤
266	煮甜酒	李廷华
268	盘县火腿	李廷华
271	盘州冻米稀饭	高积俊
275	人间真味·渣面粑	卓　美
278	荷叶糯米鸡	唐　军
279	水城美食四题	符　号
291	凉都小吃三题	马永超
294	水城腊肉	傅柏林
296	布依族"吃新"习俗	杨　锦
298	布依族"姑娘菜"	杨　锦
300	布依族六月初六吃粽子	赵　庆
302	布依"神酒"	杨　锦

304　凉都风物的一次集中展示（后记）

第一辑

胜景凉都

北盘江大峡谷

☆ 胡小柳

北盘江大峡谷，静静地矗立在中国凉都的西南面，碧绿的江水缓缓流动，行走在峡谷，不知不觉被感染，让人气定神闲，是个修身养性的世外桃源。然而，你绝对想象不到，这样一个幽静美丽的地方竟然还是适合探险、体育健身、旅游的绝佳之地。"静如处子，动如脱兔"是北盘江大峡谷的真实写照。

北盘江大峡谷在喀斯特岩溶分布地区，在"中国凉都·六盘水"境内长达90多千米。两岸峰峦叠嶂、奇峰插天，最深处有1000多米。时而宽谷相间，时而悬崖蔽日，极为奇秀。树抱石、藤缠树，奇花异草点缀其间，黑叶猴、猕猴、鸳鸯和野鸭水中嬉戏，充满了生机和灵气。据传说，100万年以前，这里曾是一个巨大的地下溶洞，洞内有各种各样的钟乳石、石笋、石芽，并有阴河从下面穿过。后来，由于地壳剧烈运动，地下溶洞坍塌了，就形成了这个大峡谷。北盘江发源于云南省沾益区乌蒙山脉马雄山西北麓，流经云南、贵州两省，最后注入珠江。这条江的南面有一条江叫"南盘江"，这就是为什么把它称作"北盘江"的缘由。

北盘江大峡谷像个宝盒，流光溢彩，里面藏着以瀑布、溶洞、陡岩为主的自然景观，集中了喀斯特峡谷的雄、奇、险、秀等特点。北盘江大峡谷片区有景点100多个，以奇峰、险滩、天坑、地缝、绝壁、瀑布和沿岸别具风情的民族村落为主。这些发育典型、气势宏大的喀斯特峡谷景观、瀑布群落，类型多样、姿态各异。

北盘江大峡谷景色壮丽，气象万千，集美学价值、科学价值和旅游文化价值于一身。主要景点有野钟大峡谷、九归大峡谷、营盘大峡谷、乌蒙大地缝、花戛天坑、六车河峡谷、龙潭峰、哈青峰林、峰岩石林、普济铁索桥、北盘江铁路大桥、格支喇叭苗风情寨、合营布依族风情寨、法德歪梳苗风情寨、啰嘎彝族风情寨等。

游人可以乘旅游文化观光客船游览，或乘橡皮筏顺着峡谷漂流，饱览两岸有如刀削一般的陡崖峭壁风光；也可以徒步顺着峡谷前进，一路跨越峡首，走过镶嵌在绝壁上的栈道，去跋山涉水。在欣赏美景的同时，爱探险的人还可一试身手，或漂流，或溜索，或攀岩，或探洞，快活无比。在江畔的九霄云外主题公园和贵州第二高峰龙潭峰举行全国性的体育竞技活动，无数南腔北调的年轻勇士将为挑战自己、挑战自然聚集在这里，一场竞技大战使将使得北盘江大峡谷在国内成为户外运动的聚集地。

要进入北盘江大峡谷，先得经过流水悠悠的虎跳石或普济铁索桥旁。因为山势险峻，别处没有道路，只能乘船过去。船过大峡谷的最狭窄处，抬头向上看去，悬崖峭壁上长满了灌木丛。这里的植物都长在土壤很薄的地方，奇怪的是，它们竟然长得如此茂盛。还有许多罕见的植物和药材，尤其是棕竹、海芋、仙人掌、兰草等，长得特别茂盛。北盘江的兰草是很有名的，又被叫作"下山草"。兰草大都长在这些山岩上，它们的品种繁多，常常出现一些奇花异草。据说以前由于岩石上的植物长得太茂密了，遮天蔽日，还在虎跳石上形成了一堵"墙"。江水里有成群的盘江花鱼，个头不大，味道却相当鲜美。今天晚上我们要入住望江楼大酒店，在那里我们可以品尝盘江花鱼的美味。

从下游进入峡谷，格支喇叭苗寨民族风情园是北盘江大峡谷公园的第一站。民族风情园内，树木茂密，奇树怪藤，田园农舍相互交映，是生态环境和民俗文化相结合的旅游文化佳境。在风情园中可领略到具有苗家特色的吊脚楼、风雨桥。倚在吊脚楼"美人靠"上，凭栏远望，峡谷风光近在眼前。

这里是引人遐思的地方，人们常常会兴奋地指着某个地方说，像不像一尊佛？像不像……你可以任自己的想象力在峡谷中飞驰，体味远离喧闹城市的那份幽静。吊脚楼前有天然游泳池，可以尽情地嬉戏。民族风情园还设有独具喇叭苗特色的药浴，修身养性的兰花园，还有舂碓子、推磨、平衡木、秋千、跷跷板等一系列民间体育设施。坐在跷跷板上，荡在天空中，仿佛回到了童年，纯净的快乐油然而生。当夜幕降临时，你还可观赏到具有民族特色的苗族歌舞，品尝民间小吃，感受浓浓的民俗文化。累了，夜宿吊脚楼，从木格子窗望出去，树影婆娑，不禁让人想起一首诗："人闲桂花落，夜静春山空。月出惊山鸟，时鸣春涧中。"

在格支喇叭苗寨风情园品完农家特色菜，又可以继续上路了。沿江要跨过好几座吊桥，还要徒步200余米走到江边，跨过晃晃悠悠的吊桥，听着潺潺的流水声，不觉心旷神怡。江边那些光滑的大石头，在阳光的照耀下，静静地泛着光泽。踏上旅游文化观光客船，不禁想躺在甲板上，静静地晒晒太阳，什么也不想。还没等回过神来，抬头就看见著名的大绝壁。绝壁上的石文以及那些树丛利用"行为艺术"，巧妙地绘成一幅巨大的壁画，美丽异常，叫人百看不厌，浮想联翩。这就是形神兼备的"乌蒙画廊"。画廊上面是郁郁葱葱的树林。

再往前行就来到了"金钟瀑布"。它真是一口名副其实的"大钟"，敲之有金石之声。再往前是一座钙华瀑布，有50多米高，据说是国内最大的钙华瀑布。因为这里的水含有大量的钙质，水流中钙质渐渐沉淀下来，就形成了钙华。水从上面流下来，久而久之就形成了石头的瀑布。最有意思的是，这个钙华瀑布的中间是空心的，你可以从底下钻进去，然后从瀑布上面的洞口伸出头来。在这里一定要留个影，然后回去考考朋友，让他们猜猜自己是从哪里进去的。北盘江大峡谷的瀑布大大小小加起来有68个，有形神兼备的"象鼻瀑布"，有刚柔相济的"鸳鸯瀑布"，有落差高达300多米的"乌蒙瀑布"，以及许许多多无名的飞瀑流泉，时而有白鹭飞翔于碧波之上，嘴里还衔了条小鱼。到处美不胜收，难以言表。

再往上就是野钟大峡谷景区。从野钟大峡谷的水普公路大桥到法德公路大桥河段长15千米，两岸山势雄奇，悬崖上钟乳石密布，石上森林十分典型。中段还有红岩脚温泉度假区，你可在那里尽情地享受泡温泉的乐趣。从法德大桥往上到高家渡铁索桥段，水流舒缓，没有激流险滩，颇具休闲性，水也更清澈。到了高家渡铁索桥，又有竹筏、独木舟和摩托艇供你水上游。在这里乘小游艇往上游去，就到了乌蒙大地缝入口。乌蒙大地缝位于营盘乡西北面，距市区32.4千米，水柏铁路从大地缝旁穿过，水盘高速公路悬跨大地缝。大地缝长约15千米，西南向东北走向，缝宽2—10米，深200—800米，缝底平缓，从山顶弯弯曲曲伸入北盘江，缝壁两崖，时而如刀削斧劈，时而藤萝满挂，时而钻入山洞不见天日，时而夹沟紧闭，抬头只见一线之天。拐弯之处，头顶的天空时而如弯月，时而又如满月。徒步缝中，移步换形，涉足成趣，鬼斧神工，妙趣天成，缝中有洞，洞中有景，天生桥群变幻万千。幽深的地缝世界，可数当今天下一绝。中段就是恋情桥，说起这桥，还有一段感人的故事：2000年3月，家住鸡场乡的朱姓男青年从营盘乡骑摩托车赶回家与恋人相会，行至詹家深沟大桥时，摩托车不小心冲到30多米的桥下谷底，该青年命丧黄泉。其恋人及家人得知后，将青年遗体抬回鸡场乡，安葬在家后的山上。其恋人为青年的死无比悲伤，数日不吃饭，不喝水，亲朋好友都来安慰劝说也无济于事。一天晚上，女青年带了一瓶"敌敌畏"到了男青年的坟边，用手扒开泥土，扑在男青年的棺材上，喝下一整瓶"敌敌畏"。

后来，双方父母一致认为他俩在世时感情极深，却没有给他们举行婚礼，他们虽然都死了，就了了他们的心愿，给他们补办一个婚礼，并将他俩葬在一起。双方家人一致同意，就照此办。

双方家人各自将遗体取回，选定一吉日良辰，男接女嫁，男方家请了很多人抬着男青年的遗体敲锣打鼓到半路去接亲，女方家也请了很多人抬着女青年的遗体敲锣打鼓送到半路。接到后，双方亲朋好友共同将男女青年的遗体送到山上举行了一个隆重的婚礼仪式，后将青年男女合葬在一起。

正是由于北盘江大峡谷地形地貌的独特，这里成为户外运动最佳的竞技场：峡谷地段落差起伏、河水跌宕，适于漂流、划艇比赛；野钟大峡谷和营盘大峡谷段的岩壁呈90度角，800米高，是国际标准的攀岩胜地；还有原始的喀斯特森林、古风淳朴的布依山寨及复杂多变的地形等等，可以进行峡谷飞渡、森林穿越、岩降以及溜索等活动，玩的就是"心跳"。选择漂流，"随波逐流"，二人一舟，伴随着天际而来的波涛，仙游于空旷的峡谷，与飞鸟为伴，与青山为朋，与清泉为友；想岩降的话，这里有的是陡峭的绝壁；要做"空中飞人"，溜索是个好主意，一条绳索成为连接情人谷两岸的"险桥"，让人连呼过瘾。

北盘江大峡谷生态保护良好，在这里，你可以一个人漫不经心地东游西逛，也可以和几个朋友相约玩户外运动。走走停停间，攀上爬下间，欢乐就在其中。

圣水恩泽
——六枝龙井温泉的传说

☆ 陆先平

有一个美丽的地方，布依族人民在这里生息，密密的寨子紧紧相连，弯弯的河水碧波荡漾……

这里就是贵州省六盘水市六枝特区落别乡。落别乡东部与镇宁县接壤，南部以白水河为界，与关岭县隔河相望，距举世瞩目的黄果树大瀑布仅12千米。这里地势西高东低，属亚热带季风气候，夏无酷暑，冬无严寒，地质构造复杂，地貌组合多样，河流深，岸坡险峻，出水洞、落水洞、暗河星罗棋布。布依族、彝族同胞洋溢着古夜郎遗风的舻䑠歌舞、民族节日、民间工艺、民族建筑、民族风情，使得这片土地不但山清水秀，还充满着浓郁的地方特色和令人迷醉的人文景观。

美丽的龙井温泉就坐落在这片神秘的土地上。温泉会馆建筑面积1.6万平方米，所在地为第三季地热，温泉储蓄含量50亿立方米，水温达55摄氏度，63个水质清澈透明，富含锂、锶、锌、偏硅酸等多种保健矿物质的不同种类的温泉泡池，散布在花间绿草丛中，犹如瑶池落地，天水倒扣。其中最有特色的是入口处紧密相连的五个泡池，无论是从空中俯瞰，还是从地面上直观，它们都像极了一张五官端正的脸。瞧，那一双眼睛不就是金乌池和明月池吗？鼻子多圆润啊，还有两个鼻孔，不就是合二为一的乾坤池吗？嘴巴就是进门的第一个池子——净池了，它长方形的样子，像一张微笑的嘴，似乎在说："来，到我这里来洗尽铅华吧！"

相传很久以前，这里还没有温泉，只有源源不断冒着泉水的泉眼，四周开满蓝色的马兰花。一年夏天，大旱，上游寨子的布依族人和下游寨子的布依族人因为水田放水起了争执，最后演变成寨子间的械斗。一时间刀光剑影，棍棒交错，使得原本和睦相处的两寨之人反目成仇直至不相往来。最终，上游寨子的布依族人占了上风，因为他们有威风凛凛的寨老盘郎和盘郎英勇善战的儿子金郎。为了本寨的利益，他们强行切断了流向下游的水源，将水全部引进自己寨子的田地里。下游寨子的田地干枯了，眼看就要变成荒年，饿死了许多人。这时候，盘郎曾经的妻子龙女看不下去了，她不想自己的儿子金郎变成一个心胸狭隘、同族相残的罪人，于是她决定拯救金郎。她让自己的侍女明月乔装成美丽的布依族女子，身背月琴，每天傍晚到泉水边弹奏，以吸引金郎前往。

一天傍晚，金郎果然被明月动听的琴声吸引，来到了泉水边。只见明月正怀抱月琴坐在泉水边弹奏，浸泡在泉水里的双脚还不停地拍打泉水，激起点点水花。此时星星已经布满了天空，又倒映在泉水里，泉边盛开着花朵，这情景真是美啊！金郎看呆了，他从来没有见过这么美丽的女子，他问她从哪里来，为什么每天晚上都在这里弹奏月琴？

明月指着下游的寨子说："我从那里来，到这里取水。"

一听是下游寨子的人来偷上游寨子的水，金郎愤怒了，心生恨意，若眼前坐着的不是个美丽姑娘，他定会毫不犹豫上前驱赶。于是他说："你不怕吗？这可是我们上寨的水。"

明月依旧笑盈盈地说："怎么会是你们上寨的水呢？这是天上的圣水，是大家的水，不信你来试试，还是热乎乎的呢！"

"真的吗？"金郎不信，水要柴火烧才会热，哪里有不烧就热的水？

明月说："你来试试呀，如果不是热乎乎的水，就说明不是天上的圣水，是你们的水，你再赶我走也不迟。"

金郎想："好吧，暂且信你，也让你走得心服口服。"于是金郎小心翼翼地走到明月身边坐下，又像明月那样脱去鞋子，慢慢把脚伸进泉水里。他在做这些的时候，一直纳闷自始至终都笑脸相迎的明月为啥没有一点害怕的样子。金郎的脚伸进泉水里了，他被吓一跳，因为泉水果然是热乎乎的。接着，一股神奇的力量由脚底升腾而起，金郎只感到周身的血液上涌，瞬间浑身的筋骨都通透起来。更让他惊讶不已的是，械斗留下来的创伤、疤痕、心疾、恼恨全部都消失不见了。他心生愉悦，爱意满满，忽然觉得下寨的这个美丽姑娘在此取水是那么的天经地义。可不是吗？天降圣水，就应该是大家的水啊，怎么可以单单属于他们上寨呢？这太不公平了！他一定要说服父亲放水，让圣水恩泽流经所有山寨。

金郎就像变了一个人，他因仇恨阴沉的脸变得阳光明媚了，他笑容灿烂地大声告诉见到的每一个人，天降圣水源源不断，天降圣水源源不断。一时间，寨子里的人们都争相去看，浸泡后个个都变得善良慈悲，都要求盘郎放水救下游寨子的田地。盘郎不信也去看，又在金郎的驱使下浸泡，果然之前狭窄自私的心胸忽然就开阔了，就让金郎赶紧带领族人疏通阻断的河道。水源源不断地流进了下游寨子的田地里，下游寨子的庄稼得救了，稻花又重新飘香。终于度过了荒年，上游和下游寨子的人们又和睦相处，一片欢声笑语了。后来人们凡有心疾或不愉快的事情，就来泉水里浸泡净身，所以这个池子叫"净池"。

完成任务的明月却不愿回去了，无论龙女怎么召唤，因为她爱上了英俊善良的金郎。可是人神不能通婚，这是当年龙女的深刻教训，她就是因为爱上盘郎生下金郎犯下天规，被捉拿回去而遭受骨肉分离、思念之苦的。她不能让这样的悲剧重演，她要阻止他们。于是龙女施展魔法在净池的后面点出两个合二为一的泉眼，名曰"天泉""地泉"，要金郎二选一踏进其中的一个泉水里，以检验金郎的胸怀和人品。又在天泉地泉的左边点出爱情泉，右边点出友谊泉，并告诉明月，如果金郎爱她并随她踏进爱情的泉水里，她就成全他们。

天为男，胸怀天下事，寓意四海为家；地为母，接纳、孕育、生生不息，寓意平常、琐碎、烟火，是为天泉、地泉，这个明月知道。但两个泉眼也被龙女赋予了阴阳乾坤，男、女的象征，这个明月不知道，更不知道此泉一旦踏错，男即变为女儿心，女即变为男儿心。

当金郎来到净泉与明月相会时，看到突然出现的泉水顿生疑惑，但为了心爱的人，他还是在明月的示意下，毫不犹豫地踏进了地泉，因为明月不要他胸怀天下事，她要他脚踏实地过平常日子，永远在她的身边。可是金郎万万没有想到，当他的双脚踏进地泉的那一刻起，他的心性忽然大变，这时候他看到的明月，就是自己的姐妹，而不是爱人。

可怜的明月哪里知道金郎已变女儿心，当她看见金郎毫不犹豫踏进愿意守候在她身边的地泉时，就迫不及待地跨进爱情的泉水，等待金郎的到来，完成最后的考验。可是这时候金郎却迟迟不肯跨进爱情的泉水，他被龙女施了魔法的心，怎么能随明月跨进爱情的泉水呢？他们是姐妹，是亲人，不是爱人。可他隐隐约约又觉得明月是那么的可亲，想要靠近。他犹豫着、挣扎着，最终龙女的魔法战胜了他的心智，他跨进了友谊的泉水。

明月惊呆了，她不知道发生了什么事。为什么金郎不进爱情的泉水和她相会？难道他不爱她了吗？难道他之前的一切都是伪装的？难道就如龙女所说，人性的狡诈多变不可信？不，不，她的金郎不是这样的人，她不相信，她使劲喊着："金郎，快到爱情的泉水里来，我们是爱人，爱人……"可是这时候的金郎已经听不见，也看不见明月了。

明月绝望了，她哭啊，坐在爱情的泉水里任凭龙女怎么呼喊，就是不肯离去，她要等金郎回头。泉水叮咚，热气萦绕，混杂着明月的泪水不断地上涌，直到明月哭干了眼泪，哭碎了心，变成泉水边一尊守望的石头。

金郎恢复男儿心后，发现已经变成石头、永远守护在爱情泉边的明月时，悲痛欲绝，连走出友谊泉的力气都没有了。不久，金郎也变成一尊石头，永远对望着爱情泉边的明月。后来的人们为了汲取教训，总会对来此沐浴的人说，可别踏错了泉水，遗恨终身啊。

传说是美丽的，如今的净池，依然像一位心灵净土的守护者，静静地横卧在龙井温泉的入口，洁净着每一个来此欲要洗净尘埃、重获新生的人们。它的后面，就是乾坤池和明月池、金乌池。曾经僻静的布依山寨，时刻萦绕在圣水的恩泽里，润泽四方。

丹山：秋月或菩提

☆吴学良

万山红遍的时节，能在丹山品味秋月，感悟菩提，是前世修来的一段因缘和今生的福分。

丹山又名丹霞山，是盘县水塘镇境内的一方佛教圣地。传说其开山之时所建的玄帝宫，源于一只金鸡衔来的铜梁，人们将这铜梁化铸祖师殿大梁和真武祖师像后，道运萌生。这虽无史料可考，但《徐霞客游记》中"昔有玄帝宫，天启二年，毁于蛮寇，四年，不昧师徽州人，复鼎建"的记录述清了其源流关系。不昧系云南鸡足山僧侣，与悉檀香寺海川和尚是临济正宗的同门师兄弟。在得知丹山寺庙尽毁后，善念顿生，立愿托钵化缘来此领建庙宇；经十余代僧众努力，先后建成前、中、后三殿，三宫殿及禅房四十八间，五层木质结构观日楼一座。光绪二十二年，该寺第十五代圣融与鸡足山虚玄为慈禧诵经祝寿，得太后赐藏经《大乘经》五千多卷，銮驾半副，玉印一枚，玉环金钵一个，并从光绪皇帝处请得"护国丛林"封旨，丹霞山"护国寺"从此名闻遐迩。1964年3月，该寺失火，香火几近绝灭；1985年后，经海内外僧人、善男信女资助及地方政府支持，现在的丹霞山楼阁高耸，庙宇恢宏，玉佛琳琅，梵音盈耳；数片贝叶藏经和圣谕，见证着这方佛门净地的远去岁月和宗教文化历史，也见证着一代代世道人心。

我到丹山的时候，正逢清秋。落日喷薄出的五彩霞光在群山间消退、隐没，顷刻间，高天如洗，流云似诗。薄暮潜来时，丹山的月光宁静得像一首舒缓的小夜曲，如烟云般，仿佛一伸手便可采撷几缕，竟让人有些分不清到底是谁在感染着谁。"非色非空非不空，空中真色不玲珑。"山风吹来，月光恬静、淡泊。草虫轻鸣，木鱼晚诵，翘角风铃声里，姣月点破似水碧天，在"爽借清风明借月"中静观群峰，其轮廓恍若长短句，与朗月婉约成一阕阕唐宋词章，在空寂里晃动着丹山的悠悠岁月，也飘摇着丹山的远山逝水。而天地如同宣纸般缓缓铺开，万物在淡墨中皆含深情,原来令人心怡的景致居然如是!此时,我不知道这一天的月色为谁而好,顿感在此情境中竟然分不清何为山水,何为自我了。

"半夜云开月,流水满空山。"携一壶山间清泉,泡一壶紫砂绿茶,添几瓣幽香桂花,登上观日楼,静坐于丹山的月光里,就像是坐忘在一片禅境里。浮生若茶,茶道亦若禅道。心无旁骛中静心体验坐忘的瞬间,生命静如止水;生活、友情、恩怨、离别、生死在沐浴、洗礼、听禅后已化为乌有。纵然如水般的夜风吹动了衣襟,也吹动了高耸的楼塔,塔似摇摆的风帆正破浪而去,尾部拖出的浪花宛如红尘残梦,撩人情思;然而,在仰望、注目、凝神、屏息心念中,在"明月光含万象空"的化境里,我还是在一不小心里偏离了现实,并在不知不觉中萌生了对时间的轻视。清凉、皎洁的月光仿佛盛夏溪水,此时正湿透我的身心和身处的世界。或许,宁静祥和是人类精神的最高境界吧!空寂间,小桥流水、落叶黄花、白浪银滩飘浮在我的脑际,于是,我读懂了"千年暗室,一灯能破",读懂了"四溟无限月轮孤,前生恍如三星梦",也读懂了"眼中无翳,空里无花。问在答处,答在问处"。

天共白云晓,水和明月流。凄清的月光在拂晓前就像一湾静流中的寒水,那低吟的曲调在我心上发出颤音,将我在人世间的邪念、恩怨、虚伪、欲望洗净,还我以清白之身。曾以为有一种情感叫纠结,有一种结局叫无奈;曾疑惑,究竟是绿水青山白云与人神交心会,还是人与绿水青山白云神交心会?晨钟被撞响时,回味在看"万古长空,一朝风月"时的所思所悟,听"笃……笃……笃……"的木鱼声起,才彻悟"一花一世界,一木一浮生,一草一天堂,一叶一如来,一沙一极乐,一方一净土,一笑一尘缘,一念一清净"是怎样的一种修为化境,也才明白人在"世态有炎凉"中做到"我无嗔言",在"世味有浓淡"中做到"我无欣厌"何其不易!其实,一个人只要能在"不是心,不是佛,不是物"中参化人生烦恼,那么,大千世界的万般纠结又算得什么呢?须知"六朝文物草连空,天淡云间今古同"。世间万物皆会变化,只有"大道常清净,无为守自然"之法不变;只有太虚朗月,年年如斯,周而复始。的确,只有不生不灭,才会成就大寂灭;只有虚之又虚,静之又静,才能了断红尘俗事。故人生天地间,谁想像无花果一样虽无花季,却能修成正果,就要看其在"五百年前我辈是同堂罗汉,三千界里看谁能静坐西华"中如何历练;就要看其在养志忘形、养形忘利、致道忘心的终极追求中,如何从丹山皓月的万古空明澄净里觅得菩提,并将世事宠辱化作烟云……

好个妥乐村

☆李运春

"好个妥乐村，蚊虫蛰蚤永不生。"这是一位饱经磨难、惶惶不可终日、反复辗转流离、有名有姓、真真实实的南明小朝廷的末代皇帝朱由榔对贵州盘州石桥镇妥乐村由衷的赞誉。

1644年4月，清兵入关，建立了清朝，明朝正式灭亡。但当时还有许多省份和地区掌握在明朝手里，有些掌握在张献忠的大西军手里，有些掌握在李自成的余部大顺军手里，清政权尚不稳固。在此情况下，明朝福王朱常洵的世子德昌王朱由崧在南京称帝，改年号为"弘光"。1645年6月，清军攻陷南京，弘光帝被杀。7月，唐王朱聿键在福州建立了南明第二个小朝廷——隆武政权。但也只存在了一年，1646年8月，隆武帝在福建长汀被清军擒杀。1646年11月18日，一些文武大臣商议，拥立怯懦的桂王朱由榔为帝，建号"永历"。这个小朝廷在风雨飘摇中存活了15年。

永历帝是在广东肇庆称帝的。不久的几个月内，永历帝辗转逃亡梧州、桂林、全州等地，后又逃至湖南武冈、象州。避居象州不久，明朝抗金将领何腾蛟与大顺军的余部联合，收复了湖南、广西的失地。孙可望、李定国领导的大西军在川、黔、滇立稳了足。广东也组织了抗清义军，形势暂时好转，一些曾降清的明朝大臣也多又冒出来，愿意归顺永历小朝廷，一时间颇有中兴气象。

但这种形势只是昙花一现，由于朝小官多，派系林立，互相争权夺利，互相倾轧、排挤，内部极不团结稳固。另外，张献忠死后，其义子中的孙可望掌权，与李定国、刘文秀各自称王，控制住四川部分地区及云贵两省，势力较强。三人虽皆称王，均乃自封，上不了台面。有部下建议：应该靠向永历政权，取得永历帝的册封，授予金册宝印，才是真王，可以洗去"流贼"称号。

然而孙可望野心极大，现在古玩市场犹能见到的铜钱"兴朝通宝"，便是孙可望时铸造的，但皇帝得一步步地当，首先要当王，然后才能称帝，于是孙可望听从部下建议。

1649年春，孙可望派使者前往广东肇庆，拜见永历帝，请求其封自己为"秦王"。永历帝见孙可望的来信处处坐大，倨傲不恭，不愿封其为"秦王"。廷臣反复争论，后只敕封其为"平辽王"，孙可望自然心中不舒服。但其间又有大臣暗中私铸印信封孙可望为"秦王"。当时小朝廷的混乱，于此可见一斑。

1651年冬，清军分两路合击南宁，永历帝又仓皇出逃，几经历险后，于1652年正月二十，逃到了贵州的安龙。

安龙原名安隆，1424年开始建城，规模不大，城周围才两里多，因永历帝将住于此，1652年正月初十日，方改名为安龙。永历帝行宫成了今天安龙一中的校址。从1651年底到安龙至1656年初逃往云南昆明，永历帝在安龙待了五年时间。

在安龙这五年，可以说是永历帝表面安定、内心十分悲伤痛苦的五年。孙可望虽不在安龙，但他的心腹爪牙时时处处掌控着永历帝，有时连生活都难以保障。由于孙可望一心想自称皇帝，根本不把永历帝放在眼里，以致激起了许多忠于永历帝的文臣的不满，导致了以吴贞毓为首的十八大臣被孙可望逼迫而冤死，坟墓至今仍在安龙。永历帝犹如身处牢笼，经常以泪洗面。孙可望的一意孤行与猜忌又导致了大西军内部的分裂。论实力，李定国的兵马最强，人也较忠心，但孙可望容不得他，逼使他只有倒向永历帝这边。

清军步步紧逼，在安龙已无安全可言，孙可望欲挟永历帝逃至贵阳，李定国要保永历帝去往昆明。在忠于永历帝的朝臣拖延下，1656年正月二十一日，李定国带兵到了安龙，二十六日，护卫永历帝向云南进发。

其行进路线为：安龙—新城（今兴仁县）—普安县青山—盘州老厂—盘州十里坪—盘州妥乐—盘州亦资孔—云南富源县—曲靖—昆明。

这是由桂入黔入滇的古盐粮驿道，驿道现尚存。至二月十一日抵达曲靖，留永历帝暂住，李定国前往昆明安顿行营，再接永历帝。

永历帝在昆明尚且过了两年较安宁的日子。1658年4月，清军攻下贵州，抵云南省境，小朝廷震惊。

1659年正月，永历帝逃往永昌（今保山），月底，逃往腾越，二月十六

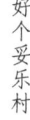

日，逃入缅甸。由于降清的吴三桂反复索逼，缅甸王莽猛白只得交出永历帝一行。

1662年春，永历帝等被押往昆明，不久后在昆明被吴三桂杀害。南明小朝廷于此终结，前后15年。

永历帝颠沛流离的15年中，似乎没有在其他地方留下赞誉的言语，唯独对贵州盘州的妥乐村赞誉有加："好个妥乐村，蚊虫虼蚤永不生！"这个赞誉大有根由。

朱由榔自称帝以来，几乎惶惶不可终日。孙可望的不恭，处处要挟，廷臣的争权夺利，清廷的威逼，财力的拮据，使他难得有舒心的日子。而当他来到了盘州的妥乐村，时当仲夏，风和日暖，鸟语花香。妥乐村周围的千百棵银杏古树，盘根错节，郁郁葱葱，茂密的银杏树叶散发出来的独特气味，足以驱赶掉许多害虫。再饱尝了从未吃过的母鸡炖白果（银杏果），煎炒的椒盐白果，陈年的腊肉火腿，品着村酿的土酒、各种土菜，又有李定国的大兵保护，清新安宁的山村环境，又无蚊虫虼蚤的叮咬，足以让永历帝舒舒服服地睡几天好觉，做个好梦，梦想着将来复国……于是便有了这句由衷的赞叹。

回头来我们再算一下永历帝从安龙到曲靖的行程，共走了15天，但若按正常行走时间计算，无论如何用不了10天。那么这多出的五六天，应就是流连在妥乐村了。

妥乐村虽不大，但有银杏古树的屏障，丰富的地方特产，淳朴的民风，有如桃源般的自然环境，怎不令人陶醉？永历帝巡游了四周的群山，拜了西来古寺的佛，也抽了签，估计签文不太吉，故未流传。他尽情享受妥乐这如诗如画般的自然美景，心中简直舍不得离开这个地方了。但他毕竟身为帝王，梁园虽好，不是久念之家，国事为重，只得恋恋不舍地走了。所以永历帝走后，这句话流传了下来……

另外，妥乐村寨前，有上下两座石桥，原称下马桥和上马桥。据说永历帝在妥乐村受到当地父老的隆重接待，舒舒服服地感受了此地的自然风光，独特美味，淳朴民风，便下旨以后凡由此驿道过往的官员，皆要先下马，步行过村寨后，方能再骑马，以示对这个村寨的尊重和怀念。后来时移世易，"下马"二字遭人忌讳，才改为下石桥和上石桥。

朝难保夕的南明小朝廷，其争权夺利、互相排挤、倾轧、残害之烈，笔者曾写过几首诗词，其中一首为《浣溪沙·贵州安龙县南明小朝廷》：

历史无情启后人，无多来日戮难停。安龙曾驻小朝廷。釜内游鱼犹狠斗，锅中蚂蚁尚纷争。十八学士铸冤魂。

以上这些皆是记入历史的。现正值妥乐世界古银杏林旅游开发之际，笔者将这一历史还原出来，以添客人游兴。

行文已尽，意犹未了，沧桑拾贝，欣赏一绝：

惶惶终日暂能安，末路犹留赞誉传。
妥乐由之赞誉晓，劝君休作等闲观。

翠竹掩映竹海寺

☆李 波

　　竹海寺又叫太阳庙，位于313省道竹海至珠东段路旁的莲花山山顶，距竹海镇政府1千米。绕寺一周的是野生杜鹃，花开时节，群芳斗艳，煞是惹眼。杜鹃之外是高大的杉树，再往外是连片的翠竹。站在寺东院楼顶，放眼竹海，风过处，碧波荡漾，荡开层层涟漪，可不就是汪洋大海。

　　据说竹海寺的前身三王庙始建于明朝，距今已300余年。当初为何建庙、为何叫"三王庙"、庙里供奉哪些神佛均已无从考证，只知庙宇最初建在现竹根水厂后的半山腰。那时山上丛林密布，多有猛兽出没，香客需结伴进出。若是晚上出山，还需僧众敲锣打鼓相送，以防野兽袭击。如此不便，自然清冷。新中国成立初期，一董姓居士不忍三王庙败落，便将其迁至云盘山脚云盘大树之下（现老厂水利站），更名为"云盘寺"。不知何时，云盘寺又变成了邮电所。1993年，这块宝地又建成了水利站。

　　流落的僧人和虔诚的居士从未停止过弘扬佛法的脚步，选址建庙成了"当务之急"。

　　也是在1993年的春天，上坎者村的一位老农丢了牛，连夜找到莲花山脚，忽见树林里有红色光柱晃动。老农心惧，不敢进入树林，便来到老厂街上约伴前往。返回途中，远远便见莲花山山顶有红色亮光透过浓密的灌木四射开来，宛如太阳落在了那里，树枝树叶被照射得又红又亮，像一团熊熊燃烧的烈火，持续了20余分钟才渐渐消散。于是便有人提议在莲花山上建庙。

　　第二天便由和尚和几位居士去山顶选址。众人爬上山顶已是满头大汗，便坐在草地上小憩。不知从哪里突然冒出来一只红色的癞蛤蟆，围着众人不停地跳跃。姓叶的和尚一下福至心灵，对癞蛤蟆说："菩萨，我等前来寻址建庙，弘扬佛法，请您指点指点。"和尚话音刚落，癞蛤蟆已跳到一棵杜鹃树的枝丫上，面朝东南方蹲着，"呱呱呱"地叫。众居士起身一看，这里山花烂漫，绿树环绕，登高远眺，群峰环列，绿竹成海，正是建庙修行的清净之地，便将云盘寺迁移至此。先建了观音殿，观音像的坐向和癞蛤蟆当日的蹲向一致。还将癞蛤蟆蹲过的杜鹃树完整地保留在大雄宝殿前的院子里，成了许愿神树，现在树枝上挂满了香客们的红色许愿带。

此寺因那一夜神奇的光亮，改名为"太阳庙"。后有丹霞山护国寺的维宗师来太阳庙传经讲道，他站在钟鼓楼上看到万亩竹海，建议将寺名改为"竹海寺"。就这样，竹海寺历经三次迁址、四次易名。

竹海寺占地面积一千余平方米，分东、中、西三座院落。中院是全寺的主体，建有大雄宝殿、观音殿、财神殿、东王殿、城隍殿、孔殿、藏经阁；东院由戒坛、斋堂、学戒堂等组成；西院则由大悲坛、领生殿、退居寮组成。竹海寺虽非古寺宝刹，却有旺盛香火。

每个月的初一、十五，居士们都来寺庙吃斋念佛，平时也常有善男信女入寺抽签许愿、上香祈福。

另外还有几个特殊的日子，前来朝拜的香客络绎不绝。

正月初一，庆祝弥勒佛的圣诞，也是竹海寺最热闹的时候，少则两三百人，多达千余人。这天来庙里点平安灯，据说特别灵验。香客分别为自己的亲人点一盏灯，传说灯的明亮程度代表着这个人该年的运程，如果灯光明亮，那么他一年都会好运连连，如果灯光微弱，这年则不太顺当。

正月初十至十五，庙里做清净会，为百姓消灾。居士们放下家中杂务，将家人的名字写在红布上，吃住在庙里，为他们念佛消灾。

二月十九日，庆祝观世音菩萨圣诞。六月十九日，庆祝观世音菩萨成道，香客来竹海寺放生、拜佛。九月十九日，纪念观世音菩萨出家。冬月十九日，则是庆祝太阳的圣诞。

竹海寺因其便利的交通条件和独特的地理位置（站在钟鼓楼上可将整个竹海尽收眼底），历来是游客登高望远的不二选择，每年都要接待大批来访的县内外佛教徒和游客。

每到晚上，竹海寺灯火通明，掩映在翠竹间，恰似一朵盛开的莲花，温润着每一个竹海人的心灵。

哒啦仙湖

☆ 黄春廷

从我第一眼见到哒啦仙湖到现在，整整十五载有余，悠长的岁月里，流逝的光阴见证了人世变迁，湮灭了哒啦以往的繁芜。湖边丛生的杂草和野花变成了今日游人眼底流连的风景，旧时的农舍如今绿瓦红墙，风景虽不同于旧时，却一如既往地诗意盎然。

天色渐晚，深秋的傍晚有些微凉。就在我探头呼吸的瞬间，一汪湖水跃入眼帘，幽深的湖水在晚风中徐徐漾开，像从华堂间缓缓滑过的锦缎。湖面上泛着点点星光，如邻家女孩儿眨巴着的灵动大眼睛。许是出于对湖的眷恋，夜空里的繁星就这样义无反顾地扑向湖水，轻而易举地搅乱了那个静静的秋夜。就在那一刻，我仅用了一秒的时间就恋上这一池如镜澄明的湖水。

以至于后来，我把那儿当成了我的乐园，闲了忙了，都会寻一个理由前往。即便是在那段封路大修的日子里，我也会和他相约骑车绕道而行，就只为去湖边坐坐，闻闻那拂面的清风里夹杂着的淡淡的青草和湖水的味道，聊一些无关痛痒的闲事，像《非诚勿扰》里的那句台词："想干什么就干什么，不想干什么就不干什么，就虚度光阴……"我对于虚度光阴的理解，唯愿眼前的日子如这湖一样，能够在各自安好的岁月中畅享这样的波澜不惊，即使是四月的花把整个湖装扮得异彩纷呈、五彩斑斓的时候，也能够泰然恬静、素心不改。

他们都说有山的地方必定得有水，方显灵气，这湖，就幽居在这仙谷中，闲卧在山的臂弯里，日夜晨昏，寒暑易节，娴静安然。

把春天的仙湖比作一场深情的恋爱应该是不为过的。春风乍起，极目之处尽是萧条景象，唯有这湖兀自生动着。睡了一季的湖瞬间被风唤醒，许是攒足了养分，湖边的水草要比其他地方的草绿得早些，刚冒出的新芽在湖边随风飘摇，借着初春的风齐刷刷地往上蹿，把春水也染成嫩绿的颜色。湖面是明净的，把湛蓝的天稳稳地拥在怀里。书上都说水是山的故事，我却不知道到底是蓝天恋上了碧水，还是这一波碧水收服了漫天的蓝。我只窃喜能在喧嚣的城市边缘，寻得这样一处明山秀水，在我和这个尘世较劲负气的时候，能将我收容，不厌其烦地将凡俗予我的烦躁与不安照单全收，让我可以在这样的包容里，忘却烦扰，恣意撒野，肆意骄纵。

夏天的仙湖最懂人心。城市是狭小的，容不下太多善感的灵魂，尤其是当仲夏的热浪袭来，城市里涌动的人群像热锅上的蚂蚁。带着对清凉的渴望，脚步总是不由自主就被牵引至此。据说来仙湖的人大多是冲着湖里的鱼来的，说是为一解味蕾之苦，不如说是为了找个地儿卸下满身的疲惫。因为湖边是没有酷暑的，除了沿湖竞相盛放的花示意游人盛夏来临，你丝毫感受不到夏季的闷热。凉爽的风里夹着淡淡的花香，临水照花，花色人面两相宜，人在画里行，画在心头生。也许是喜欢雨的缘故，每个夏季来到湖边，总会不期而遇地碰上几场雨，或大或小。雨滴像密密匝匝的针插入湖面，绣出一朵朵跳跃灵动的水莲花，把整个湖面装点得绚丽异常。水面上不时还会有不安的鱼儿探出头，与滴落的雨点逗乐。雨后的湖，一改以往忧郁，沉静如处子，似要把那些浓得化不开的心事，深深地藏于湖心，待到入秋，酿成一湖的深邃，在秋水长天里，与倒映入湖的山相映成趣。

最喜的就是秋天的湖了。我们总喜欢在秋日午后，一家三口，来到湖东边那家二层小楼的阳台，随便点上两个清淡小菜，配上一盘湖里捞来的白条鱼，坐在夕阳里，看落日熔金，将眼前的眉眼、羹盘，远处的碧波、山峦和树，染成暖暖的昏黄。身旁小儿像快活的泥鳅一样抓拿不住，窜出窜进，一刻也不得安闲，粼粼波光映亮了他那微汗的脸庞。总会突然间有那么一刻，我觉得我是活在梦里的，就是那种除了美好还是美好的梦，山水之间，这梦也做得怡然。若是无意中撞上雨天，仙湖的秋雨和其他地方的绝不会一样，你正好可以在这儿遇见一场江南的烟雨。未到过江南之前，仙谷里的湖满足了我对江南的所有想象，细雨斜织，湖面烟雾迷蒙，忘了季节的花儿睁着被雨水迷了的眼，在细雨微风中摇曳，像从雨巷里走出来的撑着油纸伞的江南女子，婀娜中带着幽怨。整个仙谷的人都在静谧中看雨，看梦中的江南，看雾悄然弥漫于四周的山腰，那才是仙谷该有的模样！就这样乐此不疲地来回往返，熟识的朋友们都谑笑我们把仙湖当成了自家的后花园。我也时常跟他们开玩笑说我不在仙湖，就在去仙湖的路上。的确，在车如水马如龙的城市里，每一个灵魂都应该拥有一个可以暂时小憩的花园。如果没那么幸运,我不知道这一程越走越远的人生,这一段渐行渐远的归途,还有哪一处可以把过往寄存、安放?

  都说怜惜是深到极致的爱,那么我最怜的应该是冬季的仙湖了!冬季是四季中最安静的季节,没有了春的勃勃生机和夏的花枝招展,湖水整整瘦了一圈,像暮年老者,冷静而沉默。这个季节适合一个人安静地沿湖行走,虽然有些寒气,但湖面不会结冰。如果遇上晴朗的天气,偶尔会有野鸭在湖面嬉戏,暮光把它们的影子拉长,翅膀扑腾起的水珠洒落湖心,激活了沉寂一季的冬。若运气好的话,还会在干枯了的水草中觅到鸳鸯的影子,一前一后戏着水,不紧不慢,形影不离。这样的冬季,湖水清凌得胜过以往任何季节。湖边落光了叶的柳条倒映在水中,褪去了往日的妖娆气息,变得干练而清丽,湖边掬水,可以照见自己最真实的容颜。

  水里流动着四季,湖的每一段时光里都藏着对季节最深刻的记忆。"水是眼波横,山是眉峰聚"。其实,水不只是山的故事,还是人心的伴侣,除了它,还有哪里能容我把杂味的人生过得如梦般美好?

乌蒙杜鹃别样红

☆ 徐 鹦

登上乌蒙大草原，正是清明时节。

一大早从六盘水市区出发，驱车进入水盘高速，往盘州方向行驶，不到一个半小时，从雨格高速出口下高速，到达盘州市乌蒙镇，只见笔直的大道从山脚一路蜿蜒向上，可直接开车至乌蒙大草原山顶，交通十分便利。

春天的脚步早已先我而至。漫步大草原，漫山遍野的高原矮杜鹃泼绿积翠、竞相怒放，在苍穹下有着无可比拟的恢宏气势。

阳光下，耀眼的杜鹃花一朵朵、一株株、一簇簇、一片片，粉红的、雪白的……五颜六色的万亩杜鹃花成为乌蒙大草原上最美的主角。它们有的狂放，有的娇羞，有的妩媚，有的艳丽。每朵鲜花都是一个精灵，它们在草原上追着太阳起舞，迎着山风尖叫，用生命精心编织成温暖而华美的外套，包裹着一座座连绵起伏的高山和草地，滋养着这里的土地和生灵。

置身于漫山遍野尽芳菲的各色杜鹃丛林，奔跑、驻足、惊叹、尖叫、拍照……以花为媒，八方宾客在这里享受日出、晨雾，欣赏日落、晚霞。登上山巅，看神奇佛光、满山牛羊，看云涌苍崖、鹰翔蓝天、雾海漫漫，实有翻江倒海之壮阔，大江东去之豪迈，更能洗涤都市人心灵的尘埃和疲惫，滋养人们的情怀和灵魂。

一台台新安装的风电机组迎风而舞，欢迎远方宾客。傍晚时刻，霞光四射，金晖尽染，游客可俯瞰绵延峻岭，仰望旋转风车，感受高山草原的惬意。"咩咩咩"，一群群山羊漫步而来，迈着悠闲自得的步伐，走走停停，吃吃看看，见到成批的游人也不会惊慌失措，仿佛遇见多年的老友，一起散步、一同欢快。

乌蒙大草原的美食街上，羊肉汤锅、牛肉火锅、烧烤、凉粉等特色美食随时撩拨着你的味蕾，来到这里的游客都会为了大快朵颐而不惜排队。

每逢节假日，乌蒙大草原游人如织、人气鼎沸，村民们笑脸灿烂、笑声爽朗，依靠这丰美的大草原，他们早已从贫困名单里出列。

乌蒙大草原最高海拔2857米，平均海拔2500米左右，是西南地区海拔最高、面积最大的高原草场之一。在山坳的万花丛里，还有一个充满神奇色彩而又美丽动人的高山湖泊——长海子。长2000米、宽300米的长海子是贵州海拔最高的湖泊，湖水清澈见底，春风吹起，微波荡漾，引得鸟儿在这里歌唱，游人在这里驻足遐想，似乎看到了几千年前居住在这里的先民在此渔猎耕种、繁衍生息的情形。

年平均气温11.1℃的乌蒙大草原是夏日避暑好去处。这里除了有一望无际、接天连地无穷碧的独特高原草场，有世界罕见的自然奇观——佛光，有民族文化浓郁的彝族风情，还有融雄、奇、险、峻、幽于一身的牛棚梁子、八担山等山脉，令人向往。乌蒙大草原真正担当得起国家AAAA级旅游景区的头衔。

这里的杜鹃美在雄浑，美在意境，美在恢宏，美在接近苍穹的远古，美在排山倒海的气势。特别是花丛中少量的红杜鹃，啼血染深春，那一抹红色被各种颜色围簇着，在高处点染，虽少却更显精神，虽远却尽显风华，一如当年的红，星星之火蕴蓄成燎原之势，令人敬叹！让人仿佛回到风云激荡、刀光剑影、硝烟弥漫的战场！这浓浓的血红，是先贤、烈士对革命的赤诚，是伟大英雄"苟利国家生死以，岂因祸福避趋之"的家国情怀。

站在红杜鹃前久久注视，我仿佛听懂了电影插曲《映山红》的真实内涵，先辈们为建设新中国视死如归的坚定，用生命捍卫家国的伟大故事，不正是对"子规啼血"的生动诠释吗？这漫山遍野、宛如云霞的杜鹃花，正是为了缅怀为建设中华人民共和国而献出宝贵生命的先烈们，为在新型冠状病毒肺炎战役中牺牲的英雄和逝去的同胞寄托无限的哀思，同时也警醒人们，坚守自己的初心和使命，敬畏生命，珍惜当下！

今日清明，站在乌蒙大草原起伏的胸膛上，触摸它跳跃的血脉，在春风里与宁静的心海对话，与乌蒙大草原如波涛般的杜鹃花海一起，衔着春天一路狂奔！

天门传奇

☆ 吴学良

北盘江边花戞台地上的天门古寨遗世独立，是一个传奇。

慕名来到天门村的时候，夜幕正降临。才安顿下来，疏雨含蓄地落下，轻敲着老屋的疲倦；江风也不甘寂寞，像一盏远方的灯，忽明忽暗地穿越时空、透过门窗潜来，与我那颗寻找宁静的心相会。踱步于堂屋前，举目仰视屋外黑黝黝的高山，凝视寨子边缘模模糊糊的那棵定寨古榕和身边的民居，我知道，纵然将夜色漂白，我也不可能清晰地阅读它的容颜，相反，只能使它的影子变得更黑。然而，这才是我记忆中的村庄，读懂它需要的是耐心、时间和智慧。

就这样怀着心事坐在吊脚楼上，任心事蔓延时，山不再显像，树不再露形，花草不再现身。只有那如金玉坠地的雨滴，与我的心跳声合鸣，交替着飘摇在天地之间，将让我身心疲惫的城市拉得异常遥远，甚至让它消失得无影无踪。天门此刻张开怀抱接纳我，就像村庄张开怀抱接纳迷路的孩子。而我也不再让心像一个没有家的孤儿，随风到处流浪……

这一夜，我因此而踏实、安详。

夜雨后，缕缕白雾悬浮在窗外，群山、江流、林木、花草、吊脚楼若隐若现，久远往事在封存的记忆里开始复活。庄稼人起得早，日出而作、日落而息在这里没有发生变化；炊烟从瓦缝里弥散出来，与潮湿的空气及雾岚交织成一体，见证着天门村清寒岁月的沧桑。肩扛犁铧或身负背架的农人，牵着老牛出现在吊脚楼旁的石板路上。天门村居住的布依族，分散在新寨、大寨和小寨三个寨子里，长久以来，雄奇险秀的喀斯特峡谷峰林、溶洞、怪石、瀑布、伏流、花滩和植被与他们共存一体，形成了这个相对独立和封闭的世界，吊脚楼成为他们族源和族别的显著象征。

布依人吊脚楼之居住习俗，源于先民为躲避虫蛇等，其演变历程，彰显着文明程度。据《北史·南僚传》记载，僚人"依树积木，以居其上，名曰干栏""干栏大小，随其家口之数"。唐时，这种建筑已经发展到"人楼居，梯而上"（《旧唐书·南蛮传》），可见"依树积木"已被布依族先民改造成地面楼房。宋时，布依族人又将楼底简便宽敞的空间充分利用起来养猪养鸡，这从周去非在《岭外代答》中所说的"上以自处，下居鸡豚"可以得到佐证。明代以后，底层遍养家禽家畜成为了共同取向，邝露的《赤雅》中的"人栖其上，牛羊犬豕畜其下"说的就是此事。不仅如此，清代诗人余上泗在《水西竹枝词》里写道："岩间自古好楼居，屋角开门苇户疏。妇女惯操机杼事，云山四壁挂犁锄。"回想这些年，心的年轮在额头上一圈圈地成长，寻找灵魂安宁和记忆里的村庄似乎成为我人生追求的重要组成部分。走过布依族聚居地白水河、月亮河、北盘江畔，一次次亲眼目睹布依人传统的吊脚楼大多已被钢筋水泥建筑取代，年轻一代的母语意识已逐步退化，心里为此产生莫名的悲哀。天门村至今较为完整地保留着吊脚楼民居的传统，保留着鲜活的农耕生活，这让我在圆梦的同时也感到无比惊诧！它让我在平静中想起世界建筑大师勒·柯布西耶在《明日之城市》中提出的未来整个城市充分吊"脚楼"化的主张。我不知道布依族民居的建筑传统与当代建筑大师建筑观之间存在着怎样的关系，我只知道在如斯时光里，将诸事尽抛心外，随心而行，随遇而安是何等惬意。有水在，有云在，有雾在，有榕树在，有花草在，有乡愁在，我只需守住灵魂，且听风语，便一切都自在起来……

因为沧桑，所以故事。

吊脚楼边，"梯而上"之梯，已经从木材变成石材，木柱底围散发出牛羊粪便的气味，它让我深切地想求证是谁把我带到这清苦的乡愁角落？是城市负心的光阴？还是让城市蒙上尘埃的时间？找准回家的路，迈着蹒跚的脚步，在繁华落幕后，我终于可以在天门村搁下往事，像自由行走的风，在生命的原野上起舞，真真实实地做一回人。

很久很久没有听到纺车的咕噜声了。当屋前布依族同胞用纺车把花线织成锦布时，在我手中逐渐苍老的雾岚般的岁月，宛若旧上海百乐门交际花手中摇晃着酒波的杯子，将浸泡着的数十载轮回摇晃出来，小寨此刻化作一滴相思泪，袅袅娜娜，宛如江南的烟柳，在我的回忆中如定寨树般扎下根，挥之不去……

木制、竹制、石制的生产生活用具被村民们随意放置于楼旁，这成了我眼中动态的、精美绝伦的民俗物件，它们比我在市境乡村陈列馆见到的那些静态物件要有生命力得多。的确，动态物件不停地被使用，故能如烟云般不停地变化，日日常新；静态物件却因不再被使用，故只能成为一种苍白的符号。拥有这种天然的农耕文化遗存的天门村，在我看来，就是当世仅存的布依族文化的原生态故乡！

石板路边的香樟树此时也经受不住风的诱惑，于雾霭中摇曳着身姿，若隐若现地伸向山腰，在初春里仿佛变成了大山的裙裾。布依人是很珍视水石与草木的，有山有水和竹木成林之地，往往成了他们的聚居地。每年三月初三，他们都会聚集在定寨树下，杀羊祭树，祈求上苍保佑五谷丰登，六畜平安，族人添丁添寿。树大有灵、石大有神的朴素观念在他们的民族意识里根深蒂固。也正因如此，翠竹摇曳、古榕婆娑、清风倒影、泉水叮咚的温润的生态环境才得到保护，才有这山清水秀的好风光。是布依人用真心和付出收藏这抹亮色，是他们用生命把阳光和风当成摇篮曲，这方土地才会出现如此和谐的画面，才会引人生发出强烈的乡愁。尽管存在"山顶入云端，山脚到河边。隔河喊得应，相会要半天"之险远，人们还是寻觅到这里……

我的心随着香樟树的嫩绿而荡漾。据说，天门最美的季节是秋末冬初，这得益于香樟叶红了。在薄岚中浸润开去的秋色或初冬阳光，把香樟树装扮成一个个出浴少妇，群山在香樟红的映衬下像一幅血色中的静谧画。早出晚归的农人和小孩在林间小路上行走或欢笑，处处呈现着生动、生气与生机。石板路上的行人面色红润，声带喜悦，这秋光里荡漾着的丰收的幸福，像台地下连绵不绝地穿越崇山峻岭而来的北盘江水……黄昏急促而短暂，那些红叶纵然"落红满路无人惜"，但也会"踏作花泥透脚香"。倘若再手遇到瑞雪初降，山顶的洁白、山腰梯田裸露的苍黄、江岸香樟的彤红、寨中和边缘的古榕之绿、掩映在林间的青瓦木楼、飘浮的炊烟与石板路上的牧牛和出活的村民便会结成一体，斑斓着天门奇幻而温暖的梦！

地处山顶和香樟林之间的梯田在岁月里也不甘寂寞，在延续布依人稻作文化的同时，初夏时节，它以明镜似的水波，接纳白昼的云彩和太阳，入夜的晚风和星光；秋天，又以金黄与风和阳光交融，凭借纤毫毕露的线条之美，成为摄影家捕捉光影的绝佳之地……

"谁此时孤独，就永远孤独。"（里尔克《秋日》）

诉不尽的天门村呀，当风把相思放在天上，惊落思绪凄绝成尘时，我愿意用一杯酒，在一个夜晚唱空一次生命的轮回；我愿意伴一盏灯，独自走痛前世今生。走过你，才发现人生不过是荒草尖上的一滴露水，才发现忘了老去，失了流年竟然如此简单，才知道"山是一尊佛，佛是一座山"原来不是一种错觉；来过、走过、坐过、悟过、觉过。从此，我相信风华再也载不动流年，只有把幸福安放在你这样的村庄，人生才会活色生香，季节轮回、人生无常才会在阳光和月色里自然生长；只有在你这样的村庄里，一切才会自由自在，自生自灭……

梅花山

☆ 马永超

梅花山位于贵州省六盘水市钟山区西郊，面积约40平方千米，海拔最高处2800余米，地跨六盘水市钟山区和毕节市威宁自治县两地。因这里的山体围合形似梅花，故为此名。

梅花山向东南方向俯瞰德坞沙子坡，峰林重叠，群山肃立，相对高大厚重的梅花山，群山似群臣持笏朝拜，民间称此现象为"万笏朝天"，为水城八景之一。据《水城老城志》载清水城人李天极诗："千山列笏秀排空，叠嶂危岩峻岭崇。前岫远通幽径北，古林高望一峰东。旋回暗露朝霞紫，上下凝望绕日红。拳若石擎仙掌巨，穿云碧玉执丛丛。"反映了梅花山神奇秀美的自然风光。

由于梅花山人文和自然资源丰富，现已开发成旅游景区，即"梅花山旅游景区"。梅花山旅游景区为国家AAAA级旅游景区，位于六盘水市钟山区西郊，距六盘水市中心5千米，是"中国凉都"六盘水重点打造的国际生态休闲度假区。景区总占地面积30.98平方千米，目前已经建成梅花山索道、滑雪场、度假公园（梅花坪）、彝家乐园、回民风情园等多个旅游景点。梅花山一年四季都可游玩，"春赏梅，夏避暑，秋踏青，冬滑雪"是梅花山景区的四季布局，同时，景区里还可赏日出、云海、佛光、雾凇等奇特景观。景区中供游客观赏和体验的景点主要有梅花山索道、观光廊道、金牛雕塑、梅花湖、国际度假公园、傲骨园、旋转餐厅、梅开五福景观、梅花钟、凌寒园、迎风园、赛雪园、清雅园等等。

景区还建成梅花山国际滑雪场。滑雪场地处海拔2200米至2300米之间，是一个低纬度高海拔的滑雪场，也是贵州西部高端滑雪运动场。滑雪场以"冰雪童话"为主题，规划面积109.3万平方米，建筑面积约7.11万平方米，雪道占地面积9.17万平方米，总长1880米，设有以滑雪、滑草、登山健身等为代表的高山户外运动项目。滑雪场内设滑雪区、冰雪娱乐区、雪上冲浪区、儿童乐园、综合接待功能大厅及停车场七大区域，滑雪道分高、中、初三个级别，配套游客专用索道，可同时容纳5000人滑雪，满足国际性滑雪赛事举办标准。这里曾先后成功举办了"世界雪日"及国际儿童滑雪节、贵州地质旅游系列活动、中国西南地区滑雪产业发展高峰论坛、全国高山滑雪青少年邀请赛、贵州省滑雪节开幕式，是集戏雪、玩雪、赏雪和雪地科普为一体的西南地区最大的滑雪场。在前往梅花山国际滑雪场途中，会经过观光廊道、梅花山索道终点站、回族风情园、梦幻激情谷、彝家乐园等景点。

在梅花山，贵州102省道从山脚蜿蜒至山顶，延伸进入毕节市威宁自治县地界，梅花山路段在六盘水境内有17千米。巍巍梅花山，17千米盘山路，17个回头弯。崎岖盘山道，200多天白雾茫茫，100多天冰凌铺路。这里的公路最高点海拔2680多米，是贵州海拔最高的公路，也是贵州西到云南、北达四川的"交通咽喉"，被称为贵州的"天路"。梅花山路段因海拔高，天气状况复杂，从头年12月至次年2月，此路段均有凝冻，每年大雾天气在此地多达200余天，能见度最低时不足5米，是交通事故多发地段。1996年底，当时以打击车匪路霸为中心任务的六盘水市交警支队直属一大队梅花山中队成立，社会治安好转后，这支队伍并没有撤走，而是留下来维护交通安全秩序。20余年来，在莽莽的大山里，梅花山中队这支只有10余人的警察队伍，常年奔走在云山雾海里、冰天雪地间，默默守护着这条道路的畅通和人民群众的生命财产安全，用信念和执着，用青春和热血，铸就了新时代交警精神的无字丰碑。这支队伍曾荣获"全国优秀公安基层单位"称号、省市集体二等功。2013年7月，时任贵州省委书记赵克志在参加全省项目建设观摩会路过梅花山时，曾赞美道："梅花山的交警不容易，要大力宣扬他们这种辛勤奉献、为民服务的精神，什么时候都不能忘了他们，不能到了冰天雪地才想起他们，这种精神就是我们贵州公安精神的体现。"

月照双洞福地

☆ 施　昱

仲春的双洞，像知春的鸟儿，舒展自然歌喉，报告春的讯息。当天空的大鸟徐徐降落月照机场，清明的图景是在花香中拉开序幕的。天空鸟瞰，秀峰簇拥，双洞"圆月"冉冉升腾。峰丛林立的双洞，光线似乎暗了些，但五颜六色的花朵点亮了双洞，田畴金黄的菜花，飞舞的蜂蝶，在清晨的雾岚中播洒着春天的希望。

走进双洞村，钟山区委党校红色的旗帜十分亮眼。人流的涌入，虽然惊扰了千百年来沉睡的土地，却生动了双洞。党校所在地，民国时期办过私塾，在党校上班的陈兴荣说，那时这里虽是他家的老房子，但像他那样贫寒人家的孩子连旁听的资格都没有，国学的魅力他一辈子难忘，交不起学费的无奈也一直留在他的心里。那时的生活很苦，遇到孕妇生产时，乡亲们要用竹莲子抬着产妇，穿越二十里陡峭逼仄的山路送去水钢医院。这些辛酸往事，陈兴荣现在回想起来仍历历在目。后来的他和乡亲们沐浴着党的光辉，过上了美好的新生活。更让他挺起胸膛的是，他的儿子考上了大学，毕业后在上海工作。扶贫搬迁，他们的旧茅屋变成了景区别墅，在方便旅客的同时，他的存款也多了起来。他唱的山歌"上学不用钱，养老有保障，生病有医保，幸福入梦乡"饱含着真情，如双洞的泉水流进百姓的心田，唱出了双洞人的心声。

党校东侧就是月照的独特景观——双洞，她是玉屏山的"双鼻"。大洞与小洞中的清泉来自玉屏山腹地，森林蒸腾云雾，莽莽苍苍，涵养着丰富的水源，成为天然的宝库。据载，清朝咸丰同治年间，苗仙姑组织苗族同胞起义，反抗腐朽的清王朝，追求光明自由。他们曾驻扎于此，双洞村因此而得名。中华人民共和国成立前夕，乡亲们曾藏身于双洞，躲过兵匪的追杀。现如今，每逢佳节盛会，双洞就成了苗族同胞欢乐的海洋。四月八跳花节，大家载歌载舞庆祝丰收，热闹的景象一扫昔日的落后与荒凉，人们的生活像苗寨同胞盛装上的挑花刺绣，灿烂盛开。

党校传播的知识是双洞的灵魂。双洞美景在党校知识的浸润下更显精神。满目绿色，令人清爽愉悦。一拨又一拨的旅人，安享洞穴宾馆的舒适，聆听自然界的天籁之音，欣赏河岸上的桃花，洗涤风尘，畅谈人生，拂风吟月，岂不快哉？双洞的洞穴宾馆，引来南来北往的客人，休闲避暑，悟道忘归。入夜，灯火辉煌，人流涌动，朗诵、歌舞，沉睡千年、幽居千年的洞穴也在聆听着这新时代的乐章。

书声琅琅的双洞村黄省三小学在孩子们心中种下了希望。黄省三先生无私投资办教育兴建学校的义举，正如月照河两岸的一抹抹桃红，默然绽放，香远溢清，沁人心脾。先生是知名企业家，但是穿着十分朴素，生活很节俭。他把辛辛苦苦挣来的钱，大部分用来投资办教育，他对教育的笃诚，与党校的办学思想一脉相承，相得益彰。双洞峡谷的杜鹃花好像他灿烂的微笑，映红了孩子们的笑脸。月照河岸的桃花丛中，似乎有他的身影，正与孩子们一起诵读《桃花源记》。浓密绿荫，瘦溪飞挂，涤荡游人风尘。当我穿过风雨桥时，对党校建设者、黄省三、苗仙姑的敬仰之情不禁油然而生。

夜宿双洞，环境清幽，那夜，我吟着中国作家协会副主席、著名作家叶辛先生莅临钟山时创作的诗句"风雨声里到钟山，钟山盘水起雾岚。酷暑时节半分寒，凉都令人心自安"酣然入睡。

鸟鸣山更幽，行走在双洞山泉一级水源点林区，林茂清凉。红日升腾，穿过月亮洞，发出七彩的光华。泉瀑从林中的石槽泻出，有一股喷薄的力量。脱贫工人在生产线有序地奔忙，和泉流赛跑。他们将汗水与清泉融合，书写的不仅仅是如何将珍珠般的山泉变为金山银山，还有奋斗者跋涉的幸福。我的内心莫名激动，眼角生涩。

洞穴宾馆是温馨的家。今天双洞已通航，通高铁，曾经的闭塞落后被飞机和动车赶走，党的光辉已然扫去贫穷与落后，带来文明与发展。双洞村在脱贫与旅游开发中繁荣起来，获得贵州省甲级乡村旅游村寨的殊荣，区委党校获得第五届六盘水市文明单位的荣誉。想到这些，建设初期的种种困难像一抹云霞，已被风吹散。双洞人不负众望，辛勤耕耘，现已发展了三十多家商铺，四十多户民宿宾馆，三所学校，一个疗养中心，还成功举办了两届"中国凉都·六盘水"神雕峰攀岩周赛事，双洞真的赶上了好时代。

心累了，就到叠泉放松一下心灵。森林清幽，泉水甘甜。叠泉是双洞的南门入户，你可停下匆匆的步履，深入叠泉，品尝甘露，洗濯疲惫。叠泉来自玉屏山腹内，清朝时，双洞人为了种植水稻，从玉屏山腹引出这股泉水，耕种良田，从此谷米飘香，人们远离饥馑。这股清泉被智慧的双洞人用竹筒一节一节地连接到家，减少了挑水的劳碌，腾出时间去耕耘田地，哺育孩子，关注未来。这样的智慧，影响至今。叠泉的九个泉眼天然成景，品尝叠泉，那份清凉也就留在了客人的心里。叠泉一带的草甸像绿毯一样一直铺到月亮山的云端。被自然生态滋养的水草喂养的牛羊，肉质鲜美，堪称一绝。自豪的徐师傅对此侃侃而谈，他装载牧草的小车就是他的绿色银行。

　　乘车从双洞广场出发，几分钟就到了著名景点——"石生树"和"情钟"亭。虽是三伏天，双洞村却清风徐徐，令人身心凉爽。来自四川年近七旬的夫妻俩，慕名双洞而来，一定要去拜访石生树和情钟。看着两鬓斑白、恩爱有加的夫妻俩，我心间莫名飘来一种欣赏，很乐意当他们的向导，和他们一起赶往石生树景区的情钟亭。但我们并未乘车直达，而是选择先上月亮山，爬天梯，品观石刻文化，探访月亮洞，再拜石生树和情钟。一级一级爬上乌蒙天梯，虽大汗淋漓，身体却通透无比，到月亮峰，心也跟着敞亮开来。看来，这种向往美的旅程，使人既得到健康，又滋生力量，还开阔了眼界。穿越月亮洞，下至月照风情街时，我已筋疲力尽，但为了远方客人，我没有放弃许诺，虽然此时景区路灯照亮了双洞峡谷，时间已至傍晚，我们一行四人仍带着美好，从风情街出发，远观神雕峰的背影，白净月儿从月亮洞斜洒时，我们如愿到达石生树景区。据传，石生树之巨石是半仙安宣慰的神驹，它因护主心切，飞奔至月亮山，不小心踩塌了一尊神奇巨石。巨石方圆十数米，石上无泥土，可独石之上，居然长出九棵鸡血榔树。树于石心，石护榔树，互相温暖，情意绵绵。此情此景，你说拜访者的心还会累吗？自然，人们把石生树当成神奇之景，朝拜者络绎不绝，红绸丰满巨石，远观如旗招展。游客无不被树石情深所折服，石上无尘土，树却茂盛于石中，这难不成是巨石在用生命育之？或树也在用血液润石，方成石生树独特之景观。

　　"咚……咚……"洪亮的钟声穿过月亮洞，伴着鸟鸣，和着清风，传入耳鼓，沐浴着旅客的凡尘心事。在这深幽峡谷的柔黄灯光中，一尊巨大的情钟映入眼帘。来到情钟亭，可品钟上的古今铭文，尤其是司马相如的赋文。他的一曲《凤求凰》，多情而又大胆的表达，让久慕其才华的卓文君一听倾慕，一见钟情，才有两人最浪漫的夜奔之美谈留传后世，激励着相爱的人们努力奔向更加美好的生活。

　　撞击情钟，寓意爱情的火花绚丽多彩，日子更加甜蜜。夜已渐深，月亮洞银辉铺洒，双洞的人们进入了幸福的梦乡。

　　双洞的乡村振兴，农业的转型发展，旅游的拓展升级，农民思想的变化，织就了一幅幅美丽的双洞图景，这不就是双洞人守住的初心，追寻的人生旅程吗？

凤池新韵

☆ 胡明琳

"盈盈一池水，脉脉无限天。"说的正是坐落在水城古镇西侧的凤池园。信步斯园，曲径芳洲榭座，云山在怀，繁花柳堤圃岸，绕意绵绵。

始建于2000年的凤池园，年仅19岁，与古镇比邻而居，相看岁月静好。

古镇指的就是原来的老城，地处乌蒙山脉腹地的水城坝子之上，四境皆崇山峻岭。《水城县志·城池》中记载，因城外皆水田，水绕城垣，由西向东，春夏雨多，河水暴涨，田塍皆没，宛如沧海，故名水城。清代光绪年间，通判陈昌言在一日黄昏登上城西的蔚日亭，目光越过城堞，不禁吟出"环城无翳水无波，回望城浮一叶荷"的诗句。从高处俯瞰，老城如荷叶浮于水上，因而又名"荷城"。

200多年过去了，古镇犹在，然老城西门外常年被水淹没的阡陌农田早已换了容颜，不变的是人们依然以荷城为其命名，称其"荷城花园"。

凤池园就位于荷城花园东翼，从我记事以来，这里就是无边的稻田，绵延数百里。

一

凤池园坐北朝南，正大门外，一路之隔便是水城护城河——凤池河。20世纪90年代，夏日的凤池河曾一度是孩子们的乐园。无论是去上学，还是走在前往老城的路上，时常会看见一些光屁股的娃娃湿漉漉地从河中冒出，他们在这里打水仗，摸鱼，裸露着身子岸上岸下来回追逐，不停折腾，甚是热闹。隔着茂密的麦田，远远都能听见那银铃般的笑声。现如今，凤池河两岸已建设成为三线文化小镇，步道平整，杨柳依依，樱花成林。尤其是荷城这一段，借旧时的火车、东风车所开的酒吧书吧，分布两岸，富有年代感的景致与崭新的凤池园互相映衬，相互补充。

"凤池"之名何来？《故乡背影写意》一文中提到：凤池系凤凰池的简称，历史上，头戴儒冠的荀勖仕魏时，累官侍中，入晋被司马炎拜为中书监，中书省掌管一切机要，因工作上接触皇帝的机会多，故称"凤凰池"。从此，后世便将中书省里的机要位置称作"凤池"。而水城厅地方官吏将护城河命名为凤池河，将万松书院改成凤池书院，是期盼凤池河的"绿墨"连绵不绝地为本地人才注入灵气。

那些在河中沐浴过的孩子，不知后来是否成才，但这份美好的期望一直沿袭至今，凤池园应该就是这样得名的吧！

虽不是第一次来凤池园，但每次游览，依然会被眼前高耸的大门吸引。彩云飞龙缠柱，飞檐琉璃置顶，古色古香。门口左右两根巨柱前，分坐两头石狮。只见它俩头高昂，一腿踏石礅，双眼怒目圆睁，张口露牙，甚是威武。大门外宽阔平整的凤池广场，瓷砖铺面，干净整洁。几处富有童趣的雕塑，生动地立于广场四周的花簇前，与大门的庄严形成鲜明的对比，却又相得益彰。

记忆中，这里是一望无际的稻田，稻谷金黄，随风荡漾。不远处有一水车，总是不停地转动，仿佛历史的车轮永不歇息。水车前挑水的、洗衣的、洗菜的，络绎不绝。水车后有一小道，可穿巷进城。那年头，老城好热闹，烙锅洋芋、凉粉、黄家汤圆、蒸蒸糕、胡家冰粉，全部摆在街中央。一到周末，到此寻吃食的人流密密麻麻，应接不暇。每天上下学，我穿行于城里的电影院、百货商店、图书馆之间，闻着满城飘香的烙锅洋芋的味道，心里直痒痒。而今那些小吃依然存在，就在凤池园大门边的小吃一条街上，只是随着时代的发展，它们被赋予了新的内涵。

踏进公园大门，还有一处小而独特的广场映入眼帘。它像飞镖的转盘呈圆形辐射，视野极为开阔。它的正前方伫立着两根乌金色的大铜柱，柱上形象地刻画了凉都少数民族同胞，特别是苗族、彝族载歌载舞、快乐生活的场景。广场中央立着一块奇石，周身沟壑嶙峋，远看像熊熊燃烧的火焰，石名"乌蒙韵"，想必是喻乌蒙腾飞，人民生活红红火火之意。外围，繁花之中，立着刻有二十四核心价值观的几座小型石碑。仔细一看，每款石碑从上至下写着"文明""选贤与能，讲信修睦——《礼记·礼运》"等这般字样，底座是苗家娃娃尊老爱幼的画面。值得一提的是，每一种价值观下都注有古文出处，并且配有与文字内容相关的具有民族风情的图片，细腻地展示了柱上"凉都魂""中国梦"六个大字的精髓。

说实话，过去我多次到凤池游园，但大都走马观花，其实园中很多细微之处无不在告诉我们设计者独到的用心，处处彰显以文化人的园林思想。

二

初秋，站在凤池湖畔极目远眺，阳光下，凤池如沐浴后的仙子，肤色红润，弹指即破。"落霞与孤鹜齐飞，秋水共长天一色。"远山、蓝天、晚霞倒映水中，波光粼粼的湖面，令人心旷神怡。

素有"小西湖"之称的凤池湖，占地面积600余亩。以湖中小岛凤池书院为界，左边是供人游湖的情侣湾，右边是两湖合一的鸳鸯湖。情侣湾场所相对私密，你看，碧波里，一对对情侣泛舟其间，或倚肩而坐，或静听船桨与水花细语，深情款款，沉醉不知归路。而右边的鸳鸯湖面积更广，占了所有水域的1/3。走在湖边的小径上，远远向湖中望去，一前一后两个生态小岛相依为伴，仿佛是一对缱绻的鸳鸯。岛上树木葱茏，白鹭翻飞，成群的野鸭在湖中嬉戏，自由地感受着这份舒适与浪漫。正在赏湖的游客也许不知，过去这里曾是一片沼泽。据志书记载，太平天国时期，石达开率部经过此地，许多人马陷入沼泽，他只好杀马绕城而去。民国以后，这里开始零星地种植水稻，但收成也很是不好。直至三线建设后，随着地下水的抽取，这里才稻香四溢，麦浪翻滚。那时，年少的我走在防疫站至官厅的人民路段，多么希望有一条公路能够穿过这茫茫的田坝，直线连通城外的市一中，让我无须绕行官厅就可到达学校，可盼了多年这里还是那片望不到边的水田。那时只要雨季一到，凤池河水就在田坝漫延开来。

可喜的是，21世纪初，荷城花园新区开发，政府励精图治，用了3年时间将1600亩洼地全部填土抬高，又将其中600余亩掘地三尺，挖湖引水，治理后修成这风雅秀美的水上公园——凤池园，并且修通钟山大道，缩短了这里与城市的距离，实现了人们多年的期盼。

三

  凤池园中还有一些容易忽略但又不可缺少的景致，那就是连接各岛的大大小小的桥，如涵玉桥、曲桥、玉带桥……尤其是湖心岛北面的玉带桥，由8块长方形桥板按"Z"字形组合，如一条玉带连接着柳堤的一头。漫步柳岸或树下垂钓，清风徐来，柳枝如千缕秀发随风飘舞，煞是好看。这轻柔的风仿佛可以治愈人心似的，将人连日的疲劳一扫而光，烦恼也顷刻消失！不过柳条也罢，石拱桥也好，它们都一如既往地谦恭地佝偻着脊背，安守着自己的本分，静看时光流逝，品读人生百态。在这人心相对浮躁的年代，这种谦卑的心态弥足珍贵。

  湖的最右侧，沿着公园的墙群迂回着许多的木桥，它们就是三线记事步道，桥面每隔几步就有一个三线建设大事记的标记。漫步其中，阅读着这些文字，你会再次穿越时空，在水钢的成立、矿务局的建设中，感受城市发展的不易，从而加倍珍惜。木桥那头，连接着一片密林，女儿在蹦蹦跳跳之中无意发现了树下隐匿着一条小径，以前游湖多次都未曾触及。抬眸一瞅，这里与湖滨公寓仅一墙之隔。墙上爬满油油的藤蔓，藤蔓下一点红若隐若现，俯身细看，原来底下藏着一朵木芙蓉。这花颜色鲜艳，叶瓣丰腴，大红、粉红、玫红渐次镶嵌在一簇花朵上，娇美之极。一树树木芙蓉，像一幅幅跃然纸上的国画，白里透红，又如酒醉的少女，妩媚动人，即便太阳已躲入山后，但是丝毫不影响花儿的妖艳，依然那么夺目。

  这万绿丛中一点红，既如初生的凤池园，给凉都带来勃勃生机，又好比生如夏花的女儿，给未来带来无限希冀，焕发出新的神韵。

多彩大河

☆ 胡明琳

一

钟山毓秀,大河多娇。

大河镇位于凉都六盘水西北部,瑰丽的钟山境内。它距离市中心仅6千米,平均海拔1500米。这里有彝、苗、汉等10多个民族共同聚居,交通便捷,区位突出,有钟山"小江南"之美誉。

大河镇因一条河流而得名,那就是穿镇而过的以勒河。《大定府志》曰:"以勒者,水城以勒土木之祖也",其地形如"鸡肫",地属以勒土目,河当然以"以勒"名命。

清凌凌的以勒河杨柳拂岸,呈"S"形缓缓流淌,将以勒坝子分为大桥和渡口两个村庄。两村房舍明亮,静卧群山怀抱,一村白墙红瓦,另一村白墙蓝瓦。从山上俯瞰,以勒河波光粼粼,弯曲有度,红顶和蓝顶的房屋抱团分饰两岸,既像两朵不同颜色的花,清丽雅致,又像太极的八卦,阴阳相融,一片祥和。

沿着宽阔明亮的旅游公路盘旋而上,来到摩俄大坡,展现在眼前的又是另一番景致。

海拔1800米的山间,天高地阔,宁静致远。身处此山,如履平地,丝毫没有"高处不胜寒"的孤独之感。四通八达的彩色公路连接着大地村、周家寨等56个村民小组和2个居委会。沿途绿荫如盖,栋栋七彩小楼似粒粒珍珠,洒落在山丘下、果林里、湖水旁。公路两边,随处慵懒地躺着翠绿的草坪,洁净的花丛。那系在路两边随性的风车,清风徐来,便加速转动,竭力吹走路人的疲惫和忧伤,留下轻松与惬意。

穿行在这些村寨，会令人产生错觉，时而觉得身处荷兰的牧场，鼻间闻着青草的芳香；时而沉浸在绚烂的童话世界，依偎着山水、楼房。大河镇不仅家家洋楼，且造型别致、色彩明快。站在各村的观景台放眼望去，连片的绿色中多处涂抹着明丽的色块，映衬着碧蓝如洗的天空。此时的村庄既是一幅瑰丽的油画，通透、明朗，又是曼妙的少女，貌美、体香。

这些色块之中，尤以国学馆、凉都生态农庄最为突出。

二

作为文联的工作人员，地处周家寨摩俄湖畔的国学馆对于我来说并不陌生。我曾多次带队到此参加活动，但像今日这般以游客的身份静静观赏，还是第一次。

黄昏时的摩俄湖仿佛天上的瑶池降落人间，碧蓝清澈，水平如镜。摩俄是当地彝族土司的名字，传说他十分热爱子民，不忍寨民常年靠天吃饭，便带领大家修筑阿角仲河坝水库，用于干旱时灌溉田地。后世为了纪念摩俄土司的功绩，便将水库命名为"摩俄湖"。

摩俄湖中倒映着四周群山的丽影，或高或低，或深或浅。湖中，石砌的九孔桥迈开大步横跨在湖面上，据说9个桥孔代表湖周99个泉眼。关于此桥的传说有很多，有的说是英俊的夜郎王为心仪的彝家姑娘浣洗方便而开凿的99道泉眼，有的说是美丽的夜郎公主思乡的眼泪化作99道泉眼。总之立于九孔桥上，你会沉醉在这些美丽的传说之中。

湖尽头的山背后，依次排列着21栋华夏朝代酒店，绿树掩映，鸟语花香。伫立最前端的便是史前酒店，它以洞穴文明为主题，粗犷的石器，原始的虎皮器物，让游客瞬间穿越时空，回到远古。我们来到富丽的唐朝，穿上缥缈的唐服，美轮美奂，是唐皇，亦可是贵妃。中国红映衬的室内，极尽古典与奢华，掀开华丽的红帐，真想一躺不起。

沿着朝代酒店走一遭，就好比畅读一本中国古代史，不由感慨社会的进步、人类的发展，深深被祖国悠久的历史文化吸引。试想，周末几家人相约带着孩子到此，选择一个喜欢的朝代酒店共同住上一晚，再游游湖边的山水，定别有一番情趣。

国学馆，亦称中国农耕历史文化博览园。从高空浏览，整个国学馆的建筑呈"杏"字，意为天圆地方。它的标志性建筑——金鼎，屹立在朝代酒店旁的高梯之上，很是醒目和壮观。鼎内，正中央摆放着一个直径为3米的歙砚，千万别小觑，它是迄今为止世界上最大的歙砚。砚内那些看似不经意的褶皱，还低调地隐藏着整个博览园的地形图，如无人指点，根本发现不了。正殿墙壁上镶嵌着汉字的演变过程和历朝逸闻趣事，殿内氤氲着浓厚的国学氛围。

博览园充分运用图片、文字、实物、场景再现，将农耕源流、农耕风貌、村镇民居、传统习俗等有关农村、农业、农民的各种元素汇集起来，全方位勾画出历代中国农耕文化的全景图，为游人深入了解农业发展进程、传统农业社会、农民生产和生活状况搭建平台，是中小学生了解国学、了解农业生产的一个很好的教育基地。

来到国学馆，你不仅可以接受中国传统文化和农耕文化的洗礼，还能感受大河丰富的少数民族文化，见证大河今日甜蜜安逸的生活。

三

位于大地村的凉都生态农庄，是去国学馆的必经之地。

平常多是路过，只能在车上远远地羡慕着，这次贵州省纪实文学学会在此成立，有幸小住了一晚，终有机会与之亲密接触。

那依山而建、整齐划一的60栋颇具异域风情的黄色别墅，占地400余亩，大气的格局引来无数路人的赞叹。在城市，这样的三层别墅都很稀罕，何况在大山之中。为了拜访住在36栋的作家朋友，我们的车在A区B区绕了几圈，沿途遇到许多外来避暑的游客，听口音以重庆的居多。他们说这里很清凉，暑期一到就带着孩子过来了。这里山高林密、空气清新，住着很是舒适。途中我们还看到了环绕农庄接游客出去的观光车，也在足球场上看到一些集训的球队和搭建的帐篷，看来，这里既没有城市的嘈杂，休闲出行也很方便。

为了晨起看雾，夜仰星辰，我们几位女友刻意早起晚睡，真真儿体会了一把鸡犬相闻、雾中听声的山村生活。

夜色中的大地村非常寂静，人的心情也跟着平复，工作的烦恼、生活的苦闷都得以释怀。那一刻，大脑一片空白，时间仿佛静止，什么都不想，什么都不做，就这么安静地躺着，看着，享受着。

清晨，雾刚散尽，站在农庄的入口向远处眺望，蓝天、云海、绿树、群山一览无遗，视野极为开阔。山风徐来，耳中可听到山脚以勒河水哗哗流淌，鼻翼可闻着摩俄大山葡萄园和蔬菜基地飘来的瓜果清香。那是自然的清香，没有任何修饰，纯净得让人生不出一丝杂念。

过去出门跋山涉水，走上几天几夜，一路上随处可踩着羊屎疙瘩，厕所只挂着一块遮羞布的日子一去不复返了，现在国家关心，政府支持，只要勤劳，一路都是好日子！

四

还记得二十多年前，我坐着一辆破旧的中巴车，在那九曲十八拐的包包拱拱的乡村公路上，顶着一脸的灰尘，吐得稀里哗啦地来到大河镇的情景，如今，高速公路、旅游公路、通组路、串户路缩短了乡村与城市的距离，昔日黢黑的房屋、嘈杂拥堵的集市已随风消逝，大河正以全新的面貌静候八方来客。

水城古镇笔记

☆ 胡馨元

水城古镇的前身为水城老城，位于六盘水中心城区黄金地段，地处六盘水市钟山区荷城街道办荷城社区，与凤池园、贵州三线博物馆毗邻。所谓水城古镇，其实就是清雍正年间所建的水城厅土城，归大定府管辖。民国二年（1913）改水城厅为水城县，为水城县政府驻地，归省直属（原隶属贵西道）。1950年，水城县隶属毕节专区，为水城县政府驻地。

因三线建设需要，1964年11月30日，经国家经委同意，煤炭工业部批准成立"西南煤矿建设指挥部"。这一决策改变了六枝、盘县、水城三个县的行政区划及其隶属关系，把属安顺地区管辖的六枝，属兴义地区管辖的盘县，属毕节地区管辖的水城划出来，并把三个县地名中的第一个字抽出来，组合成一个新名称"六盘水"。1965年11月29日，国务院决定在水城大河区汪家寨设相当省辖市一级的水城矿区人民委员会，将水城的8个公社及威宁的2个公社划入水城矿区，隶属毕节专区；1966年2月22日，国家批准将水城矿区人民委员会更名为"水城特区"，此间，水城境内并存水城矿区（特区）与水城县，隶属毕节专区。

1970年12月2日，中央正式批准六盘水为一个地级行政区，原水城特区与水城县合并为水城特区，行使县一级职权，治所从水城古镇（即水城老城）迁驻黄土坡，归属六盘水地区。1978年12月18日，经国务院批复，六盘水撤地区建市，水城特区归属六盘水市，治所仍然驻黄土坡。1987年12月15日，国务院决定撤销水城特区，分设水城县与六盘水市钟山区。1988年3月9日，县区正式分设，水城古镇（即水城老城）归属钟山区，水城县政府驻地仍然设在钟山区黄土坡（异地办公）。

据《大定府志》载："水城溪自城西来，分为二渠环城流，至东南复合为一流，入乱山中。"又载："水城城，国朝（清）雍正十年（1732）题建土城，乾隆六年（1741）始建城，其城卑而地下，春夏水涨，居民苦之。"据《水城厅采访册》记载："雍正十年（1732），题建土城，厚六尺，高一丈，周围三百七十二丈。乾隆二十四年（1759），改修石城，厚八尺，高一丈五尺，周围四百五十丈，计二里五，分垛口凡六百四十有八，城门三，东挹晖，南启文，西景成。凤池河至城西分为二。一绕南城，一绕北城，会于城东。宽皆五丈余。环城皆山，而胡以水名，城濠外四面皆平田也。盛夏雨久，溪流暴涨，则水高数尺，人行路在出没隐见间。而田塍皆没，上下数十里，渺渺然若湖海。此水城所由名也。咸丰时，粤匪由威宁路至城西，近云南沟。当先两骑陷泥淖中，不得出，遂杀马绕道遁。当秋冬水落时，若塞其下流，亦堵蓄防止而成巨浸。泥淖深者不可测，浅亦未可以腾跃。又名荷城者。奈何？城小而圆，若荷浮水上。濠间多种菱，菱花开时，烂然照人目。今遍种荷，名实符也。"雍正十一年（1733），设水城厅，隶属大定府辖地。

从以上有关志书、史料记载，雍正十年（1732），在底水之下钟山题建土城，乾隆六年（1741）始建城，乾隆二十四年（1759）改建为石城。因城外皆水田，四面群山环绕，水绕城垣由西而东。春夏雨多，河水暴涨，田塍皆没，宛如沧海，故名"水城"。又因城小而圆，像一片荷叶漂浮于水面上，水城又有"荷城"的别称。有关水城、荷城的得名，清代光绪年间，水城厅通判陈昌言曾在城西蔚日亭上镌七绝诗一首，道破了其由来："环山无翳水无波，四望城浮一叶荷。除却酒杯忙不得，夕阳亭上听秧歌。"我们从通判陈昌言的这首七绝诗中，足见当年水城古镇（水城老城）的秀丽风光。

随着城市的扩大建设，水城老城西面相继建设了贵州三线博物馆、荷城花园、凤池园。而作为以前市中心城区的水城老城，逐渐受到了冷落，并成为了城市发展建设的一块绊脚石。钟山区政府为了打造旅游景点，因地制宜，将水城老城重新规划建设，并命名为"水城古镇"。水城古镇大部分建筑都是仿古修建的，少部分旧的建筑是经过维修的，里面有几棵稍微高一点的大树，这是我对水城古镇的第一印象。经过打造，现在的水城古镇已经成为一个休闲怀旧小镇。

一条铁轨蜿蜒穿行在水城古镇里。看着铁轨旁边那些有年代感的建筑，我脑海里总是浮现出电影里那个年代的经典画面。水城古镇包含了三线文化馆、三线博物馆、三线建设指挥部、三线体验馆、思源广场等旅游景点，设有古镇照相馆、三线特色旅游商品店、水城新华书店，还有各具特色的茶楼、餐馆、休闲吧等等。它们推动景区从观感向"游乐玩购"旅游链延伸，展现城市的过往文脉。我是一个念旧的人，也曾经站在水城老城的废墟旁悄悄地难过过，直到后来，才慢慢地喜欢上了水城古镇。

水城古镇里的建筑大部分都是仿古的，有的是纯木房子，有的是砖木混合，有的是纯砖结构。建筑里也会出现仿古的雕花工艺，也有古色古香的味道。在这些古式建筑的旁边，又种上了许多的树，种在墙角的爬山虎悄悄地延伸，演绎着春夏秋冬里不同的画面，有些石阶上面也慢慢地长出了青苔。水城古镇的南门口有一座石拱桥，每逢周末或是天气好的时候，石桥边上总会聚集很多的市民，他们有的唱歌，有的跳舞，有的坐在那里拉家常，有的回忆他们以前的老故事，热闹的声音里也总会传来几声小孩子的嬉戏声或是哭喊声……石桥下面流淌着清清的水城河，它伴着水城古镇走了一小段，然后流向远方。

从石拱桥走过去就会看到类似于城门的一个建筑，在城门口有很多老城小吃，有我喜欢吃的卷粉、冰粉、汤圆、烙锅等等。这里要细说一下老城的卷粉，它是老城的金字招牌，很多不知道老城的人也听说过老城的卷粉特别好吃。卷粉的制作过程非常复杂，别看这只是一张小小的卷粉，它也满含着辛苦与智慧，而且每一家做出来的味道都不一样，调料大多都是一样的，只是用料上面颇有讲究，用油必须要好，用料必须要新鲜。在我看来，用心做出来的卷粉，味道肯定不会差，也总会有一家的卷粉适合你的口味。穿过城门，进去就是一条人工河，像是一条护城河，我想，这也是为了让古镇更有古镇的味道而打造的吧。一开始，我发现里面的水不是太清，后来经过几次改造，加设了一些过滤水的设施，现在河水已经变清了许多，里面还可以看到一群群悠然自得的小鱼。这一段护城河上面立有几座小石拱桥，每座桥上都刻有名字，这些名字代表着一种信念，也像是一种目标。

后来，我慢慢发现，水城古镇是以"文化"和"山水"为主题，围绕"一水绕两核""七桥串古今"构建，着眼于完善城市功能、保护古镇特色，注重保留水城古镇独特的建筑风格，保留三线建设时期的建筑元素，是独具特色，集自然、人文、观光、休闲、度假于一体的特色古镇。闲暇的时候，在古镇里漫步，古镇里的每一个角落都会带给你意想不到的惊喜。

水城古镇的春天很美，三月初，樱花陆陆续续挂满树枝，我独爱靠河边的某一株。这株樱花的花瓣呈浅粉色，樱花全部绽放的时候最美，远远望去，就像雪花一样可爱。用手轻触，花瓣略带凉意，像是生命的温度。有路人走过，随手轻轻摇一摇树干，花瓣便缓缓飘落，就像是下雪一样，让她拥有了几秒钟的快乐。我看着，似乎也跟着愉悦了一下，但我更喜欢风过花落时的样子。晓诺捡起一朵，放在手心里，想给花找一个可以重生的地方，她问我："枯树枝可以吗？把花放在上面，又种在土里，有水的滋养，会长大吗？"我沉默不语，过了片刻，说："可以。"晓诺用期待的眼神看着我，我用肯定的眼神回应了她。我找到一个石梯子，坐在那里歇息片刻，仰望蓝天，倾听鸟儿们的歌唱，微风拂面而过，世界仿佛没有一丝丝烦恼，只留有一份浅浅的牵挂藏在心底。不远处，又传来一首老歌……

作为一个摄影爱好者，我是不会错过水城古镇里的每一个季节的，不会错过春天的新绿，夏天的风，秋天的红枫叶，以及冬天静静的雪。我总喜欢从我的角度，去记录水城古镇春夏秋冬的美，去发现水城古镇的与众不同。若是遇到外地游客来问路，我会很愉快地当一名业余导游，也顺便炫耀一下，我们凉都这19℃的夏天。

游走在水城古镇，我依稀记得昔日的水城老城只有一些低矮的平房和瓦房，算不上古老的建筑，只是比较陈旧的小街小巷。如今，水城古镇已经成了人们休闲娱乐的好去处，也成了市中心的一个亮点。随着时间的推移，社会的迅速变化搅动着每个人的内心。清新的环境，低廉的物价，平淡缓慢的日子，以及在简单中寻找到的快乐，让水城古镇充满生活气息，这曾经是我们的传统，但在今天，它开始变得稀有而珍贵。我设想，我也坚信，百年或是千年以后，水城古镇一定会成为名副其实的古镇，一个有深厚文化底蕴的小镇。

金盆天生桥

☆ 符　号

据中外岩溶地貌学家考证认定，钟山区金盆乡干河天生桥属石灰岩河道洞穴坍塌后残留的天然桥。干河天生桥地处金盆乡其林村，与毕节市赫章、纳雍两县毗邻。桥高135米，跨度60米，顶拱厚15米，桥面长30米，宽35米，是世界上最高的公路天生桥，亦有"神州第一桥"的称誉。

干河天生桥为贵州省境内多处天生桥之最。桥身高耸入云，宛若长虹，横跨危绝天堑。在桥上，观群山如海浪起伏。附近区域内多洞穴、伏流及喀斯特峡谷，谷底怪石嶙峋，树木葱绿，溪水潺潺。美丽的天仙桥传说给该桥平添了几分神秘色彩，是水城县及全省典型的具有代表性的喀斯特地貌奇观。桥两岸全系悬崖绝壁，东部为倮布大沟，西部为干河大沟，桥的四周分布着暗河和溶洞，与灰岩陡壁、深箐密林构成了天生桥奇特的、高品位的喀斯特奇观，其下游还有数量众多、大小不一的天生桥组群。

干河天生桥有很多名字，因其高，夜晚看上去好像人横在半空中和天上的星宿相连，所以曾叫"天星桥"；因桥的周围和桥的绝壁上长有许多百年古松，桥面巨石压顶，黑压压遮去了大半个天空，于是又叫"天阴桥"；后来，人们说他是天然生成的，就叫它"天生桥"。其实，当地民间流传最为深远和广泛的叫法是"天仙桥"，意思是天上仙家修建的桥。

"天仙桥"这个名字来源于当地一个美丽动人的民间传说故事：相传盘古开天辟地时，嫌干河这个地方的石头太硬，于是，一气之下抡起手中的开山大斧一阵乱砍，把干河的大石山砍得横七竖八、深沟陡峭。尤其是东面的倮布大沟和西面的干河大沟，更是又深又陡。倮布大沟这边喊话，干河大沟那边应；干河大沟那边唱歌，倮布大沟这边听，但两条大沟的人们要相会，就得先下到陡峭的大沟沟底，再从沟底沿着陡峭的绝壁爬到对面的沟顶，从天亮走到天黑，从月亮升起走到太阳西沉，都还不能相会。这真是"蜀道难，难于上青天"啊！太艰难啦！

年长日久，生活在大沟两边又想要相会的人们在不断地艰辛攀缓的同时怨声载道。终于有一天，人们的抱怨惊动了天上的神仙兄妹。神仙兄妹看到当地人们的艰辛生活，便商量为人们做点好事，于是决定在东面和西面各建一座石桥。

神仙兄妹来到凡间，妹妹提出兄妹先一起动手修桥，可哥哥小看妹妹，认为妹妹的法力远远不如自己，建议还是各自修建一座石桥。妹妹一赌气便应承了下来。两人当即立下规矩，哥哥修东面俫布大沟的石桥，妹妹修西面干河大沟的石桥，天黑动手，天亮完工，鸡叫为限，到时互相检验，看谁修的石桥既美观又牢固。

哥哥来到俫布大沟，用手劈砍大石，不到一顿饭工夫就备齐了修桥所需的石料。他十分得意，便到山顶上去看妹妹如何备料，过了好久，才见妹妹吆着一匹仙马驮来几块石头。他暗地里一算，妹妹起码半夜过后才能备好石料，自己的时间很充足。于是哥哥笑了笑，就跑到东海找东海龙王喝酒去了。到了半夜，哥哥醉醺醺地来到俫布大沟边。他觉得头重脚轻，心想离天亮还早，干脆好好睡上一觉，天亮之前也能把桥修好，于是便倒头呼呼大睡。

妹妹却一点也不敢松懈，一刻不停地运石料修桥，还没等到天亮，一座既高大又宽阔且特别牢固的石桥就横跨在了干河大沟上。妹妹修好桥后，放开仙马，坐下来休息。仙马站在桥上，把头伸到河中喝水，这一喝竟把水差不多喝完了，仅剩下一股细细的溪流。如今，桥面上还留有几个仙马大大的马蹄印。"干河"和"天仙桥"由此而得名。

天亮了，哥哥醒过来一看，西面的干河大沟上已经架起了一座平平稳稳的大石桥，妹妹正牵着仙马朝俫布大沟这边走来。哥哥误了大事，羞愧不堪，便纵身飞回了天上，留下一大堆石料。这堆石料现在还乱七八糟地堆在俫布大沟旁的半山腰上。

干河天生桥巍然耸立，以雄、奇、险、峻而闻名。桥下峡谷内分布着较多的溶洞和暗河，灰岩陡壁、参天古树、潺潺流水，景观独特。天生桥地处苗寨彝村，民俗古朴，村民勤劳善良，芦笙、蜡染等民族民间文化独具特色。这里不仅是休闲观光的游览胜地，也是攀岩、洞穴探险技术训练的理想场所。1996年4月，中国科学探险协会洞穴科学部、中国科学院地质研究所和六盘水市人民政府联合在干河天生桥举办了首届国际洞穴单绳技术比赛。美丽的天生桥在展现中国、罗马尼亚、印度尼西亚、俄罗斯、西班牙等8个国家体育健儿风采的同时，也向世人展现了它的神奇壮观。

明湖湿地公园

☆王　华

我所居住的城市有"中国凉都"之美誉，素来以山水著称。外地来了朋友，我定要带他们登贵州屋脊韭菜坪，游明湖湿地公园，逛水城古镇……近年来，又有个新的去处，那就是位于中心城区以西的地标性建筑——明湖湿地公园。

湿地作为地球三大生态系统之一，在控制污染、调节气候、美化环境等诸多方面均起着相当重要的作用，是人类最适合居住的生态环境，被称为"地球之肾"。湿地有丰富的野生动物资源，又是陆地上的天然蓄水库，在蓄洪防旱、控制土壤侵蚀等方面起到极其重要的作用，还是众多野生动植物，特别是珍稀水禽的繁殖和越冬之地。因此，在城市的发展中，人们越来越意识到湿地的重要性。可惜的是，我们的许多天然湖泊、湿地早已在城市扩张中销声匿迹了。所幸的是，六盘水作为西部欠发达地区，经济发展一直较为滞后，这种滞后反而让我们保留了比较多的原生态环境，城市西郊的明湖就得以保留下来，并被建设成了贵州第一个国家级湿地公园。

明湖湿地公园控制范围千余亩，既是市中心城区市民休闲、娱乐、健身的最佳场所，又能调节当地水量，净化水体，改善生态环境。公园以自然式山水园林为主体，通过山水地形变化，借助自然景观将湿地恢复、人与自然融为一体，达到生态、社会、文化、经济相互依存的目标。从一线天出水口开始，依山就势打造了8台跌水，13座栈桥，11个休息平台，小桥流水，灵动秀美。南侧和西侧则与自然山体相连，生态植被完好，地下暗泉涌出，是一个天然的森林公园、生态公园。这里人行道、自行车道沿着水系铺展，在湿地梯田之间形成网络，还将设有大量座椅、凉亭和观光塔的休息平台融入自然系统中，方便游客玩赏的同时又为其增添了景观审美体验。还有个最具标志性的建筑物，便是那蕴含了"水舞钢城"设计理念的长达1.13千米的彩虹桥。它既是一条景观长廊，又是一条游览通道。该桥为异型钢结构，宽窄不一，高低起伏，是目前国内最长的异型钢构桥，犹如一条凌空飘舞的彩带，连接着中心湿地的三岸，创造出令人难忘的散步、赏景场所。眼前美景使人赏心悦目，让人不由得想起一位本土诗人描写明湖湿地的诗句："凉都美景似画图，百顷波光鹤鹭逐。疑是苏杭留客醉，身边仙境有明湖。"置身于这如诗如画般境地，都市生活的烦嚣烟消云散，取而代之的是一片宁静安逸、倦鸟归林的悠然心境。明湖湿地公园早已成为备受广大市民和远近游客喜爱的社交、休闲场所。

　　随着湿地生态环境的改善，每年入冬后，前来明湖湿地越冬的候鸟越来越多，有苍鹭、白鹭、红嘴鸥、绿头鸭、白骨顶等，这些候鸟中有许多还是国家级保护动物。更难得的是，一些候鸟居然没有飞走，定居下来成为留鸟，有关部门还为它们人工筑了许多的鸟巢。

　　有时我在想，人类是万物之灵长，植物、动物便是大自然的精灵，大自然的生灵之间是相互依存、休戚与共的。从凉都人民的实际行动中，我看到了人与自然和谐相处的希望。立于湖畔向远处眺望，我似乎看到了"采菊东篱下，悠然见南山"的田园野趣，看到了"关关雎鸠，在河之洲"、鸟声和鸣的自然风光……

　　眼前的灵山秀水，不禁使我想起孔子的"仁者乐山，智者乐水"以及老庄寓情于山水、体悟大道的智慧。试想，古往今来，无数仁人志士，无一不寄情于山水，于变幻莫测的青山绿水之间，汲取挽狂澜以济苍生之气蕴和力量。屈原被放逐，寄身心于自然，愤而著《离骚》；渊明秉性高洁，辞官归隐，开一代"田园诗风"；阳明于山水间悟道，终成一代大儒。还有，张继一首《枫桥夜泊》，让寒山古刹美名远播；李白一曲"烟花三月下扬州"，让扬州春色灿烂；王勃的《滕王阁赋》、崔颢的《黄鹤楼》、范仲淹的《岳阳楼记》等等，不胜枚举。它们不仅令当地千古传名，至今也是人们去游览和瞻仰的重要理由。如今，生于大好时代的我们，在游览祖国好山水，陶冶性情的同时，难道不应该激发点爱国情怀，抑或是不忘探寻点生命的价值吗？

　　我想，作为六盘水人，我们是有福气的。三池三湖在我们城里，水城河流过我们的城市，水城古镇别具古风韵味。如今城市虽然在扩大，但政府在建设的过程中始终以生态文明理念引领经济社会发展，许多湿地、绿地被保留下来，建设成为湿地公园，而且保护与建设还真正体现在了行动上，流经城中区的水城河变清了，西郊明湖湿地的水鸭、白鹭日渐增多了。我时常在想，未来的某天，也许会有只红嘴鸥扑扇着翅膀突然飞到我家院落，吓我一跳呢。

寻古访幽到岩脚

☆ 张 磊

岩脚古镇，慕你已久，今日，我终能一睹你醉人的芳姿。

这里的山，近处是奇峰罗列，各不相连，一座座峭削清癯，崖刻苍劲，藤萝互绕叠翠于岩隙间。远处是蓊郁苍莽，绵延起伏，将小镇温柔地揽于山的怀抱中。山称贵人山、万灵山、火焰山、狮子山、杜鹃山……众山矗立，形成了"九狮拜象"的地理景观。山腰有寺，寺是古寺，回龙寺、观音阁、万寿宫、文昌阁、魁星楼……红墙黛瓦，隐于树影。拾级登临，步步生景，极目远眺，山水烟霞、天光鸟影，尽收眼底！

岩脚地势低凹，雨季来时，千壑万瀑，清泉垂流。平地有五大奇泉，日夜汩汩。龙泉、凤眼左右呼应，木贡温泉泉出两股，冷热相汇。还有马槽井，四泉同源。更有回龙溪绿水清波，蜿蜒流淌，一路欢歌。溪水奔高跌低，溅起白浪簇簇。沿途茂林修竹、廊桥花树，影随波动。水上有桥，溪桥处处，风雨桥、神仙桥、成效桥、三合桥、高桥、平桥……或拱或平，或精雕或古朴，寒来暑往，百年屹立。

山水相映，成就了平桥春潮、魁楼雪霁、虹桥飞渡、回龙晚钟、龙溪夜月、古寺双荆、财神观钓、石洞莲台、万灵僧塔、善贤骑狮等十大自然景观及优美的民间传说。

古镇始建于明朝洪武初年，至今有600多年的历史。传说古镇的最初开拓者，是姓张、杨、穆的三人。他们是洪武年间被派往安顺屯兵队伍中的三人，队伍临时休整时，他们跑到山洞口呼呼大睡，一觉醒来，队伍已无影无踪。莽莽荒野，望不到边，饥肠辘辘的三个年轻人正在绝望之际，一只黑色的野山羊从林中窜过。穆公拉弓搭箭射杀了野山羊，三人烤肉果腹，挨过了生命中的难关。三个"鲁滨孙"式的开拓者，年复一年，用他们的一张弓、一把斧、一把锯、开荒、修屋、拓路，创建了自己的家园。过了十来年，水西首领奢香夫人修筑驿道，他们的庄园离驿道只有几百米，客商渐渐往来频繁，有些人定居了下来。不忘初心的他们把这片土地称为"黑羊大箐"。经过一代又一代后来者的建设，黑羊大箐终于成为有"小荆州"之称的农商繁荣之地。

时至公元21世纪，国家兴盛，政通人和，地方政府重修岩脚古镇，新添回龙溪温泉度假村、阿珠水库、火焰山公园等新景。

在新建的永和广场上，屹立着"三公"石像，基座上篆刻着他们的传奇故事。对联云："斩荆榛砍伐黑羊箐创建岩脚功德流芳千古；披星月开垦处女地种植谷物青史相传万代。"

徜徉在老街光洁的青石路上，夹道商铺栉次接邻。眼前的龚家大院、唐家马店、谢家茶楼，俱是清初建筑，或木雕重漆，或篾墙泥坯，经过修缮，依然能让人想象出当年的繁华。这是一条川滇黔运盐的茶马古道，翻飞的招旗让我们恍惚间穿越了时空。马铃叮当，马蹄嗒嗒，歇脚的、赶路的、买卖的，客商云集，民族杂居；水碾房、铁作坊、缝纫店、银号、篾铺、酒馆、书坊、戏楼、旅店，应有尽有，人声喧杂。

从青石路、铁路到高速公路，运输再也不需要人背马驮，曾经的热闹渐渐退去，只留得雨里鸡鸣、柴门犬吠守候着清幽幽的山乡古镇。倒是街边的烙锅、凉粉、肉饼、岩脚面等美味循着时光一路飘出岩脚，飘香至今，引诱着我们的味蕾。

依山临水的徽式小楼，白墙黛瓦，飞檐高翘，端庄凝重。檐下悬着的串串红灯笼为小楼增添了喜庆和俏皮。夜幕之下，憧憧灯影，闪作星光，随水波摇曳。

"中宵皓月印高秋，对客饮谈更上楼。同咏雅诗新入妙，快斟清酒更消愁。东丁滴漏壶声慢，郁馥香飘桂影浮。风好御仙天际望，溶溶月印淡云收。"这是清朝举人、岩脚爱莲书院创始人张瞻云所作的一首回文诗，正念倒念皆可，今日此境此情，正入诗意。

青青杨柳岸，啾唧鸟语鸣。倘若闲暇，邀好友仨俩，来这里走走。脚触过的每一寸土都有生命在拔节，手抚过的每一块石都折射出岁月的光影。风雨桥上，坐听风声雨声，任凭檐头早已是点点滴滴岁月的痕迹。时光挽着裙裾，轻轻地从这边山头挪到了那边山头。

寻古访幽到岩脚。古镇岩脚坐落在贵州六枝县城西北23千米处，养在深闺人初识，古貌新颜散发着迷人的风采。

水城名屯笔记

☆ 符　号

"屯"作为动词和名词读tún，作为动词时，意思是聚集、储存；作为名词时，意思是村庄；作为形容词读zhūn，同迍，形容困顿、艰难。本文说的"屯"是名词，指的是一种特殊的地形地貌。该地形地貌地质学上称为旋转构造，也称旋卷构造或旋扭构造，是受地质运动挤压、扭曲而形成的。屯的顶部一般较为平缓，四面则深沟大壑，刀削似的悬崖峭壁令人望而生畏。地处中国凉都六盘水市水城区的"归集三屯"（马龙屯、棋盘屯、妥倮屯）和阿扎屯，都是极为险要的水城名屯。

——题记

马龙屯

"马龙一个屯，十人去了九人病；去时骑大马，归时拄拐棍。"这是流行于水城发耳一带的一首民谣。民谣所说的"屯"指的就是位于水城区都格镇的马龙屯。马龙屯地处都格镇东面马龙村，距镇政府12千米左右，据县城双水约60千米。马龙屯的底部处于低热河谷，自古以来，人们想要进出马龙屯，只能靠步行或者骑马，上屯不易下屯更难，一不留神就会失足跌入万丈深渊。

"王婆奇山天下秀，龙洞风光世上绝。营脚圣水沸，八大金刚守家门。九十九洞九九山，飞瀑稳挂在前川。天仙下棋到此地，龙王东海来观看。三屯耸立入半空，涛涛江河过其中。神州何处风光美？八仙云游此山中。"这是流传于水城发耳、鸡场、都格三个乡镇的一首布依族民歌。这三个乡镇一衣带水，连成一体。这个地方在古时候叫作"归集"，流经此地的北盘江又称为"归集黄河"，用布依族的话说，"归集"就是"美丽富饶的地方"。这首民歌把归集三屯（妥偞屯、马龙屯、棋盘屯）的山水风光描绘得出神入化，犹如人间仙境。

据《六盘水旧志点校·水城厅采访册》记载："马龙屯在城南百二十里黄河内。四面险绝。崖分三层，高二百余丈。二层名杨家屯，三层名赵家屯。屯上纵七里，横五里，周围八十余里。由慕独箐大山垂乳下丫口场，过峡起伏，耸出此屯。路由卷洞门而上。又由屯顶左下二十余丈，垂一小乳，古树百株。清初禄万钟建祠在兹。万钟乏嗣，安坤嗣之。坤伏诛后，姬姓嗣之。屯南有一硝洞，最大，屯人每避乱于其中。屯北大路，系安坤所修。全屯烟户二百余家，岁产苞谷杂粮三千余石。屯头临黄河，与河外棋盘屯对峙。"

站在北盘江边，翘首仰望归集三屯，只见三个屯高大挺拔，直耸云霄。涛涛北盘江水从北向南流过其境，把发耳、鸡场和都格三个乡分为东西两半，妥偞屯和棋盘屯在河西，马龙屯在河东。三个屯中，马龙屯最为高大雄伟，气势磅礴。

马龙屯这个地名，来源于安仙义（安坤）与小白龙的传奇故事。传说安仙义是个彝族道士，他道法高超，神通广大，心地善良，能腾云驾雾，早晨从归集出发，傍晚就能从千里之外的南海背盐回来，供当地乡民食用。有一次，安仙义到南海背盐，恰逢哪吒三太子正要将犯杀人之罪的南海小白龙就地处决，遂救了小白龙一命。小白龙为感谢安仙义的救命之恩，变成一匹白马，替安仙义驼盐供应归集民众食用。小白龙在陆地上是一匹白马，到水里就还原成了一条白龙。人们为了感谢安仙义和小白龙的恩情，就把他们居住过的这个大屯叫"马龙屯"，让他们的英名千古流芳。

马龙屯海拔1600余米，面积不过20平方千米，地貌起伏跌宕，山峰林立，群峰环拱，层峦叠嶂，沟壑纵横，奇石嶙峋，植被茂密，幽草青苔，云绕雾锁，兼具华山之险，更显黄山之秀，也有泰山之雄，彰显峨眉之幽，为天然雄关。周围皆万丈悬崖，明朝时依势筑有四门。东门右侧伴有两个小寨，均由"断山壕"与主峰马龙大山切断，壁立千岗，雄险幽深；西门诸峰之间，坳深坡陡，难以攀登；南门、北门峭壁悬崖，设卡，有险道上山。山上乱石遍地，一石滚下，百石相撞，八面开花，似乱箭飞蝗，易守难攻，被誉为"黔中第一屯"，是古代兵家必争之地。

由于马龙屯地势险峻、易守难攻，颇有"一夫当关，万夫莫开"之势。马龙屯还有一段红色革命历史。20世纪40年代，大量土匪流窜到马龙屯，这对周边百姓来说真是雪上加霜。饱受战乱之苦和土匪侵扰的马龙屯人，终于等来了共产党和解放军。1944年，当地一个恶霸占山为王，盘踞在马龙屯上，他在国民党反动派的暗地支持下，招兵买马，扩大武装力量，横行乡里，为害一方，欲与即将到来的解放军对抗。1949年，国民党反动派的一支部队逃窜到马龙屯，人民解放军围攻多日，恶霸、土匪和国民党残军凭借天险负隅顽抗，解放军和地方武装久攻不下，伤亡惨重。最后，在当地群众向导带领下，解放军从北门攀悬崖，走险路上屯，经过激烈的战斗，马龙屯被解放了，人民当家做了主人。经过浴血奋战，"剿匪"胜利了，几十年战乱终于结束了，马龙屯百姓盼来了和平宁静的生活。

马龙屯中有一天然石洞，名为"马龙洞"，绝壁上有一条崎岖小路可以通行，宽敞的洞内，天然塑有一位白面白须"真人"神像，人首马身，腾云驾雾，似龙行祥云。传说，古时当地一位牧童常年在山上放牧，一日，牧童放马时被困在断山壕的悬崖上，上下不能，饥饿难忍，只能沿崎岖的小路艰难地走进洞中去找水喝，无意中发现洞里一处钟乳石上长有灵芝仙草。于是人马争相采食，当饮下洞中甘甜的泉水后皆飘飞成仙，化为洞中白面白须"真人"神像，山洞因此得名"马龙洞"，并流传至今。另有传说，牧童前世是太上老君所骑青牛的牵牛童子，因触犯天条，被贬下凡间受苦修炼。在老君山上静炼仙丹的太上老君看到他在凡间仍然喜欢牲畜，喜马如命，心地善良，才暗放仙草，超度他重返仙界。

很早以前，马龙屯东门有一突兀山峰，峰上耸立一石笋，远远看去五官俱全，鬓发可见，极像一位老者，故称"石老汉"；南门边悬崖上也有石柱，似盘膝而坐的老妇，称为"石老婆"，这里还有一段神奇而凄美的爱情故事。传说两位石人原来是太上老君驾前守护丹炉的童男童女，因私自婚配，偷吃仙丹，被太上老君贬下凡间，在此高山之上守护马龙屯，确保这里太平安康。

北盘江段发耳的上游是清水河和毛家河两条支流，该处有响水电站、毛家河水电站、清水河水电站三个梯级水电站，下游是险峻神秘的北盘江大峡谷和善泥坡水电站。传说当年八仙和南海龙王在这里夜以继日地挖掘这条深沟，最终把归集湖的水弄干了，使世人再也看不见她美丽的容颜。幽长神秘而险峻的北盘江大峡谷是人们探险、漂流的最佳场地。江中的鲢鱼美味无比，堪称人间极品。

棋盘屯

棋盘屯位于水城区鸡场镇凹子村屯上。有关棋盘屯地名的来历，在当地布依族民间还流传着一个传奇故事。"山不在高，有仙则名；水不在深，有龙则灵。"棋盘屯的山有神，水有灵，人讲义气、豪爽热情。据《六盘水旧志点校·水城厅采访册》记载："棋盘屯在城南百二十里黄河外。与马龙、妥倮二屯对峙，三面俱峭，一面临河。内有巨石一方，宽丈余，形如棋盘，故名。屯分两层，高二百余丈，周围五六十里。屯上田土肥美，居其中者有百余户。屯尾与妥倮屯相接无间。"

棋盘屯边有座石山，当地人称为"王婆奇山"。此山非常秀丽，远近闻名。从东遥望此山，如情侣相拥，脉脉含情，令人心花怒放，情不自禁；从南远眺此山，犹如美人屹立，少女思春，令人想入非非，心猿意马；从西静观此山，如情侣相依，窃窃私语，令人浮想联翩，春潮顿涌；从北仰望此山，如霸王出山，顶天立地，令人精神抖擞，豪气十足。此山不但雄伟壮丽，而且具有无限的名气与灵性。这些名气和灵性来源于遥远的传奇故事。

相传这座"王婆奇山"是天庭王母娘娘的大女儿王丽君与归集布依族青年阿鹏变成的。传说玉皇大帝的女儿王丽君私自下凡到归集，与布依族小伙阿鹏对歌，考文试武，后结成仙凡情缘，并结婚生儿育女。在归集，王丽君与当地布依妇女一同织布、做衣、刺绣，做出了许多漂亮的布依族服饰。夫妻俩还创造出炼腊肉、火腿，制作出美味无比的精肉鲊，提高了当地乡民的生活水平。他们成家十余年，生有一儿一女，小日子过得欢欢喜喜，快快乐乐，甜甜蜜蜜。但是，他们的仙凡情缘触犯了天规天条，玉皇大帝派哪吒三太子到归集捉拿阿鹏去天庭接受惩处。

哪吒三太子来到归集，夫妻俩不屈不挠，阿鹏与哪吒三太子大战了一场，他们斗法比武，不分输赢。阿鹏夫妇又与哪吒三太子据理力争，双方辩论未果。阿鹏与哪吒三太子协商用归集的妥倮屯、棋盘屯、马龙屯三个屯中间的那个屯当棋盘，用屯上的石山当棋子，用另外两个屯当凳子，下棋决定输赢。如果阿鹏输了，他们夫妇俩就跟哪吒三太子上天庭，接受天规天条的惩罚；如果阿鹏赢了，天庭从此不再追究，让他们在凡间做一对恩爱夫妻。

经过充分准备，阿鹏与哪吒三太子的下棋比赛正式开始。阿鹏坐南向北，哪吒三太子坐北向南，千万吨重的石山在他们手里就像常人下棋执子一样轻松自如。天庭南天门外聚集着许多神仙在那引颈观望，归集四周的山坡上，也坐着很多慕名前来观赛的人，他们皆被阿鹏和哪吒三太子的绝世神功惊得目瞪口呆，不敢言语。

阿鹏和哪吒三太子你来我往地下到傍晚也不分胜负，王丽君用提篮装满酒肉饭菜送去给阿鹏和哪吒三太子吃。王丽君边从提篮里端出饭菜边介绍说："这钵亮晶晶、红濡濡的是归集腊肉，飘香四海；这钵红彤彤的是归集精肉鲊，味美而香辣，是归集特色菜，天下独一无二；这钵是归集鸡圳汤，香遍天下；这钵是归集酸汤鲢鱼，味道鲜美，不腥不腻，食之令人精神饱满；这钵是归集豆花菜，味道醇香，食之令人口齿清新，心旷神怡。"哪吒三太子兴奋地说："久闻归集饭菜特别可口，今天得以品尝，真是三生有幸！"

吃饱喝足的哪吒三太子异常兴奋地说："你们归集人做的饭菜，色香味俱佳，让我大饱口福，感谢了，非常感谢！"王丽君微笑着对哪吒三太子说："三太子客气了，我们身处穷乡僻壤，本想好好招待你一番，但心有余而力不足，有招待不周之处，还望三太子多多见谅！"

阿鹏和哪吒三太子二人白天下棋，晚上喝酒吃肉，摆龙门阵。他们棋技相当，各有斩获，不知不觉已经下了48天，仍然不分胜负。哪吒三太子很欣赏阿鹏，内心很同情阿鹏夫妻俩的遭遇，很想帮他们一把，但是，自己的一言一行都有天仙严密监视，让棋是行不通的，只希望阿鹏能拿出绝招把自己整输，这样才能保证他们夫妻俩的安全。

最后一天，天庭和凡间名人志士的神经都绷得紧紧的，都想目睹究竟谁能赢得这盘空前绝后的棋赛。阿鹏暗想："不使阴招绝对赢不了棋赛，大事面前不拘是非小节，先过了这一关再说。"阿鹏想到这里，便用炮拼了哪吒三太子的马，然后又趁哪吒三太子动炮之时暗聚内力，忽然一下震毁了哪吒三太子手中的炮。哪吒三太子冷静思考："我是否应该让他一马？以此来拯救他们夫妻俩呢？"正想着，天空中传来闷雷似的声音："三太子，阿鹏用内力震毁了你的炮，你还不反击吗？如果你包庇他，不但于事无补，自己也脱不了干系，你考虑好了！"哪吒三太子为难地看了阿鹏一眼，阿鹏明白他的意思，于是举起马准备出击。哪吒三太子运起内力与阿鹏较劲，战马停滞在半空，一会儿缓缓前行，一会儿又慢慢被逼退。他们俩都使尽了全力，都想把对方压住。现场观看的人皆屏住呼吸，每个人的心都咚咚乱跳，空气显得非常沉闷。正在此时，一只大蜈蚣突然爬到哪吒三太子的脖子上,张开大嘴就要咬他。说时迟,那时快,天空飞下一根银针将蜈蚣射死;接着又飞来几只马蜂欲蜇哪吒三太子,天空仍然飞下几根银针将马蜂射落。这时,只听到"轰隆"一声闷响,棋盘上空的小山承受不了双方的神力挤压而粉碎了,阿鹏的战马被斩杀了,双方经过七七四十九天的较量,最终战成平局。

哪吒三太子只好回天庭向玉皇大帝复命。玉皇大帝听了哪吒三太子的陈述顿觉脸上无光,暴跳如雷,命令托塔李天王率十万天兵前去归集捉拿阿鹏夫妇。阿鹏夫妇坚持真理,大义凛然,毫无畏惧。他们在凡间志士的帮助之下与天庭进行了惊天动地的生死决战,万余天兵血染归集屯,魂绕夜郎山。阿鹏他们最终寡不敌众,夫妻俩相拥而立,变成了一座高大俊秀的石山,宁死不上天庭接受审判。后人把此山称为"王婆奇山"或"王婆山"。由于阿鹏和哪吒三太子用归集三个屯中间的这个屯当棋盘下过象棋,后人就把这个屯称为"棋盘屯"。玉皇大帝命令南海龙王天天坐在棋盘屯边研究阿鹏和哪吒三太子的残棋,必须研究出个输赢方能返回南海,否则就永远在这里研究下去。南海龙王到死都没研究出哪个能赢,他死后变成了一座高大雄伟的大山,人们把这座山称为"老龙山"。老龙山就像一个老人坐在那里认真研究棋艺,夜以继日,风雨无阻。

棋盘屯上有千亩林海,屯上有九十九座山,九十九个洞。每座小山几乎一样高大,一样浑圆,就像棋盘上的棋子;每个洞的形状几乎一样宽大,就像棋盘上的方格。行人走在这些山之间,就像进入了迷宫,座座山上都长着同样的树木,个个凹塘里都生长着同样的庄稼,树木遮挡住了远处的山,令人分不清东西南北,往往意欲往南面行,但恰巧会走到屯的北面,使人不得不走回头路。如果晚上在棋盘屯上行走,不说是外地人,就是不少本地人也找不到正确的路线,也会走许多冤枉路。屯上路径幽静,边走边放声高歌,山林回音,山洞回唱,给人一种返璞归真的感觉。

妥倮屯

妥倮屯位于水城区鸡场镇安全村妥倮组。"妥倮"二字是布依族话"斟酒"的汉字音译。据《六盘水旧志点校·水城厅采访册》记载:"妥倮屯在城南百二十余里黄河外。脉由大小白古之干龙至打铁寨丫口过峡,耸出此屯。高二百余丈,周围四十余里。三面陡绝,毗连棋盘屯。屯上土田亦肥美,惟烟户较棋盘屯稍少。"

据当地民间传说,"妥倮"地名与铁拐李、张果老、汉钟离、韩湘子、吕洞宾、蓝采和、何仙姑、曹国舅这八个仙人有关。

花香招来蜜蜂绕,好景招来四方客。传说中的八仙都是游山玩水的游侠,足迹踏遍神州名山胜水。有一次,他们慕名前来归集云游,看见一条瀑布从100多米高的悬崖上飞流直下,降落在一个像碗似的大水塘里,溅起的水花有几丈高,水雾在阳光照射下呈现出一弯彩虹,隆隆的响声传到几里之外。远观这条瀑布,就像一幅美丽的山水画悬挂在高大的岩壁之上。

八仙相约到瀑布下面乘凉,享受瀑布带来的那份清爽。他们来到瀑布下,看见一户人家坐落于竹林深处,走近询问,方知这是当地一个布依族员外之家,员外姓陆,人称陆员外。陆员外热情地邀请八仙到家中做客。八仙来到陆员外家门前,仰望他家房后这条犹如从天而降的瀑布,阵阵凉风将盛夏的炎热吹得无影无踪,韩湘子情不自禁随口吟出:

银河自天降,飞泻进陆家。
清澈如醇酒,远看白如纱。
宾客共畅饮,此地最为佳。
名川与胜水,哪里能及它?

八仙在陆员外家畅饮归集布依族人的蜂糖刺梨酒,品尝布依族的腊肉、精肉鲊,吃刚捉来的河鱼、石蚌等美味。热情好客的布依汉子频频向八仙敬酒,八仙不知不觉就喝醉了。由于常听到陆员外喊仆人"妥倮",他们喝醉之后看到岩上这条瀑布从悬崖上飞泻而来的样子与仆人斟酒的样子十分相像,于是就把该瀑布称作"妥倮瀑布"。

八仙酒足饭饱之后,要到棋盘屯上观看阿鹏和哪吒三太子下过象棋的棋局模样。他们踉跄而行,偏偏倒倒地来到棋盘屯下。前面的石崖像刀削一样笔直,而且有几十丈高,醉酒后的八仙无法施展神功飞上棋盘屯,铁拐李就用手中的铁拐在屯边撬开一条缝隙,众仙从缝隙当中爬上了棋盘屯。后人就把陆员外家后面的这个屯叫"妥倮屯",把陆员外家的这个地方叫"妥倮",把八仙撬开的这道岩叫"八仙岩"。

行文至此，笔者认为，八仙与妥倮的传说过于神化，无非是人们就某种地形地貌或者风土人情而虚构的，而基于近现代乡土文化构成的一些民间故事，则具有代代相传的些许真实性。据《乌蒙新报》载，妥倮屯上流传的尹秀才和杨大人的故事，就发生在晚清与民国时期，具有一定的可信度。

妥倮屯上有个叫以戈座的地方，那里有个自然村寨，至今仍居住着70余户人家。尹秀才的老屋基就在这个寨子里，不过，已经没有了明显的痕迹。村里人说，那两间低矮的平房之下就是尹秀才的老屋基。当然，尹秀才当年的房屋不知要比现在这两间平房大多少倍。

据以戈座的老人说，尹秀才可能是晚清时候的秀才，家业最鼎盛的时候，屯上的田土全是他家的，每天请的帮工就有几十人。他家办一台酒席一般要吃半个月，屯上屯下的亲戚朋友都来帮忙，大人小孩随吃随喝。

可是后来，尹家由于晚辈不善管理，导致家道渐衰，加之民国时期鸦片泛滥，后辈儿孙学会抽大烟，家产渐渐消耗殆尽。

还有一个人更具传奇色彩，那就是杨大人。杨大人是尹秀才的外甥，因为尹秀才的一次批评，成就了杨大人的一世功名。

杨大人本名杨发贵（中华人民共和国成立前夕，水城县鸡场、妥倮、安居、哈青一带属于发贵乡，乡名即杨大人之名），少时家贫，便到舅舅尹秀才家帮工。有一次，杨发贵从屯脚背了一筐煤炭上来，不知流了多少汗水。他正准备卸炭时，尹秀才走过来批评他："不长眼睛？这是吃饭用的桌子！"杨发贵觉得很委屈，一气之下离开以戈座，独自往云南方向而去。

杨发贵饿着肚子走了好几天，一天，他突然遇见一队兵马，便壮着胆子迎上去，问要不要兵。于是，杨发贵被几名士兵带到当官的面前，当官的看他还行，便把他留了下来。当天晚上宿营，饿了几天的杨发贵美美地饱餐了一顿，结果把肚子吃撑了。夜里，他从灶膛里抽出一柄燃着火的柴疙瘩准备去野外方便，刚蹲下，就发现山下有人搬运弹药，杨发贵吓得提起裤子就跑，慌忙之中将柴疙瘩弄丢了。谁知掉落的柴疙瘩刚好把山下成堆的弹药引爆，"轰轰轰"一阵巨响，炸死了几十人。

第二天，当官的问："昨晚是谁放的炮？"杨发贵知道自己闯祸了，但还是壮着胆子说："我放的。"随即低着头准备接受处罚，当官的却说："放得好，炸死了几十个敌人，给你记一等功。"据说被炸的是蔡锷的队伍，事件发生在其护国讨袁途中，但不可考。

此后，杨发贵平步青云，节节高升，以至于被称为杨大人后，人们渐渐忘了他的本名。

如今，种种传说均已随风远去，倒是那些从传说中继承下来的地名依然留在村民的记忆里。比如"八仙岩"，其实就是指发耳西南面的八座大山，又被称为"八大金刚"。八座大山像八个卫兵，整整齐齐地排列着，日夜守卫着发耳的大门。大山上凉风悠悠，乘风登顶，极目远望，发耳大地像一片绿色的海洋，波涛汹涌，绿浪滔天。

八座大山的山脚是一望无际的丛林、石林和草地。石林像雨后春笋般从地下破土而出，一片片，一丛丛，参差不齐，高矮不一；细看一座座石山又像一颗颗狼牙镶在那里，闪闪发光，耀眼夺目。丛林里生长着受国家法律保护的许多野生动植物，有天麻、三七、半夏、竹荪等名贵中药材和穿山甲、野猪、野鸡、黄鼠狼、岩羊等珍稀动物。草地上的黑山羊成群地在草地上游走，就像一朵朵乌云从草地上空飘过投下的阴影。牛群悠闲自得地在草地上吃着芳香可口的青草，调皮的小牛犊在母牛身边奔来跑去，其情悠闲，其境幽静。

归集上的马龙屯、棋盘屯、妥倮屯山清水秀，风景优美，资源丰富，人民勤劳，民风淳朴，气候温和，土地肥沃。在整个妥倮屯上，春天桃花灼灼，繁花似锦，蜂蝶翻飞；夏日树木葱茏，麦浪滚滚，猿猴、松鼠嬉戏于树木溪间，岩羊黄麂奔跑于群山沟壑，野猪野兔到处乱窜；秋天瓜果飘香，屯上每年要卖出去200多吨脆桃；冬天，空旷的大地上牛羊成群，人民富足闲适。这是一个富饶而美丽的地方，难怪当年八仙无论如何都要来归集游山玩水，乐在其中，醉在其中。

阿扎屯

阿扎屯，又名阿嘎屯、盐井屯、凌云屯。阿扎屯是水城区境内最大的一个屯，位于阿嘎镇西北部。据《水城县志稿》记载："阿扎屯，在城东六十里，屯险而宽，南北三十余里，东西八十余里。屯上层峦叠嶂，吉壤颇多，土田丰腴，通计屯中，年约收田谷杂粮数万石……屯口有号石一，又有石磨一，悬于屯腰，民国三年飞去，不知何往……"阿扎屯包括阿嘎镇盐井、中坝、齐心、箐口和群福等5个行政村。阿扎屯的险要，民国时在贵州省会为官的糜君牧曾题诗刻于屯口悬崖，曰："屯号凌云旧有名，众牛奔放绕山行。周围百里如刀削，这等雄姿难画成。"刻诗之处在后来修仲箐公路时毁于炮火，此诗算是这里又名"凌云屯"的一个印证。"阿"是指彝族的一个分支，"嘎"是寨子，阿嘎屯的意思，就是指阿家彝族居住的寨子。屯上多高山、小盆地和溪沟，又有"九沟十八嘎"之称。

据《水城县（特区）志》记载，盐井遗址距县城东南30千米许，位于米箩区盐井乡盐井村，于今盐井水库尾部。原垂直开凿之井筒，已淤塞，其旁水沟内，仍可见一段原井壁石墙，宽1米，高1.7米。墙脚仍有井水咕嘟外冒。贵州一向不产盐，有"斗米斤盐"之说，历史上常有探盐办井之事。清咸丰十年（1860），水城乡绅王古宁在阿扎屯（今遗址）一带发现其出露之水有咸味，流经之处，石头草木起"白霜"，取水煮饭，米汤不稠，煮豆不粑，而断有盐源征兆，经请四川自贡自流井采盐内行现场勘验，证实有盐。后由云贵总督张亮基转奏清廷允准，当年开始凿井，历时3年，凿井2眼，深48丈，快见成效之时，因苗族民众抗暴斗争，阿扎屯发生战事，凿井工匠离散，王氏全家搬威宁避战事，井遂废。

事隔80年，民国二十九年（1940）春，毕节绅商糜君牧派人到盐井取旧井水化验，发现含盐量果然很高。至夏，呈请贵州盐务处立案，该处转呈中央财政部批准，是月，盐务总局派袁见斋和樊树荣到盐井勘察，一致认为地质、岩层、水味与四川自贡自流井无异，确有经营价值。糜君牧与旧井主人王幼文发起，于民国三十一年（1942）成立贵州裕民盐井股份有限公司，集资150万元（法币）作为起金，聘自贡自流井技工50名，招水城民工100名，过了1年，凿井1口。时当抗日期间，物价暴涨，费用剧增，预算突破，筹款告罄，迫而告停。水城两次开发盐井举措虽未成功，然渴求"盐井"印象于民情极深，以"盐井"命名之地名，应运而生，如盐井坝、盐井乡、盐井村、盐井屯、盐井水库等，无疑是对两次开发盐井之纪念。因此，又名"盐井屯"。

有关史料记载，因阿扎屯地势险要，易守难攻，历来是兵家必争之地。据《贵州通志·平远州志》载："水西有田十万二千三百九十七亩有奇，土六万六千四百十亩奇。"这里不仅地广物茂，地形上还具有"扼滇楚之喉，当粤蜀之要""其地山川险隘，林密箐深，行若登天，一夫防守，万人难进"之战略地位。水城群山莽苍，阿扎屯这个有着彝族名字的山峦被史书记载和野史传颂，是因为这里发生过的战争。据《水城县（特区）志》记载，清顺治、咸丰、同治年间，在阿扎屯前前后后发生过"吴三桂平水西在水城"（又称"吴王剿水西"）、"苗仙姑起义"、"黄金印起义"等战役。其中，最为著名的一次战役是"吴王剿水西"，这场战役的重点、难点及主战场就在阿扎屯。

据《水城县（特区）志》大事记记载，清康熙三年（1664）二月，吴三桂伐水西宣慰使安坤。三月，率云南十镇兵二万八千人由归集入水城境，围攻阿扎屯（今盐井乡境），久攻不克。双方次大战于猴儿关，转战于比牒（今比德）等地。五月，安坤在果勇底战败，率余阿扎屯据险死守，后屯破。吴三桂伐水西，历时三月，大量彝民被迫迁徙。

据《水城县（特区）志》"吴三桂平水西在水城"记载，清康熙三年（1664）三月，平西王吴三桂率云南十镇兵二万八千人入黔，与贵州之四镇黔兵分别从今毕节、大方、织金、水城等地分进合围水西领地。因可渡河已被乌撒盐仓（今威宁县东南）土司安重圣派兵扼守，吴三桂遂绕道普安州（今盘县）经归集（今发耳一带）入境。归集、野钟、阿德三部子兵抵挡，双方激战，吴军势大，三土司之兵不敌。野钟土司战死，归集土司受伤，土司兵退至米箩。双方又于米箩激战，土司兵败退进入水西军驻军之阿扎屯，刘秀率兵追战于屯下。吴三桂又从水城至平远州，与水西宣慰使安坤（彝族）交战，安坤败退至阿扎屯。吴三桂统兵返阿扎屯与安坤交战，安坤凭阿扎屯天险，指挥水西军抗击，吴兵围屯久攻不下。其间，水西军于比德截击吴军，又全歼把总王乙之三百精骑及驻守猴儿关（今茨冲乡属）之刘安邦部。五月，吴三桂分兵两路，一路从阿扎屯口作狂烈伴攻，一路潜入马尾河沿崎岖山路偷袭阿扎屯。安坤腹背受敌，阿扎屯破，安坤率兵突围，败走乌撒、乌蒙而奔黔西。

"吴王剿水西"总共历时3个月左右，而在水城之战几乎占去1/3的时间。作为水西辖地，水城所遭受的损失也最大。阿扎屯作为"吴王剿水西"的古战场遗址，至今还留下若干被当地人叫作卡子的垛口及很多传说和遗迹。卡子有大卡、小卡、阿戛卡、严家卡等遗迹，垛口有屯口的卷洞门、石拱桥、三炮眼等遗迹，均已被定为六盘水市文物保护单位。

据《水城县（特区）志》"屯口古战场遗址"记载："距县城东南22公里，地处米箩区盐井乡屯口村。屯口，为盐井屯北大门。盐井屯，古名阿扎屯，含今盐井、箐口等乡面积约85平方千米，方圆120多千米，屯内山上有山，岭外有岭。"崇山峻岭之间，毗连肥沃坝子或麻窝。屯内有3条较大溪水，宜于农耕，给养丰盛。屯北麓有巴都河，南面有巴朗河，东面系巴都河之下游通仲河（又称白车河），四周均为悬崖峭壁，自成天险。古时，箐深林密，仅有3条卡子（路口）可通屯顶。屯口为其中最大的一个卡子。盐井屯北距水城较近，东南离郎岱亦仅60千米许，利于扼制攻取水城郎岱等城镇。因其地势险要及境区博大，利于守卫与出攻，而为历来农民起义军据守及兵家必争之地，历经多次战事。其中，较有影响的战事有：清康熙三年（1664），吴三桂与水西在此之战；清咸丰、同治年间，以苗族民众为首的农民抗暴组织在此与清军多次交战。每战屯口均系攻守之重要战场。今尚遗有一石砌券洞门，高2.3米，宽2米，尚存少许残墙和一座单拱石桥。1988年，这里还发现了一方已风化的摩崖石刻及三个碗口大的垛口"炮子眼"。券洞门后悬崖上，原刻有"凌云第一关"五个大字，可惜1975年修公路时被炸毁。此遗址具有军事史研究价值，1989年6月3日被公布为县级文物保护单位，并列入《中国文物图册贵州卷》。

南台山考棚

☆ 许雯丽

说起贵州盘州的南台山考棚，心情就像一堆篝火，被历史风云吹出滚烫的火焰，在我心中猛烈地燃烧。那些已经消逝但并没有消失的历史，就像流水，化作满天的雪花在我生命之穴中飞舞。

据说，穴位在人体经络上主宰着生与死、盛与衰，是生命与自然对应而生的神秘空间。在自然山水中，风水同样有很多的穴位，关系着万物兴衰。在我的家乡盘州古城南有一座奇山，传说曾经站在山顶可以呼风唤雨，就如同云南的听命湖，只要有人高声说话，瞬间便会大雨倾盆。这可能就是古人说的天人感应，或者像物理学家说的量子纠缠。此山因位于盘州古城南，得名南台山。在老盘县人心中，南台山可是风水宝地，是古城的穴位。

南台山经历了世代沧桑，早已失去了呼风唤雨的灵气，在人马喧嚣中，就像一本发黄的历史书籍，它的存在，不再是仙气飘绕的原始空间，而是引人思考的历史记忆。

天然风水塔

曾经，每当河面烟云升腾，南台山顶道观飞檐若隐若现，加上空灵缥缈的道教音乐，好似人间仙境。

南台山东面的峭壁高数百米，像一位仙风道骨的隐者立于三一溪畔笑傲风云；南台山西、北、南三面的扇形阔地如道者蓑衣，与水洞、古城西门、北门相连。

在中国传统文化中，古人习惯在水口修风水塔，以镇山、镇水、镇邪。神奇的是，南台山就像一座天然的风水塔，在三一溪准备流入水洞的急转弯水口屹立，为盘州古城藏风聚气，将文运和财气留住，不让其被河流带走。南台山风水蕴含了自然无为的道家气韵，这也许就是修道者在南台山上修建文昌宫的原因吧。

明朝洪武年间，有道者识此宝地，在南台山修建道观，宣扬以老子、庄子为代表的无为哲学思想，是地道的中国本土宗教。到了清道光十五年（1835），在道观曾建了考棚，同时建文昌宫供奉主管科考功名的文昌帝君。文昌帝君身旁塑有天聋、地哑的书童，一个掌管文人录运簿册，一个手持文昌大印，意思是能说话的不知道天机，知道天机的不能说话，他们跟随帝君惩恶扬善，在除恶行善中训练勇敢、忠孝的品行，以开启智慧。

中国有"北孔子，南文昌"之说。文昌帝君，真有其人，由于过去被弟子过度神话，形象反而没有孔子真实。但南方有城池的地方都建有文昌宫以供奉文昌帝君。传说，文昌帝君诞生在四川，就是爱民的蜀王，他因带领族人抗击外族侵略而牺牲，生前治理瘟疫，孝敬父母，可谓忠孝两全。明朝时期，随着科举考试的盛行，对文昌帝的供奉普遍起来。鲁迅在《二十四孝图》中提到的《文昌帝君阴骘文》就是以文昌帝的口气写的，书中阐述了善有善报的因果哲学思想。文昌帝本身也是忠孝之人，在《梓潼帝君化书》中说他割股肉煮给母亲吃，母亲病痊愈，因此，他也是忠孝的楷模。巧合的是，我的祖母经常给我讲盛全割肝救母的故事。也许是在文昌帝道教文化的影响下，明朝洪武年间，普安卫调北征南的一名士兵叫盛全，在母亲病危时，到大威寺祈祷后，割下自己的肝煎药救病危中的母亲。后来，我将这个感人的故事写入了我的长篇小说《城门》中，有读者看了小说深受震撼，盼望为之拍摄一部电视剧；有很多读者看了小说改掉了和父母说话恶声恶气的坏习惯。在幅员辽阔的国家，本土道教与外来佛教承担着用"仁义礼智信"教化国民的重任。

人类文明是教育的产物，没有"仁义礼智信"的教育，不如禽，就如最近《新京》报所报道的陕西一男子活埋母亲的行为，令人毛骨悚然，这就是传统文化断裂的写照。

明洪武十三年（1380），调北征南军队开始修建学校，当时称作普安州儒学，虽然儒学经常毁于兵乱，却是野火烧不尽，春风吹又生。教育文化的繁荣，带来了盘州物质文明的兴盛。儒学兴，人才辈出，清朝嘉庆十七年（1812）至光绪二十四年（1898）间，在边陲之地盘州出了进士17人，其中邓载馨于清乾隆三十一年（1766）考中进士，进翰林院，任国师。历代中举人有王玺、范兴荣、许克家等164人。范兴荣在清嘉庆十三年（1808）中举人，其作品脍炙人口，有小说《啖影集》等流传后世。许克家著有诗词集《淡园集》《田园集》，后毁于"文化大革命"中。

后来，文昌宫道观里设了考棚，也就是科举考试的考点。提起盘州设置考棚之事，一言难尽，还得从一位叫张广泗的人说起。

考棚疏

张广泗，出生年月不详，1749年殒，是雍正、乾隆年间的名将。康熙六十一年（1722），张广泗在贵州思州任职；雍正四年（1726），追随云贵总督鄂尔泰开拓南疆，后成为鄂尔泰最得力的助手，在雍正四年为云南楚雄的知府；雍正十三年（1735），因为开拓西南有功任湖广总督，次年任贵州总督。

张广泗是一位很有同情心的官员，他看到贵州各地的考生远足赴考，十分艰辛，便为生请命。贵州考生每年要备上干粮，跋山涉水，穿越狼群出没的高山峡谷，到三四百里、五六百里地的镇远、安顺参加科举考试。据先辈讲，过去参考的人在途中会遇到各种状况，比如盘缠被山匪抢劫，遇到美女便去做了上门女婿，遭遇疾病半途放弃等等，可见，在各地州府设置考棚的重要。张广泗于油灯下写了《考试分棚疏》禀报朝廷，希望在各地州府设置考点。封建时代，疏，就是大臣写给皇帝陈述事情的报告。张广泗在文中禀报说，贵州生童的人数增多，需要在州府设置考棚，"即如普安一州，安南、普安二县，虽从安顺割隶南笼，然此三州县相距安顺已有三百里，以至四五百里不等。……仰邀圣恩准照所请"。多好的官员啊。

遗憾的是，张广泗的上疏还没有得到回应，雍正帝就去世了。真是风云变化，世事难料，正当张广泗想再贵州为老百姓办点实事的时候，有两个与自己毫不相干的土司为了土地打起架来，朝廷派人劝架。大土司认为朝廷偏心眼，开始举兵反清，乾隆急了，就在乾隆十二年（1747），急调贵州总督张广泗与川陕总督联合平定大土司。可是，由于张广泗与川陕总督意见不合，延误战机，大土司趁机击败了清军。乾隆皇帝以贻误军机为由将张广泗处斩，设考棚的事也就搁浅了。

真是万般皆是命，半点不由人啊。张广泗死了，没人再考虑考生的艰难困苦，贵州各地的考点以及普安州的考点，晚建了将近百年，直到道光十五年

（1835）才由普安州同知韩阙名率地方乡绅捐资，在南台山文昌宫旧址上修建了考棚。同知是知府的助手，相当于现在的副市长。

南台山上的文昌宫与考棚占地4500多平方米，共40余间，为木结构悬山顶建筑，两进四合院，中轴线上，前为魁星阁，中为明伦堂，后为考试场。1921年，乡绅在考棚西下建有楼台亭阁，名为"荷花池"，池中一亭，池畔三亭，分别叫"鉴中""凉漪""听雨""赏荷"。亭子具有江南风韵，做工精巧，曲廊连接于各亭之间，像一首诗，梳理着人们的心情，消除心中的烦闷。

人类的幸福与不幸，都是人心引起的。在人类社会，常常出现看笑话、看热闹的荒唐事，其实，这些和自己不相干的人和事，都在影响着每个人的幸福生活。大金川和小金川的土司为了边界同室操戈，历时3年，不仅让贵州失去了一位为民请命的总督张广泗，还害得清廷调集了8万兵力，消耗了国库2万余千两银子，让贵州以及普安州的考棚晚建近百年，让多少个家庭和考生吃尽了苦头。

从南台山考棚的历史看，教育的兴衰与国运密不可分。清同治七年（1868）因兴义府被攻陷，考生到普安州参加考试，同知吴宗兰及乡绅捐款增修考棚20余间作为考舍。光绪六年（1880），同知俞渭复又增修6间。光绪二十六年（1900），考棚改为官立武备学堂；7年后，改为南台高等小学堂，请日本人任教，并从日本购置了一批理化生物教学仪器；民国十七年（1928）创办安普联立中学，该中学几年后搬迁到凤山书院，原地仍为南台山小学；新中国成立后，原址变为国营农场。

南台山的神秘土堆

我相信，当历史的遗迹全部消失，人类意识将回到原点。书中的文字将会陌生到我们无法破译，就像《易经》一样，已经无法让人看懂。因此，保护历史文化古迹就是保护人类的文化意识和血脉。

在南台山，有一个神秘的土堆，高1.3米，占地约10平方米，土堆前的石碑高1.48米，碑厚0.2米，碑宽0.82米，碑座有鼓形附耳，石碑上刻有"不可忘记"四个字。不可忘记什么，早已没人去关注。很多人在南台山四周建了密密麻麻的水泥房子，昔日的风水宝地早已不复存在。

话还得从头说起。民国十三年（1924），盘县遭遇旱灾，田地颗粒无收，次年春天，又遇霜冻冰雹。灾情下，住在盘县的军阀忙于混战，忙于争名夺利，忙于四处抓壮丁，无人过问老百姓的疾苦，贪官污吏、地主豪强横征暴敛，租利盘剥，人祸加上天灾，百姓无处求生，纷纷背井离乡，四处逃荒。而且商人哄抬物价，从头年2块小洋1斗米，涨到13块小洋1斗米，1斗相当于现在的12.5斤。看到很多人饿死，少数有良知的乡绅自发在馆驿坡龙神祠、昭忠祠（就是现在的农场）以及城内的忠烈宫施粥。四乡饥饿的人听说盘县城里有粥喝，纷纷来到施粥点，可是有的走在半路就饿死了，有的刚喝下粥瞬间倒地身亡，单单龙神祠一处，就有2000多人死在那里。

一时，饿殍遍野，上万人饿死，有800多具尸骨无人安葬。军阀视而不见，城内的百姓于心不忍，自发组织，将数百具尸骨收殓合葬在南台山脚，坟头向北，称"白骨坟"。

道家讲天人合一，无为而治，就是希望人类尊重每一座山，爱护每一条河流，珍惜一草一木，因为有金才有水，有水才有木，有木才有火，有火才有土，有土才有粮食供养人类。

南台山古迹是中华传统文化的真实载体，是文脉的延续，是华夏子孙学习历史的活教材。

毛口峡谷物语

☆ 吴学良

在我的印象中，北盘江上毛口峡谷里的江石和崖壁就像一段历史记忆，又如脸上布满褶皱的老人，凝神回忆着久远时光。曾记得当年乘舟逆流而上时，思绪就像奔腾的江水掀起一朵朵浪花。在这条蜿蜒的游龙身旁，在水随山转的迂回曲折中，两岸不断呈现出嵯峨奇石与对峙的险峰，这些大大小小的奇石和隽秀风光就像上苍随手洒落在群山中的星辰，散发出一种与尘俗不同的韵味，让我在追忆似水流年的碎影时感受到一阵欣喜，在幻生出天上人间的错觉之际，滋生出一腔浓厚的感恩之情。

欣喜也罢，迷幻也罢，感恩也罢，毛口峡谷里的江石和崖壁，确实有它的特色，这大约就是其魅力所在。

山川在岁月中演绎着永恒变化……

往昔毛口峡谷段，江底露出的山石、水石、矿物晶体、生物化石等形态各异，琳琅满目，它们或如一堆堆尚未融化完的白雪浮聚水中，或如灰色的水鸟孑立江边，或如一块块墨玉洒落江面，或如碳化石倒插江流。在贵州精品石类中，出自毛口峡谷九层山和老王山附近的北盘江墨石独具品形，自成一绝。这种"山水墨石"不但多属硅质岩，具有结构粒子细小、紧密，石质坚硬，敲击有钢韵等特点，而且其如峰形态上所嵌的白色"流泉"或"瀑布"纹路如诗似画，整体呈现出质如黛玉，色泽光润，石英斑纹雪白，形态古朴的特殊韵味，成为墨石中独具特色，令人无不击节赞叹的精品。更令人拍手叫绝的是，每逢江水下降时，江底常常会露出被江流侵蚀的玲珑透空的盘江石。这些石头有的如冬日山野中倒挂的冰凌，错落中展现严寒；有的如太湖石，秀、透、漏、瘦，形神兼备地展现在江岸边；更多的水雕艺术品形态多姿多彩，它们有的如群龟入江，有的如鲇鱼戏水……或白、或墨、或灰，仿佛是有人用瓦刀抹过，用手捏过、抚过之后，又为它们涂上釉彩似的。而在一些江段上，岸边石头被江水冲刷成岩片，错落重叠在一起时，犹如书橱里的典籍一般。站在这些盘江石面前，我在顿感"乱石穿空，惊涛拍岸，卷起千堆雪"的诗情画意中，剩下的只有惊叹与无语！

江边崖壁形态在使人赏心悦目的同时，也让人顿生一种慨叹。在逆江游览时，法国人德勒兹所说的"在上帝那里我看不见，在褶子里我能看见"，在这里得到了印证。

那时，离江心不远处的褐黄色、青色、乳白色、淡红色的崖壁间，零星生长着的那些灌木，就像为巨人裸露的肌肤披上遮羞布；透过稀薄枝叶，隐约可见乳白色崖壁上残留的淡红"岩画"和倒悬乳石，而其后的座座山峰，或如观音坐莲台、神女眺天都，或如夜郎王观天、双豹争松……大自然在崖顶形成的这些景点，为北盘江毛口峡谷段的江上游览增添了无穷趣味。

峡谷内最令人称绝的景点是绿荫洞、万丈赤壁、夜郎王玉玺、白玉峡谷、金砖峡谷等。

从毛河吊桥往西嘎方向沿江逆行，会见到峡谷中不少被称为"洞"的地方，如躲牛洞、獭猫洞、绿荫洞等，其中以绿荫洞最为有名。这个洞在二道滩上，北盘江上游河段长久以来都被洗煤水污染，地处毛口峡谷回水处的绿荫洞却从岩下洞口淌出一股清流，与江心主流形成了鲜明对比。在藤萝半掩、阳光很难照射到的这个地方，清流里常出现许多银鱼；此洞虽然阴森恐怖，却也为常年在江上行走的"舟子"带来了乐趣，他们邀约着来这里捕鱼，尽管这种捕捞有时像洞中淌出的清流在与主流合流中扩展涟漪时显得有些苍白无力，然而，这却是他们枯燥江上生活的一味兴奋剂。

船随江流在老王山背后转了一道弯之后，扑入眼帘的是左岸的万仞绝壁。岩浆形成的钙化岩层和错落钟乳石，在零星灌木和杂草的陪衬下，于悬崖间突兀而出，如诗似梦。绝壁中有一处离江面数十丈的岩壁异常醒目，其赭红色岩层里尽管有淡黄、青色交错，但游人还是把它称作"万丈赤壁"，不知是出于对"三国赤壁"抑或"东坡赤壁"敬仰的缘故，还是多少有些名副其实的因素使然？

毛口峡谷常常暗藏着风景绝佳之处。

与"万丈赤壁"紧邻不远，有壁间突出一方巨石，如治印胚模。毛口一带长期流传着有关夜郎的传说，有人便把此景称作"夜郎王玉玺"。名称不错，只可惜书卷气太浓了一些，让人感到有些不适，不如与之相隔不远的"杨家沟岩画"更让我乐于接受，尽管画中的那些符号我读不懂，可它是一种没有被"人为"加工过的真实遗存。

舟行峡谷之中，让我感触最深的景点还是金家滩上游的汉白玉石和金砖峡谷。

九层山自古出产方解石，这在毛口古驿道的铺路石中我已经看到；老王山出产方解石，这在月亮洞后山上也得到证明。金家滩一带地处老王山支系范围内，谷中有汉白玉石存在，当然也就不是什么稀奇事。可是，在江面游历所看到的汉白玉石景观和在山上看到的大不一样。谷中的汉白玉石没有山上的有棱有角，闪现亮光，而是光滑圆润，光泽柔和。它们或如尚未融化的残雪堆，依江而立；或于江流中忽隐忽现，似暗夜里发出微光的群星；更有甚者，肆无忌惮地浮于水面，化作一座座"莲台"，仿佛在保佑着江上谋食者。"身如菩提树，心似明镜台。"浮于水面的"莲台"就像超脱了尘世，立于浑浊江流中而不染，为行船作航标，或许，这也是一种菩萨心肠的体现吧！

毛口峡谷是一座丰富的地质博物馆。金家峡谷除了汉白玉石之外，最惹人瞩目的就是这里的金砖石了。这些赭红色的峨眉山玄武岩像一块块金砖镶嵌在岩壁隙缝中，错落有致地竖排着，仿佛是人工特意在这里砌下似的，经历了苍茫历史岁月后，"砖壁"不少地方发生了皲裂，不时有树苗或小草从中钻出。那万古奔腾的河流，正以其博大侵蚀着眼前的岩层，岩石强壮的灵魂，被这柔若女性般的、绵绵不绝的江水抚弄得英雄气短，丧失了冲天豪气，"以柔克刚"在这里被江水诠释得淋漓尽致……

在毛口峡谷，大自然的鬼斧神工和奔腾的江水导演了一幕又一幕绝美风景。光照电站演绎出的高峡平湖，如今已淹没了旧时河床卵石上布依人"赶表"的脚印，木城寨的那棵古榕树在水下已成为永恒。那些据说与古夜郎有关的坟墓、残砖、断瓦和传说就这样与水融合为文化遗迹，在"远似烟霁近又空，非明非夜两朦胧"（出自元代谢宗元的《晓色》）的缕缕烟岚中化于无形，空茫茫的江面上再也见不到曾经的家园，我的心瞬间怅然若失。佛说："一花一世界，一树一菩提。"更何况原来扎根在这片土地上的是一种与时间伴生的原生态文化！

江水一如既往地从远古流来……

悲欣交集中，我的思绪像站在荷苞上的红蜻蜓，此刻又站到了这江水卷起的浪花之上。抛却"最是秋风管闲事，红他枫叶白人头"（出自清代赵翼的《野步》）的意念后，从江边一座大山上眺望眼前日夜奔流的这条大河时，我默诵着阿来那首诗《群山或者关于自己的颂辞》：

  我坐在山顶
  感到迢遥的风起于生命的水流
  大地在一派蔚蓝中狰狞地滑翔

  回声起于四周
  感到口中硝石味道来自过去的日子
  过去的日子弯着腰，在浓重的山影里
  写下这样的字眼：梦，青稞麦子
  盐歌谣，铜铁，以及四季的桥与风中的树叶……
  坐在山顶，我把头埋在双膝之间
  风驱动时光之水漫过我的背脊
  啊，河流轰鸣，道路回转
  而我找不到幸与不幸的明确界限

  是的，该逝去的都随江水逝去了，只有残存的依旧在眼前。而此时我的心情忽然峰回路转，空前明净；因为，置身在这样的环境里，天地万物皆成一体，我知道这是一种大境界！

风雨胜境关

☆李 茂

在滇黔交界处有一处著名的关隘——胜境关，自元、明、清三朝以来，数百年间一直是由黔入滇的重要关隘，被称作"入滇第一关"。何为"胜境"？词典中解释为风景优美、美妙的地方。何为"关"？关隘之义，设立在险要、交通要道的关口，又称"关卡"。"胜境"二字说明此地自然风景优美，"关"字又说明此地有着深厚的历史底蕴，自古以来为重要的交通要塞。

初见胜境关界坊，远远地看着，并无十分激动的心情，甚至有些小小失望，界坊被一些"不明所以"的仿古建筑包围着，整体风格极不协调。不知何种原因，除了我们一行人，并无其他人在此地游览，甚是冷清。但后来，我很感谢那天的冷清，让我能够静静地感受胜境关这颗古老心脏的跳动。缓缓地走近，界坊为三开间门洞式牌楼建筑，木石构架，高约12米，宽12米，与现代化快节奏的产物截然不同。这胜境关界坊矗立在滇黔交界的山脊上，伫立在几百年的潇潇风雨之中，虽历经几百年风雨，多次修葺，但依旧雄伟壮观，仔细一看，雕梁画栋，飞檐翘角，颜色鲜亮，造型古朴，十分精致。此界坊修建于明代宗景泰年间，以此为界分割滇黔，西面为滇，东面为黔。西面朝云南方向的匾额上书"滇南胜境"四个灿金大字；左右匾额分别书写"万里晴空""滇界风霜"八个金字。西面朝贵州方向的匾额上书"固若金汤"四个灿金大字，左右匾额则分别书写"黔江阴雨""滇黔锁钥"八个金字。素闻"山界滇域、岭划黔疆，风雨判云贵"，却不知道这云贵分界是怎么被这风雨划分的。据说，这里的气候十分特别，天也以此为界，东面多阴雨，西面多晴天。起初，我不以为意，经文友提示仔细看，大吃一惊。在牌坊东西两面各有一对威仪不凡的石狮子，奇特的是，面向贵州的一对石狮以郁郁青苔为被，面向云南的一对石狮则以悠悠黄尘为被，这就是所谓的以天为界。

除了以天为界，还有以地为界。距界坊不远，有一座依山势而建的关隘城楼。关隘城楼建在两山峡谷之间，形成天然的防御布局，从关隘城楼往下看，群山呈开阖之势。山势一路走低，城楼占据制高点，视野开阔，关卡处若有风吹草动，守城人定然能一目了然，正如李白在《蜀道难》中提到蜀道的关卡"一夫当关，万夫莫开"，我想这胜境关差不多也可以用此句来形容。关隘城楼比起雕梁画栋的界坊来说，显得更为厚重，如果说界坊是藏在深闺的大家闺秀，那这关隘城楼便是那威武不凡的大将军。朱漆的城门虽已消失在历史的长河之中，但留下的厚重古城楼还有固定城门的凹形门轴基石似乎没有多大改变。古代没有钢筋水泥，经向导讲解，把那些笨重的大石头砌在一起的黏合剂中竟然含有煮熟的糯米，古人的智慧震撼到了我，在没有高科技、没有精确测量仪器的情况下，竟能将食材恰如其分地运用到建材当中，且能让这关隘城楼历经几百年风雨却依旧屹立不倒。出了关隘城楼，再看脚下的土壤颜色，关隘城楼的东边，贵州的土壤偏黑，关隘城楼的西边，云南的土壤偏红，这就是所谓的以地为界。我除了感叹大自然的神奇之外，不由得对明代宗景泰年间的那位云南巡抚洪弼产生了无限的敬佩之情。这位来自浙江的巡抚，不仅在政治上有着异于常人的果敢，想必也是一位了解地理、气象的博学之人，不仅能够当关借势，还能洞察气象，以天、地为界，在此地修建界坊。昔时牌坊上挂有一联叹赏曰："咫尺辨阴晴，足见人情真冷暖；滇黔原唇齿，何须省界太分明。"

连接界坊和关隘城楼的是一条青石铺就的古驿道，古驿道长1500多米。这条驿道在贵州境内被称为"普安道"（普安州是盘州古时的旧名），明代刘文征在其编撰的《滇志》里提到，普安道是"黔之腹心，滇之咽喉"。当年朱元璋的移民屯军从这里走过，徐霞客从这里走过，无数进京赶考的学子从这里走过，被贬的林则徐从这里走过，红军从这里走过，数不尽的贸易商贾也从这里走过。如今，我的脚踏在被岁月打磨得乌黑发亮的古驿道的青石之上，走的似乎不是路，而是那一段繁华的历史。如今，尽管繁华退去，只剩苍凉，我依旧能够感受到古老的血液在这条留有马蹄印的驿道里流淌。时间若能平行，几百年间在这驿道上过往的达官显贵、求学游子、贩夫走卒与我在时光里擦肩而过。我的耳里似乎传来传送几百里加急信件的信使策马奔腾的扬鞭声和马蹄碰撞青石驿道的清脆撞击声，像风一样呼啸而过。我似乎能听到信使急促地呼喊着驿丞，说要在此地换人换马。我与古人呼吸着一样的空气，头顶同一片天空，沐浴同样的阳光，脚踏同一条道路。看着道路两旁嫩绿的玉米叶刚从地里冒出来，在阳光里茁壮成长，我在想，这片红色土地中生长出的粮食是否也曾被古人食以果腹？我在青石古道上缓缓行走着，1500米确实不算远，走着走着就走到了驿道的尽头。走到了关隘城楼，我的思绪被城楼前的风吹回到几百年前。

自古江南多才子，往事如烟云，其中有两位江南才子和胜境关有着千丝万缕的联系，一位是先前提到的明代宗景泰年间修建胜境关界坊、曾任云南巡抚的浙江人洪弼，另外一位是清朝康熙年间的浙江人孙士寅。在古驿道和界坊之间有一座古朴的亭子，名为"清风亭"，意为两袖清风之意。亭子中间立有一块碑，碑的正面书有"鬻琴碑"三字。"鬻"是"卖、出售"的意思。碑的背面写了一个故事，说的是浙江钱塘人士孙士寅在平彝（古时富源县的旧称）做了六年知县，常抚一把随身携带的古琴来修养身心。卸任之时，孙士寅两袖清风，竟然连返乡路费都没有，只能将上任时携带的古琴鬻为路费。当时百姓敬重他的高洁品质，自发结队，流涕相送至十里之外，并捐银立"鬻琴碑"于滇南第一雄关胜境关驿道旁。我看了碑文有感，故将其抄写下来，以作留念："来携此琴来，去鬻此琴去，伤哉廉吏不可为，几载山城空叱驭。山城记得此君来，春满河阳花正开。外户不闭厖无吠，中泽既集鸿何哀。冰壶玉鉴清无底，心水肯教门如市。讼少庭间散吏衙，尘甑之旁朱弦起……"

历史远去，我却还沉浸在那一段嗒嗒马蹄的历史之中。我在想，我们为什么会对历史如此感兴趣？我们又为什么要去关注、了解历史？前人对我们今人有何影响？

界坊让我看到古人在建筑中可以融入人文，在人文之中可以融入美术，兼容并包。关隘城楼让我看到古人将防御布局与自然融合，达到人与自然的和谐统一。我还看到古人在劳动中凝结智慧，大胆想象和实践，将煮熟的糯米作为砌城墙的黏合剂。这样的智慧只是古人智慧的沧海一粟，正因为无数古人智慧的积累才形成如今高速发展的文明。被岁月打磨得乌黑锃亮的青石古驿道让我不断地叩问自己，到底要怎样才能走好脚下之路？人生短暂，斗转星移，山河日月虽无穷，然我生命有涯，但无须羡慕其无穷，也不必哀叹自己生命有尽时。清风亭和鬻琴碑告诉我，人的生命虽然有限，但是那如清风般的高洁品质，不为高官、不为厚禄的问心无愧才是我们一路追寻的精神净土，只求"一片冰心在玉壶"。

这会儿，无雨，阳光正暖，风也柔和，是时候轻轻挥手，在时光里和这胜境关的古人们作别了，认清明天的去向，不忘昨日的来处。

碉　殇

☆吴学良

究竟是宿命的悲，还是轮回的痛？站在水城区化乐镇泵井村雁鹅组的化乐碉楼前，我竟莫名地生出如是感慨。

风缓缓地从群山间吹过，碉楼就像村庄遗留的疤痕，于水滴滑落时，传奇般地在云雾里酣眠，蛰藏往事如青衣布衫抖落一路风尘，落叶似的被记忆揉碎、风干。眼前，这座遗世独立的底面边长6.2米、通高16米的方方正正碉楼，在我心里仿佛幻化成一枚印章，盖在化乐旷远安宁这张偌大的泛黄旧书页上。我暗自发问：碉楼那二重加瓜七头悬山顶，难道就是这枚闲章的印鼻吗？

坐东北向西南的这座石木结构双檐五层穿斗楼阁式碉楼，是当地"乡绅"杨正斌于民国二年（1913）修建的，见证了这个地方在民国时期的风雨岁月。在我那如水般流动的感叹里，首先出场的人物当然是拥有万贯家财，结构错落有致的碉楼主人杨正斌。为了保住财产，他在泵井河左岸老屋基隔河对面的这座小山顶，以民众集资为名，规划、建造并苦心经营着碉巢。若生"祸乱"，正面拱券碉门紧闭之后，二楼至三楼暗布的枪眼和明开的通风小口，既是观察外情的瞭望孔，又是护身射击的掩体；而在四楼、五楼居室的杨正斌及家人，大约也就能暂避一时。然后出场的是那些匠人，他们将六面石料密接镶砌，将四楼造成外平列八柱、内分排八柱带廊"走马转阁楼"，中心为带过道套间居室，内壁为木板，开格子花门窗，上为四面坡檐头出水，四角起翘，屋面盖小青瓦，顶楼木板壁逢中开窗。那些厚约70厘米、砌口刀刃难插的墙体和装饰楼台线，被他们在烈日和风雨中用血汗密切粘连。石头上嵌缀的点状印迹与斑驳色块，是岁月的侵蚀风化，还是他们匠心染成的血花？抬梁、板壁、门窗上遗留的桐油与树漆的味道、色彩，是不是瞬间从时光里逃窜出来的显影？四楼石水缸能盛装下那个时代的悲愁吗？我不知道。而在我的想象里，当风自由自在地从半垒碉楼吹过，一抹冷月飘落无眠的窗纱时，昔年默默守候于顶上两层雕花窗棂的那些散漫与宁静，工匠的那些技艺和才智，于虚土之上化作时间密纹后，还能覆盖我吗？恍然间发现，闲适中的追寻，原来就像浸泡在血色黄昏里的一幅画，摇晃着酒波，荡漾出醉意，寂寞地穿越民国时代的风雨，而那些生命似乎正在乌黑的锤锯上念诵经文。谁的渴盼在瞬间腐烂？又是谁一任风悄悄地闭合时间之门，遗留风尘和烛灯，让大地舒畅了体内的风流云转？天知，地知，你知，我知。

　　有时候，人不得不戴着面具，一生辗转。杨正斌也不例外。当他造就一座碉、闭合心门之后，拱券碉门两边嵌刻的"挠攘干戈成兹时局，经营石室保我乡邦"对联，门顶"众志成城"横批，以及通风窗顶镌刻的国民党党徽、国徽，无不化成时代睫毛下的殇记。当年，他的欲望酷似黄昏中女人解开纽扣时的呼吸，被暮色一点点风干后，他不知道在"落日楼台一笛风"之际，谁才是谁的风景；他不知道荒芜边缘是生命苦短，幸福左岸才是记忆流长！

　　杨正斌在民国时期的化乐，上演这出石碉大戏，似乎是在以保护乡民为己任，其实是出于无奈。有谁知晓善恶尽头，竟只留下这一方方石头？一切因缘起，一切因缘生。也许，从"乡绅"摇身一变为"乡霸"，或者说本来就是一个恶霸却要伪装善人，不知是成为时代弃儿的他和历史开了一个玩笑，还是历史和他开了一个玩笑？这个不大不小的玩笑，时而让人顿感哑然、惨然，时而又让人忍俊不禁。心如鼓点的瞬间，纸始终包不住火。关于杨正斌在民国时期的罪恶，我是在不经意间翻阅《血泪坡》这本被人遗忘在角落，反映化乐公社箐脚大队支书唐国昌家史的54万字左右的小册子时，才顿感"苦大仇深、罄竹难书"这八个字是怎么写成的。书中每一字无不像泪、像血绽放在漆黑夜色里，凄厉得让人深感跌入深渊，坠进地府。本该纯净得像淡淡水墨画的乡村，幽蓝得像梦一样轻盈的乡村，寂静、朴素、暗藏哲理的乡村，被杨正斌在碉楼里凭借势力、肆无忌惮地糟蹋成满目疮痍、民不聊生、家破人亡的悲惨图卷。这绝非乡绅应所为啊！若乡绅可以如此，那么"乡绅"这一词，就不再具有乡土文化意蕴！而观其一生，杨正斌在新中国成立初期，曾经是解放军在水城大地上清剿的土匪之一。1950年4月16日，曾经雄霸一方的"反共救国军"18兵团1纵队司令杨正斌穿着绛色绸缎便装和布鞋，在解放军从毕节奔袭水城的强大攻势下，不得不放弃杨氏碉楼，伙同穿着美式军装的国民党271师参谋长刘剑锋、军事特派员兼黔西北行署警保处处长桂永昌、身着保警服的保安5团团长兼水城县县长何明芳，一起逃窜到化乐泵井村腰岩坡半山上的两个岩洞中。岩洞藏嵌于一壁断崖之间，上有凹槽，壁边筑营，外砌垛口，势如蛇行涌动。洞口左右各有一条毛路连接碉楼，左边一条较为平坦，约有2千米，洞口左面山体凹处有沙水渗出，可供炊饮；右边一条较为崎岖，约有2.5千米。杨正斌离开碉楼时是从左边一条逃走的。那时，腰岩坡山间灌木倒挂成丛，山顶山下四野参天，荒林遍布，两条毛路在林棘里喘息，豺狼蛇虫不时出没，人迹罕至。临逃之际，他站在四楼通窗之前，隔河远望杨家大屋基，村野的宁静和旷远，让他生出莫名的凄凉和酸楚，仿佛一滴冰水自天而降，正落在他心尖上，竟催生出他彻头彻尾的寒战。他知道林际间的迂回鸟道可连通断壁藏洞，有险可依，但绝非久据之道。惨愁像饿老鸹的催魂声穿透迷雾传来，在大地回荡，他猛然转身，绝望地去与他在腰岩坡修建的"坚固工事"和囤积的粮仓同下地狱……

历史的潮流浩浩荡荡，任何抗拒历史趋势者，都不会有好下场，杨正斌与他的那些狐群狗党也不例外。6天后，解放军聚集134团和141团对杨家洞正面牵制，全面封锁，严阵以待。面对顽敌，兵行险道。解放军战士从山顶用柴火、石灰、辣椒面和手榴弹，进行烟呛、火熏和轰炸。石灰和辣椒面在手榴弹的引爆声中，恍若雪花，在缤纷坠落里画出复仇的弧线，浓烟在绝壁凹槽与洞口边弥漫开来，匪兵像被追逐的野兽往巢穴里狠命地钻。在鼓号声、呐喊声里，杨家洞如同在上演一出大戏，震撼着这方天空和历史。25日，解放军发起总攻，歼灭守洞一个排的匪兵后，衣衫不整、蓬头垢面的杨正斌、何明芳仓皇跳崖被擒，脸色沉丧的刘剑锋、桂永昌及270余名匪徒如丧家之犬般被俘，洞里藏的枪支弹药等物资被缴，猖獗一时的顽匪被解放大军彻底消灭。这一切酷似一幅电影画面，这也确实是一幅电影画面。20世纪70年代的电影《云雾山中》以剿匪为题材，讲述了贵州多地发生的故事，剿灭杨正斌这个桥段，是影片中最为精彩的部分。从一个"乡绅"变成土匪，可能会让人深感不可思议；可从一个恶霸变成土匪，这种角色演变，就像白天与黑夜交替，不会让人产生任何悬念。因而，从对联上猜想他为"乡绅"的急公好义，或猜测他为恶霸的伪善时，我都无法欣喜和悲伤，毕竟，欣喜与悲伤构成的生命和弦，也不是可以随便为谁而奏，为谁而歌的……

我的思绪像天边的白云依然飘浮。

在碉楼前徘徊时，我无法理解这方印章，现在我又理解了这方印章。简单地说，一枚再平常不过的印章，若是被一位德高望重者使用，它可能会流芳百世；一枚再价值连城的印章，若被一个大奸大恶者据有，它也只能慨叹明珠暗投……

在碉楼前徘徊，纠结也当属必然。心若干净，是否世界就无尘埃？眼若清明，是否尘世便无污浊？若果真如此，或许，我就不会再为杨氏碉楼的文物之意义而忧伤了。

古寺·碉楼

☆ 陈永革

我没去过水星寺，却任性地遐想着佛寺禅钟，音声不绝的画面。

佛门清净地，在这个喧嚣的时代，是难得的好去处，凡人迷信称有缘人才得神往。友人在闲聊中谈及水星寺奇遇，勾起我的好奇与神往。水星寺竟在一夜间成了令我梦绕魂牵的地方。

述及对水星寺的眷念，友人如梦如痴，据说是一次不经意的信步而游，不知不觉间走到了那里，如梦似真，深深刻在脑海中的印记在经年之后竟然找不到答案。一个拥有佛缘的情影，是为度劫而来，还是因宿命归去？这与水城县化乐镇血泪坡上的碉楼满身的弹孔和血染过的青砖相比，也许水星寺更能让人亲近一些。

追踪溯源，据史载，水星寺始建于明洪武年间（1368—1398），位于今盘州市城关营盘山东麓。清康熙三十一年（1692）迁建是址，原址在管驿坡，初名水星寺，清咸丰年间有陈姓道人居寺内，将寺易名为"水晶观"。树欲静而风不止，当你想在浮世中修身养性，走自己的路时，世事无常即成了众生百态，岁月的主题总是以沧桑为高潮。即使是一座庙宇，同样不可幸免于斯。

清同治年间，白旗造反攻占了营盘老城，致使观中受毁，后期乡绅吴君襄集资补修；光绪三十三年（1907）改建前殿；民国初年归护国寺管理，复原名。水星寺前那一副见证历史沧桑的对联已经模糊不清，其内容实在是难以考据。相传水星寺曾是丹霞山脚下一庙。战乱一去不复返，如今盛世百花开。

我的朋友，也许你确实与佛有缘，我仿佛听到十多年前住持对你面授禅机："施主，我看你和我佛有缘，如果哪天看破红尘，就遁入我门吧！"你到底是怎么走进这座古寺的，又是如何得到慈悲的指引？恍若隔世，犹如梦幻泡影。求学时的你，手里拿着书，漫不经心地一路走来，走到了水星寺，都不知是梦境还是真实。如果是做梦，这么多年过去了，却还深刻地印在脑海；如果是真实，你又不知道是怎么走到那里去的。世人的心里，遁入佛门是非常非常不好的。一时间，我好羡慕居住在寺庙旁的香客，能与晨钟暮鼓相伴，我也想尽享这流云的度化，忘却生活的困厄、工作的烦恼、人情世故的纠缠，心越发的清净。当血雨腥风之后，明争暗斗、尔虞我诈、诚信危机的空气弥漫着，充斥整个古老与文明的世界，那天边的流云、孤飞的雁儿，带来的关于温暖的讯息是多么的可贵。

在寺庙与碉楼的抉择中，难免又是一场厮杀。

那碉楼呢？我脑海里水星寺总在和化乐土匪杨正斌的碉楼博弈。

石拱的碉门两边镌刻着的"扰攘干戈成兹时局，经营石室保我乡邦"对联是不是一个土匪的伪装？现实才是历史最好的鉴定者。"硝烟散尽斩阎罗，碎瓦碉檐血泪坡。在手长缨突破壁，红旗烈烈镇妖魔"（出自陈永革的《观化乐镇杨正斌土匪石碉》），善良的百姓总是在被蒙蔽之中得以成长。

这碉楼坐东北向西南，石木结构双檐五层穿斗楼阁式，民国二年（1913）为当地"乡绅"杨正斌修建。沾满血迹的悍匪，也妄图假装出"济世救人"的菩萨心肠以掩饰自己不可告人的丑恶。碉楼如今作为历史遗迹存于世间，无声地向人们诉说着那段沉重的岁月。

一种神秘的力量唤醒沉思的我，春赏百花，夏听蝉鸣，秋闻稻香，到了冬天，就可以慵懒地烤火看书，如诗如画的田园，翻滚变幻的云海，一幕幕景象涌入我的脑海，一切是那么美妙、恬静。峡谷、暗河、天坑、云海……我不愿让涌动的思想停留，一刻也不愿，古寺与碉楼，在思绪中若即若离、若隐若现，这写意的画卷已成泼墨的江山，引领痴人上路。

落银厂散记

☆ 符 号

　　落银厂位于六盘水市钟山区南开乡玉兰村汞山坝，距离市中心城区约50千米。1994年12月水城县地方志编纂委员会编、贵州人民出版社出版的《水城县（特区）志》"文物名胜篇"中有关"落银厂铅锌厂遗址"的记载如下：

　　落银厂又名珙山坝，距县城东北47千米，地处南开区坞铅乡。水城经南开至纳雍治昆之公路，从遗址中穿过。遗址为一平缓草坪，面积约150亩，有昔时开凿之铅锌矿洞20余个，且多为竖井，深度均在200米以上。少数矿洞保存较好，进洞石级仍如故，洞门宽高一般在2米见方。东侧一石质小山上，有塌陷或露天开采痕迹，其西南斜坡上，亦有些铅锌矿洞。

　　马鬃岭铅厂，乃落银厂前身，系矿厂合一。马鬃岭为水城北部著名峻岭，其西麓，从今坞铅村至玉兰村，凡5千米余一带，均产无烟煤，与落银厂毗邻，因此将铅锌矿就地冶炼，故依马鬃岭命名。据《雍正朝内阁六科史书·户科》载："……原署理贵州巡抚祖秉圭疏称，贵州丁头山、齐家湾、马鬃岭铅矿，自雍正二年（1724）九月开采起至三年八月终止……"封停时间，据《清实录》记："乾隆二年三月二十六日（1737年4月25日）户部议准贵州总督张广泗疏称，'黔省大定府属之马鬃岭铅厂，洞老山空，炉民日渐稀少，题请封闭'，从之。"从清雍正二年至乾隆二年，共计开采13年。实封闭主因，非系"洞老山空"，实为一次特大塌方，死亡矿工很多，血水甚至从山下两口龙井中冒出。此遗址具有矿史研究价值，1989年6月3日被列为县级文物保护单位。

　　从《水城县（特区）志》中的记载得知，落银厂前身为马鬃岭铅厂，且以著名峻岭马鬃岭命名。据《水城县志稿》记载："马鬃岭在常平里，上大定出毕节路，距城七十里。巉崖峭削，高矗云霄。"针对"落银厂又名珙山坝"，笔者认为"珙山坝"应为"汞山坝"较为贴切一些，原因是既然为银厂，汞又称水银，汞矿含有银。落银厂与汞山坝并不是同一个地名，而是紧紧连接着的两个地名。应该是从落银厂挖出矿后，没有及时运走，而是暂时堆放在紧紧连接着落银厂旁边的山间坝子里，即汞山坝。山体被挖空而塌陷后，汞山坝便与落银厂连成一片，因此，才有"落银厂又名珙山坝"这一说法。从以上这段史料记载中，还知道马鬃岭铅厂自清雍正二年（1724）九月开采，到乾隆二年（1737）三月封停，前后开采了13年。被封停的主要原因，并不是"洞老山空，炉民日渐稀少"，而是发生了一次特大的塌方事故，造成重大人员伤亡所致。

据当地流传下来的说法，马鬃岭铅厂封停三四十年后，又有人重新开办。但是何人重新开办？重新开办的厂又叫什么厂？当地说法不一。有的人说是有一名姓李的羊贩子赶着羊群从此地经过，羊不慎掉进洞里；也有的人说是一名姓吕的当地人在此地放羊，羊不慎掉进洞里，不管哪一种说法，说的都是羊掉进了洞里，为寻找掉进洞里的羊，使用绳子把人吊进洞里找羊。人在洞里没找到羊，却发现洞里有银矿，于是就组织开办银矿厂。银矿是因在洞里找羊而发现，故把开办的厂称为"落羊厂"。笔者认为，这种说法有牵强附会之嫌。也许是因为"银"和"羊"在当地的读音有相似或相近之处，就把"落银厂"误说或误听成了"落羊厂"。说到这里，笔者不得不说出有关"落银厂"与笔者家族入黔的始祖符继崇的岳父杨嵩及家族世代口口相传的一些往事。

笔者世居的钟山区南开乡凉山村（现与玉兰村合并为玉兰村），有一个叫臭水井的自然村寨。臭水井这个地名源于此地有一水井，因流入水井的水经过之处含有酸性的硫黄，久而久之，水流过的地方，泥土变为黄色，就像钢铁生了锈一样，且带有微酸的异味而得名。这个寨子地处钟山、纳雍、赫章三个县的交界处，被群山包围。在群山之中，有大片大片的山坡地，山坡地间零星地分散着小块的平地和盆地。当地人把盆地称为麻窝，据统计，在原凉山村的地盘上就有99个麻窝。这里的住房大多顺着两排大山的山脚依山而建，三家五家或十家八家集中在一起，随着山势的走向绵延十余里。

臭水井海拔均在2000米以上，因地势高寒，自古被称为凉山。民国之前，凉山山高林密，人迹罕至，虎狼成群，是强盗土匪经常出没之地。据臭水井现存的近代坟墓来看，最早迁来凉山臭水井居住的，是浙江绍兴的杨姓和江西的符姓。之后，又陆续从毕节等地迁入了付姓、解姓、蒋姓、颜姓、黄姓、郭姓、李姓、曹姓等人家。

据笔者家族谱书记载和祖辈世代相传下来的零星记忆，可推测符姓入黔始祖是江西符家第二十八世符继崇，于清朝高宗弘历年间，与堂兄符继层从当时的家族江西省南昌府丰城县剑池乡桐林里扶岐上社保金华山，就是现在的江西省丰城市丽村镇扶山村出发，一路向西，翻山越岭，风餐露宿，风尘仆仆，经长途跋涉，进入贵州黑羊大箐，最终抵达当时属贵州省大定府管辖的水城厅常平里九甲南开凉山臭水井。

据笔者家族世代老人口口相传，以及笔者于2012年仲秋编纂的《扶岐符氏族谱》（琅琊郡孝神堂昭寿公派下支系）中笔者父亲符丕贤撰写的入黔始祖小传《符继崇小传》记载：

> 符继崇，符元台公之次子，字敬若，行瞻九，于清乾隆壬申年（1752）九月十二日乡时建生，殁葬水城南开臭水井边正对磨坊后面第二所（双坟），坐北向南。娶妻杨氏（笔者注：浙江绍兴人杨嵩的女儿）于清乾隆壬午年（1762）二月初八日寅时住毕节（笔者注：当时水城属毕节管辖）长人氏，殁葬与继崇公同穴。生子四，符绪璜、符绪强、符绪纲、符绪溺；生女二，长女早殁，一女取名老五适配大祥州肖姓。

继崇公约于清乾隆年间阔别江西丰城扶岐，适游贵州，落迹水城南开臭水井入赘杨家为女婿，协助其岳父兴办银厂。厂址位于臭水井东约5千米处的汞山坝东侧，由于厂地既缺水，又无煤，开采出来的矿石只有运到离厂3千米的沙冲南麓（今老厂）冶炼。

那时运送矿料靠人背马驮，路途中要翻过一座高山，杨家不得不开山炸石，修筑了一条约长1000米的石阶路。石阶路迄今基本还是原貌，一直以来为行人提供了诸多便利，体现了其存在之价值。

炼炉设备面积约占2平方千米，建了若干座炉子，那时人们习惯称此地为杨家炉。杨家炉这个地名一直沿用至今，现此地居住着上百户人家。

万仞高山因被挖空而塌陷，形成一个约800米见方的四周是石崖且参差不齐的麻窝，就是现在所谓的落银厂。冶炼矿石的灰渣堆积成2座百米高的小山，就是现在所谓的老厂。

继崇公艰苦奋斗几十年，挣得一笔钱买下田地几百亩造福子孙后代。"阔别赣境进黔垣，入赘杨宅为婿贤。襄助泰山圆厂业，引迪矿工掘锌铅。高山喜运源石貌，低水欢迎冶炼颜。谁说祖基无产现，请看地势想当年。"（昭寿公第三十一世孙符丕贤所作）

从笔者入黔始祖小传《符继崇小传》中得知，浙江绍兴人杨嵩（名字见符继崇在臭水井寨子背后的水井麻窝为其岳父修建的磨坟墓碑碑文）在距离臭水井3千米的汞山坝子开办了一个银厂，银厂极为兴旺。因杨嵩只有一个女儿，为后继有人，便招符继崇为上门女婿。就这样，符继崇在臭水井安家落户，并继承了岳父杨嵩开办的银厂。据符继崇的生庚年月推算，符继崇应该是在清乾隆四十年（1775）左右到臭水井的。婚后，符继崇一心一意协助岳父杨嵩打理银厂。由于银矿所在地汞山坝子山高坡陡，既无水，又无煤，开采出来的矿石要运到离厂3千米开外的沙冲南麓，也就是马鬃岭西麓山脚进行冶炼。炼矿场地面积约2平方千米，建了成百上千座炉子，冶炼矿石的灰渣堆积成2座百余米高的小山，当时人们就把这个烧炉炼矿的地方称作杨家炉。杨家炉这个地名沿用至今，属于南开乡玉兰村大寨村民组，现在此处还居住着上百户人家。运送矿料极为艰难，均靠人背马驮，路途中要翻越一座大山，杨嵩不得不开山炸石，从落银厂到杨家炉修筑了一条长约3千米（其中石梯子路1公里多）的路，路宽约2米，便于运输矿石。

为了便于办矿和管理炉子，杨嵩还另外修筑了2条石梯子路，一条从其居住地臭水井至落银厂，约3千米（其中石梯子路约1千米）；一条从其居住地臭水井至炼矿场杨家炉，约2千米（其中石梯子路近1千米）。但这两条石梯子路只有约1米宽，没有从落银厂到杨家炉的那条运输矿石的石梯子路宽。这些石梯子路，在1986年前，基本上还保持着原貌，一直以来为人们提供诸多便利。1986年后，修建了南开经坞铅，过臭水井、汞山坝、落银厂，分别到纳雍县左鸠嘎乡、猪场乡、昆寨乡的公路后，从臭水井至落银厂的石梯子路全部遭到破坏并被覆盖。就在几年前，特别是在脱贫攻坚过后，因修建通村、通组和串户路，从臭水井至杨家炉的石梯子路才被水泥公路取而代之。现在，笔者还清楚地记得，与石梯子路有关的一些小地名，诸如落银厂与杨家炉连接处，即现在去往纳雍县左鸠嘎乡坡其村的垭口处，之前就叫大石阶路；落银厂至臭水井之间的塘边麻窝处，称塘边麻窝石梯子；臭水井至杨家炉之间的花子洞处，称花子洞石梯子等。在从臭水井至杨家炉的石梯子路之间的冲头，还有一段100余米长的石梯子路保存较完好。

　　符继崇在协助岳父杨嵩办银厂将近一年后，其妻子杨氏生下一名男婴，取名符绪璜。符继崇的聪明能干，很得岳父杨嵩的喜爱，杨嵩将全部家业及银厂交给符继崇料理，并把所有冶炼技术及经验毫无保留地传给了符继崇。符继崇潜心学习，学思践悟，不到两年，便熟练地掌握了各种技术，把银厂办得红红火火。据传，当时周围百里的成千上万人都来落银厂当矿工，每天出入矿井的人不计其数。当地还有很多人到矿洞旁边做起打草鞋的营生，用打好的新草鞋换取矿工的破损草鞋。用一双（也有人说是用三双）新草鞋换取一双破草鞋，为什么？因为那些背矿石的矿工每天要在矿井中来来回回十余次，草鞋不经事，容易破损，而那些打草鞋的人回到家后，将破损草鞋放在火炉里烧，就能将嵌入破损草鞋里的矿渣炼出铅锌或银子。

　　之后的十余年时间里，符继崇与妻子杨氏生育了四子二女。其中，长子符绪璜迁往南开穿洞；次子符绪强，当时还没结婚，但跟着父亲学到办矿的技术后，独自一人去往赫章县水塘乡办铅锌矿；三子符绪纲，据说去了毕节，但一直没有任何消息；四子符绪湧，即笔者的祖辈，留在臭水井守护祖坟和田地；长女早殁；次女回到江西丰城，嫁入大祥州肖姓人家。

　　据《扶岐符氏族谱》有关符绪强的记载："符绪强，符继崇之次子，字琨才，于乾隆乙巳年（1785）四月初十日寅时住臭水井生长，殁葬赫章水塘本村本组刘家背后符家坟山，坐东向西。娶妻肖氏，于乾隆甲辰年（1784）十月二十二日寅时住凹格生长，殁于咸丰丁巳年五月十六日午时。绪强公行业办矿，为了办矿，从臭水井迁到赫章县水塘乡居住，与邓、何二姓合伙烧马鞍炉，蒙神天赏赐，白手起家，凑了四百余仞地方造福子孙。生子四，符其富、符其泰、符其禄、符其盛。"

　　另据《扶岐符氏族谱》第63页的《变迁简述》记载：

　　　　臭水井位于水城县、纳雍县交界处的凉山上，海拔两千多米，开门见山相距四五百米，一无煤炭，二吃水非常困难。生活用煤要到五千米外的山下，有马马驮，没马人背，饮用自来水比登天还难，是永远解决不了的问题。如此之自然条件，本来就不是有志之人的久留之地。有志男儿各自飞，继崇公之次子绪强公凭借精湛之冶金技术，漫游四方，终于在赫章属的以多古（现水塘乡符家院子）勘探到铅锌矿。

绪强公三十多岁时，辞别故土臭水井，携家眷迁至以多古居住，同邓、何二姓合伙烧铅炉。承蒙神天赏赐，白手起家，凑了四百余伽地方造福子孙。

　　绪强公位下四房，长房其富支、三房其禄支不知去向，二房其泰支迁赫章县兴发乡中营村居住已八代矣，四房其盛支居住以多古也八代矣。后裔世袭祖传之冶炼技术烧铅炉发家致富。以多古确实是一个矿藏资源丰富的地方，两百来年铅锌久采不衰，若有条件想当百万富翁，那是举手之劳，垂手可得，如探囊取物耳。如绪强公之六世孙符勇就有一铅矿井口，百万之家声誉远近闻名。

　　以上这些都是2008年符绪强的后裔找到臭水井笔者家族中的族人后才知道的。行文到此，笔者认为，马鬃岭铅厂的重新开办人是笔者家族入黔始祖符继崇的岳父，浙江绍兴人杨嵩，且此地是因万伽高山被挖空而塌陷后，才称为落银厂的。这可以从上文中提到过的"杨家炉"这个地名的来历和杨嵩修建的从落银厂至杨家炉、从其居住地臭水井至落银厂、从臭水井至炼矿场杨家炉三条石梯子路得到佐证。

　　符继崇的岳父杨嵩及岳母杨氏去世后，他花了大量的人力、物力、财力，将其岳父岳母合葬在臭水井寨子背后的水井麻窝，并修建了一座磨坟。200年过去了，现今这座磨坟依然完好无损，墓碑上的字迹清晰可辨。每年清明时节，笔者家族中人都要去上坟挂青。

　　万伽高山因为被挖空而塌陷，形成一个2千米见方、四周峭壁悬崖的大盆地，就是现在的落银厂。该遗址1989年6月3日被水城县人民政府公布为水城县文物保护单位。2009年10月10日，水城县文物管理所在落银厂立下的"落银厂铅锌厂遗址"石碑是这样记载的："矿洞创办于清雍正年间。有昔日开凿之铅锌矿洞20余个，且多为竖井，深度均在200米以上。面积二三百亩，今少数矿洞保存较好，进洞石级如故，东侧一石质小山上，有塌陷或露天开采痕迹。遗址面积约150亩。"

　　笔者曾多次去过落银厂铅锌厂遗址，现进洞梯子多有垮塌，洞门宽和高都为2米左右。就在2022年6月，笔者先后两次参加钟山区文联组织的在南开乡开展的采风创作活动，均去了落银厂铅锌厂遗址。就在最近的一次采访创作活动中，笔者与一同参加活动的几位朋友，从落银厂铅锌厂遗址返回玉兰村村委会后，吃了午饭，便在村委会与村委会原村支书曹德林，以及在20世纪90年代初为寻找矿石，曾经邀约7个人深入落银厂矿洞的当地村民王继余一起座谈，了解落银厂的具体情况。据长笔者十来岁的王继余介绍，当年他们7个人是带着手电筒进入落银厂矿洞的，从进矿洞到出矿洞用了7个小时，更换了2次新电池。洞中又有大小不一的几十个矿洞，其中最大最深的一个矿洞，洞底低于玉兰坝子，站在洞底用手电筒往上照，居然照不到洞顶，整个洞底如同一个大麻窝，可播种上百斤苞谷种，可见洞底面积很大。洞里阴河流水潺潺，叮咚作响。王继余说，在矿洞中，他们还时不时看到烧过火的火塘及煤灰，还有竹制的撮箕、筛子。这些撮箕、筛子用手轻轻一接触，就化为了灰烬。

符继崇艰苦奋斗十余年，挣得一笔钱，买下了上千亩田地、山林，造福子孙后代。符继崇买的田地，稍远点的有纳雍昆寨上马田、下马田，近处的有玉兰的八厢田、大寨河边、坞铅新水，大多数田地和山林均在凉山臭水井。

在当地，至今还流传着两个有关落银厂塌陷当天的传说。第一个传说是，在落银厂塌陷的当天，有人在现场看见两匹白色的骡子，其中走在后面的一只后腿有点瘸。这两匹骡子急急慌慌地从落银厂出发，前往云南，也就是往赫章县新发亮岩方向赶去，很快就消失不见了。过后，民间有高人说，那远去的两匹白色骡子就是沉睡在两座山（一座山指塌陷的山，另一座山是指现落银厂前往云南方向约200米处那座未塌陷的山，这两座山的海拔均在2000米以上）下的宝物，即铅锌矿和银矿。落银厂只挖到后面那匹白色骡子的一只后腿。

第二个传说是，落银厂塌陷时正值冬天，大雪纷纷、寒风萧萧，落银厂周围的大山白雪皑皑。落银厂的矿工们如往常一样，挖矿的挖矿，运输的运输。运输矿石的矿工把矿石运出洞后，看见矿洞口有一白胡子老者手提一篮鲜桃，沿洞口叫卖："卖鲜桃了，卖鲜桃了。"少部分矿工听说有一白胡子老者在洞口卖鲜桃，觉得稀罕，就想出洞买鲜桃吃。但绝大多数矿工觉得很好笑，觉得这大冬天的，怎么可能有鲜桃，就没有理睬。卖鲜桃的老者发出一声叹息后，突然转身而去，消失在大家的视线中。大家正感奇怪，突然眼前山崩地裂，天昏地暗，整座大山山体塌陷，矿洞一个接一个坍塌。众人吓得目瞪口呆，半天说不出话来。除了走出洞口想买鲜桃的矿工侥幸逃生外，在山体里劳作的矿工全部遇难，据说矿工的鲜血从山下的两口龙井涌出，足足流了七天七夜。

20世纪50年代至80年代，不断有人到落银厂探过矿，但都没有开办矿厂的具体行动，直到20世纪90年代初期，南开街上的李姓人家才到落银厂开办过矿厂。不过，他们不是在落银厂塌陷的遗址处办矿，而是在距离两口龙井不远的玉兰坝子开挖矿井。据玉兰村原村支书曹德林等人介绍，李姓人家在玉兰坝子开挖矿井，连通坍塌后的老矿洞，然后将矿石从垮塌后的老矿洞中运出，水洗后再运到别处进行冶炼。李姓人家前前后后干了几年，应该多多少少有一些收获吧。

《水城县（特区）志》中记载："马鬃岭铅厂，乃落银厂前身。"笔者认为，应该是山体塌陷之后，人们渐渐淡忘了马鬃岭铅厂，才把它叫作落银厂了。另外，现在包括南开乡玉兰村、坞铅村范围的，诸如坞铅坝（简称坞铅）、汞山坝子（简称汞山坝）、杨家炉、老厂等小地名的由来，都是与落银厂分不开的。

2020年水城县撤县设区后，将包括南开乡在内的北部五乡镇划归六盘水市钟山区管辖，设立了六盘水市水城区。之前水城县相关部门立的"落银厂铅锌厂遗址"石碑，深藏在遗址处乱草乱石之中，且石碑较小，没有在某一位置固定下来。在此，笔者提两个小小的建议：一是钟山区人民政府及相关部门应加强与水城区人民政府及相关部门的对接沟通，重新在落银厂遗址处立一块石碑，并在石碑中加上一些必要的相关内容，进一步完善和补充"落银厂铅锌厂遗址"石碑中的内容，且要把石碑做大气点。二是钟山区有关部门、南开乡和玉兰村应组织相关人员深入臭水井玉兰村二组实地勘查至今还保存完好的那100余米石梯子路，并做好修缮保护工作。

水塘文庙

☆ 李丰收

　　李孔彰，讳思明，其四子李秀藩，字价人，"幼习骑射，胆识过人"。参加贵西道考试，"文韬武艺，俱列前茅。考官爱之，赐字盖人。归家觉锋芒过露，改字价人"。清嘉庆二年（1797）四月，南笼仲苗万余人攻普安州城，李孔彰主张"各民族应当团结，共御外侮"，既不支持苗夷起义，也反对官府残酷镇压，不愿出征。后经任璇晓以利害，李孔彰父子才率众阻敌于楂子岭。经七日血战，南里乡民用火药炮击毁苗营神坛，出奇制胜，所向无敌，击溃苗旅。李孔彰胜后不愿追杀，曰："苗旅多贫民，亦兄弟也。"战报府衙，因其名字"思明"犯讳，府衙回文要其改名后才能上报。李孔彰不愿改名，不要封赏，也不愿做官，仍安做良民。"只说是关公显圣，大刀将入侵苗旅砍于万人坑（现楂子岭前仍有万人坑遗迹）。"后来楂子岭改名得胜营，建关帝庙。

　　门联：

忠义不磨千古勋名垂铁卷；
威灵有赫一方保障固金汤。

宜向云中开帝阙；
相传岭上布仙霞。

　　清嘉庆二十三年（1818），贵州举子入京会试，偶与京师内务府八旗景山官学教习任璇的弟子相遇，谈及李孔彰抗苗之事。景山弟子多为八旗子弟，此事传入宫廷，嘉庆帝闻之，曰："武士而名孔彰，此秉春秋大义者也。敕水塘建文庙以彰孔道。诰封孔彰武德骑卫。"在任璇的倡议下，南里水塘刘姓、唐姓、李姓、龚姓、蒋姓、陈姓、董姓和任姓八大姓的十八大家，于清嘉庆二十五年（1820），在丹霞山脚下、乌都河畔的白鹤山，依山建文庙，设义学，开教育之先河。在农村建文庙，实属少有。据说文庙起初只有一个四合院，大殿里供奉着孔子牌位，师生早朝晚拜，春秋丁祭，尤以孔圣人诞辰最为隆重。文庙的正门朝南，厢房两侧的西南和西北分别有两道小门（现正门已闲置未用，出入均走西北侧的小门）。此义学的学生不仅遍及盘南，而且还有不少从相邻县到此求学的学子。从此，水塘教育文化就有"盘州文风，南里最盛"的美誉。

王明宇先生的《西江月·水塘文庙》曰：

南里鹤山灵秀，巍巍文庙黉楼。任公创办义学优，百载育英盘首。
水映翠峰绿柳，莘莘学子遨游。诗词歌赋竞风流，再绘南塘锦绣。

与盘州南台高等小学齐名的南里高等小学

清末南里社会名流，提拨丹霞山庙租，然后于清光绪八年（1882）十一月开始，在文庙大殿后维修同治时建的正房和厢房，形成文庙完整的两个大四合院。丹霞山庙开山祖师后的第十五代徒圣融住持为此事于清光绪三十二年（1906）觐见光绪皇帝，得光绪皇帝圣谕："凡地方政府、学校军人等，不得擅自动用田产或提租办学，违者申奏论处……"因此，有人说水塘文庙改建成南里高等小学的时间是1908年，也有人认为水塘文庙改建成南里高等小学的时间是民国二年（1913）。但我认为刘鲁香（刘小亭）、吕白阳、唐子鸣等社会名流于1912年秋将水塘文庙改建成南里高等小学，民国反清人士、曾任贵州兵战部部长的山岚刘鲁香（刘小亭）为首任校长，传授现代教育这一说法，相对符合史实，依据如下：

民国二十七年（1938）"第二区水塘小学第二十一期同学录"中蒋国璋（字韫山）作的序二中说，"民元之际，有识之士如刘君小亭、吕君白阳、唐君子鸣诸先达，知科学之将发展，文化之必须改革，乃集全区人士创设高级小学"；董权玑（字象南）作的序四中说，"本校创立迄今二十有七载矣，毕业生已达二十期，今者二十一期又届毕业"；民国二十七年七月二十三日，水塘小学第二十一期同学的合影；民国初年总统登位，时逢毕业的对联，云：

独步芹宫文成吐凤；
初登泮岸笔遂生香。

盘水兆文明高歌帝制推翻小子毕能宗孔子；
南堂新教泽等识共和拥护学期业满应昌期。

进士李席珍楹联：

毕竟世界维新首崇实学；
业今文明进化端赖儒生。

《盘县乡立士兰初级中学成立宣言》："民元以前，政府通令成立学校，吾乡父老公议，将地方原赠丹霞山庙租260余石作为成立基金，迨至民国二十七年。"

为适应义学发展需要，民国三十三年（1944）正月二十五日，南里乡绅又聘请匠人唐子珍再次对文庙进行修建。

自1912年水塘文庙改建为南里高等小学至今，已有百年悠久历史。制于光绪七年（1881），现存于水塘中学的"教垂万世"横匾和大钟就是水塘文化历史的见证。南里高等小学与1907年盘州南台山考棚改建的南台高等小学成为盘州文化的摇篮之一。

第二辑

人文凉都

火 浴

☆ 吴学良

古希腊哲学家柏拉图认为：火与水、盐一样，都是生命最原始、最神圣的构成元素。

站在海坪高高耸立的九重宫上，眼前是与彝族始祖希慕遮塑像、陀螺馆紧邻的火把广场，远处层层叠叠的千户彝寨在大山怀抱里古朴地呼吸着。薄暮时分，苍山若潮，一浪一浪地涌向远天；残阳似血，浸染在暮宇上。在我脑海中，这一切都将像火把广场上的篝火熊熊燃烧，都像彝人充满雄性的血脉如围绕篝火的火炬旋涡般地流转。夏天极盛一时。六月二十四日，火把也该登场了，也该让这个孔武有力的民族展示他们火一般的生命激情了。我等待着，等待着，等待着生命与火交融，等待着民族性格与火淬炼，等待着目睹这个豪迈的民族在一年一度的火场里涅槃。于是，在这场浴火的盛宴里，我找回灵魂，找回自己。

在我看来，彝族火把节的出现与彝族的十月太阳历有关。在彝族天文历法里，他们把一年365天分成10个月，每月36天，余下5天（或6天）为过年日。火把节可以说也是上半年的过年日，其传统习俗自不必说。

在彝语里，火把节被称为"出木茂"，是彝家的小年。至于火把节的来历，在彝族不同支系存在不同版本。第一种说法源于表现彝族英雄斗败天神恶魔、团结民众与邪恶和灾害抗争的故事。第二种说法源于彝族同胞反抗邪恶势力。在彝族阿细支系同胞的口述里，火把节起源于一次奴隶暴动。奴隶阿真将火把拴在羊角上，放火烧死奴隶主，解救了奴隶，让奴隶得到自由。第三种说法源于彝家青年男女为追求自由爱情而自焚，这在彝族罗婺支系的传说里能找到例证。"借问瘟君欲何往，纸船明烛照天烧。"广泛流传并带共性的说法则源于彝家儿女敢与天争、敢与天斗的传奇故事。相传古代天地相通，天王恩梯古慈对人间不按其旨纳贡大发雷霆，派凶神斯热阿比下界为虐。彝家勇士阿堤八拉率众向凶神宣战。他们高举火把，将天地之间的唯一通道烧毁，并杀死了凶神。天王闻讯极怒，向人间撒下天虫，毁坏庄稼和果树。农历六月二十四日，阿堤八拉和愤怒的彝族人民用火烧死了全部天虫。天王还想再度降害于民，却因天道被焚，无奈只好作罢。后彝族先民于每年农历六月二十四日举行火把节，历时三天，以示除恶扬善。所以，不论出于哪一种起源，彝族火把节都不只是一个简简单单的节日，它更是彝家人勤劳勇敢、不屈不挠精神的写照，表现的是彝家人敬重火、驱邪除害，盼五谷丰登、保生灵平安的愿景，象征着彝族人民对美好生活的追求和向往。因此，它也是彝族子孙对先民"举火驱除灾疫，祝福吉祥，以至用火把象征稻穗、幸福和子嗣等习俗"的火崇拜遗风继承的体现。当然，这只是彝族众多崇拜里的一部分。在海坪，每一根图腾柱都在无声地诉说着彝族同胞的民族感情，透过上面的龙、虎、鹰、竹、太阳、火焰等图案，我似乎看到彝族人的性格与灵魂，生生不息的生命传承，像波浪翻腾的大海，让我久久不能平静。

彝族创世纪史诗《尼苏夺吉》唱道："火啊，你使我们生存！用石刀使劲地摩擦石头，火焰就出来了，用白色的艾草引出火焰啊，把火种留在人间！……摆上供品，烧起香烛，向创世的神灵献饭！"传统火把节从每年农历六月二十四日开始，为期三天。第一天"迎火"，彝语为"都载"，需要杀牲敬神祭祖，选地搭建祭台，点燃圣火，由毕摩（祭司）诵经祭火，民众手持蒿杆火把游走于房前屋后，老人们则三三两两去田边地角燃点麦草，驱除病魔灾难，以火光明暗占卜当年年景。第二天"赞火"，彝语为"都格"，此为火把节里最热闹之日。身着盛装的彝家男女老少会聚于山野场坝举行传统活动，有斗牛、赛马、歌舞表演等。篝火燃起来，锣鼓响起来，月琴、三弦弹起来，这个散居于乌蒙大地、被描述为"其人虽褐色而不白皙，然甚美，善战之士也"（《马可·波罗行纪》）的民族，一反鄂尔泰奏疏里"乌蒙者，乌暗蒙蔽之谓也""不昭不通之甚者"之丑化和意欲题请"举前之乌暗者，易而昭明；前之蒙蔽者，易而宣通"之教化方略，载歌载舞：

……
支格阿鲁
男人中的男人

甘嫫阿妞
美人中的美人
那条深沉的河流呵
我不死的情人
……

第三天"送火"，彝语为"都撒"。这是火把节的高潮。夜幕降临，彝族同胞家家户户在夜色中点燃火把，走村串寨，人们互相朝对方火把上撒松香粉，打"火把仗"；手持火把的队伍，一边放声高歌，一边在田野山冈间奔走，中途不断加入的火把汇成一股股火流，照耀田园，燃遍旷野，继而汇集成河，涌向预设的篝火场。人们围着篝火跳起"达体舞"，在火不灭、歌不尽、舞不停里尽情释放灵魂张力，绽放生命激情。

"人事有代谢，往来成古今。"

"深目长身，魋面白齿，以青布为囊，笼发其中若角状。习战斗，尚信义，善抚其众，诸蛮戴之"（谢圣纶《滇黔志略》）的彝族同胞，如今将火把节集中在六月二十四日这一天。这是海坪千户彝寨和异地赶节彝胞一年里除过年外最重要的日子，同时也是其他民族同胞一睹火把节盛况和进行文化交流的重要日子之一。

夜幕降临，千万支火把形如一条条火龙，从四面八方涌向上空已被映红的篝火主场。在欢快的音乐声中，被称为彝家"心底的情、灵魂的歌"的集体性舞蹈——达体舞，将火把节推向了高潮。

"达体"在汉语里意为"跺地""踏地而舞"，它融彝族传统音乐和舞蹈与体育于一体，舞姿程式简练明快，极具热情奔放、飘逸潇洒之特色。这种集参与性、自娱性、互动性为一体的舞蹈，易学易跳，男女老幼皆宜；在不同场地和空间，可以少则数人，多则上万人同舞同乐。旧籍中记载的"牵手围绕而转，且跳且歌，初转徐徐行，再转小跃，行三转大跃嬉笑追逐良久乃罢"，将该舞蹈的精髓描述得非常到位。

火把场上，跺脚、晃步、平跳、对拍、齐跳、踏步、摇步、撩脚、拍手、踏春、勾脚等动作不停地交替着，紧密携手、相互挽臂的人们，面向圈心熊熊燃烧的篝火，以脚踏地为节拍，且唱且舞。到处是矫健的脚步声、急促的呼吸声，不知疲惫的跺脚踏地激情通过紧紧依靠的身躯传播开来，使人们沉浸在这火一样热情豪放和虎一样粗犷勇猛的狂舞氛围里。崇火崇虎的原始崇拜塑造了热情、强悍的民族特性，刀耕火种的劳作方式使彝人形成了豁达开朗的性格和朴野刚强的秉性，以及尚武族风和精神气质。这些因素的共同作用，造就了彝族舞蹈粗犷健美、热烈奔放、节奏明快的动律意韵。熊熊燃烧的篝火旁，男子头戴黑色包头，正中饰以银制太阳形饰物或圆扣，顶上英雄结如朝天辣似的拔帽而起，其上吊饰随身体摇晃曳响；身披黑色大氅，背心正中以或红、或银、或黄的丝线绣制着鹰、虎、龙等图案，分作扑伏状、下山状、腾飞状，周围饰以红云纹或火焰纹，显示着彝人传奇；女子衣裙为黑红色调，与或圆或方的帽饰和谐搭配，耳畔银制流苏与头上的齐眉流苏长短互衬，随舞步跷动，似风铃般吟唱。他们围着篝火矮步顿足，跳步搓脚；拍手、折腿，跳跃，旋转，步调的和谐，动作的激烈彰显着"火"的本性，彰显着粗犷豪放、坚强刚毅的民族秉性。一个个舞圈像激流里的旋涡，流星般飞旋；在火把的翻江倒海里，数量众多的舞圈逐渐融合，逐渐被正在形成的大舞圈吞没。"云披红日恰衔山，列炬参差竟往还。万朵莲花开海市，一天星斗下人间。"（明·杨升庵）此时的火场就像浩瀚宇宙里正在形成的星系，让人能清晰地感受到火炬加入后的每一道光轨。这是火把节高潮时最为壮观的、也最令人叹为观止的景象，它让人想起了这个民族的兴起和生存，想起了这个视火如命的民族的历史，想起了其舞蹈风格粗犷、豪放，舞蹈动作刚劲有力、动感十足的原因。舞与火的交融像火山喷薄后流动的鲜红岩浆，承载着彝家跳动的旋律和喧嚣的情感。于是，我想起宗白华先生的这段妙论："这最高度的韵律、节奏、秩序、理性，同时是最高度的生命、旋动、力、热情，它不仅是一切艺术表现的究竟状态，且是宇宙创化过程的象征。艺术家在这时失落自己于创化的核心，沉冥入神。"

　　一年只为这一天，一生只为这场火。

　　火把节是彝族对火的崇拜和感激，也是彝族追求光明的象征。这个崇拜火、渴望火、视火为命的民族，用火锻铸了他们的民族精神，塑造了他们火一般的民族性格。随火而生，随火而去，随火涅槃，一切恍若自焚重生的凤凰，而这一切的内核就贮存于这个民族的火文化基因。

　　我曾在大湾镇韭菜坪海发村的墙壁上看到过红色彝文。从正面看、侧面看，那些文字都呈立体状，其线条怎么看都像燃烧着、摇曳跳动着的火焰。水城区海坪千户彝寨九层宫褐色墙体上的每一壁彝文，也有同样的韵味。这些文字具有火的气势、火的力量，竟然让我一次次地怀疑，当初彝人祖先在创造彝文时，是不是因为受到火焰的启发，才创造出这寓意着蓬勃向上，寓意着永不泯息的，燃烧着火的热情和光明的字符？

现如今的海坪，已经不是当年高山冷雾四季缭绕的茶场。彝族同胞的人文始祖之一——希慕遮面朝西方，高高地伫立于山巅。他是在俯视山下火的盛宴之余，遥望昭通洛尼山（老鸹山）上彝人第七十四代先人笃慕的那座英雄之城吗？也许，他是在惦记山下葡萄井那涌如珍珠的泉水；也许，他是在遥忆自己民族的人文祖先支格阿鲁。

似乎这些都不重要了。

"由火尝味的祖先啊！请降临。请各就各位，请食用摆在草垫上的祭品，然后赐予我们财富和英雄的子孙！"（印度古诗）祈祷声里，是火给了彝族先民智慧，使他们繁衍了子孙，创造了文明，彝族子孙后代不忘这份恩典，年年祭祀神灵。因而，火把节在更高层面上，是火的图腾崇拜与彝人情感的完美结合！

天地无言，善莫善焉。

盘县书院史话

☆ 许雯丽

书院的名称始于唐代，最初是官方修书、校书和藏书的场所。书院起源于唐朝，鼎盛于宋元；到了明清，成为讲学的地方，大多建于名山秀水之间。

盘县凤山书院建于清嘉庆十二年（1807），坐西向东，占地面积千余平方米，因建于凤山，得名"凤山书院"。书院建在西山上一处视野开阔之地，县城古建筑尽收眼底。前人将凤山书院建在风水宝地，进可攻，退可守，一览众山小的开阔视野，寄寓在此求学的生员需要具有胸怀天下的品格，同时也可以让人接受大自然的熏陶。凤山书院由院长负责管理，与私学一样，书院只有一位明确的主持人。书院主持人的产生，为民间公推，而非官方委派，不搞终身制。不称职者则更换，基本上是六年一届。书院的管理人员少，不用教育者对受教育者进行监督教育，而是按照专门制订出的一套学规，强调自我管理，自我约束。凤山书院的学规大体包括三方面的基本内容：一是指出办学的方向；二是学员修养和待人处事的准则、方法；三是对学员犯过的惩治规定。官学的教师都由朝廷任命，凤山书院的教师则由地方推荐聘请，多为德才兼备的学者。任凤山书院管理者以及教师的人没有记载，但根据盘县许氏家谱可查知：在清朝咸丰年间，一位叫许克旦的秀才曾经任过书院院长并承担着教学的任务，他主要讲授儒学，同时兼顾佛、道，教学内容较为灵活、宽泛。凤山书院的院长、教师很少把精力用在监督学生一举一动上，而是把精力用在讲学内容上，教育出的学生都很优秀；书院的学生来源与官学学生来源不同，书院的学生来去自由，可以来自优秀的平民子弟，没有等级尊卑之别，入学也无须什么考试，不像官学那样，生源多为官宦子弟，等级森严，且需严格考试方能入学，所以凤山书院是真正出人才的学校。

凤山书院的授课内容不像官学那样仅仅限于儒学，盲目地排斥佛、道内

风物凉都

容，而是理智地吸收佛、道中某些对人类有益的思想，比如吸收了道家"天人合一"的思想，把人看作大自然之子，而不是把人从自然环境中孤立出来教育，强调大环境对人潜移默化的影响。因此，凤山书院设有八景，都是以自然与人文结合而命名的：魁阁飞霞、书楼赏雨、薇云夏幕、桂露秋香、笔岫凌云、斗亭留月、山房抱膝、井泉洗心。照磨（负责监察的官员）刘汉英为凤山书院写了八景诗，但有些晦涩，后有一位叫罗振瀚的诗人也写了八景诗，诗的意境优美，形象易懂。

魁阁飞霞

山顶耸魁阁，几立势巍然。云气随烟上，霞光荡日圆。
灵氛长隐雾，祥蔼欲连天。蹬道攀跻处，苍藤石壁悬。

书楼赏雨

西风吹雨至，乘兴一登楼。雾掩山光暗，云浮日影收。
遥天尺度雁，低渚稳栖鸥。小酌怀前哲，兰亭禊事修。

薇云夏幕

紫薇双树秀，花发曜朝云。荫借墙头罩，枝从屋角分。
浅霞蒸薄云，浓艳袭清芬。消夏围成幕，依依众鸟欣。

桂露秋香

丹桂森森立，新秋得意攀。一枝自清洁，千古总幽闲。
夜静露凝蕊，风来香满山。会当明月上，酌酒饮花间。

笔岫凌云

烟峦看对峙，逸兴引杯长。是处钟灵秀，当年叹战场。
霞烘天作纸，鸦戏墨成行。欲把凌云笔，书空问夕阳。

斗亭留月

山际露微月,亭前望几回。狂歌谁和曲,快饮莫停杯。
云送飒飙起,星稀曙色催。徘徊不成寐,明夕可重来。

山房抱膝

荦确砌顽石,杈丫架短椽,有时还兀坐,得趣还酣眠。
习静闲栖鹤,长吟偶听蝉。幽居饶雅兴,抱膝自怡然。

井泉洗心

沿溪寻古井,散步酒微酣。地偏心远静,泉清味亦甘。
临流思可濯,止水戒毋贪。把注尘襟涤,应怀汲缏惭。

古人将良好的生态环境作为教育不可分割的一部分,山川景物不仅养育人,更能起到对学生审美的教育,学生常年在自然环境与人文环境的熏陶中,会逐渐养成冷静善思的习惯。

这些人文景观大多在"文化大革命"中被毁,如今只留下井泉、两棵桂花树、一棵紫薇树。但从历史古籍中可以看出,书院人文景观与自然景观巧妙、诗意、完美地融合为一体。现代人在浓重的商业思维中,把山看作是山,把土地看作是金钱,古人看山不是山,看水不是水,而是生命的家园与源泉。因此,与书院凤凰山相对应的还有笔架山,位于县城东面,三峰平立。在文庙的东面有贵人捧诰山;在县城北面有番纳牟山,即云南坡;在县城南面有南台山,都是自然景观与人文景观的完美结合。

从八景可以看出,凤山书院既有固定的校舍和教学设施,又有专门的图书藏所,藏书很丰富,这当然是一般私学所难以达到的。

凤山书院由头门、二门、讲堂三部分组成。上有楼,两旁有斋房。从斋房可以看到凤山书院吸纳佛家思想的痕迹。斋房相当于现在的食堂,学员吃饭的地方会有什么文化?吃饱就算了。但是,凤山书院的斋房却有着极深刻的文化内涵,学员可以在这里一边吃饭,一边思考人生、探讨社会问题,提高个人品德修养。在书院,吃饭不仅仅是为了填饱肚子,更要强调个人修养。我们现代人讲究爽快,想吃多少就吃多少,想吃啥就吃啥,吃完后再减肥,甚至有的人因减肥危害健康。但凤山书院的学员不能这样,所以书院的食堂不叫食堂,叫斋房,要求学员在吃东西的时候,保持自我克制:对易引起生理躁动的大酒大肉,有节制地吃;吃得过饱,容易引起思维的混沌,引起骄奢淫逸、放荡不羁的行为,吃得过饱的时候,很难想到老百姓的疾苦,很难想到社会的安危。只有给自己留一点饥饿感,才会对他人有一点恻隐之心。吃的行为,表现着书院学员忍耐、恒心、毅力等修养品德。因此,盘县人的餐桌上,至今依然保存着一道清水煮青菜的"淡菜"。盘县人到外乡的餐馆点"淡菜"时,餐馆厨师常常误做成"蛋菜"。而盘县人吃的淡菜里,除了清水和青菜,其他如油、盐、鸡蛋、味精、姜、葱、蒜等什么也没有。听前辈说,这道菜是从书院的斋房里传出来并保持至今的。淡菜让人吃后清心明目。吃肉食过多的人脾气暴躁,吃素食过多的人,缺乏阳刚之气,斋房里荤素平衡的饮食搭配是符合人的健康需求的。

过去的文化教育,不是产业,而是上层建筑,是建立在一定的经济基础上的,假如书院的学员背着书去街上卖,是对文化的亵渎。因此,凤山书院是有经费保证的,常年开支的有柳树湾、毛政营租银138两,田租277石。可以看出,书院有固定的教育经费作保障,建立了类似官学的以学田为中心的教育经费体系。由于盘县历史上对教育十分重视,故这里人才辈出。

清嘉庆十七年(1812)至光绪二十四年(1898)间,盘县出进士17人,其中邓载馨于清乾隆三十一年(1766)中举,乾隆四十九年(1784)考中进士,入翰林院,任国史馆纂修,人称"邓翰林"。他学识渊博,人品忠厚,曾任过嘉庆皇帝的老师。嘉庆十三年(1808),邓载馨卒于京城,他的儿子扶柩回乡,将其安葬在盘县红果镇干沟桥宋家高田山上,嘉庆皇帝钦赐《诰封碑文》。盘县历代中举人有王玺、范兴荣、许克家等164人。范兴荣在清嘉庆十三年(1808)中举人,有小说《啖影集》等作品流传后世。许克家有诗词集《淡园集》《田园集》流传于世,后毁于"文化大革命"。

盘县历史文化如同盘江水,源远流长,世代传承。

长角苗风情

☆ 封培定

苗族在贵州广有分布，支系众多，有汉苗、青苗、白苗、喇叭苗、歪梳苗、小花苗、箐苗……其中最为独特的是人口不足5000人的箐苗——因头戴硕大的长角头饰，又称长角苗，他们散居于贵州六枝梭戛一带的12个高寒山寨中，过着神秘原始的部族式生活，被称为人类原始社会的"活化石"。要了解贵州少数民族风情，就不能忽视这个特殊群体，且应予以更多的关注。

翻过崇山峻岭，跋涉崎岖山路，来到六枝北部山区海拔2000米左右的梭戛。面对延绵群山，茂树箐林，走进苗寨低矮的土墙茅屋，看着纺麻织布、刺绣画蜡的长角苗女，细听打破苗寨宁静的嘎吱嘎吱的织布声，顿觉出离尘世，恍入世外桃源。

大山阻隔，交通不便，一直以来，长角苗都很少与外界交往，偶尔出山，也因语言不通，习俗不同而难以与外人沟通，交易只能采取古老的以物易物方式，有时用一只鸡换来一根蜡烛都会欣喜不已。自古以来，他们男耕女织，自给自足，日出而作，日落而息，形成靠原始耕种和狩猎采集为生的山地经济，保持着传统的生产、生活方式，与世隔绝，几乎被现代社会遗忘。直到20世纪90年代初，陇戛村才有了一条5千米长的乡村公路与外界相通。

远离城镇的长角苗寨长期处于较为封闭的原始状态。现代文明的交响乐没有打乱她古老曲调的原始韵味，现代文明的脚步也没有惊扰她恬静悠闲的农耕生活，因而其语言、文化、信仰、习俗都保存在一种较为完整的文化生态中且自成体系，是一个富有特色、鲜活生动的文化群落，保持着原汁原味的独特风格，清新自然的完好生态，令外界感到非常陌生。1992年，《现代中国》杂志第一期以中、英、法、德、西班牙、葡萄牙、阿拉伯等7种文字和丰富的图片向世界报道了长角苗的概况后，世人无不为之惊叹。一时间，中外众多专家学者、艺术家和游客纷纷慕名前来研究考察、采风观光，使久困深山的长角苗风情很快传出大山，蜚声海外。

长角苗没有文字，当有婚丧嫁娶、庆典祭祀等重大事件需要记录时，他们会用一种古老的符号刻竹、结绳记事。这些神秘的符号，只有寨老、鬼师、家师等少数人能识能记。历史传说、征战迁徙、风土习俗等，则全靠口述和苗歌才得以流传下来。

辗转迁徙

长角苗是一个"苦难深重而顽强不屈"的民族。传说清朝初年，平西王吴三桂奉命平定水西宣慰使安坤"叛乱"后，一些依附安氏的苗民因战乱四处逃散，辗转迁徙，在奔波劳碌、颠沛流离中苦度岁月。他们和艰难困苦斗，和恶劣环境斗，和野兽天灾斗，用坚韧和勤劳构筑新的生活。然而，恶浊乱世，民不聊生，他们每次燃起的希望之火，都被民族歧视和种族压迫的恶浪扑灭。崇尚自由的长角苗为了过有尊严的生活，宁愿选择人迹罕至、土地贫瘠的高寒深山，遁入野兽出没的荒凉箐林，迁徙到统治者鞭长莫及的地方。长角苗寨而今尚存的石头营盘就是当年苦难历史的见证。寒来暑往，朝代更迭，伤痕累累的断垣残壁至今仍默默诉说着那段艰辛苦涩的动荡岁月。

崇拜箐林

深山箐林的护佑使长角苗得以休养生息，繁衍生存。是莽莽箐林寄托着他们的希望，承载起他们的自尊，所以他们历来崇拜箐林，视木如神，珍惜自然，对箐林有深厚情感，自称"箐苗"。在长角苗村寨，不许随便砍伐树木，干柴枯枝也不能捡回家，一草一木都受到精心呵护。尽管他们的生存条件恶劣，却从不为生活破坏大自然，而是和大自然和谐共存。

每年二月初二，长角苗寨都要举行隆重的"祭箐"仪式，由属马、龙、虎的三位德高望重的长者主持，属马的称"马拉鸡"，属龙的称"龙吐酒"，属虎的称"虎踏火"。鼓乐声中，三位长者带领寨中族人载歌载舞，到各家各户祈福消灾。每到一户，"马拉鸡"走进堂屋，"龙吐酒"紧随其后，进门喷一口酒，大吼："瘟疫病症滚出去！""虎踏火"从簸箕里抓块石头丢在地上说："火灾压下去！"如此走遍寨中每户人家，然后到箐林中最古老的树的树根边，主持的长者边把鸡毛贴在树干上边念道："望大箐林年年一样，保护全寨平平安安。"礼毕，大家动手垒灶生火，把鸡煮熟，献上米酒，先祭箐林，再敬长辈，最后大家便在林中痛痛快快地吃鸡饮酒，一醉方休。

三月还要"祭山"。"祭山"和"祭箐"一样，都是长角苗对赖以生存的大山箐林的顶礼膜拜，是长角苗非常重要的祭祀活动。

长角苗寨的自然生态环境，在这些世代相传、视木如神、崇拜大山箐林的虔诚敬奉中得到珍爱，受到保护。

奇异长角

在众多的苗族支系中，长角苗以其独特的长角头饰最令世人瞩目。长角苗戴长角的来历，传说最初是在一位为苗民英勇奋战而死的苗王葬礼上，他们把战斗时使用的弓弩倒插在头上祭奠苗王，以示纪念；也有传说是为了在耕种和狩猎时，头戴长角以恐吓、迷惑林中野兽；还有传说是对为苗民辛勤耕作的牛的崇拜，认为牛角代表勤劳勇敢和美丽善良。

巨大而壮观的长角头饰，既能同族相识，又可异族相别，既是长角苗家庭财富的象征，又是精湛手艺的表露，自古就是长角苗不可缺少的装扮，成为长角苗最为突出的特点，世代流传至今。

长角苗头饰是将形如弯月，长近一米，短也盈尺的木角横插在脑后，再用细麻和头发搓成长约三米的假发，以"∞"字形绾在木角上，最后用一绺纯白色毛线系紧，形成宽而高的发髻。头饰轻者四五斤，重的可达十二斤！每次梳理盘头，穿戴完毕，要花两三个小时。壮观的发髻中，还会编入母亲、祖母甚至曾祖母等家族女性留下的头发，所以他们也被称为"将祖先戴在头顶"的民族。长角苗认为，这样能使自己和先辈融合在一起，将先辈的精神传承下去，发扬光大。原先长角苗男女都戴头饰，男子也穿裙装，现在男子已不戴头饰，也不穿世所罕见的裙装了，女子也只有节日庆典和外出赶场时才戴头饰，平时不戴，或仅戴木角，假发则梳理好放在家中。

独特服饰

　　艰难困苦的岁月并没有泯灭长角苗为追求新生活而奋斗的信心。女人从小就学种麻、收麻、剐麻、漂麻、纺麻、织布、刺绣、画蜡、煮染，直到制成服装的全套手艺。每道工序都显示出她们的心灵手巧。土制粗麻布衣裙上，她们只消缀以少许花边、图案，便显得简朴而大方。脖子上的铜项圈既是女人的装饰，又是家境的象征：项圈越多，家境越好。身前挂的一块黑色圆形羊毛毡护兜，是长角苗的另一个独特标志，一说原是用于遮羞、保暖；一说是仿照箐鸡前胸而制。不管传说如何，现实中这小小的护兜不但独特美观，而且实用，随时坐下就可当作做针线的小桌子。护兜下还藏着一个小秘密：系着随时准备送给心仪的小伙的信物——两条红色挑花帕子。嫁妆更是对长角苗女人能力和智慧的全面展示，是女人一生中的重大课题。劳作之余，男人们闲下来时，女人们还要纺线织布，蜡染刺绣，即使家境再困难，也要省吃俭用，倾其所有，起早贪黑，花一年乃至数年，精工细作一套称心如意的嫁妆，好在出嫁时穿上风风光光走出家门。略显华贵的民族盛装，体现了她们在困苦中向往美好生活的豪迈情感和生机勃勃的顽强生命力。

　　古老的木制纺车终年不停地旋转，摇落满天星斗；织布机飞动的梭子，织出的是逝去的悠悠岁月。那小小的蜡刀，凝聚着她们的智慧和灵气。不用图稿，无须模仿，她们便能画出那些令人称奇的精美图案，连不识字的少女都画得中规中矩，得心应手。

　　长角苗服饰上这些寓意着他们美好追求、憧憬与向往的图案，其实就是他们的"文字"，就是他们的历史，就是他们的倾诉，只是我们看不懂罢了。

婚姻习俗

　　长角苗青年男女婚姻非常自由，婚事虽是父母包办，恋爱却是自己选择。每年正月初四到十四的跳花节，既是长角苗的社交娱乐活动，更是青年男女谈情说爱、喜结良缘的日子。十天的跳花，就是十天的歌舞、十天的狂欢。花场上，青年男女以歌为媒，山歌传情，到处都洋溢着青春的激情。小伙子们或吹芦笙，或吹三眼箫，甚至随手摘一片树叶，都可吹奏出悠扬婉转的动人曲调。热情大胆的少女则用急切的目光寻找自己的心上人，一旦相中，便不顾一切地主动上前抓住对方手臂，任凭周围的人怎么逗笑也不肯松手，出现"藤缠树"的有趣场面。小伙子若不愿意，使个眼色，伙伴们便一拥而上，帮着把他从痴情姑娘手中"抢"出来。若双方都有意，便避开伙伴，相约隐入箐林之中，且歌且聊，彻夜长谈，然后互赠花带、项圈等信物，定下终身。

平时，长角苗青年男女谈恋爱称"晒月亮"。苗寨边上都有专门为"晒月亮"的恋人幽会搭建的简易窝棚——"妹妹棚"。每逢月夜，小伙子便到在花场相中的姑娘家附近，吹起芦笙将心上人约出来，在月夜相会，赏花对歌，互诉衷肠，到村外"妹妹棚"去"晒月亮"。

到谈婚论嫁时，男方父母请媒人提着酒和鸡等礼品到女方家提亲。提亲的谈判过程往往繁杂而漫长。有的父母为抬高女儿的身价，会漫天要价。于是双方就展开一场"拉锯"谈判，一般要三五天。待到女方接收礼物，杀鸡待客，这门亲事才算谈成。有些谈不成的，男方父母会暗示儿子带姑娘一起出走。按长角苗族规，出走的恋人被抓回时，并不受罚，男方家只要象征性地送些彩礼，这桩婚姻便被认可了。

娶亲场面喜庆热烈。娶亲时，撮合好事的媒人不像汉族那样被待若上宾，反而要备尝"打亲"之苦。领着新郎到新娘家迎娶新人的媒人还未进门，便要被新娘家事先专门请来站成两队的姑娘用麻秆、细条轮番"痛打"，之后才能踏进新娘家的门槛。进门后，媒人还得赶紧代表新郎家向新娘家一再"说好话""赔小心"，并向对方一一敬酒，才能把新娘带走。出门时，媒人要再受几番"痛打"才可带新人上路。汉族有"新娘娶进房，媒人扔过墙"的俗语，长角苗却是新娘还未娶进房，牵红线的媒人倒要先受几番"折磨"。好在原先"打亲"时是真打，现在只是做做样子。"打亲"越热烈，表示娶亲越喜庆隆重，表示这门亲事越天长地久，表示将来夫妻越美满幸福。时至今日，"打亲"的习俗仍在长角苗中高高兴兴、热热闹闹地进行。

长角苗向来有十分平等的原始民主。12个村寨相当于12个民族部落。苗寨的祭祀庆典、婚丧嫁娶、民事纠纷等大小事务，都由德高望重的"寨老"主持、定夺。和繁杂的娶亲仪式不同，长角苗的离婚过程非常简单，夫妻感情不和，只需向"寨老"禀告一声，"寨老"同意就算离婚了。

长角苗婚恋的开放自由，体现了对人性的尊重和解放，在过去是压抑人性、剥夺自由的传统封建礼教无法比拟的。这样组成的家庭，缔结的社会，自然要和谐而稳固得多。

背　水

　　以前长角苗的族规禁止与外族通婚，择偶多限于寨内，族人中大多亲套亲，亲连亲，亲上加亲。因此，近亲结婚使后代身材都较为矮小，尤其是女性，更显得娇小玲珑。然而，在艰难困苦中造就了坚韧不拔性格的长角苗女性，早已适应了这种高山生活环境。正是这种极为灵巧的身材，更适合世居深山老箐的长角苗钻山林，攀悬崖，跋涉崎岖山路，顽强地生活在山高林密的艰难环境中。在交通不便、水源缺乏的高山苗寨，长角苗各家各户的生活用水，都靠这些身材矮小、吃苦耐劳的女人从几里外的山下一桶一桶背上山来。这些娇小的女人腰垫草垫，仅用一根麻绳套住巨大的木桶，便可背着装有百余斤水的木桶翻越陡峭的山路，如履平地，实在令人惊叹不已。长期在崎岖的山路上背水，除了要有极强的耐力外，保持身体平衡尤为重要，稍有不慎，便有性命之虞。背水时，她们上身挺直板正，双手随臀部有节奏地左右摆动，极富韵味。久而久之，长角苗女子行走的姿势便与众不同了，即便不穿民族服装，不戴头饰，在人群中也能一眼认出她们。中外专家学者看到长角苗女子特殊的步态，优美的身姿，硕大的头饰，艳丽的衣裙，都说她们有"殿下"气派。

拦路酒

　　长角苗淳朴善良，热情好客，待人诚恳。客人来到苗寨，都会受到热情友好的欢迎。

　　村边的茅草亭是苗寨专门接待远方来客的"迎宾门"。来客还未进寨，首先要在这里喝苗家迎宾的"拦路酒"。长角苗少女提着酒壶，手执羊角酒杯，唱着古朴的敬酒歌，向来客一一敬酒。面对苗家人的真诚豪爽，客人们往往盛情难却，喝得酒酣耳热，满脸通红。以前，不连喝三杯是过不了这一关的。现在倘你实在不胜酒力，只需将羊角酒杯尖朝上倒过来递回，主人也就不再勉强。喝过"拦路酒"，走进苗寨，但见芦笙齐鸣，鼓乐喧天，身着民族盛装的长角苗青年男女跳起节奏欢快的迎宾舞，使客人犹如置身于歌舞的海洋。受这种热烈情绪所感染，客人都会情不自禁地跟着节奏、踩着鼓点跳起舞来。舞姿蹁跹，歌声四起，主客欢笑，苗寨顿时一片欢腾。

来到苗寨，世间所有的嘈杂与烦恼统统被眼前这淳朴的民风、浓郁的山情冲淡、稀释，使人受伤的精神得到抚慰，疲惫的心灵得到净化。

生态博物馆

边远闭塞的环境使远离城市喧嚣的长角苗的民族文化、自然生态免遭破坏，保存了苗寨的独特性、多元性和原生状态，成为"人类疲惫心灵最后的农家园"。然而，封闭的环境也拉大了苗寨和现代社会的差距。

当人们把惊异的目光投向这些高山苗寨时，山里长角苗也关注着山外的世界。

现实与传统的强烈冲突迫使人们不得不思考这样一个严峻的现实问题：在现代社会变革过程中，怎样才能既保存长角苗独特的民族文化、自然生态、风土习俗，又不使苗寨囿于山林，将她排除在现代社会之外？

历史的经验一再证明，在社会变革中，有些国家民族经济的振兴，常常是以民族文化的萎缩、道德的沦丧、人性的堕落为代价的。而另一方面，由于传统的惯性，民族的历史文化既能成为民族发展的重要依托，也可能成为制约其发展的沉重包袱。

为了完整保存和延续长角苗古朴独特的民俗民风、传统文化和自然生态，又能让他们跟上时代的步伐，融入现代社会之中，中国和挪威两国专家经多次实地勘察，反复论证，最终达成一致：在中国贵州六枝梭戛建一座区别于传统博物馆、拥有尖端科技的生态博物馆，并制定了具有重大意义的《六枝原则》。《六枝原则》强调："在生活社区中建立的生态博物馆，促进社会发展是先决条件。""文化遗产的保护必须与整体环境保护相结合。""生态博物馆没有一种通用的模式。它们应当结合自身独特的文化和社会条件而各具特色。"

1998年10月31日，在中挪两国政府的大力合作下，中国第一座生态博物馆——梭戛长角苗生态博物馆在中国西部贵州六枝梭戛苗寨建成开馆。

长角苗生态博物馆大门上高高翘起的弯角象征长角苗的独特头饰，特色鲜明，古朴自然。馆内建筑一律为杉木结构，茅草盖顶，嵌以花窗，具有典型的长角苗民居特点。博物馆占地430平方米，四周花树繁茂，绿草如茵。馆内资料齐全，设备先进，环境优美，是研究长角苗历史文化、风土习俗的资料信息中心，每年都要接待不少中外专家学者和观光游客。

生态博物馆发轫于法国。1971年，联合国教科文组织推出"人与生物圈计划"，中国成为一百多个国际环境同盟国之一。一些有前瞻性的国家随之在传统博物馆的基础上举办"生态学在行动"展览，引起人们对生态问题的极大关注。当年在法国巴黎近郊一个工业小镇上，世界第一座生态博物馆应运而生。

传统博物馆是将人类文明的遗产碎片集中到一个特定的地方进行静态展示。这些文化遗产远离它所产生的环境，远离它的创造者和所有者。在这里，历史是静态的，停止的，支离破碎的。梭戛长角苗生态博物馆则完全不同。它是将传统博物馆融入民族社区的新探索，是对民族社区自然遗产和人文遗产进行整体保护的新尝试，系统完整地保留了长角苗原生状态下古老而神秘的民族生存状态、生活方式和以长角苗为中心的社区文化、风土习俗，并以文字、图片、音像等资料全方位记录该文化的发展和演变，使文化保护和文化传播同时进行，延续了宝贵的长角苗民族文化，增强了长角苗的民族自豪感。生态博物馆不仅为外来参观考察者服务，还为长角苗社区服务，是社区信息中心，长角苗在这里不是观众。正如《六枝原则》指出："村民是他们文化的真正主人。他们拥有解释和证明其文化的权利。"他们既能使用自己的民族文化，又参与保护，同时还向人们全方位展示长角苗鲜为人知的民族习俗和独特风采。

人类文明的进步发展，包括对各种历史文化独特个性的尊重与包容。长角苗生态博物馆呈现出的完整性、真实性和动态感，让人们对神秘的长角苗民族文化进行深度接触，全面了解，给人以全新的文化感受和体验，使有价值的民族文化得以完整保存、广泛传播和全面发展，这是一般博物馆所难达到的。中国贵州六枝梭戛长角苗生态博物馆以一种全新的形式和尖端科技，填补了我国文博事业的一项空白，对我国文博事业起到探路和促进的作用，为我国文博事业的发展翻开了崭新的一页。

毛口·夜郎传说

☆ 卢云儒

"夜郎者,临牂牁江,江广百余步,足以行船。"自从司马迁的《史记》中有了这样的记载后,古牂牁江(今北盘江)便与古夜郎结下了不解之缘。

从2009年开始,我与遵义市政协及安顺有关学者组成的北盘江考察小组,利用每年的五一和十一假期,对北盘江进行了长达10年的非官方考察。考察中,我们把探寻牂牁江与古夜郎的关系作为一项重要内容,每到一处都进行了认真的采访和收集,从中了解到,有关古夜郎民间传说故事最多的地方,就在六枝特区的毛口。

2009年5月6日,我们来到北盘江畔的六枝特区毛口乡(现已改称牂牁镇)政府所在地,乡政府安排人把我们带到年逾古稀的卢书奎老人家里。卢老是个文化人,退休之前从事教育工作,向来重视收集整理本民族(布依族)的历史文化资料。多年来,他受乡政府委托,组织当地青少年排练的节目经常在省市文艺调演中获奖。此外,他还把当地有关古夜郎国的传说故事进行收集整理。我们在他那里得到了"夜郎之母传说""王子坟的传说"等资料。

卢老告诉我们,由于毛口一带关于古夜郎国的民间传说较多,曾经引起过不少专家学者的兴趣。省政协原副主席王录生来毛口考察夜郎文化时,是乡政府委托他作的介绍。

经过认真考察,我们了解到,毛口一带流传的夜郎传说故事大致如下:

老王山的传说:当地的老王山原名郎山,海拔2127米,山的中上部有一洞穴形如偃月,人称"月亮洞"。多年来,郎岱至毛口一带一直流传着夜郎王多同其王妃死后葬于月亮洞中的传说。因此,当地人就把郎山称为"老王山"了。如今,存在200多年的夜郎古国早已被淹没在历史长河中,但夜郎故地的高山大泽却千古不变,老王山见证了这个古国的兴衰。因为这个传说给老王山蒙上了神秘色彩，也就有了对老王山月亮洞的两次重大探秘活动。第一次是在1988年9月。为揭开夜郎古国的千古之谜，六枝特区人民政府宋崇书区长亲自组织，以6名消防队员为骨干，在当地向导的带领下攀上月亮洞，发现洞中有3座土坟，登山队员们对其中较小的一座进行发掘，带回了坟内的人骨和陪葬品。第二次是在2007年7月。六盘水市把老王山月亮洞探秘作为"凉都·消夏文化节"的一项重要活动，并邀请了中央、省、市新闻媒体进行全程报道。后因应邀参加此次活动的清华大学山野协会学生黄德在攀登过程中不幸坠崖身亡，此项活动被迫终止。

夜郎王建都传说：自古帝王爱平川，唯有夜王爱群山。相传，夜郎王看到牂牁寨后面的打铁关一带峰峦叠嶂，云遮雾绕，似大海波涛汹涌澎湃，很有帝王基业之气势，便打算在能数出100个山头的地方建立都城。于是他站在打铁关的一个山坡上数山头，但数来数去只有99个，哪知是他脚下站的这个山头漏数了。为此他只好按金、木、水、火、土建了5个卫星城，其中金城就建在牂牁江畔的毛口，木城建在郎岱，水城建在今天的六盘水市所在地，火城建在中寨乡的火坑村，土城建在盘县。

大文县的传说：相传郎山（老王山）脚下一个叫"大文县"的地方，在古夜郎时期是一处重要聚落。我们到该处考察时，只见里边古树丛生，有几股泉水叮咚流淌，几处朝门和巷道的遗址尚存。至今仍在此居住的几户人家正在用竹子划成的篾条编制簸箕、筛子、斗笠等竹制用具，我们每人买了一个做工精细的小提篮。有的人家还养了不少的牛和鹅。在与他们的交谈中得知，他们祖祖辈辈都在此居住，大约20年前曾经有上百户，现在因下面有公路，到毛口和去郎岱都比较方便，于是很多人家就把房子建到公路边去了，这里现在只剩下七八户人家。

板亭、刑台的传说：在大文县附近，有一个寨子叫板亭。板亭其实就是古夜郎时期的法庭，犯人在这里受审后，首先要挨四十大板，被判处死刑的犯人还要从板亭送往刑台行刑。此处有一棵长了刺的大皂角树，刽子手们把犯人斩首后，将其头颅割下挂到皂角树上示众。我们到刑台考察时，果然见到庞大的皂角树桩，上面发了不少的小皂角树。

接官亭的传说：凡汉朝派来的官员都在接官亭里进行接待。在接官亭后面的山顶上，我们看到了两处烽火台遗址。我们曾经两次走访这几个地方，第一次是牂牁寨的村民龙明辉给我们介绍，第二次是半坡塘街上的黄玉文，两人所说的情况完全一致。

牂牁寨的传说：牂牁寨位于六枝特区郎岱镇到毛口乡的公路边，距毛口乡政府8千米，海拔1005米。牂牁寨古来有之，不是当今为打造旅游才命名的，现属于毛口乡（牂牁镇）半坡村的一个寨子，寨中十几户人家有龙姓、李姓和张姓等。龙明辉是当地一位义务的文物保护者，他熟悉当地民间传说和一些文物遗址。在他的带领下，我们观看了牂牁寨后边公路坎上的女阴图腾——石婆婆。又沿着长满杂草荆棘的山路来考察"阿女寨"遗址，这里有几处过去房屋的地基。龙明辉告诉我们，传说阿女寨以前全是女人，没有男性，是因为在古夜郎时期经过一场惨烈的战争，男人们全部战死，只剩下妇女和小孩。后来汉人军队中的男人拥有了这些女人，便在这块土地上繁衍生息。这就是有关史籍上所说的"汉父夷母"。

勒岗寨的传说：在阿女寨上边的东南方向还有一处名叫"勒岗寨"的遗址。当年六枝的民间文艺专家叶正乾在此处调查时，感觉这寨名跟地势应与仡佬族有关系，于是到六枝特区仡佬族聚居地——居都村去求证。居都是个仡佬古寨，整个寨子至今保持着原汁原味的完整仡佬语。经寨老李发旺等人翻译："勒"是"多"，"岗"是"同"，仡佬语"勒岗"就是"多同"的意思。在当时，地处边远的居都仡佬人并不知道"多同"为何意，定不会胡编乱说，而多同就是夜郎王，这是一个多么令人欣喜的答案。

夜郎"夏都"传说：毛口牂牁江边的海拔较低（600余米），盛夏时节十分炎热，为外出避暑，夜郎王多同便在今天的六枝南极山上建了"夏都"。

南极山的传说：南极山，仡佬语称为"开米格仁"，意为"蜂子朝王的地方"，位于今六枝城区北部六枝老街背后，海拔1500余米。传说当年夜郎王每到夏季，就带着家眷、奴仆、杂役、护卫浩浩荡荡来到南极山，让大军扎在山下防守，他与眷属拾级而上入住山上的王宫，清晨看看天边红霞中喷薄而出的朝阳，傍晚吹吹山顶的凉风，确是一种惬意的享受。

往事越千年，夜郎王早已作古，他的夏都早已化为尘埃。明清时期，南极山为安顺府的名山胜景之一，谓之"南极生辉"。此地现已变成释道圣地，成了修身养性的净地。

此外还有夜郎王选姬导致月亮河东水西流的传说、夜郎之母的传说、王子坟的传说等，限于篇幅，在此不再一一赘述。

从20世纪80年代起，省内外、国内外的专家学者们纷纷到毛口考察夜郎文化。很多学者到毛口考察后，撰文认为毛口一带就是古夜郎国都邑的所在地。姑不论古夜郎都邑就一定在毛口，但这些关于古夜郎国的民间传说，据考察确实为整个北盘江流域所独有，并非空穴来风。

1995年2月，贵州省人民政府委托的风景名胜专家评审组来到六枝，经实地考察论证评审后，以"黔府发〔1995〕10号文件"正式批准贵州六枝牂牁江风景名胜区为省级第三批风景名胜区。该风景名胜区含落别的洒耳景区和岩脚的迥龙溪景区。

1999年11月，省城贵阳召开"99夜郎学术研讨会"，六枝特区由政协文史委牵头组织人员参会。此次会议，六枝以参会人数最多，论文最多被省社科院历史研究所的熊宗仁先生喻为"六枝军团"。这次会议后，夜郎成为热门话题，六枝特区人民政府也因此加快了打造夜郎文化品牌、发展地方经济的脚步。从2003年起，六枝特区在争取更名为"夜郎县"的同时加大了招商引资力度，致力于六枝夜郎文化的利用与开发。经过多年努力，毛口的郎山（老王山）脚下建起了气势恢宏的夜郎王宫和"布依十二坊"，牂牁湖畔建起了"云上牂牁"广场，老王山顶上也建起了玻璃栈道，从牂牁湖边通往月亮洞的索道正在建设中，今后去月亮洞探秘将不再艰难。截至目前，六枝旅游、文化等部门已在波光粼粼的牂牁湖畔连续举办了多届国际滑翔伞邀请赛。此外，月亮河乡的布依神龙长廊和创吉尼斯世界记录的布依大铜鼓，已在布依生态园中巍然屹立，落别的洒耳景区、岩脚的迥龙溪景区，现已成为人们休闲娱乐的好去处，每逢节假日，游人总是络绎不绝。

2021年11月，在抗击新冠肺炎疫情和脱贫攻坚工作均取得重大胜利的形势下，六枝特区政协召开了文史工作会议，夜郎文化研究队伍呈现出"一代新人换旧人"的可喜局面，又迎来夜郎文化研究界新的春天。

盘州市礼俗拾辑

☆ 高积俊

闹新房

在古时，并无闹新房的习俗。《礼记·曾子问》中谈到嫁娶的情形："嫁女之家，三日不息烛，思相离也；娶妇之家，三日不举乐，思嗣亲也。"陈顾远著《中国婚姻史》中说："在周时，重视亲迎，为制或涉奢靡，但既视婚礼为阴礼，于是，婚礼不用乐，以示幽阴之义，婚礼不贺人之序也，则迎娶而归当日，一切必从俭。"据杨树达《汉代婚丧礼俗考》，闹新房的习俗或源于汉时，谓"俗间，即有戏妇（即新婚女子——笔者注）之法，于稠众之中，亲属之前，问以丑言，责以漫对，其为鄙黩，不可忍论。其有贺祝共庆之事明矣"。虽然，终不过"祝贺共庆"而已，与后世闹新房又不尽相同。后世闹新房，必在新房即新婚夫妇的洞房内，且时间上又必是新婚的当夜。

今天，全国各地都有闹新房的习俗。而盘县闹新房的习俗与其他地方在仪式上又不尽相同。一是虽然相对新婚夫妇来说，亲戚朋友不论辈分，"三天之后才分老少"，就是只要高兴，人人都可以向新郎新娘"问以丑言，责以漫对"，但参与闹新房的一般都是新郎的朋友和同辈的亲戚、家门，家门中又只是年少于新郎的族弟，长于新郎的族兄则是不能参与的。二是参与闹新房的人必定要备上一份贺仪，一般都是礼金，多少不论，只要你觉得拿得出手就行。礼金是在闹新房快要结束的时候拿出的，参与闹新房的人不一定都相熟，为免发生有人出手阔绰，使囊中羞涩者尴尬，往往有人在闹到将近尾声的时候，先拿出一份折中的礼金放到桌上，其他人也就按他拿出的数拿出礼金来放到桌上。来而不往非礼，有贺仪就有答赠，答赠的礼物是由新娘家预备好的，旧时以一双鞋垫或一方手帕较多，大方的则有如枕巾、枕套之类，随着经济的富裕,现在已少有以鞋垫、手帕答赠的了。三是闹新房的地点必在新房。于婚床前摆放一溜桌凳,桌上摆上烟、酒、茶、水果、点心,闹新房的人和新郎新娘围坐在一起,周围站着看热闹的人。看热闹的人是不能和闹新房的人坐在一起的,不然就成了闹新房的人了。闹新房除了向新郎新娘"问以丑言,责以漫对"外,还要让新郎新娘做些亲密的动作。每一问题、动作必须完成并让闹新房者满意才能进行下面的节目,那些问题、动作都是让人很难堪的,才新婚的人,又是于稠众之中,自然不可能爽快地完成,扭扭捏捏是肯定的,非要到被逼得无可奈何的情况下才肯完成。所以,闹新房一般总是进行到夜已很深,送亲的人再三圆场央求,大家才意犹未尽地离去。

闹新房图的是热闹喜庆,但也有不欢而散的时候。闹新房的场合,言辞行为本无多少忌讳,除了"丑言"之外,兼有粗俗不雅的行为动作。闹新房的人中不乏老表弟兄,而老表姊妹间平常就有动手动脚开玩笑的习惯,这种场合下做些亲昵动作也是司空见惯的。偶有遇着送去的人或新郎不甚豁达的,或"闹"得太过、失去分寸的,产生口角,甚至拳脚相向,也不是没有。

闹新房礼俗的起源,学界说法不一,大致有两种,一种是驱邪避灾,一种是融洽新人感情——旧时婚姻,遵媒妁之言,父母之命,多数人在婚前都不太相熟,有的甚至在掀开盖头之前还不曾相识。这样的两个情窦初开的青年男女忽然相聚,生活在同一个空间,心理上难免感到不适应,会有很多的尴尬和扭捏。通过这样的一番"闹",可以起到让新人拉近心理距离、消除隔阂的作用。除此之外,笔者以为,尚有更深更重要的一层意义,就是性启蒙或者性提示。中国的文化传统,对性是趋于保守内敛的,视性为极度的私密,相聚闲聊,天文地理,鬼怪仙狐,芝麻谷子,无所不谈,却忌谈性,即便在今天,也是如此。旧时,人们文化落后,思想又保守,未婚男女绝少受过性教育,多数对性事不知为何物。闹新房的人中不乏"过来人",他们那些粗俗不雅的言辞动作,实是对初入洞房青年男女的性启蒙或者性提示。了解了这一点,始能理解对新婚男女"三天之后才分老少""于稠众之中,亲属之前,问以丑言,责以漫对"的深意。

拜寄干亲

作为一种风俗,旧时,盘县人是不随便拜寄干亲的。按迷信的说法,人(多为小孩)生了病久治不愈或经常生病(小孩经常生病当地叫作"逗啰嗦"），就去拜寄一个干亲，多数时候是拜寄一个干爹，但也不一定，要看具体情况。拜寄干亲通常有两种方式，一是找，二是撞。

找的方式，是根据当事人的四柱八字，请懂命理的人去算，通过测算，指定要找一个姓什么或者从事什么职业，或者兼备二者的人做干亲。于是，事主家在符合条件的人里面选定一个合适的人选后，或自己或请人去跟该人商量，征得同意后，选定日子，或请该人上门或到该人家拜其为干亲。找，一般就是找的干爹。干爹，也称"保爷"，保爷的配偶就称"保娘"。

撞的方式，是事主家做好准备、定好日子后，清早起来，在门口立筷候着（立筷是用一个碗，盛上适量的水，放在大门的一侧，选一双尾部较为平整的筷子，用水浸湿，尾部朝下，倒立在碗中，双手扶着，慢慢地找准重心，使其竖立在碗中），当天进自己家门的第一个人，无论男女老幼，就是被拜寄的人，但不一定是干爹了，要视情况而定。根据男女、年龄、辈分的不同，或拜为干爷爷、干奶奶、干爹、干妈、干哥哥、干兄弟、干姐姐、干妹妹等。

"找"的这种方式，因为种种原因，会遇到对方推辞的情况。推辞的原因很多，比如有的人从心底反感和人搭干亲家，有的人还没结婚，不愿意做人家的干爹，还有的人认为会折自己的福等。遇到人家推辞，主家也不好强求，只有另找他人；"撞"的方式，撞着谁就是谁，双方都不容推辞，不管你高不高兴、愿不愿意，都要接受这一事实，风俗如此。

双方达成共识后，接下来就是举行"拜"的仪式。受拜者背对家神端坐，接受施拜者三叩九拜（不能施叩拜礼的婴幼，则由长者抱扶行礼）后，便为其取名，并说些"快快长大""吉祥平安"之类的吉言。取完名，互赠礼物，施拜者奉上的多是烟酒之类。若是撞拜，受拜者回赠的大多是钱币，倘遇囊中羞涩的，事后会另买些衣物补上。至于找拜的，因有充裕的准备时间，受拜者除了向施拜者打发钱币外，还要从头到脚赠予其一身衣物，就是所谓的"换周身"。拜仪结束，双方坐在一起吃一顿饭，就结成了干亲家。

除了拜寄人，还有拜寄山、拜寄树，甚至拜寄鸡的。拜寄的仪式是供上刀头肉（割成四方形的猪肉）、斋饭，点起香烛、烧起纸钱，施拜者跪在受拜物跟前，由自己或身旁的人说些祈求保佑的吉言，拜寄仪式就结束了。笔者老家盘州市红果街道办双龙潭村寨子北面有一座石山，不算大，周围都是平地，山名叫"石脑包"，寨上很多小孩都拜寄了这座山为干爹，笔者小时候也拜寄过它。

拜寄鸡的，都是一些有遗尿症的小孩。拜寄的时候，小孩跪在鸡圈旁，由大人领着或者自己说："鸡大哥鸡大哥，今天兄弟拜寄你。我替你白天屙，你替我晚上屙。"

这种纯为驱除灾病的拜寄风俗，和那些为攀附权贵而拜干爹干妈的做派自是不同。

挂在牛角上的节日

家乡有个节日，叫"十月初一"。十月初一这天，家乡的习俗是要舂粑粑。粑粑舂好后，人是不能先吃的，要举行仪式后才能吃。这个仪式就是，要先拿两个粑粑挂在牛角上，一只角上挂一个，挂好了，就把牛牵到河边去饮水，整个仪式是很虔诚、很恭敬的。当然，这是喂有牛的人家，没有牛的，自然就不做这个仪式了。有生产队的时候，牛是集体的，分到社员家喂。生产队的牛不是很多，有的人家分得有，有的人家没有分得。那个时候，生活条件差，多数人家粮食都不充裕，青黄不接的时候，吃饭都难，所以，舂不舂粑粑，不在于是否喂得有牛，要看家底，这个家底就是家里的粮食。粑粑的品类五花八门，有米粑粑、苞谷粑粑，还有凤尾、粟谷等杂粮粑粑。米粑粑有饭米、糯米的，苞谷粑粑有饭苞谷粑粑、白苞谷粑粑、糯苞谷粑粑等。"糯"的粮食总要比"饭"的粮食舂出来的粑粑好吃。

虽然粮食紧张，但是在十月初一这天，多数人家都要舂粑粑，条件好的人家多舂些，条件差的就少舂点。舂多舂少不重要，主要在于过节的意义，别人家欢欢喜喜地烧火、蒸粑粑饭、舂粑粑，就你家冷锅冷灶的，脸上也挂不住。还有，人家的娃娃在美滋滋地吃粑粑，自己的娃娃在一边看着咽口水，心头也不是个滋味。所以，打肿脸充胖子，多少也要舂点。

粑粑出碓，揉成饼状，大人把牛从圈里拉出来，选两个挂在牛角上，就拉去饮水。小孩子家觉得好玩，或者在后面跟着，或者抢过绳子自己拉着。

挂粑粑在牛角上，把牛牵到河边去饮水，是为了让它在水里的倒影中看到挂在角上的粑粑。长者们说，这样牛就知道人对它的好，它一年没有白出力，心头就高兴、就宽慰。庄稼人收获了庄稼，舂了粑粑，自己不敢先吃，拿来挂在牛角上，就是为了表达对它的感恩，一年的收成，离不开它的辛劳付出，它功不可没。大人们还说，牵牛去饮水的时候，要看它眼里流泪没有。说是牛从水中的倒影里看到角上的粑粑，知道这是人对它的感恩，就会感动，感动了，就会流泪。小时候，十月初一那天，我拉着角上挂着粑粑的牛去河边饮水，总是会仔细地看它是否流泪了。可是我觉得它像是在流，又像没有流。因为牛的眼角总是湿漉漉的，随时都像在流泪。

十月初一，有个专门的称谓，叫作"十月朝"（"朝"读"招"音），家乡习俗，这天修葺墓地如清明不忌（平时非择吉不能）。这天是个什么节，从来没有听说过。求教于乡党乡贤，他们也说不出个所以然来。宋代孟元老《东京梦华录》卷九谓："十月一日，宰臣已下受衣著锦袄，三日，士庶皆出城飨坟。"修葺墓地和这里的"飨坟"相近，但"飨坟"是初三或初五日，而不是初一。"飨坟"应该是常态，年年如此，而十月初一修墓，只是坟墓损坏了急需修葺，是特殊情况。也有把十月初一称为"祭祖节""冥阴节""寒衣节"的，但是，在盘州，十月初一却与这些说法都毫无关系。修于清光绪己丑（1889）年的《普安直隶厅志·风俗》中谓："十月朔日，土人祀牛王，食牛以糍糕，即以其余挂之角上。""朔日"即每月的第一天。"十月朔日"就是十月初一。依此，或可以认为，"食牛以糍糕，即以其余挂之角上"的十月初一，是旧时盘州特有的一个节日，一个"土人祀牛王"的节日，又有称十月初一为"祭祖节"的。十月初一祀牛王，是不是盘州所特有，资料所限，不敢妄论。

农耕民族，牛主要是喂来耕地、耙田、种庄稼的。春天要犁地，夏天要耕田，秋后还要给收了庄稼的田地翻土，牛都在竭尽全力地为你耕作。除耕地耙田之外，牛还有很多为人代劳的好处。你要砍树盖房，牛可以用来拉树；你要砌墙，牛可以用来拉石头；种庄稼要肥料，牛可以踩粪，种庄稼是不能缺肥料的啊。一年到头，牛都在竭尽全力地辛勤劳作，做着奉献。一年的收成，离不开牛的辛劳付出，它功不可没，自然，你要悉心地照料它，疼爱它，感它的恩。

秋收后，农事也不怎么忙了，牛也可以稍事休息了。选个日子，就定十月初一，将收获的粮食拿些来舂成粑粑，挂在牛角上，以表达对牛的感恩，同时也庆祝一年的收获，慰劳慰劳自己，体现了盘州人的淳朴善良和向往美好生活的旷达情怀。

吃年夜饭的规矩

年夜饭是一年中最丰盛、吃得最好、仪式最隆重的一顿饭。饭菜做好后，把桌子摆在大门口门槛内，置上香炉，置一个刀头，盛一碗净水，摆三碗满满尖尖的斋饭，上供的菜肴主要是一个熟猪头和淖得半熟的一只整公鸡。斟上茶酒，点起香烛，焚过纸钱，当家人领着儿孙，面朝门外，跪在桌前，三叩九拜，嘴里念念有词，说一些颂赞天地、祈愿护佑的祝词。祭过天地后，再把桌子端到家神面前，用一样的仪式祭祖宗。接着就是放鞭炮，再把做好的菜每样拈一点装在一个钵钵里，留到吃完饭后泼水饭用。至此，一切仪式算是完成。

年夜饭的"夜饭"，顾名思义，是吃得很晚的晚饭，一般是在夜里吃的。之所以要在夜里吃，一是因为要做许多的饭菜，又有许多的仪式，本身就颇费时间；二是据长者说，年夜饭是吃得越晚越好，吃过子时更好，子时就是晚上十一点到凌晨一点。所以，有的人家要等到九十点钟的时候才号令吃饭。吃得晚、吃的时间长，无非是讨个吉利，就是一年到头都有吃的，从年尾吃到年头，都吃得好。子时以前，是年三十，是年尾；子时以后，是新年的第一天，大年初一，是年头。过去，各方面条件都很差，人们缺衣少食，饱一顿饿一顿的，青黄不接的时候，还会无粮断炊，所以，要讨个一年从头到尾都有吃的、都吃得好的吉利。

孩子们望着好多好吃的饭菜，早就嘴馋了，仪式一完，忍不住就要动手了。但是且慢，还不到人吃的时候，要先让狗吃。现在喂狗的人家很少了，但在二三十年前，农村人家大都养狗。有狗的人家，要把每一样菜肴都拈一些来，先给狗吃了之后，一家老小才围上桌，尽情地享用满桌的佳肴美味。为什么要让狗先吃？老辈人说，狗一年到头看家护院，尽职尽责，忠心耿耿，从年头到年尾，顿顿都是主人吃过了之后，它才得点残羹剩饭，多数时候，连残羹剩饭都没有。过年了，这一年的最后一顿，让它先吃，让它吃个够，算是感它的恩。

狗吃过了，人可以动筷子了，但是不能随便乱动筷子，先动什么是有规矩、有讲究的。第一箸必须是拌葱蒜，葱取"聪"的谐音，寓意吃葱聪明；蒜取"算"的谐音，寓意吃蒜有算计。第二箸是拈长菜，就是整片没有断开的素煮的白菜，寓意常吃常有。如果做得有鱼，第三箸拈的就是鱼肉，寓意年年有余。动过了这几道菜之后就随意了。平常,菜是用来下饭的,受限制,不许多吃,饭不受限制。这一顿则不然,满桌的菜肴,大快朵颐,想吃什么就吃什么,只要吃得下。

年夜饭的量很充足,因为要保证吃够三天。初一初二是不下米的,也是讨个吉利,讨"头年的吃不完,有剩余"的吉利。

备一桌年夜饭很是费时费事,故要全家总动员,没有一个得闲的。现在,经济条件好了,有的人家为了省麻烦,自己不做年夜饭了,去酒店里吃。这样是省事了,然而年味就淡了,甚至是没有了。

过年,不只是吃顿饭,吃一顿奢侈的饭,而是一种仪式,让全家人体验一种隆重的仪式感。

月亮山的传说

☆ 丁 圣

月亮山位于盘州红果镇，从华家屯那个方向看，就像一尊哈哈而笑的佛，因此又叫"佛山"。月亮山的南、西、北三面山势较缓，唯东面山势陡峭，顶部呈一绝壁。绝壁下面有一深广数丈的洞穴。山的东向有一个村寨，叫蛾螂铺。寨中住有邓姓人家，过去出了不少为官食禄的人，其中以乾隆年间在翰林院任职的邓载馨最为闻名。相传，邓载馨的祖上，有一位老人去世的时候，请风水先生寻找安葬死者的坟地，当地习俗叫作"瞧地"。风水先生瞧好地后回到东家（当地称死者家属为"东家"）休息。深更半夜的时候，风水先生的徒弟问："师傅，您说能出贵人的宝地是在哪个位置？"风水先生说："在我放马鞍子的地方！"恰巧，东家有一儿媳，刚生孩子不久，在"坐月子"期间喜欢白天睡觉，晚上的睡眠极少。风水先生对徒弟说的话，被她听得一清二楚。

第二天，儿媳妇突然问公公："爹，昨天老先生放马鞍子的地方在哪？"公公如实说了，而后，这邓姓儿媳便对公公如是这般说，东家便要求风水先生将安葬的位置放在原放马鞍子的地方。风水先生自知无意之中泄露了"天机"，就和东家争辩说："你们不能把死人埋在那里！"东家问："为什么不能？"风水先生说："如果埋在那里的话，我的眼睛会瞎的，除非你们养我一辈子，并且要养老送终才行。"东家说："行，我们养你一辈子。"于是，风水先生对东家坟山的坐向做了调整。说也奇怪，过了一段时间，在邓家后院里就能看到西面山上绝壁中央有个形如月亮的印记在隐隐发光，而风水先生的眼睛也有些昏花起来。石壁上的月光越来越明，风水先生的眼睛越来越昏花。石壁上的月亮十分明亮的时候，风水先生的眼睛真的就瞎了。

从那以后，一到晚上，石壁上明亮的月光照着邓家的公子读书写字，照着邓家的小姐织布绣花。更为奇特的是，石壁上的月光只照射进邓家的后院，别的地方却照不到。后来，邓家果真出了不少为官食禄，享受荣华富贵的人。如登仕郎邓天鹗、邓为霖、邓履厚，文林郎邓元英、邓渔磻，修职郎邓万瑞、邓受瑄，乾隆己酉科拔贡而官的都匀府教谕邓再高等，其中以邓载馨最为学富职显。

话说风水先生师徒被邓家安顿下来后，他的徒弟住了一段时间后就到其他地方寻找风水宝地去了，风水先生一直被邓家视为上宾。开始的时候，风水先生和邓家相处得非常融洽，经常是衣来伸手，饭来张口。久而久之，风水先生开始不习惯那样的生活，总是多多少少地帮助邓家做些力所能及的家务活，而邓家也像对待家人一样安排一些事情给他做。

由于邓家的男人都到外面去做官了，家里的一些粗重活总是缺少人手，邓家人便叫老先生冲碓推磨，甚至叫老先生去守簸篮（一种盘州人晾晒东西的工具）。邓家的子孙因是达官贵人子弟，调皮的也不少，有一小孩经常戏弄这位耄耋之年的瞎子先生，一次用手在簸篮里学鸡吃食，被老先生用响耙横扫过去，当场被打哭。于是，邓家人对老先生十分不满。总之，老先生是受尽了虐待。有一天，风水先生的徒弟回来看望师傅，看到师傅竟然在给邓家冲碓，情不自禁地说："师傅，都怪徒弟多嘴，让师傅泄露了天机，不然您怎会落得如此下场！徒弟一定要到外面去拜师学艺，想办法让师傅的眼睛重见光明！"

若干年后，风水先生的徒弟回来了，他对邓家说："师傅当年瞧地时，忽略了另外一个问题，要是在月亮旁边用几摞瓷碗砸成碎片镶一条路上去，山上的月亮会更亮，邓家会更发迹。"邓家信以为真，就按他说的镶嵌了一条路。

过了一段时间，风水先生的徒弟发现绝壁上的月光渐渐暗了，而师傅的眼睛也能看到些许光亮，就借故带着师傅一起离开了。风水先生离开后，月光渐渐变暗，最后竟然一点月光也没有，只有一个月亮形状的印迹。

后来，有个在邓家见过月亮发光的细心人看出，用瓷碗碎片镶成的图案，形状犹如一只在缓缓蠕动着的大蜈蚣，于是就嘱咐邓家用石灰把月亮印记涂亮，并把这座山叫作"月亮山"，以保家运昌盛。

以上是笔者根据家乡老年人口述的传说整理而成，还望读者明鉴！

一卷传承祖先庄严信仰的历史载图
——记陡箐镇蜂子岩苗族"白苗"支系丧葬祭祀礼仪

☆汪龙舞

蜂子岩系"凉都"六盘水市著名的喀斯特地貌风景点和民族文化生态村寨保护点,距六盘水市中心区38千米,雄踞素有水城"东大门"之称的猴儿关之上。蜂子岩四周绝壁环围,雄险奇绝,唯有岩坡北面略平处有一条弯弯曲曲的简易硬化路可直通岩上。岩上坝子相连,草坡成片,怪石林立,诸多奇峰插天。最高峰称仙人垴,陡峭直上,拔地冲霄,民间有"蜂子岩上仙人垴,离天只有三寸远"之誉。地下苗寨房屋星罗棋布,景色旖旎壮观。2021年6月,为进一步搞好对非物质文化遗产的抢救和保护工作,应水城区非遗中心主任李荔之邀,我与有关人员一起,在绚烂的阳光普照之下乘车直达陡箐镇蜂子岩,调查采访苗族"白苗"支系丧葬祭祀礼仪。

车进仙人垴苗寨,早就等候着的鼓师杨俊领着鬼师熊家义、芦笙师陶国胜等将我们迎进家中新修的二楼堂房中。堂房中桌子上摆放着新摘的桃李和杨梅,家人客气地为大家泡上茶水,主客相互介绍后便开始了肃穆认真的考察采访。

杨俊近40岁,微胖,个子不高却精悍灵巧。他能说能唱,能土能洋,不仅会吹笙射弩、打鼓跳舞,还通晓当地各苗族支系方言土语和风俗习惯,是当地苗家出名的能人。他告诉我们,水城区境内的苗族"白苗"支系在陡箐镇蜂子岩、红岩,玉舍镇银沟,发耳镇坭上,杨梅乡姬官营,米箩镇街上,董地街道马家寨等地皆有分布。"白苗"支系因男女传统服饰多崇白色,故称"白苗"。"白苗"男式服饰为宽裆白麻布裤,著高领白麻布对襟短衫或右衽平肩开襟长衫。妇女上衣为直领窄袖右衽白布紧身短衫,托肩、吊扁、袖口、裙边饰以其他色布或花边"栏杆",上衣束于裙内;裙为白麻布罗裙,褶宽松,长盖膝，配平头方形围腰，后系4—6块平行排列联结的挑花飘带，长度与裙齐，俗称"裙带"；打白绑腿，穿布鞋或草鞋等；头上盘髻，包长白帕，白帕折叠平整。部分人亦带耳环、手镯、项圈等。女子盛装则为黑底镶花蜡染或刺绣裙，配精美挑花围腰，包黑帕，系五彩挑花飘带。蜂子岩组八十余户，三百多人皆属"白苗"，是水城苗族"白苗"支系的唯一聚居地，风情独特浓郁，其丧葬祭祀礼仪庄严肃穆，幽深神秘，自成一格，和其他支系截然不同，在各姓家族中代代传承，是"白苗"传统信仰中最为讲究和隆重的民俗活动。

整个丧葬祭祀仪式由鬼师（苗语称"支敖"）主持，芦笙师（苗语称"支恳"）和鼓师（苗语称"支略"）配合完成。仪式有多道程序，从指路引灵开始到接魂滚簸箕结束，每道程序皆有鬼师唱诵，芦笙师吹笙传递的祷告说辞，吹笙跳鼓贯穿始终。鬼师为家传，鼓师和芦笙师多为家族师徒世代传承。蜂子岩现任鬼师是将近50岁的熊家义。熊家义长得粗壮敦实，紫棠面皮，嘴唇略厚，一对微突的黄瞳大眼中透露出无比的笃定和自信。他说，"白苗"信奉万物有神和祖灵存在，信仰老祖宗会保佑子孙，每个人故去后灵魂都要回归到生发之地和老祖宗相聚一起，灵魂回归需要通过特定的祭祀程序，由"支敖"祝告导引，肉体尸身才能平安入土。

随后，高高大大的芦笙师陶国胜加入恳谈。大家相互指正补充，反复提醒对比，揭开了整个"白苗"支系丧葬祭祀仪式的神秘面纱，展示出这一传统习俗的真容实貌。

这是每一个蜂子岩苗族"白苗"支系儿孙世代相传、顶礼尊崇的神圣信仰。

老人去世，主家儿女子孙要在身边。老人落气后，要将一把梭镖从堂房大门掷出，这叫"出煞气"，子女随即为老人洗身并且穿戴老衣草鞋，放入棺木，在堂房停放（头靠堂壁，脚朝大门，男左女右），放三响铁地炮昭示寨邻，随后，分别到娘舅、姑妈、姑爷等亲戚家"报丧"。同时，按照逝者生辰八字择定祭祀安葬吉日，引接祭祀木鼓，礼请主持祭祀仪式的鬼师、专职的鼓师和芦笙师2—4个，并另请总管一人，负责代表主家接待宾客，指挥帮忙人员，安排为逝者举办传统祭祀礼仪的各项准备工作和相关事宜等。

主持祭祀仪式的鬼师须丧家孝子亲自礼请，是时要提两瓶酒到鬼师家，在鬼师面前下跪相请，告知所请的事由和老人归天的具体时间、祭祀规模和日期等。日期一到，鬼师须先在家中向身为前辈老人或长者的鬼师师傅烧纸、敬香、祷告，希望其保佑并辅助自己为逝者顺利祭祀。随即鬼师带齐所需法器用具赶到孝家，为逝者依次举办传统的指路送灵、吊鼓跳鼓、献牲坐夜、打牛敬祭、出棺安葬、接魂滚簸箕等祭祀礼仪。

祭祀开始，鬼师头戴纸角两个，手执上穿红辣椒的木剑一柄，反穿草鞋，入灵堂坐下，烧纸，卜竹卦，用苗语念诵祭词并与逝者对话：了解逝者生长、寻找衣食吃水及往来迁徙居住之地，以及苦劳得病之根由，医治吃药的过程，最终治疗无效去世的结果，以证实逝者阳寿已尽，子孙已努力尽孝，亡灵可无牵无挂地去见老祖宗了。诘问应答完毕，鬼师先向祖宗人祷告，请其接纳逝者亡灵，并为亡灵诵朗开道指路祭词，引领亡灵按祖上迁徙经历的路线，踏上还归故里，与祖宗先人们幸福团聚的路程，俗称"指路归祖"。

指路归祖祭词广博丰富，鬼师念诵时双眼紧闭，以示灵魂出窍指引护送亡灵寻路归宗认祖。诵词内容大意为：要求亡灵须用树枝朝前，竹子居中，火麻赶后上路。告诫亡灵遇血河阻碍不要怕，有刀山当道不要怕，穿上苗家草鞋就能过；到十字岔路要仔细辨认，有马脚印的是汉家路，有钉子鞋印的是彝家路，中间有草鞋印的才是苗家爷奶祖宗走过的归途。嘱咐亡灵到阴间遇到长十八尺、宽十八尺的大石板才是祖宗吃晌午（午、晚两个正餐之间的加餐饭，这里专指长途行程中的用餐）之处，请亡灵在此处吃晌午，并告诉亡灵：你的晌午就在你的肩上，那是后辈亲朋们吹九百九十九道芦笙、打九百九十九通木鼓送给你的心意，吃过晌午快赶路。还要提醒亡灵：前面路上有张着地坑口般大嘴的恶龙，还有张着岩洞口般大嘴的老虎，你不要怕，用我给你做的麻伞塞进龙口虎嘴堵住就能过去；路上还会有大得像山羊一样的毛角虫，像毛羊一样大的毛辣虹（一种绿色扁圆形的有毒昆虫），你不要怕，捡起路旁爷奶丢弃的破草鞋穿上就能踏过去。走拢祖宗地界，爷奶会用鸡叫接引你，你要将公鸡朝前放，听爷奶的鸡叫了，等你的鸡答应后才能算数。和爷奶祖宗见面，要应答爷奶祖宗提出来的有关疑问，讲明回归的缘由，怎样走来，什么人送来等。直到亡灵最后回答"送我来的人身高如山，耳大如马，吃鸡心子转去"后，鬼师"还魂"苏醒，大呼："我来了！"主人家随即将一只活鸡用手抠心取肝，用篾条连鸡身穿挂于逝者棺材旁——直到抬棺上山。另取一只活公鸡在鬼师头上绕三转，让鬼师"回魂"后相送。

指路仪式结束，吊大鼓祭祀仪式开始。据说大鼓是当地两百多年前的香樟神树木料蒙黄牛皮制成，由本支系家族长房逐代传承保管，用时丧家须提酒

（外姓抱鸡）迎请背回。迎请出家的大鼓须用黑色上衣遮盖，不能着地。开打前要将大鼓吊挂在堂房正中树柱上，由鬼师杀鸡、敬酒、烧纸、致辞祭鼓，大意为："鼓公啊！老人不在世了，请你超度，打要应天，响要应地，主人家和我们都诚心诚意地请求你，祭拜你，感激你，你要大显灵通啊！"祭后芦笙师吹响芦笙引领，鼓师持鼓棒敲响大鼓并起舞，此为"跳大鼓"。起跳时要先围着大鼓正转三圈，反转三圈，鼓点随芦笙循环往复，吹跳含义紧扣鬼师指路内容。

吊鼓、跳鼓仪式完成，献牲仪式开始。献牲在丧家院坝中面对堂房大门口进行，先由丧家杀猪主祭，随后请至亲开祭（男逝者为姑妈家在前，舅舅家随后；女逝者舅舅家朝前，姑妈家随后），其他亲戚按先来后到顺序敬祭。凡祭祀宰杀的牲口，捆绑按牢后要用一根长麻索或麻线（大牲口用麻索，小牲口用麻线）挽套系在其脖子上，然后将麻索或麻线牵进大门，从大鼓上面绕过，把线头通过错开的棺材缝放在逝者的左手中，再由鬼师祷告献牲者的诚意，祈求逝者保佑致祭者儿孙有吃有穿。随后卜卦验证逝者已应承收牲，遂解开牲口脖上麻索，在芦笙师和鼓师舞吹击打的鼓点笙声中将牲口宰杀，牲口断气时要用钱纸三张在刀口处沾血在逝者棺前烧化。但凡来献牲下祭的客户亲戚，一般都配有一对芦笙，拢寨口时要鸣地炮三声通报，丧家要派芦笙师前去迎接，双方共同舞吹进寨。到达丧家，客家芦笙要随献祭人进堂屋，绕大鼓吹笙跳舞敬祭。整个献牲过程中鼓不歇，笙不停，直到牲口宰杀收拾完毕，鬼师再次祷告："××老人啊！献祭的牲口都送到你手中，来的亲戚正在吃饭，吃完饭要给你送响午，超度你上天。祭供的牲口，你只得一口灵气，留下的血肉身体，要煮给亲戚朋友吃掉。"

献牲仪式完毕，要将所有宰杀的牲口煮熟（俗称"打熟欠"），依序向逝者祭拜献供（俗称"起灵祭供，救主送餐"）。祭拜由鬼师主持并诵唱祭词："山上的花开了，山上的花落了，三亲六戚献的东西，你已经收到。客人要转家，你老人要上天。你要保佑客人亲人顺心顺意，也不要再思亲念故想家……"鬼师每诵唱完一段，芦笙师就要吹一段芦笙，将其诵唱内容转告亡灵，直到整个祭拜过程结束。

祭拜仪式完结，主人家开始待客吃饭。饭后，主人家安排来客坐在火塘边吹笙唱歌守夜（舅舅和姑妈家须安排在紧挨灵堂的左右两边）。鬼师指导帮忙人员在丧家房前选一个宽敞的地方，用带尖青竹竿（男逝者用九对，女逝者用七对）和豆瓣草轧制灵棚，为临近天亮的"出鼓移灵"和"打牛"做准备。移灵前先鸣炮出鼓，出鼓由芦笙师舞吹芦笙引导，鼓师指挥帮忙人员将大鼓从堂屋中移出，在灵棚边挂好。移灵前，要杀一只小猪并整治干净摆在堂屋中，用方斗套挂在猪头上，再用升子装上苞谷、盐、茶，上放准备打牛的刀、斧头，另备纸火烟酒摆放。移灵时，鬼师先向逝者祷告，随后当众发话安排："姑爹姑妈来齐没有？"答："来了！""舅父舅母来齐没有？"答："齐了！""大伯小叔来齐没有？"众答："来齐了！"问答完毕，众人推举打牛人（男逝者由其兄弟打，女逝者由其舅舅打），鬼师将准备好的刀和斧头交到打牛人手中。牛由主家或供祭亲戚准备（男老人用牯牛，女老人用稚牛），主人家要送一件孝衣、一个红包给打牛人。安排完毕，鸣炮移灵，鬼师指挥帮忙人员将棺材抬出大门，孝子亲朋随后，将棺材重新安置在外面新搭的灵棚内。

打牛开始，笙鼓齐鸣。芦笙师吹笙引路，逝者的大儿媳点灯开道，主人家或供祭人牵牛进场，孝家儿女亲朋跟在牛后围绕灵棚"转嘎"，男老人正转五圈，反转三圈；女老人正转四圈，反转三圈。转毕，众人将牛捆绑固定在灵棚外提前安置好的木树桩上。打牛人上前将牛嘴搬开，勾出舌头，塞进草团，随即举起斧头，瞄准牛头顶中心，用斧头背猛力击下。牛四脚瘫软，昏迷休克，打牛人持刀割颈放血，将牛杀死就地剥皮。剥皮后，先取蒙肚油蒙在大鼓顶上，再取出牛心，割下牛肩包，砍下两个牛前脚拐、两匹牛勒巴肉交给鬼师，待鬼师祭供、念诵祷告词后分发给相关人员——蒙肚油归鼓师，牛心归鬼师，牛肩包归打牛人，一个前脚拐归祭供者，一个前脚拐送丧事总管，两匹勒巴肉归芦笙师，其他的部分归主人家待客。牛肉分配完毕，要将牛皮拉开，请芦笙师吹笙滚牛皮三转，以告慰亡灵。

打牛仪式结束，打牛桩须由芦笙师吹笙、踢过后拆毁，再将祭祀、煮饭的火塘踢灭，做饭帮厨人员须用竹签挂肉、奠酒，用手抓饭反甩至身后，敬祭请前来参加祭祀的各类鬼魂神灵。甩食敬祭后，鼓师取下大鼓交主人家收好，鼓桩亦由芦笙师吹笙、踢过并拔出，在胯下绕三转后丢弃，当天不再动芦笙。

踢倒拔掉鼓桩后，众人将灵棚中的棺材抬出，拆毁灵棚，由逝者的大儿媳妇执火把开路，孝子孝女燃香前引，棺材上放"站笼鸡"，前置"指路鸡"和相关供品，其他亲朋跟随在棺材后面，众人将棺材抬到预先请阴阳先生选好的地点安葬。十三天后，接逝者魂魄回家"滚簸箕"。

接魂时孝家要请芦笙师和鼓师在堂房中间重新立桩挂鼓，在正堂壁前铺一张篾席，放一个簸箕在席子旁。孝家接魂时要带上一件新衣，由鬼师带领孝家儿孙们上山绕坟，正转三圈，反转三圈，将新衣从坟顶绕过，表示逝者魂灵已接到。回到家中，将已依附逝者魂灵的衣服在堂房中的席子上平放。然后在吹笙擂鼓声中杀一头小猪、一只公鸡祭祀接来的魂灵和祖宗。供祭献餐的小猪连头带尾"打熟欠"，公鸡按部位分八块煮熟后装八碗，分别祭祀家族中四代以内的八位祖宗。献完餐，须礼送祖宗外出巡视逝者故居和山野田地，以便祖宗们记住这是自己和儿孙们居住的地方，好保佑这里的儿孙们发达兴旺。

三炷香后，再次迎请祖宗魂灵转家祭祀。是时要用簸箕端三个糯米粑粑，将篾席上的衣服盖在面上，由孝子端起，芦笙师吹笙随后，在寨外的第一个三岔路边用树枝支一简易木架，把簸箕放在架上，将衣服支撑起来，形如坐在簸箕中，再杀一只小鸡崽作祭，由鬼师念诵接引祷告词语，接回转山看地的魂灵。回到家中，将篾席铺移在原先停棺处，将支撑起的衣服安置于上，亲朋在鬼师的主持和芦笙师的陪伴下依次跪拜。晚饭后，芦笙师和鼓师继续吹笙跳鼓，亲朋们则继续坐夜唱歌，为逝者魂灵"送晌午"。天亮后，鬼师将三个糯米粑粑和一根猪毛放在簸箕内，众人和芦笙师吹笙护送，端到昨天接回祖宗魂灵的三岔路口，由逝者同辈弟兄"滚簸箕"。

滚簸箕时，滚者要先将簸箕中的猪毛找到，然后鬼师祷告致辞，卜竹卦验证，烧化香纸送别亡灵，遣送不吉邪魔。最后，滚者将簸箕连同粑粑滚翻，以示一切如意顺心，平安吉利，整个祭祀礼仪即完。

采访圆满结束，太阳早已落山，晚霞将天空映得火红。热情好客的主人摆开桌子，邀请大家入座喝酒吃饭。喝足吃饱，一弯新月已经爬上了蜂子岩顶，岩塬上的奇巧山峰被笼罩在一片缥缈神秘的银灰色月光之中。在一片相互问候致礼的祝福声中，我们满载而归。

端午习俗散记

☆ 符　号

　　农历五月初五端午节，曾经被古人认为是一个极为不吉利的日子。纵观古今端午习俗，与原始人的生存关系极为紧密，大体分为禳灾避祸、避邪驱恶和纪念忠直的古代人物两类。两类习俗的融合均同出一种信仰观念。这种信仰观念，就是在人们的心目中，五月为恶月，五日为恶日。因此，人们在五月五日要举行一系列活动，用吉祥物禳灾避邪去恶，祭祀和纪念不幸死亡者，从而形成了一种具有宗教色彩的端午节习俗。

——题记

一

　　农历五月也称"午月"，五月初五为"午月"开端的第一个五日，称为"端午"，也叫"端五""重五"，因"五"是阳数，又称"端阳"。现在的贵州西部地区，端午节流行的习俗是插菖蒲和艾草、饮雄黄酒、吃粽子、"游百病"等。这既是一个驱病魔、去邪恶、讲卫生的节日，又是一个有吃、有玩、热热闹闹祈求幸福的节日。

　　有关端午节习俗的来源，我查阅了大量的历史典籍，知道在古代，端午节曾经被认为是一个很不吉利的日子。先秦时代，人们普遍认为五月是毒月，五日是恶日。《吕氏春秋·仲夏纪》中，规定五月要禁欲、斋戒。传说战国时期齐国贤公子孟尝君，就是出生于五月五日，险些被其父杀死。据南朝刘义庆《世说新语》记载，汉末的胡广也因出生于五月五日，被其父母放在葫芦中投于河水，后被人救起，因托身于葫芦，故姓"胡"。

　　至迟在战国时代，人们已经视五月为毒月，视五月五日为恶月中的毒日、恶日、死亡日。南朝宗懔在《荆楚岁时记》中说："五月俗称恶月，多禁，忌曝床荐席，及忌盖屋。"东汉应劭《风俗通义》："俗云五月到官，至免不迁。""五月盖房，令人头秃。""五月五日生子，男害父，女害母。"东汉王充《论衡·四纬》也有类似的记载："讳举正月、五月子。以正月、五月子杀父与母，不得举也。已举之，父母祸死。"《宋书·王镇恶传》："镇恶以五月五日生，家人以俗忌，欲令出继疎宗。猛见奇之，曰：'此非常儿，昔孟尝君恶日生而相齐，是儿亦将兴吾门矣。'故名之为镇恶。"

宋周密在《祭辛杂志》中说："宋徽宗以五月五日生，以俗忌，因改作十月十日，为天宁节。"宋徽宗生于五月五日，为了避恶，将日期改为十月十日，还定该日为"天宁节"，希望上天保佑其安宁。可见，五月五日的阴影不仅笼罩着黎民百姓，也困扰着皇家宫廷。按古人的观点，五月五日出生的人，即使能逢凶化吉，以至功成名就，也要受到一定的限制，或者禄位不高，或者寿命不长。元代鲜于枢在《困学斋杂录》中说："金转运田特秀，字彦实，易县人，大定十九年进士。所居里名半十，行第五，以五月五日生，小名五儿，二十五应乡府省殿四试，俱第五，年五十五以八月十五日卒。"田特秀，以五月五日生，居里、乳名、功名、卒年均与五有关。此人虽然连中四级科举考试，却只活到55岁。这些记载反映出五月五日为恶日的观念影响之深，可见，古代以五月初五为恶日，是普遍现象。

自周代以来，就有朱索桃印饰门、艾叶悬户、系五彩丝缕、挂赤灵符等禳灾避邪的习俗，世代流传。东汉应劭《风俗通义》载："五月五日，以五色丝系臂，名长命缕。"后人也称"续命缕"。据此，此俗直承汉代，至今已两千年。《夏小正》中记："此日蓄药，以蠲除毒气。"这样，在此日插菖蒲、艾草以驱鬼，喝雄黄酒以避疫，就是顺理成章的事了。

现代，贵州西部等地区就有插菖蒲、艾草以驱鬼，喝雄黄酒以避毒虫，游百病等习俗；安徽淮北一带，还有用黄布做肚兜、鞋子，并绣上虎头、蛇蝎、蜈蚣、壁虎、马蜂等图案，给儿童穿戴以避邪的习俗。这些禳灾避邪的习俗与原始人的生存关系最大，所以应该是端午节最主要的来源之一。说到端午节挂菖蒲，小时候，还听父亲讲过这么一个传说。明末农民起义领袖张献忠，曾在四川成都建立大西政权，称帝，号大顺。据说张献忠在即位之前，因犯法，被迫流落乡间。一次，张献忠骑马路过成都，马在街上屙了一泡屎，众人逼着他用嘴一口一口地将马屎含出城去。张献忠含毕马屎，街上一位卖汤圆的妇女送给他一碗煮汤圆的水漱口。张献忠在称帝的当年冬天，为报当众含马屎的仇，在成都大开杀戒。在进行烧杀破坏的前夕，他告知送煮汤圆的水给他漱口的妇女，让她于五月初五的早晨，在房屋的门上挂上青菖蒲，同时告诉手下的士兵，不要杀害房屋门上挂有青菖蒲的人家。五月初五那天，除了挂有青菖蒲的人家外，其他人家全部被杀光。后来，人们为了避开灾难，五月初五家家户户都在房屋门上挂上菖蒲，祈求平安。当然，这个只能算是一个传说，其实，端午节老百姓在大门上挂菖蒲、艾草的习俗，早在先秦时就有了。

二

端午节赛龙舟的习俗，据闻一多先生考证，本来是古代吴越地区百越族举行龙图腾崇拜祭祀活动的节日，后来加进了一些纪念性的内容。南朝梁吴均《续齐谐记》中说："屈原五月五日投汨罗江而死，楚人哀之，每至此日，以竹筒贮米投水祭之，并命舟楫拯之。"从此演变出吃粽子、赛龙舟的习俗。在古人观念中，恶月恶日直接带给人的厄运是死亡，所以五月五日被视为死亡日，不少传说人物与历史人物都被说成是死于五月五日。南朝宗懔《荆楚岁时记》："屈原以五月五日投汨罗江死。"又说："春秋时贤臣伍子胥被吴王夫差所杀，时间也是在五月五日，抛尸于江，化为涛神，故五月五日，时迎伍君。"东晋虞预《会稽典录》说端午是为了纪念曹娥："女子曹娥，会稽上虞人。父能弦歌为巫。汉安帝二年五月五日于县江涛迎波神溺死，不得尸骸。娥年十四，乃缘江号哭，昼夜不绝声七日，遂投江而死。"于是，浙江一带有五月五日纪念曹娥的习俗。

可见，从抱石投江的爱国诗人屈原，忠贞之士伍子胥，到东汉之女曹娥，所有纪念内容，都体现了中国民众对忠直之士的深切怀念之情，不过因为屈原象征的爱国主义精神最伟大、最感人，最具有全民族的强大凝聚力和感染力，所以纪念屈原的说法流传更为久远、更为深广。屈原不但是战国时期著名的政治家、思想家，而且还是伟大的爱国诗人，他忠于楚国，却遭受不公正的待遇，在忧国忧民中写下的《离骚》《涉江》《哀郢》《怀沙》等诗篇堪称中国文学史上的瑰宝，据此，端午节又有"诗人节"的说法。因此，国人大多坚持纪念屈原这一颇得民意的说法，这位爱国诗人的影响实在是太深远、太广大了，简直是家喻户晓，万人皆知，万世崇仰。唐朝文秀的《端午》一诗写的就是端午节是为了纪念爱国诗人屈原，诗曰："节分端午自谁言，万古传闻为屈原。堪笑楚江空渺渺，不能洗得直臣冤。"

至于吃粽子这一习俗，据说在东汉已经十分盛行。东汉应劭在《风俗通义》中记载："俗以菰叶裹黍米，以淳浓灰汁煮之，令烂熟，于五月五日及夏至尝之。"黍米，去皮后叫黄米，南方人一般用来酿酒，食用的则是上好的大米、糯米。所以粽子本叫"角黍"，用菰叶包好时有角，待流传到江南时江南人给换成了"糯米粽"。菰叶是茭白的叶子，后来换成了芦苇的叶子。应劭时代比吴均时代早，也在屈原投江之后，但为什么对纪念屈原之事只字未提呢？可见东汉时用粽子纪念屈原的习俗可能只限于湖南汨罗地区，而到了南北朝时才传遍大江南北。

纵观古今端午风俗，可将其分成两大类。一类是以避邪驱恶为内涵的风俗，这类风俗产生了一系列驱邪吉祥物，如菖蒲、艾草、雄黄酒等。另一类是为纪念忠直的古代人物，主要是纪念伟大的爱国诗人屈原，用于这类风俗的吉祥物主要是起祭祀作用的龙舟、粽子等。两大类风俗之所以能融合为同一节日，是因为同出一种信仰观念。这种信仰观念，就是在人们的心目中，五月为恶月，五日为恶日、死亡日，所以人们要在五月五日举行一系列活动，用吉祥物禳灾避邪驱恶，祭祀和纪念不幸死亡者，从而形成了具有宗教色彩的端午节习俗。

端午在古人心目中是毒日、恶日，在民间，这个信仰一直传承下来，才有种种求平安、禳灾避祸的习俗。其实，从气候上看，仲夏五月，渐入热夏，湿热弥漫，蚊蝇繁殖，百病滋生，是灾疫流行之时，这对医疗卫生条件极差的古人而言，正是极易染病死亡的时节，加上蛇虫繁殖，易咬伤人，使这个"恶月恶日"令人深恶痛绝，担心恐惧。对此，民间采取积极的预防措施，直到现在，还可以从端午节许多习俗中，找出驱邪避毒的痕迹。这一天的避邪驱恶的吉祥物也最为繁多，围绕菖蒲、艾草、雄黄这些吉祥物，形成了一系列端午习俗。

三

民谚曰："清明插柳，端午插艾。"《荆楚岁时记》中就有"五月五日，四民并踏百草，又有斗百草之戏，采艾以为人，悬门户上，以禳毒气"的记载。贵州西部地区把挂菖蒲、艾草作为端午节的重要习俗之一。端午节这天，贵州西部地区的老百姓都会在自家门楣和门框两侧插上菖蒲、艾草。这看似迷信，却又是有益于身体健康的卫生活动。端午实在可算是传统的医药卫生节，是人民群众与疾病、毒虫做斗争的节日。五月正当初夏，雨多潮湿，细菌繁殖快，借助菖蒲、艾草的药味，可驱赶蚊虫，净化空气。菖蒲、艾草都是多年生草本药用植物，菖蒲含有挥发性芳香油，具有提神通窍、杀菌的功用；艾草可入药，性温、味苦，祛寒湿，止下痢，干的艾蒿绳点燃可驱蚊蝇，艾绒是针灸不可缺少的药材。"手执艾旗招百福，门悬蒲剑斩千邪。"端午节在门口挂艾草、菖蒲，就像贴上一道灵符，可以趋利避害。水城过端午，一般会将艾草绑成一束，然后插在门楣上，或是在门楣两端分别插上一根艾草。由此，端午节人们在大门上挂菖蒲、艾蒿相沿成习，也就很自然了。

我的老家南开乡凉山村有一个小地名，叫菖蒲麻窝。记得父亲说过，这里因长满菖蒲而得名，但从父亲记事时，这个麻窝已是耕地，没有见过菖蒲。倒是离家两千米远的水井边有一个大水塘，是当地人洗衣服的场所，这大水塘的四周长满了郁郁葱葱的菖蒲。儿时老家过端午节，一早父母给我们安排的任务，就是到大水塘处采割菖蒲，回来挂在门窗上。可惜因水井边植被遭到破坏，昔日长满菖蒲的大水塘被四周山上雨水冲刷下来的泥沙填平了。人们为了继续在大水塘处洗衣服，二十年前，曾组织人员将大水塘挖深一米，之后大水塘四周再也没有了菖蒲。现在老家端午挂的菖蒲，大多是端午节前从乡镇集市上买来的。2019年，我在杨梅乡光明村驻村轮战，在光明村一农户房前的地里挖了几株菖蒲带回老家，栽种在老家房屋旁边的竹林旁。每次回老家，我都要看看菖蒲长势如何。没想到几个月过去了，几株菖蒲不仅活了，还长得郁郁葱葱，散发出淡淡的清香药味呢！

明朝李时珍在《本草纲目》中记载："菖蒲，乃蒲类之昌盛者。"李时珍认为："菖蒲主治风寒湿痹，咳逆上气，开心孔，补五脏，透九窍，明耳目，出音声。"可见菖蒲是一味很有用的中草药，具有提神、通窍、杀菌等功效。同时，菖蒲"方士隐为水剑，因叶形也"，悬之于门，如利剑出鞘，足以避邪驱鬼。清代富察敦崇《燕京岁时记》载："端午日，用菖蒲插于门旁，以禳不祥。"清代顾铁卿《清嘉录·卷五》载："截蒲为剑，割蓬作鞭，副以桃梗、蒜头，悬于门户，皆以却鬼。"这当然是迷信，但其能消毒、杀菌却一点也不假。菖蒲还可以使人变得聪明，《孝经援神契》说："菖蒲，益聪。"菖蒲蕴含丰富的吉祥内涵，被视为避邪之吉祥物，人们用它来驱除五月五日的邪气，就是十分自然的了。端午节以菖蒲避邪，有着深远的信仰基础。古人把菖蒲奉为天降之吉星所化。艾草，是菊科多年生草本植物，在古代中国针灸学里，就记载了以艾草的老叶子制成艾绒，可灸疾除病。明朝李时珍《本草纲目》记载："艾叶生则微苦太辛，熟则微辛太苦……转肃杀之气为融和。灸之则透诸经，而治百种病邪，起沉疴之人为康泰，其功亦大矣。"古人利用艾易燃的特点来发挥艾的药效，发明了"艾灸"治病的方法。《孟子》曰："七年之病，求三年之艾。"艾为古人的草药，被当作避邪吉祥物。

《荆楚岁时记》载："五月五日……采艾以为人，悬门户上以禳毒气。"端午节插艾挂艾，其意也在驱邪逐疫。在贵州省的贵阳市、遵义市、六盘水市、毕节市、安顺市、黔西南州的大部分地区，端午节除有悬挂菖蒲的习俗外，还有一个重要的习俗——"游百病"。端午节当天，早晨家家户户采割挂好菖蒲，吃过午饭后，全家男女老少总动员，一起外出"游百病"。小孩子对于这一天的期待，犹如期待过年的到来，因为这一天，不用上学，不用再帮大人们干农活，可以邀上一帮小朋友上山采摘蒎饵、鸡刺檬、牛角檬、沙糖果等；青年们则上山对唱山歌、谈情说爱；老年人则上山采挖中草药，据说端午节这天，山上的花花草草均可入药。端午节能让每个人都找到属于自己的乐趣，一路上人来人往，熙熙攘攘。

我的家乡及周边乡镇、村寨的农民朋友，端午节当天的"游百病"主要聚集在六盘水市水城县和毕节市纳雍县交界处的卡房，这里地势开阔，山头坡度平缓。记得我十二三岁的时候，每到端午节这天，来自四面八方成千上万的人们，经一两个小时的游走，全都聚于卡房十几个山头的山脚、山腰和山顶，人头攒动，摩肩接踵，人山人海，好不热闹。会唱山歌的就聚集在每个山头的山顶和山腰对山歌，每个对山歌的场子一般都是男女双方各三五人，双方均要根据所唱山歌的内容，一唱一和，现编现唱，一直唱到太阳落坡才收场。不会唱山歌的就聚集在公路旁的山脚下，或炖羊肉汤锅卖，或摇骰子赌钱，或摆放烟酒卖小百货，热闹非凡。既不唱山歌，也不赌钱的，就到山上的树林里、草坡上，一边"游百病"，一边采草药。

在游走的过程中，可以让心情放松下来，锻炼身体，还可以采到夏枯草、天麻等各种草药。端午节"游百病"，既让心灵疲惫的人们在绿意盎然的大山之中得到释然，又寄托了劳动人民祛邪、避灾、祈福的美好愿望。

也许是从小就习惯了家乡山上的气韵，端午"游百病"凝结的记忆总是挥之不去，所以每到端午时节，我总会想起"游百病"的种种经历。

四

端午节吃粽子，这是中国人民的又一传统习俗。粽籺，俗称"粽子"，古称"角黍""裹蒸""包米""筒粽"等，其由来已久，且花样繁多。据记载，早在春秋时期，用菰叶包黍米成牛角状，称"角黍"；用竹筒装米密封烤熟，称"筒粽"。粽籺是一种用箬叶、芦叶、柊叶、露兜叶或槲叶等包裹糯米或黏黍，经过蒸煮而成的食品，为中国及汉文化圈国家的传统节庆食物之一。粽，本作"糉"，新中国以"粽"为规范字。《说文新附》中说："糉，芦叶裹米也。"晋代，粽子被正式定为端午节食品。这时，包粽子的原料除糯米外，还添加中药益智仁，煮熟的粽子称"益智粽"。时人周处在《岳阳风土记》中记载："古人以菰叶裹黍米，煮成尖角之形，以淳浓灰汁煮之令烂熟，故曰粽子，曰角黍。于五月五日及夏至啖之，俗以菰叶裹黍米……煮之，合烂熟，于五月五日及夏至啖之，一名粽，一名黍。"

南北朝时期，出现杂粽，米中掺杂禽兽肉、板栗、红枣、赤豆等，品种增多。到了唐代，粽子的用米已"白莹如玉"，其形状出现锥形、菱形。宋朝时，已有"蜜饯粽"，即果品入粽。诗人苏东坡有"时于粽里见杨梅"的诗句。这时还出现用粽子堆成楼台亭阁、木车牛马，以作为广告，说明宋代吃粽子已很时尚。元、明时期，粽子的包裹料已从菰叶变为箬叶，后来又出现用芦苇叶包的粽子，附加料已出现豆沙、猪肉、松子仁、枣子、核桃等，品种更加丰富多彩。但是吃粽之风，并非起源于屈原死后《荆楚岁时记》中说的"夏至日食粽"。据专家考证，早期的粽子——角黍，可能与古人"尝黍与祭祖"以庆丰年的民俗活动有关，但食粽祭屈原，毕竟寄托了人们对屈原的哀思，便约定俗成地演化成一种特有的文化现象。《世说新语》载："周时，楚屈原以忠被谗，见疏于怀王，遂投汨罗以死。后人吊之，因以五色丝角条（粽子）于节日投江以祭之。"不管怎么说，每到端午节前，大江南北，举国上下的大小超市都在卖粽子，广大农村都在制作粽子；端午节当天，全国人民都在吃粽子。

包粽子、吃粽子是端午节的一件大事。端午节前两三天就要准备好粽叶，以清水浸泡、洗刷，然后一片一片晾干；再用清水浸泡洁白的糯米，浸泡后沥干水分；还要准备包粽子所需的馅料，万事俱备便开始动手包粽子。儿时过端午节，我们常围在母亲身边看她包粽子。母亲先用三至四片粽叶依次错边叠压竖排，然后从中间折成三角凹形，让粽叶卷成角形，用勺子将湿漉漉的糯米灌入，包的时候米一定要摁实，并把枣子、肉末、花生、红豆、火腿等馅料放到中间压紧，再把叶片翻覆过来，用力把米包裹好，然后用细毛线密密匝匝地缠好，最后放锅里煮。

那时，我们兄弟姊妹总是围着母亲探询煮熟的时间，母亲会一遍遍告诉我们要耐心等着，开锅后20分钟就熟了。听了母亲的话，我们会围坐在煤火炉边，一边眼巴巴地瞅着冒着热气的锑锅，一边嗅着锅里散发出来的缕缕粽子的香气，那神态不亚于虔诚的教徒，那垂涎三尺的样子现在想来真是好笑。吃着蒸熟的粽子，真正是唇齿留香，大快朵颐。现在，母亲近七十岁了，但每到端午节，仍要坚持亲手包粽子。母亲说自己包的粽子比在超市或街上小商铺里买来的更放心、更好吃。但不知是现今物质丰富了，还是生活水平提高了，无论多么美味的粽子也吃不出当年的滋味和感觉了，儿时那份浓浓端午情和悠悠粽子香，只能深藏于心底以供回味了。

端午节除吃粽子外，还要喝雄黄酒，雄黄酒因其药用价值成为端午避邪之物。流行于贵州西部水城地区的民间小调《放羊歌》云："五月放羊是端阳，菖蒲美酒兑雄黄。劝郎要喝雄黄酒，免得蚊子来咬郎。"清代顾铁卿在《清嘉录·卷五》中说："研雄黄末，屑蒲根，和酒饮之，谓之雄黄酒；又以余酒染小儿额及手足心，随洒墙壁间，以祛毒虫。"明朝李时珍在《本草纲目》中说："雄黄味辛温有毒，具有解虫蛇毒、燥湿、杀虫祛痰功效。"又说雄黄"主治百虫毒、蛇虺毒"。可见，端午节不但要喝雄黄酒，而且还要将雄黄酒在小孩子的额头上涂抹。

每到端午节，父亲除了在我们的脸上、衣服上涂洒雄黄酒外，还要端着雄黄酒围着房屋四周及屋内墙壁角落走一圈，边走边洒，防止蜈蚣、蚂蚁、老蛇等毒虫靠近房屋或进入屋内。唐朝诗人殷尧藩和清朝诗人李静山也写过有关菖蒲、雄黄酒与端午节习俗的诗。殷尧藩的《端午日》诗曰："少年佳节倍多情，老去谁知感慨生。不效艾符趋习俗，但祈蒲酒话升平。鬓丝日日添白头，榴锦年年照眼明。千载贤愚同瞬息，几人湮没几垂名。"李静山的《节令门·端阳》诗曰："樱桃桑椹与菖蒲，更买雄黄酒一壶。门外高悬黄纸帖，却疑账主怕灵符。"

戏曲《白蛇传》中，许仙让白素贞喝了雄黄酒，使其现出了蛇形，自己也被吓死，于是才有了盗仙草、水漫金山寺、断桥团聚等精彩情节，《白蛇传》也因此成了人们百看不厌的爱情经典名剧。不过从现代医学角度来看，喝雄黄酒对人体是极有害的，如果为了应端午节令，一定要用雄黄酒，可将其喷洒一点在墙角，驱驱夏日里的毒虫，这还是有一定科学道理的。

盘州的春节习俗

☆ 吕文春

每一个国家都有自己的传统节日，每个民族都有自己的特色习俗，不同的节日有不同的特点。春节在中国算是最隆重、最喜庆的一个节日，本文就给大家分享一下盘州市春节期间的精彩习俗。

盘州年前有杀年猪的习俗，杀年猪前要选吉利之日，不能与自家人的生肖有冲突，还不能选择在甲子中"猪场天"。杀年猪当天，凌晨就开始用大锅烧水，天亮后邀请亲朋好友和寨邻帮助杀猪。杀猪前，要点香、点灯、燃蜡烛、烧纸钱。猪头朝正大门，经过点杀、洗猪、开剖、分解、清理、腌制等流程，随后，大家便忙碌着准备水煮肥片肉、肥肠、爆炒瘦肉、猪肝、腰花、煎炸洋芋排骨，清炖猪脚金豆，熬酸菜血旺等丰富多样的全猪菜，邀请亲朋好友、邻居来家里一起共享美味晚餐。那些原汁原味的正宗家乡味，真让人馋涎欲滴！

除夕当天，全家人先将房屋进行一次大扫除，一起贴春联、贴门神、贴年画、挂灯笼、挂中国结。春联一般为手写体，具有书卷气和墨香味，有"平安二字值千金，和顺满门添百福"等内容，全是对新年祝愿的字句；年画有"千里走单骑""江山如画""鸿运当头"等画面，活灵活现，栩栩如生。春联贴于门和窗户的两边，门神贴在门上，年画贴于房门和墙壁上，红灯笼和中国结挂在房檐下，还要贴窗花、贴"福"字，为节日增添了喜庆的气氛，抒发了人们对未来的美好愿望，处处充满年味，处处彰显中国元素。

家乡过年的重头戏就是吃年夜饭，年夜饭也是一年当中最讲究、最丰盛、最重要的一顿晚餐。菜肴的数量一般为8、10、12等吉利数字，菜品有素长菜，代表着常吃常有；有鲜鱼，代表年年有余；有猪头，代表新年有好兆头，等等。饭前先点上香、蜡烛，烧纸钱，拜祭天地、拜祭祖先，燃放鞭炮。那清脆的鞭炮声真是让人喜悦，让人兴奋。最后，全家人围成一圈，团团圆圆，尽情享受期待已久的年夜饭，一切正如对联上写的"爆竹声声辞旧岁，美酒盅盅贺新春"。年夜饭过后，长辈要给晚辈们发压岁钱，压岁钱寓意辟邪驱鬼，保佑平安，饱含着长辈对晚辈的殷切关怀和真切祝福。

最精彩的环节还是唱山歌。在盘州，春节期间，田野里、河道边、山坡上，到处都是游山玩水的人，人们尽情享受着一年当中难得的休闲时光。最热闹的地方要数英武虎跳河、淤泥麻朗垭、红果胜境广场等地方，到处都是人山人海，男女各站一个山头，各为一个方阵，分组进行山歌对唱，你唱我对，我唱你合，唱几天都难分高下。处处都是歌的海洋和欢声笑语，表达了人们对新年的祝福和对美好生活的向往。据了解，盘州市彝族山歌已被列入第三批国家级非物质文化遗产名录，期待这一民族文化得到更好的传承。

拜年的习俗在盘州仍在延续，特别是年前结婚的夫妻在正月间总会带上自制的花粑粑、饼干、糕点等回娘家给亲戚拜年，娘家亲友、近邻要准备大餐，轮流邀请前来拜年的夫妻做客。过去，家族大的人家，要拜到正月十五以后，戏称"赖拜"。另一种拜年方式，是每年的大年初一、初二、初三，备好香、烛、纸钱、鲜花，向已逝的近亲"拜年"，在近亲的坟前叩首，敬献烟、酒、茶、水果，以此缅怀已故的近亲。

每年正月十五元宵节期间，盘州市会举办"盘州春韵"迎新春系列活动，其中舞龙展演和秧歌表演最为壮观。活动由各乡、镇、街道自愿组队参加，有单龙、双龙，有男队、女队，色彩有红、黄、绿、黑等，还有各具特色的秧歌队。元宵节当天，盘州城区各条大街到处都是人，可谓人声鼎沸，处处都是"花灯灿烂逢盛世，锣鼓喧天颂华年"的景象。舞龙队和秧歌队在大街上尽情舞动，数条龙热烈翻滚，秧歌队舞动着丝带、扇子，手撑油纸伞，身穿旗袍、民族服装等，让广大市民享受了视觉的盛宴，感受了盘州市绚丽多姿的民俗文化。

布依族的婚丧礼节

☆ 王想同

在华夏五千年的文明长河中，积淀了绚丽多姿的民族民间文化，形成了风格迥异的民族风俗。在盘州这块古老而神奇的土地上，独具特色的布依风俗至今广为流传。

据史料记载，布依族最早出现在夏商时期，那时叫水稻族，喜欢生活在山清水秀的江河田坝。古代的布依族人过着自由自在、与世无争，日出而作、日落而息，上山打猎、下河撒网的田园生活。布依族人向来心灵手巧、能歌善舞，因擅长纺纱织布而闻名于世。我们村的老一辈人都会织布，纺纱织布过程我至今记忆犹新。

在我的记忆中，20世纪80年代前，因为生活习惯和礼节不同，且存在与其他民族间相互猜忌的心态，我们布依族和其他民族交往较少，通婚和各种经济往来大多只在本民族之间进行。布依族的传统婚丧礼节很多，也很复杂，都是古辈先人流传下来的。

先讲结婚习俗。从开始提亲到结婚，整个过程是很漫长和复杂的。如果要去谁家提亲，请媒人要拿三道礼，去对象家要三道礼，相当于六份礼了。第一道问话，探口气。第二道礼又加倍，提亲。第三道又加倍，定亲。第三道成功之后，相当于同意这门亲事了，双方正式成为亲戚，正式来往，以亲家的口吻称呼，开始走亲戚。接着是订婚，叫要话，要准备"要话布""要话鸡"，还有各种小礼品。再往后是发八字，就要准备礼珠钱，各种布料，各种亲戚的礼信。到了结婚时，还要准备"姊妹钱""姊妹布"。小娃娃去拦新郎，不准其进门接亲，等押礼先生先拿红包和一对鸡、十对粑粑，才会把拦亲的各种工具拿开。

再说丧葬礼仪。凡是老人仙逝，要请布摩超度。买牛来转厂，这个牛是白送给姑爷家来的人（称作"马郎家"）吃的，连锅和整套餐具都是新的，马郎家吃了就全部拿回家。传说布依族的女祖先嫁给了妖精，妖精有家人死了就来请布依族的亲戚去吃死者。亲戚去了没有吃，而是偷偷拿回来藏起。后来我们祖先的家里人仙逝，妖精很高兴，立即往祖先家来，祖先家里人知道了就想去半路拦截，可来不及了，就急中生智，扯了一根老鸹藤把牛拴好，把牛嘴绑好，不让它叫，然后把牛剐成几十串肉串，放在家里，又将死者藏好，就用牛肉串代替了死者。妖精来了饱餐一顿就回去了，等妖精走了人们才超度亡灵。这就是转厂的传说。

转厂时牛就苦了，一帮人披上蓑衣，手里拿着标枪，脸上涂抹油彩，就像野人，然后跳起野人舞，齐奔向牛。牛叫不出来，嘴里是用花椒和布堵上的，最后牛还没死，皮就被剐下了。我那时还小，目睹一切过程，我也流泪了。

还有超度亡灵，必须要用铜鼓。传说铜鼓是太白金星叫布杰上天拿来超度亡灵用的，凡是布杰统领的人，一旦亡故，司鼓三声，上天知道，可开天门，亡魂即可升天。每年正月初一到十五，都要吊铜鼓，铜鼓有十二调。我老家的铜鼓还在，很古老了，周边的亲戚有事都会去借，它也是有象征意义的布依族的历史文化传承。

蟒帐的传说故事

☆杨 锦

在水城区花戛乡高山峡谷中，蜿蜒盘旋着一条飞花四溅的河流——花水河，她就像一条镶嵌着许多珍珠的玉带，缠绕在峰峦叠翠的山间，飘飞在沃野田畴。镶嵌的这些珍珠，就是那星罗棋布的布依族山寨。布依族人聪明智慧、质朴善良、勤劳勇敢、能歌善舞、热情好客，在数百年的生产生活实践中，不仅建设了美丽的家园，创造了丰富的文化，还留下了许多凄美动人的传说故事。

花水河畔的花水村有一个村民小组，叫蟒帐组，这个组原来不叫蟒帐组，而叫"补红垱"。取名"蟒帐"，是因为这里流传着一个凄美而动人的爱情故事。

相传很早以前，花水河两岸有两个布依族寨子，一个寨子叫"补红垱"，另一个寨子叫"补茫"。补红垱有个年轻貌美的姑娘叫王美。王美天生丽质，聪明过人，心灵手巧，精于靛染挑花刺绣，人们常用"织鸟能飞，织花会香"来形容她的精湛技艺，而且她还是个唱山歌、吹木叶的高手。补茫有个高大帅气的小伙叫陆灵，他是唢呐世家第五代传人，能歌善舞，被当地人称为"唢呐王"。王美和陆灵在民族节庆活动中、村里大物小事往来中相见、相识，继而相谈、相交。也许是天意，也许是前世有缘，他俩一见如故，尽管他们没有机会谈情说爱，但两颗年轻纯洁的心却紧紧地连在了一起，碰撞出了爱的火花。可是，在封建思想严重的民族山村，他们不敢单独见面，更不敢单独约会，他们只能通过自己擅长的方式传递感情，表达爱慕。

在一个秋高气爽、月明星稀的晚上，陆灵吃完晚饭，便手提唢呐，跨过金黄色的田园，来到王美寨子对面的花水河边古榕树下，自个儿吹奏唢呐，他是想通过唢呐传情给心中的伴侣。"哥吹唢呐表内心，阿妹可否听到音，手上唢呐吹又吹，可惜阿妹不会吹，哪时吹得唢呐叫，把妹吹来坐一堆；一只唢呐吹头尖，握住排孔吹哨间，唢呐传出山雀音，山雀欢唱在河边……"一曲吹毕，河对岸的王美听得一清二楚。也许是受到陆灵唢呐情歌的感染，她情不自禁地吹起了木叶以声相和："唢呐阿妹不会吹，吹响木叶表我心，此时吹得木叶叫，把哥吹来坐一堆；一片木叶两头尖，握住两边吹中间，木叶传出候鸟音，候鸟欢唱在林间……"两人一来二往，相互吸引，情愫暗生。

就这样，日复一日，隔河两岸，一边吹唢呐，一边吹木叶，空闲时间，他俩便通过唢呐和木叶互通信息、互吐真情、表达爱意，以忠诚共定决心。动听的唢呐声和木叶声使林中的鸟儿都不叫了，淳朴的情感令枝头小鸟为他们点头。从此，二人情投意合，十分相爱。

不知不觉间已到谈婚论嫁的时候，二人商议报告父母同意后择吉日完婚。然而事与愿违，王美的父母坚决不同意这门婚事。虽然他俩追求自由恋爱，但在那个年代，也不是完全的婚姻自由，须得父母同意，还要媒妁之言。陆灵家是靠制作唢呐为生的，家境不是很好。王美的父母是很势利的人，一心想给自己漂亮的女儿找个有钱有势的婆家。眼看王美快二十岁了，上门提亲的人络绎不绝，可她父母总是推托不允，实际上是看中了邻寨比较富足的赵家二公子，想让王美嫁到赵家享清福。陆灵与王美虽然相爱，但一直得不到父母的同意，二人只能利用各种节日或父母外出时偷偷跑出来相会，以解相思之苦。

一晃三年过去了，王美的父母仍不死心，一直逼迫王美嫁给相貌平平、经常欺压乡邻的赵二公子。第四年春节过后，王美与陆灵在寨子边的古榕树下相会，私订终身，愿生生世世结为夫妇。为了爱情，王美不顾一切，决定冲破父母的阻挠，与陆灵私奔。于是二人约好，就在赵家来接亲的当天深夜，二人跨越花水河，跨过北盘江，一起远走高飞。

那天晚上，电闪雷鸣，风雨交加。王美担心花水河涨水过不了河，同时为了避开赵家接亲的时辰，赶忙收拾好衣物，提前到河边等候陆灵。可是，风越刮越猛，雨越下越大，河水越涨越高，眼看就要涨大水了。王美心想再等就过不了河了，于是独自涉水过河。当她走到河中心时，突然山洪暴发，一股巨浪冲来，王美来不及反应，就消失在了花水河中……

等到陆灵来到河边接应王美时，无论他怎么打暗号，都不见王美回应。此时，河水越涨越猛，已齐平两岸，哪里还过得了河。陆灵拼尽全部力气，撕心裂肺地呼喊，依旧无人回应，他顿时感到事情不妙，便沿着河边喊边找，边找边喊，可不管怎么喊也听不见王美的声音，怎么找也找不着王美的踪影。天亮时，陆灵在花水河尾部看到王美的衣物凌乱地挂在河边的树枝上。陆灵确定自己心爱的人已被水冲走了，顿时痛哭流涕、悲痛欲绝，过度的悲伤使他昏倒在河岸边。当陆灵清醒过来时，他知道心爱的王美已香消玉殒。

陆灵认为自己辜负了心上人的一片苦心和一腔深情，懊悔不已，一时气塞心头，纵身跳进花水河，投入到滚滚洪流之中，永远地陪伴心上人去了。

就在陆灵投河自尽的当天晚上，陆灵父母和众亲抱头痛哭之际，一对绿色的草蜢飞到陆灵家中，在众人头上飞来飞去，怎么赶也赶不走。

陆灵的爷爷奶奶说："别赶走它们，可能是陆灵和王美化作草蜢回家了。"不一会儿，这对草蜢飞进了陆灵的卧室，落在蚊帐上，再也没有飞出去。

从此，陆灵父母细心保护这对草蜢和蚊帐，紧锁陆灵的卧室门，再也不想打开。后来，人们纷纷传颂陆灵与王美凄美动人的爱情故事，为了歌颂忠贞不渝的爱情，就将"补红圫"改名为"蜢帐"，并延续至今。

布依族铜鼓神话传说

☆ 赵　庆

铜鼓是布依族神圣而又珍贵的乐器。布依族民间有许多关于铜鼓的传说，其中六盘水市水城区发耳镇、鸡场镇、都格镇一带布依族村寨流传着这样的传说：

从前，布依族老人死了总是上不了天，成不了仙。有一位诚实勇敢，孝顺长辈，膂力过人，武艺超群，胆识过人的名叫布杰的布依族小伙，他曾经戏弄过天上的雷公，许多天仙都十分忌惮他。布杰感觉天公不平，决心上天庭找天神理论理论，但他思来想去，就是找不到一条上天的路。天庭的太白金星是一位善良慈祥的老人，一天晚上，太白金星驾着一朵白云下凡到人间。太白金星知道布杰的想法后十分同情他，于是托梦给布杰说："你们布依族人诚实勇敢、勤奋好学，尊敬长辈、敬崇自然，老仙十分感动。你们的老辈人死了要想上天成仙，这事不难，只要你爬上天庭，向天神要一部超度亡魂的经书下来，以后你们的长辈死了，你们就敲锣打鼓，吟诵经书，神仙就会下凡来把死者灵魂引领到天堂去成仙了。"布杰听后悻悻地说："可是我找不到去天庭的路啊！"太白金星抚摸着长长的胡须，微笑着说："这还不简单，你身手如此矫健，沿着青龙山山顶那棵齐天高的马桑树爬上去就行了。"

第二天布杰醒来，静静地回想了一番，于是就按照太白金星在梦境中的指引，历尽千辛万苦，找到了青龙山，爬到高高的山顶，找到那棵齐天高的马桑树。他心中大喜，不作停留，手脚并用，矫健如猴，奋力向上攀爬。他爬呀爬，饿了吃自带的粽子，渴了喝自带的水花酒，连续爬了九天九夜，终于爬到了南天门。守门天兵见了，正想上前阻拦，一看此人正是戏耍过雷公的狂人布杰，敬畏之心油然而生，毕恭毕敬地让开了一条通道。布杰昂首挺胸，阔步迈进了天庭。

布杰到了天庭，就把来意向天神一五一十地讲了一遍。天神沉默了一阵后说："布杰呀，你来晚了，经书已被汉族人领去了。鉴于你们布依族人德行兼备，我愿意将天庭独有的一件珍贵宝物送给你。这件宝物同样可以超度亡灵上天成仙，而且它比经书还宝贵，它就是南天门上挂着的那个铜鼓。但是，我要出一道题考你，你若答对了，我就将铜鼓赠送给你；你若答得不对就不给。"布杰听了心情无比激动，急忙说："你问吧！"天神说："天庭凡间哪个为大？"布杰听了心想，这天神想要我奉承他，不过我不能为了得到铜鼓就说出违背良心的话。于是他一本正经地说："天庭凡间父母为大。"天神听了后心里特别高兴，暗想这个布杰答得很好，不仅是个能人，而且还是一个孝子，但天神却故意绷着脸说："你答得不对，应该数我为大。"布杰听了仍不改口，正气凛然地说："不，你虽贵为天神，再大也是父母所生，没有父母你从哪里来？"天神听了捋着胡须哈哈大笑着说："看来你是一个真正的孝子，不说假话，我就将这个铜鼓赠送给你。今后你们布依族老人死了，就将铜鼓悬挂于灵堂墙壁上，敲击三连九声，这铜鼓的声音能够传到天庭。我们听到铜鼓声，才会派神仙到凡间把死者接到天庭。但也只有诚实善良、勤奋好学、勇于担当、尊老爱幼、乐于奉献的布依族人的灵魂来到天庭才能成仙，那些欺男霸女，坑害老幼的人不但不能成仙，反而会受天庭惩罚，甚至被打入十八层地狱，永世不得翻身。"

布杰领了铜鼓，谢了天神，背起铜鼓高高兴兴地离开了天庭，走出南天门，回到了人间。从此，布依族民间就有了铜鼓。布杰由于在来回天庭的路途上劳累过度，回到人间不久就死了。人们含泪敲起铜鼓，超度布杰亡灵，天神下凡将其灵魂带到天庭，布杰成了天仙。从那以后，凡间的布依族老人死了，人们就敲三声铜鼓，天神就知道凡间的布依族有人死了；在超度死者亡魂时再敲击九声铜鼓，天神就派神仙到人间引领死者灵魂上天成仙。

如今，布依族腊月三十除夕夜也要敲响铜鼓，传说在天上成仙的祖宗听到铜鼓响声，就知道凡间的子孙后代请他们下凡过新年。由于传说中铜鼓是天神所赐，于是成了布依族人神圣而庄严的神器，没有大事决不可轻易乱敲，只能恭恭敬敬地将其珍藏着。

天地之舞　彝家神韵
——省级非物质文化遗产新华村彝族铃铛舞散记

☆ 吉庆菊

贵州高原，乌蒙山腹，世外桃源般的新华村，有一群天地间的舞者，千百年来，一代一代演绎着彝家神韵。

新华村彝族铃铛舞，别称"跳脚舞""搓蛆"，彝语则称为"恳合呗"。从这些特别的名称，就能体会到其非常丰富的文化内涵。该舞以铜铃铛、彩带为道具，以集体舞蹈为表现形式，是在祭祀和节庆场合跳的一种彝族民间传统舞蹈。

2002年，一次偶然的机会，钟山区选派新华村彝族铃铛舞到市里参加演出，才使其走出深闺，为世人所知。从那以后，铃铛舞便一发不可收，一步步从大山走向全省、全国，并一路走上国际舞台。

若追溯其历史渊源，新华村彝族铃铛舞早在先秦时期就已有雏形，当时称为"金铃舞"。那时这种舞纯粹是一种祭祀舞蹈，是为了祭奠亡灵，告别灵体，同时也有告慰死者、悼念死者等深刻含义。相传古代彝族的一位祖先，为维护本民族利益而被敌方杀害，死于半山腰，待族人找到时，他的尸体已被老鸹（即乌鸦）啄得惨不忍睹。族人为了超度这位祖先之灵，便以呐喊、跺脚的方式，欲将老鸹和虫儿驱赶出去，让死者安然入土，于是"跳脚舞"诞生了。到了清末，该舞蹈开始出现在其他节庆民俗活动中。

随着时代变迁，"跳脚舞"经过后人的加工创作，逐渐发展为今天的铃铛舞。在乌蒙山区彝族铃铛舞的存续中，由于新华村的铃铛舞传承较为严密，舞蹈也极具代表性，因而无可替代。

一次采风活动，笔者有幸亲眼目睹了新华村的彝族铃铛舞。彝家姑娘、小伙，十余人，身着红、黑、白、黄相间的彝族盛装。小伙们的服饰以黑色为主色调，红、黄色镶边，上衣前襟和宽大的裤脚上都配有彝家熊熊燃烧的火把图案；姑娘们的衣裤分别以红、黑色为底，黄、白色镶边及绣花，图案精致。据村干部介绍，一般腰部要系一红底白边分叉式围腰（彝语称"亩仔啥喉"），意为骑马而战时所用的盔甲。他们左手执红、黄色彩带，右手紧握铃铛（表示武器），踏着铿锵有力的节奏舞了起来，让人目不暇接，好不精彩！

新华村彝族铃铛舞确实比较独特。从舞蹈动作来看，该舞蹈古朴简单，步伐交错，手脚同舞，且进退有序，铿锵有力。各种动作都来源于长期生产生活过程中，其内容就是彝族人民传统的生产生活场景。舞蹈中保留着彝族祖先们与大自然搏斗，翻越崇山峻岭，征战沙场时的武士动作。在古代，每当彝族武士在战场上牺牲，族人们都会将其妥善安葬，并为其歌唱、舞蹈。"恳合呗"，就是那时人们为悼念死者灵魂的一种特有的歌舞形式。"猴儿搬桩""青蛙晒肚""甩飞机"等动作都各有各的寓意，充分体现了勤劳勇敢的彝族人民艰难的迁徙历程，对生存的渴望，永不停止的抗争、拼搏精神，以及壮烈牺牲和对祖先祭祀的虔诚。各种动作经过艺术处理后，内容健康，风格淳朴。

从技艺层面来看，该舞蹈无任何伴奏，全凭舞者之间相互的默契感，以手中的铃声作为节奏，歌毕即舞或且歌且舞。有规律地踏着脚，有规律地呐喊，都是控制舞蹈节奏的技巧。而以铃铛声、呐喊声和踏脚控制舞蹈节奏，时而激越时而沉稳，这种方式不易受到其他干扰，更有利于凝聚心神，统一步调，同时也是一种族人团结，相互信任，敬畏祖先及对本民族文化的表现。舞者以腰为轴心，腰肢前后左右扭动，或前俯后仰，或相互背驮，相互交错，有步步逼人之感。这不仅需要强健的体力，还要具备一种虔诚的捍卫精神，一种勇往直前的坚强意志。

至于气势方面，流传在民间的"恳合呗"一般为四名男子所跳，现在已发展为男女同时跳，而且队员有多达上百人的。组成舞队的队员称为"骂哟"（意为兵将、勇士），四个勇士各站一方，表示把关东、南、西、北四个方向，预防外敌入侵，维护中央政权，保护自己的民族和家园。跳舞之前要先唱悼念歌（彝语称"恳合"），按先歌后舞，先主后宾，先大后小的顺序，毫不凌乱，井井有条。该舞蹈节奏十分明快，舞动时，族人们或打灯火照明，或鸣枪放炮，呐喊助威，氛围极为热烈，整个场面犹如骏马奔腾，气势相当豪迈，大气恢宏，非常撼人心魄。

新华村彝族铃铛舞不仅具有独特的舞蹈艺术价值，还具有极高的历史学、人类学、民族学、民俗学研究价值，审美价值很高，也极具观赏性。2007年5月，新华村彝族铃铛舞已被贵州省人民政府、贵州省文化厅列为省级非物质文化遗产。

　　该舞蹈还多次获得省、市民族文艺会演金奖。2005年荣获六盘水市少数民族文艺会演一等奖，同年代表六盘水参加全省第三届少数民族文艺会演，荣获创作金奖。2006年被省"多彩贵州"黄果树瀑布节开幕式组委会选定为唯一一个六盘水市的演出节目。2007年参加"多彩贵州"舞蹈大赛，获区级一等奖、市级二等奖，并代表六盘水市的省舞蹈大赛。2009年参加六盘水市第四届少数民族文艺会演，荣获编导金奖及创作奖。2010年参加全国首届"金虎杯"全国彝族原生态歌舞乐精英邀请赛，荣获二等奖（银虎奖）。2013年由贵州省文化厅组织参加法国尼斯狂欢节，荣获最佳表演奖。2014年以来，还连年在"凉都消夏文化节"开幕式、"凉都夏季国际马拉松"开幕式上演出，深受广大观众的喜爱。

　　原生态的新华村彝族铃铛舞，保存完善，参与者甚众，具有广泛的群众性。每一位彝人即是舞者，他们用舞蹈再现彝人的勇士精神和歌颂彝族先民的勤劳、善良及勇敢。其传承和发展，可以说既保护和传承了彝族优秀的传统文化，也是对民族文化的尊重和弘扬。作为彝族人民一种不可或缺的精神生活方式，它既有利于强身健体和社交，还能起到振奋民族精神、提升心灵境界的积极作用。这对于提升民族自信心，促进民族团结，都有着深远的重大意义。

南开苗族跳花场走笔

☆ 符 号

南开跳花场是南开三口塘苗族跳花场的简称，位于贵州省西部六盘水市钟山区南开乡，地处云贵高原腹地，坐落在乌蒙山南麓的崇山峻岭之中。关于跳花场名称的来历还有这么一段历史传说。

相传在炎黄、蚩尤时期，小花苗支系的十二姓祖先为避战乱，带领族人南迁。南迁的途中，有三姓不慎走散了，不知所终。其余的九姓居住在湖北、湖南洞庭湖一带。明朝正德元年（1506），九姓居民被明军围剿，被迫迁住湘（湖南）、桂（广西）、黔（贵州）三省边界素有"苗岭之巅"之称的雷公山居住。到了清顺治元年（1644），居住在雷公山的小花苗又被清朝派兵围剿，小花苗奋起反抗，斗争相持了二百余年。后来由于清军要攻打太平天国，被围苗族人民才趁机从雷公山突围出来，历经千辛万苦，迁徙至黔西北，过着刀耕火种的生活。现居住在钟山区南开、青林、金盆、木果等地，水城县滥坝及赫章、纳雍的小花苗均是雷公山之苗族后裔。

当年苗族人民突围的这天正好是农历二月十五日，为纪念雷公山苗族人民突围的艰辛和胜利，从雷公山突围出来的熊子臣、杨子珍、龙子西三位苗族老人在山上栽了一棵树，这棵树成长、开花、结果，象征苗族的发展。三位苗族老人议定，以后每年农历二月十五日，凡苗族聚居地都要选一山坡，接花树庆贺一番，象征苗寨兴旺、万事如意。由于聚会欢庆时有歌有舞、有花有树，地点又在山坡上，后人就把这一活动称为"跳花坡"。

据笔者了解，水城（因2020年水城县撤县设区后，将包括南开乡在内的北部五乡镇划归六盘水市钟山区管辖，设立了六盘水市水城区）最古老的苗族"跳花坡"建在今钟山区（原水城特区）月照乡凉水沟。清同治二年（1863），清军大举镇压苗族人民，逼迫此"跳花坡"附近法那戛居住的五个村寨三百余户苗族人民迁往广西隆林县，于是居住在世乐坝子（现在的马坝）的苗族就把花树接到大海坝建"跳花坡"。过了五六年，纳雍县阳长苗族又把花树从大海坝接到发那寨建"跳花坡"。民国二十五年（1936），纳雍县二区新发白社的苗族同胞杨庆安把花树从发那寨接到新房建"跳花坡"。民国二十九年（1940），水城董地苗族同胞王炳安又把花树从新房接到董地的茅稗田建"跳花坡"。王炳安逝世后，水城特区南开区土角乡新寨的苗族同胞祝顺发最终把花树从茅稗田接到南开三口塘建"跳花坡"。

清光绪二年（1876），水城厅通判陈昌言纂修的《水城厅采访册》上就有"跳花坡"的记载。跳花，苗语叫"咕拨"，是苗家古老的习俗。为什么现在人们把"跳花坡"称为"跳花场"呢？其来由是1928—1929年，军阀割据，政治腐败，地方上的土豪地霸为了敛聚钱财，就在所属地盘上建立乡场私征税款。有的土豪地霸为了热闹乡场，便请苗族芦笙手跳舞助兴，吸引各方客商前来经营商品，活跃市场，以增加税款收入。当时这样的场合就称为"跳花场"。

1952年，中共水城县委和县人民政府了解了苗家跳花的习俗，为了落实党的民族政策，定下南开三口塘这一片土地不参与土地改革，划为小花苗跳花的专用场地，同时通知商业部门到花场设摊摆点，供应苗家所需。从此，每年的农历二月十五日就成了小花苗支系的跳花节，三口塘就成了黔西北小花苗支系亲友聚会的固定场所，成为小花苗同胞一年一度的最大"跳花场"。小花苗支系称它为"拨朵"，汉语译为"花场"。来自周边地区的小花苗同胞，特别是相隔数十里乃至上百里的小花苗同胞，都要提前两三天动身，不辞辛苦，背着苞谷饭、洋芋、腊肉等干粮，穿上盛装，于农历二月十四日就近投宿以待。

每年农历二月十五日的跳节节是当地苗族（小花苗）同胞最喜庆的传统节日。这天，赫章、纳雍和钟山等地的小花苗支系九姓后裔的数万名苗族同胞，聚集南开乡三口塘，共庆这盛大的节日。聚会时，他们常朝南迁来时的方向眺望，心中挂念走散的三姓兄弟姐妹，希望能早日相逢。南开"跳花场"活动，既是小花苗支系纪念祖先和亲友的盛会，又是为了纪念雷公山突围的艰辛。花场上，小花苗的芦笙舞体现着苗族人民在雷公山搏斗突围的情景，如"斗鸡舞"就象征肉搏战斗。三年跳满的最后一年，要派人骑着马在花坡上奔驰，人们提着木棍、标杆，鞭炮齐鸣地在马后追赶，再现雷公山突围的险况。

花树老人作为花场总管，负责花场的一切活动，寨老和仪仗队由其统一指挥。寨老是花场所在地的苗族自然领袖,以村寨为单位自发组建,为参与跳花节的客人提供各种服务。仪仗队以祈福纳祥、竞技献艺、笙舞娱人为趣,本着培育民族精神为宗旨。整个活动都围绕着花树,并在花树老人的带领下进行,其组织严密,分工明确,自然而然就形成了一整套约定俗成的程序,主要包括选花树、接花树、请花树、栽花树、拜花树、送花树等一系列相关联的活动。一系列活动均在一队队芦笙队的簇拥下进行,别有一番民族风味,在国内外影响较大。

农历二月初十至十四,先由寨老们和仪仗队到山上树林中选花树。花树一般要选枝叶繁茂、长势良好且独株生长的常绿大杜鹃树,象征着年年和顺、万事如意、子孙昌盛。花树选好后,要从别的花场悄悄"偷"来三片花树叶和一小撮泥土,放在这棵花树上和地下,以作为记号,称为"选花树",苗语为"声搓拨"。

农历二月十五日上午七点,由花树老人委派的寨老,或由族中有威望的人领着寨中青年芦笙仪仗队,来到寨老们选好的花树前,用酒和鸡祭祀,然后在一阵欢快的芦笙乐曲中,将花树砍下,不打枝叶。赶花场的人陆陆续续往花场赶来的时候,砍花树的队伍把砍来的花树抬到花场,由花树老人组织好仪仗队。鞭炮声中,砍花树的队伍将抬来的花树先交给花树老人,仪仗队再从花树老人处接过花树,称之为接花树,苗语为"桑搓"。

待赶花场的人都聚拢在花坡后,鞭炮声中,由两人舞大刀开山劈路,两名芦笙手载歌载舞,一名歌师唱起酒歌,另一人手捧一段红布,众人将花树簇拥着请到花场,绕花场三圈,称为"请花树",苗语为"撑搓薄"。

当众人将花树请到花场,并绕花场三圈后,就将花树抬到花场中央栽好。栽花树时,还要同栽一株竹子,象征节节升高。这个过程称为"栽花树",苗语为"苔搓"。

栽完花树,寨老要在花树前举行祭祀仪式,给花树敬上一杯美酒。这时,头戴箐鸡翎英雄冠的芦笙能手,单腿往前,左右侧身,三次跪下,如此往返三拜九叩结束,向花树(花树老人、寨老们)行叩拜之礼,称为"拜花树",苗语为"比拨"。

拜花树完毕,寨老挥手示意,跳花正式开始。来自各地的苗族芦笙手均可到花树前主动向寨老报名,上台献艺,称为"芦笙竞技",苗语为"更拨冲革阿施"。这种芦笙舞曲主要聚集了小花苗支系芦笙艺术的精华所在。苗族男女青年吹着芦笙,跳起热烈、狂放的芦笙舞,充分展现着他们的热情、豪放、直爽。

夜幕降临，花场周围篝火满山，花场成了苗族青年男女的世界。苗族姑娘小伙用"喊歌"相互联络，有情人邀邀约约，成对成双；没对象的在亲朋的引导下四处活动，寻访意中人。在整个夜间活动中，最具特色的要数传统的"扯花背"。花背是小花苗支系服饰中不可缺少的刺绣披肩。花背用红、黄、黑三种丝线绣成，黄色为主色调，红色镶边，黑色勾线。花背用色十分大胆、夸张，充分张扬着小花苗独特的个性。

每年跳花坡时，苗族姑娘都要准备几件花背。天一黑，她们便将带来的花背全部穿上，等待着中意的小伙子来扯，见到中意的小伙子来扯时，就脱给小伙子。一个小伙子可向不同的姑娘扯若干花背，一个姑娘也可将自己所有的花背任不同的小伙子扯去，直到身上所有的花背被扯完为止。这种习俗在贵州其他地方支系的苗族中是从未有过的。

天亮前，得到花背的小伙子必须把花背分别送还姑娘。若姑娘有意，便不收回花背；若姑娘无意，就收回花背，小伙子就会知趣地走开。当然，姑娘的花背再多，也只能送出一件，小伙子得到的花背再多，也只能收下一件。至于谁送谁收，那就要看相互之间的感情和缘分了。

跳花节要持续三天，三天后才送花树。天亮前，还要举行送花树仪式。受过祭拜的花树被长者们护卫着移出花场，花树前有开路仪仗队，且行且鸣鞭炮、吹芦笙，并把花树送到一个易于隐藏、不易被人畜践踏的洁净地方或岩洞中存放起来，称为"送花树"，苗语为"桑搓"。送花树是跳花节的最后一项活动，花树安放完毕，主送者（寨老）要面对花树诵念："花树送到石旮旯，快长快发快开花。花树送到大岩洞，开花结果保苗家。"送走花树，整个跳花活动随即结束。

跳花场每年要会聚四五万人，苗族大都以家族为单位会聚在北山上，南面小山上则聚满了其他各族同胞，他们相互对歌，形成一个气势磅礴的大歌场。中央跳花场的大圈中，各民族共同参与，把苗家大红大绿的头饰和鲜艳无比的披肩、花裙衬托得更加绚丽灿烂。跳花场期间商业活动也十分热闹，山脚下遍布着各种商贩、地摊。苗家所需的花线、口琴、小百货以及布料、成衣等应有尽有，卖各种吃食、卖酒、熬羊肉汤锅的摊前人头攒动。

三口塘苗族跳花节已成为各族人民团结友爱、文化交流、商品交换的聚会节日，吸引了大批省内外专家、艺术家和文化艺术工作者甚至国外友人前来，成为中外有名的民俗民风艺术博览会，是艺术家取之不尽的艺术源泉。

海坪彝族火把节

☆ 胡小柳

从六盘水市中心区驱车经212省道行23千米，我们就到达了水城海坪彝族文化园。每年的农历六月二十四日，水城及周边地区的彝族同胞和各族人民都要聚集在这里，庆贺彝族人民最隆重的节日——彝族火把节。

火把节是彝族人民的传统节日，具有悠久的历史。关于火把节的来历，有着一个彝家儿女敢与天争、敢与天斗的传奇故事。相传古代天地相通，天王恩体古兹对人间不按其旨纳贡，大发雷霆，派凶神斯热阿比下界为虐。彝家勇士阿堤八拉率众向凶神宣战，他们高举火把，将天地之间唯一的通道烧毁，把凶神打败并杀死。天王闻讯极怒，即向人间撒下天虫，暴食庄稼和树果。农历六月二十四日，阿堤八拉和愤怒的彝族人民举火把烧死了全部天虫。天王还想再度降害于民，只因天地间的通道被焚，无奈作罢。后彝族先民于每年农历六月二十四日举行火把节，历时三天，以纪念这一胜利的节日，以示除恶扬善。节日集欢庆、祈祷、娱乐为一体，并成为川、滇、黔、桂广大彝区人民的传统节日。为了更好地将这一传统节日继承下去，甲戌年春，在彝族同胞的倡议下，水城县玉舍乡海坪村的"水城海坪彝族文化园"创建了。

水城彝族文化园占地24400平方米，主要包括图腾柱、主题雕塑、太阳历、主席台、观礼台、篝火舞蹈广场和碑林等部分。这是黔西北彝族文化的博物馆、生态园，是彝族人民交流学习、传承历史文化的聚会中心。

进入文化园大门，首先是9200平方米的迎宾及集散广场，该广场以园林布局的方式建设，有一种雄壮典雅之感。拾级而上，映入我们眼帘的是图腾柱，图腾柱上刻有龙、虎、鹰、竹、太阳、火焰等图案。图腾柱后正中是文化园的主题雕塑，主题雕塑展示有两个彝族青年男女共同擎起火炬的形象。彝家人敬重"火驱邪除害，盼五谷丰登，保生灵平安"，这就象征着彝族人民对美好生活的追求和向往。主题雕塑再往里走就是彝族的太阳历。据中央民族大学教授刘尧议考证,并经国际天文历法专家论证,古代彝族曾发明使用一种天文历法——彝族十月太阳历,俗称十月太阳历或十兽历。一月是黑虎,二月是水獭,三月是鳄鱼,四月是蟒,五月是穿山甲,六月是鹿,七月是岩羊,八月是猿,九月是黑豹,十月是蜥蜴。彝族十月太阳历,平均每年约为三百六十五天,每年十个月,每月三十六天,剩余五天是过年日,但每隔三年,第四年的"过年日"是六天。十月太阳历以太阳运动规律定冬夏,北斗星的斗柄指向定寒暑。十月太阳历法能与玛雅历法相媲美,是人类智慧的结晶,是人类文明的一个重要标志。

十月太阳历主景区——太阳历雕塑广场是一个小型祭坛,占地20平方米,基座直径5米。祭坛有千根雕塑神柱,以祖先神柱为中心,正南方为天神柱和火神柱,正北方为葫芦神柱,正东方排列有竹神柱、太阳神柱、虎神柱,正西方依次为龙神柱、鹰神柱和羊神柱。十月图腾柱是按照彝族古老的枝柱杆观测太阳运动以确定季节为原理,由天文学家参与测定设计,具有严密的科学性,观测效果非常精确。太阳早晨晒在竹神柱上,柱影投在祖先神柱上是"夏至";照在太阳神柱上,柱影投在祖先神柱上是"春分""秋分";照在虎神柱上,柱影投在祖先神柱上表示"冬至"。这四个季节的节令在日落时,太阳分别照在龙神柱、鹰神柱、羊神柱,柱影投在祖先神柱上,而"冬至"正午太阳照在火神柱上,柱影投在祖先神柱中心,"夏至"正午太阳照在十根图腾神柱上,每根柱影都在北方,且柱影很短。过了太阳历,就是占地24400平方米的节日活动广场,广场包括主席台、观礼台、群众看台和集会、篝火舞蹈广场,以主席台和观礼台的墙壁构成浮雕长廊。为表示庄重,主席台正对迎宾集散广场,与集会、篝火舞蹈广场和迎宾集散广场在同一中轴线上。观礼台设在主席台两侧,供贵宾观赏坐席。每年的农历六月二十四日,有成千上万的人在这里观看演出活动。

撰文立碑,是人们对特殊贡献者的一种纪念方式,在集会、篝火舞蹈的中心广场的东北面就设有彝族碑林三块。正中间的这一块正面是贵州省原政协主席龙志毅的题词"水城彝族火把节";右侧面是贵州民族学院原院长安毅夫的题词"弘扬民族文化";左侧面是贵州省人大常委会原副主任禄文斌的题词"加强民族团结"。两面的碑文分别是集资捐赠建彝族文化园的名单。站立碑林前,整个文化园全景尽收眼底。

文化园旁边的二层楼砖房，是凉都民族文化传播有限公司海坪彝族歌舞队驻地。凉都民族文化传播有限公司的成立，对传承、弘扬民族文化起到了积极的推动作用。常言说"台上一分钟，台下十年功"，平常，歌舞队的队员们在这里演练歌舞技艺，汗水、泪水无数次打湿了他们的衣裙，只为在火把节这天向各方宾朋展现彝家独有的歌舞魅力。

集会、篝火舞蹈广场是彝族群众集会的中心，主要供年节使用。广场上设置了九根图腾柱，顶上置鼎，作为照明和装饰之用。每逢火把节的夜晚，篝火晚会开始，广场中央燃起一堆堆篝火，人们围着篝火，在唢呐、笛子、月琴的伴奏下，姑娘小伙、老人孩子手拉手，拉开圈子跳起欢快的彝族舞蹈，把火把节的活动推向高潮。火把节的展示广场上，千万根火把形成一条条火龙，从四面八方涌向同一个地方，最后形成无数的篝火，烧红整片天空。火把，燃烧着彝族人民的希望；火把，传递着各族人民的深厚情谊。今天的六盘水，正是在这种民族团结一心、友谊互助、和谐繁荣的氛围里焕发出了耀眼的光彩。

高炉村回族风尚散记

☆ 施　昱　赵平湘

回族出现在六盘水是200年以前的事。相传明征南时，部分回族于原居住地甘肃、青海一带相继南徙而来，多落脚于云贵边陲的云南东川、贵州威宁，之后陆续辗转迁至六盘水定居。迁入六盘水较早的是：台沙锁家，其始祖由东川迁入六盘水160余年；月照刘老把家，其始祖由威宁大田边迁入六盘水约150年；南开双营马仲达家，其始祖由威宁下坝迁入六盘水140多年。迁入六盘水的回民，大多因逃荒或逃避抓兵派款而只身或举家迁来，故多数分散居住在偏僻山村，靠帮人、租佃维持生计，也有个别经商和做其他工作的。如水城老城马博超、马步华两家历来是商家；马冠群曾任旧社会族长；虎银城当过"萨二营长"的连长；马开学的先祖曾在威宁衙门里任过"文师官"；"滚龙二爷"月照猫家据说出过一个将军。

迁入六盘水高炉村定居的回族人民，经过100多年的繁衍生息，已在当地少数民族人口中占有相当的比例。高炉村现有102户，900多人，90%是回族。据不完全统计，高炉村的回族主要有锁、马、刘、张四姓，和其他民族一样有所发展。从西北迁徙而来的回族先祖为什么选择在梅花山定居呢？回族喜欢喂养牛羊，梅花山地势宽展，天然草场牧草丰富，有山有水有草的地方适合放养牛羊，因此高炉村回族世世代代在这里繁衍生息。

回族人民由于信奉伊斯兰教，故有许多独特的风俗习惯。中华人民共和国成立前，荒坝、双营、台沙曾各有一座类似清真寺的"礼拜寺"，这是回族人民做弥撒祈祷和祭奠"真主"的场所。人们平时在此做礼拜，斋月期间早晚到此点香斋戒。其中荒坝礼拜寺建得较早，大门两边还有过"教阐西方垂千古，学传东土交宰经"的对联。现在高炉村在高炉小学对面也新建了一座清真寺，周围的回族同胞做礼拜或者过节时再也不用跑到城区甚至更远的地方去了。

伊斯兰教有严格的教规，每年要过隆重的四大节，即"圣祭节""开斋节""姑太节""古尔邦节"，其中尤以开斋节和古尔邦节最为盛大。开斋节的斋月要宰牛宰羊，要沐浴（分大、小洗）后去礼拜寺做礼拜，敬诵《古兰经》，每天白天全日不吃不喝，要早上天还没亮和晚上天黑时才能吃饭，妇女还要用黑色纱巾罩面等，真是猗欤盛哉，无比庄严肃穆。

凡有礼拜寺的地方都有"寺辅"，主要负责回族的祭祀、婚礼、丧礼和组织四大节日礼仪等事宜。伊斯兰教教规认为烟酒都是麻醉品，不准吸食，斋月中如有人胆敢带烟杆，连其家人都不准进，并且绝对严禁食猪肉，食者以背教叛族论。

回族青年男女的婚嫁，过去都讲究"媒妁之言、父母之命"。先是男方向女方家送礼说媒（第一次送瓦尔糖、茶叶，第二次除糖茶外要拉一只羊和一斗米），然后是男方向女方家谢礼（带彩礼钱）以确定婚期。结婚时，请寺辅以诵经方式将男女情况说明并证婚、祝福。随后男女双方各备核桃一盘，由"阿訇"念经分撒，谓之"喜果"，这样二人就算结为正式夫妻了。中华人民共和国成立后，贯彻了婚姻法，回族男女青年都愿自由恋爱、婚姻自主，不再受旧时媒约、父母的古风约束，但谈成以后，仍需通过父母认可并遵行教规礼俗。

高炉村回族丧葬仍沿袭旧俗。老人长逝不用棺材，用白布3—5丈制作上下布简套尸，再用三层布（富裕户也有用胡棉的）裹体，并为其戴上一顶白帽（名"告姆"）。诸事已毕，即请寺辅转香念经。香围死者传递，接香的寺辅每人念一段经，香转七回，直至把经念完。出殡时，以置有棉絮等的软梯将遗体抬走送葬，梯由族中平辈或下辈"起肩"，接着由送葬者换抬，至葬井。葬井深齐胸，略长死者一尺，宽约一米，石砌枕，糊灰浆盖上井口，覆以泥土，砌成坟墓。回族不信风水，不烧纸钱，却兴炸油香，立柏枝香炉，谓为避俗气。在埋葬逝者后七天内，孝子每天必须鸡鸣而起，沐浴净身，炸油香，随同寺辅往坟场念经祝祷，名叫"做七"或"走坟"，又称"头七"。

居住在高炉村的回族人民，中华人民共和国成立前由于受到地主豪绅的盘剥，以及反动官府的压迫，生活在水深火热之中，日子过得非常艰难。中华人民共和国成立后，在党的民族政策光辉的照耀下，经过党和政府的大力扶持和培养教育，高炉村回族投身革命和锐意进取者不乏其人，回族人民的生活也发生了根本性的变化。由于生产力的发展，收入得到增加，生活越来越改善，不少回族人的住房在"四在农家、美丽乡村"建设中改头换面，由祖祖辈辈居住的茅草房变成平房或者楼房，一日三餐，每餐数菜，衣着也越来越新潮现代。

回族是一个爱好山歌的民族，"山歌无嘴句句真"。高炉村的张良海被称为"回族歌郎"，山歌随口就来。"隔河看见映山红，七十二朵做一篷。七十二朵一篷做，哪朵向阳哪朵红。""唱支山歌给你听，看你知情不知情。点灯还要双灯草，唱歌还要妹接声。""今年哥哥时运差，下河打鱼打着虾。对面山坡种荞子，遭麻雀啄得空刷刷。"

在六盘水市倾力打造国际山地旅游休闲度假目的地的大背景下，梅花山的旅游开发使高炉村旧貌换新颜，而这里丰富多彩的民族文化也一定会给梅花山旅游风景区增添光彩夺目的一笔！

第三辑

记忆凉都

凉都城区风物散记

☆ 吴学良

狮子山散记

狮子山在马鞍山下,现市一中校园之内。旧志言其"峭拔凌空,势如起舞",还说"新建文庙向之"。这表明它是一座与文化有缘分的灵山和地标。

狮子山在水城久负盛名,一是因其外形,二是因其所聚之灵气,否则旧志不会把它和文庙扯到一起。再就是狮子山自中华人民共和国成立之后,水城初级中学迁此以来,一直是水城历史上时间最长的教育场所。

水城旧时文化落后,虽有义学,但满足不了厅属要求。道光七年(1827)通判袁汝相将雍正十二年(1734)通判孟金章所置义学迁建城南凤翔街改名凤池书院后,兴盛了一段时间;继因咸同年间石达开过水城,书院接纳旧城乡间富户避难时损坏严重,学风受挫,直到同治十三年(1874)通判陈昌言将其新修后才得以恢复。民国年间取缔旧学,开办新学之后,邻县均开办了初级中学,而水城一直没有;1938年秋,新任县长阮略来水城,深感文化落后,经过与地方贤达多次协商,于1939年春在书院旧址创办水城初级中学,委派陆联品、耿鉴民为水中总务,负责修理学校,制备课桌;彝族土司钱文达慷慨解囊,捐款捐木,被委任为第一任校长,兼教语文课,这对改变当时水城落后教育起到了积极作用。

这期间,水城中学办学方向很明确,这从昔年周云阁先生作词、王雪生先生谱曲的《水城中学校歌》歌词可窥见一斑。其词如下:

佳气兮葱葱,首推吾水中。胜揽祥麟,翠把咸风。群山万壑环其外,一水西来绕城东。平畴千万顷,烟火连房峰。城盘有岛七星若,吾校巍然峙其中。谁是创始？曰为阮公。人文蔚起，比户可封。似荷叶一片，真灵秀所钟。况当今国难方严重，兴亡之责在秒功。正风云际会，时势造英雄。愿我同学齐努力，达到智仁勇，好学、力行、知耻，各涤除旧染之污俗，以济于大同。

歌词中有水城的地理形势，也有建校的历史，还有对学生的要求，在充满自豪的同时也充满了忧国忧民的情怀，系弘扬知识报国的体现。

水城初级中学办学历史充满沧桑。1951年2月，它从凤池书院迁到操场坝文昌殿内；1956年，人民政府拨款4万元在马鞍山修建8个教室后，才正式在此落户，以后办成完中直到如今。

"马坝由来排阵势，狮子摇铃召客来。"

旧时的狮子山因"文庙向之"，似乎意味着它就像新建文庙门前的石狮，其地必将汇聚文气。这头临空起舞的狮子，仿佛在摇着头，迈着碎步，扭动着身子，作腾跃之状；山下莘莘学子，仿佛也参与到这样的盛会之中。于是，山下书声与山间辩论声交织在一起，知识的能量裂变成一种对社会的责任和报效家国的襟怀，狮子山自此成为水城人心中向往的文化圣地之一。

我昔年也在狮子山下朝拜过。

那些岁月伴着四野的稻花馨香和雨雪纷飞，脚印一路延伸，文字符号叠印出的人文故事，伴着风、伴着生命在生长，一如那头不知疲倦的狮子在宿命的彼岸依旧招摇……

一路悲欢一路歌。

沧海桑田之后，如今的狮子山不再如狮，山下叶茂之树让人见不到它的全貌，山脊围墙如同一根绳索让它动弹不得；而山顶那一丛荒草是狮子头上仅剩的毛发吗？后背那座亭子是狮子负重的心愿吗？

泪水将往事沸腾时，我听到了狮子山的一声叹息……

观音阁记

鼓响钟鸣高阁胜地山间寺
麟环凤绕大殿佛门水中城

在水城旧时众多的寺庙中，观音阁无疑是其中最重要的庙宇之一。

水城别名"荷城"，是因城址处在四围水中高地上。城中有"石小阜七如列星状"，志书中称其为"七星山"，堪舆上称为"七星台"，观音阁就坐落在"七星"中东面第二座小山上。

观音阁建于嘉庆十九年（1814），在不断的增建中，这里形成了城中一个最大的宗教古建筑群落。依山拾级而上，建筑依次为岳王殿，此为"魁星楼"，阁后为"文昌宫"，宫后依墙建一半六角亭，亭后系"观音阁"，后有一天然石洞水井，距洞两丈的倾斜石洞为"狐仙洞"，洞前沿城垣在道光三年（1823）又增修有"来清楼"。

在这个建筑群体中，观音阁最为醒目。这是一座三层建筑，高约七丈，西南而立，为宝塔式六角顶形；阁前有狮一对，后为石铺天井，中置化钱铁炉，阁顶盖古铜色琉璃瓦，飞檐翘角，角尖吊有铁马铜铃。正因为规模庞大，当年这里就是一个集主流文化与宗教文化为一体的重要场所。如该阁第二层檐下悬挂的是吕纯阳手写的"星垣枢桓"泥黑色匾，第三层阁檐下挂的是道光三十年（1850）"人文蔚起"之红底金字匾，同时，该阁后左侧昔时建有图书馆，内藏《万有文库》及各类图书数千册，这为水城文化发展奠定了一定基础。

著名学者钱穆认为："文化是民族国家认同的基础。"这一论断在水城观音阁的文化活动中，得到了佐证。观音阁在民间的影响力，一定程度上与这里的狐仙洞的传说有因果关系。据《水城县志稿·杂事》记载："刘道者，寓城北观音寺。未建奎阁时，寺后石洞中相传有狐仙，人或见之。容甚，都涉邪念，则扑于地，甚有伤其头面者。刘以地僻静，构禅房，置药炉、茶鼎。诵经外，终于跌坐，不履市廛。惟士人至，则见之。鹤发童颜，庞眉皓齿。时年九十矣，能知未来事。叩吉凶，语多中，其徒屡向人云。每年九月九日，师与狐仙论道，闻其声，不见其人，人亦未之信。道光十二年，已百十有余岁，忽坐化，两手合掌，衣履皆易新洁，香气氤氲达户外，狐仙亦由此绝迹。初不知刘自何方来，以年高莫称其名号，故相呼为刘道者云。"这个故事有点《聊斋志异》的色彩，在水城民间流传甚广，年幼时我就曾听说过。据上辈人说：观音阁最热闹的庙会要算观音会，每年农历二月十九日、六月十九日、九月十九日，小城人家及周围附城百姓都会起早来这里上香许愿，祈求观音菩萨的保佑，香烛的烟在此前后两天都会连续不断地飘向天空；而每年农历二月初四、八月初四，四乡八邻的人都要来文昌宫致祭，文人辈出成为小城人共同的心愿，官府和民间都成为不可或缺的参与者。

观音阁后来遭遇毁坏，一度成为一片废墟。

20世纪90年代，有热心者倡导复建该阁，几经周折，才有现貌。听说，阁中还保留有完整的建寺碑文，然我去了几次均未见到，目睹的仅为嘉庆十三年三月的功德碑，与我想要考察的相差太远。寺中活动的俗家弟子说：还有一些碑埋在附近，没有挖出来。于是，我又把希望寄托在将来的某一天上，祈盼出土的实物能为我的考察解除某些疑惑。

是为记。

凤凰山记

旧城南门桥之外，一山"蹲踞平冈，垂头向北，有俯瞰势，脊尾如披羽"。又：旧说建城之际，有凤凰栖息于山上天生池旁的梧桐树上，凤栖于此，其地吉祥，于是山以"凤凰"命之。山因形、说而得名，此山兼具。

凤凰山旧时山高林深，鸟兽成群，有穿越之古道至今旧迹可寻。山顶有一天然圆形凹地，蓄水不溢，人称天生池，故《水城厅采访册》有"天生池，在凤凰山顶"之记载。乡间相传：旧时天生池水呈浅蓝色，如一块宝石镶嵌在万绿丛中，每逢人行山间小道，声音忽起忽落时，惊扰得林壑群鸟此起彼伏，虫兽密林中穿行的声音也清晰于耳；而每逢秋季，天生池四围层林尽染，绿、黄、橙红、鲜红、墨红彩林在错综纷呈中环衬池心一泓清水；冬日雪落大地，万树银装素裹，池岸至池中冰凌依次转为薄冰，颜色从雪白依次转为淡墨，然惜此等凤山胜景现已消亡，让人生叹！

凤凰山离城最近，在俯瞰城垣之势中，其"下有小阜如群鸟"。这些灌木丛生的小阜满天星似的俯首于山前，犹如青螺横呈于田野，极具灵秀之气。关于众阜，旧时在堪舆学中有不同说法，其一称这些小山如同小鸟，向山上的凤凰朝拜，俗称"百鸟朝凤"；其二是旧志言"众笋山，在凤凰山下，群阜林立"，俗称"十八罗汉"；其三是说该山"前有小山群，层叠拖下土桥田坝，堪舆家名之为'大将点兵'"；其四说这些小阜如"群猪下放"。不论何种说法，都有吉祥意蕴深含其中，系善愿之体现。

凤凰山"山腰系义冢地"。冢地为乡人提供着方便，故孝义之风盛行。建厅以来，元宵之日彰显水城灯节炽烈之际，凤凰山与崇文山两处灯火最为旺盛，隐约如不夜城一般；然于凤凰山而言，上灯之众黄昏之前找不到祖茔所在，送灯就如同虚行。山中可悲可叹者为桂天相之坟茔，其生前系"水城三美"之一，以书法著称于世，"于古人法帖，王、颜、欧、柳，无不默会其神，故楷行各书俱臻绝妙"。道光十年参加府试，尽管"文章平平"，却因"字盖五属"而被录为贡生，其手迹有旧时贵阳大十字附近之"大道观"，据说这三个字可与严寅亮题写的"颐和园"相媲美；水城武庙匾额"一部春秋"、万寿宫之"功收一柱"、城隍庙沙门头之"城隍庙"、禹王宫正殿左间"必恭敬此"、八家寨"石龙潭"等系其所书，故"城乡及邻邑绅富，争求屏联，应接不暇"，"见者莫不啧啧称羡而深惜其为地所限，不得大用于世"。作为清末水城文化的代表人物之一，其生后却因穷愁潦倒，落得草埋山冈之结局，"宁为百夫长，胜作一书生"，可谓道出了古来多少落魄文人的悲惨遭遇！幸得民国时期，乡人廖禄熏感叹名士"结果如斯"，带头捐献银两为其修整坟墓，立碑镌铭，让后来者有可凭吊之迹，实乃功莫大焉。

古来文化皆以文人而传承，功名利禄无非过眼云烟。当其之际，天地竟容纳不下一个文士，时也？命也？

嗟乎！

麒麟山记

旧志云：故城之北附城大山"土色如朱砂，与凤凰山对峙"，"横亘里许，头角峥嵘，背脊耸而长，尻稍低，对面审视，宛然麟也"。山因形而名，麒麟山由此而来。麒麟山又名玉书山，系从"麒麟吐玉书"之典故所化。在过往历史岁月中，山下"草盖瓦"一带曾经是大定府营讯所在地，旧时言及水城地形的风水诗句"麟吐玉户武将台"对此做了高度概括。

麒麟乃吉祥之物，以此命名的麒麟山同样充满灵性。曾几何时，是处叶茂林深，溪水鸣琴，高人韵士常聚于此，纵目览物中，小城如荷叶般浮于水泊之中，令人流连忘返。

山麓有珍珠泉，井口方正，不论晴雨，均可见气泡如鱼吞吐，从地底直蹿水面，偶尔还会传出轻微声响；泉眼周围，细沙在水草里漫游，忽起忽落，让人在悠然冥想中若有所悟。此井泉水清洌甘甜，乡人喜汲之；每逢朝山或览游，均不忘随身携带，为囊中之物。山上有洞穴，狭长幽深，岩浆之水从顶滴入池中，其音空渺，恍若隔世；池露四季不溢，意韵悠长。惜今玉液无踪，林毁藤亡，兽走他方，徒留空叹。

灵山存善念。

自开山以来，麒麟山香火旺盛，成为荷城胜景中烟霞之地。从山下到峰顶，此山原依次建有龙王庙、上帝庙、观音庙、玉皇阁等佛寺道观。龙王、灵官神、南海观音、玉皇大帝、三丰祖师、临济祖师像在这些寺观中被善男信女供奉着，客厅、戏楼、僧舍于林中隐现。木鱼声起愈显山之幽静，梵唱香烟更显菩萨心肠。时逢每年三月上巳日庙会、五月十五"雨戏"祈雨、六月十九观音会，麒麟山下摆满了卖香蜡纸烛的货摊，蜂拥的人流潮水般喧嚣，麒麟山成了是时小城香火最旺的庙会地之一，飘浮的香烟连通天宇，展现出天地人之间和谐的场景。

山间寺观形态各异，大殿、僧舍门窗或雕花，或走马转阁，或呈宝塔状。光绪二年（1876）水城岁贡肖绍庭倡建于麒麟山腰的上帝庙，占地四亩，进门有三层六角形灵官楼一座，通顶约五丈，铜瓦鳌檐。楼底是后面大殿通道，二层塑有灵官神像，三层是"三佛殿"，整个阁楼各层均有回廊；观音庙殿前的却是栏杆走廊；玉皇阁楼高三层，高约五丈，因依山设计，形似宝塔，层楼翘角随风作响，雕梁画栋，光彩照人。

"以儒致身，以道养生，以释安心。"是山以其清幽的环境和观赏上的地理优势引来了文人雅士，各种匾额悬浮山门，成为寺观和旧城文化财富。龙王庙神像顶端悬有"常施甘露"，上帝庙之灵官楼二层檐匾为"威镇麟郊"，其后"大雄宝殿"客厅悬有赵希岳手书的"山雨欲来风满楼"横匾，玉皇阁山门书有"威震华夷"匾额一块。这些文人手迹像淡蓝广宇中空悬的明月，佛光似的普照着乡人的心灵，清澄了他们的意念。

"南朝四百八十寺，多少楼台烟雨中。"

古往今来，山川巨变无法更改，寺观兴废亦不可避免。麒麟山寺观由于各种原因，或拆或废，触目一片荒芜；欣逢盛世之季，山间乱石间绿意泛起，坍圮旧址之上，红墙绿瓦再显。昔日场坝人氏熊天祖口诵经文，手敲木鱼得道自焚之峰巅，亦遇佛缘，真乃"人事有代谢，往来成古今"，是为天从人愿，故以为记。

笔架山记

地处水钢的笔架山公园，现在已成一个地标，它与水城文笔山有着不可分割的联系。

与每一个地方的文庙、文昌阁、魁阁等祈求、倡导文化发展、繁衍的建筑设施一样，文笔峰和笔架山作为地方文化风水映衬物，在一定程度上承载了地方官吏和百姓的良好愿望。在古代风水先生的眼里，一座城市有没有后靠秀山，有没有主出文明人才的文笔峰，成了当地科甲灵源的风向标。因为，他们从朴素的考察和总结中发现：大凡山清水秀之地，往往人才兴旺；高而尖的秀峰附近，多出文采飘逸之士。

旧志云：水城文笔峰"在城北二里许""孤峰突起，秀颖异常""自城上望之，独耸峙超群"。清人赵某在《荷城八景回文诗》中称其为"文笔插空"，并吟咏道：

> 橡如大笔彩云咸，草篆虫书隐古巉。
> 天地有灵钟北岭，蕙兰多秀毓西岩。
> 前峰挂榜开金字，远岫提空寄石函。
> 田若砚方三亩巨，仙神待执手掺掺。

而乡人李天极在其《荷城赋》中却云："文笔插天，漫写凌云之志。"很显然，"文笔插空"和"文笔插天"尽管表述有异，可指向完全相同。

文笔峰高耸群山山脊之上，其南面山脉、水脉、人脉汇聚点系厅城所在。在小城南北群山对峙的地理格局中，凤山逶迤其南，麟山扼守其北。于麟山之侧的文笔峰上俯视"两山"之间的原野，坝中小山或断或续，或向或背，或若灵兽而蹲，或似青螺而贴；碧波荡漾里，村庄农舍或在微雨浸润、烟雨迷蒙中，或在腾云涌雾、密雨散丝里，或在平畴五彩、斑斓夺目下，或在林木裸立、雪原如歌后，饱含水墨画般的灵动和意韵把小城装扮得如诗如梦，也给人带来了崇文尚风的绵绵意趣……

"三峰近列砚池头，光照文房烂不收。"

笔架是中国古代文房四宝中与笔关联的一个部分，自古被置于书房案头之上。"三峰秀立,中尤峻"的故园笔架山位于文笔峰西北二里许,两山之间旧时有小河清澈见底,蜿蜒如碧墨流淌;沿河两岸,山孕水,水映山,林草苍翠欲滴。自此,笔、墨、架相得益彰地融为一体,让人文思如潮、情思四溢时不由想起"列层岫峦皆几案,行云流水尽文章"的锦绣诗章。

在我记忆中,笔架山铭刻于心源于20世纪70年代中叶的那次雷击。那时,老宅在菜园子,宅后有一棵粗壮桃树,每逢桃花盛开或桃熟时,我都喜欢爬到树上撷取花枝或果实。那些年代,地上到处是低矮的长三间茅屋或瓦房;视野开阔,坐在树上朝西北望就能看到文笔峰和笔架山。具体年月记不清楚了,只记得一个夏日午后,天上突然乌云弥漫,雷声轰鸣,闪电无数次刺破长空;站在打谷场边屋檐下躲雨,我们随即看到在闪电引导下,惊雷击砸在荒蛮的笔架山山腰上部,继而冒出了一阵阵青烟,让人仿佛嗅到了焦煳气味。第二天,街上盛传笔架山左面的那个山头上,雷打死了一条手膀粗、头上长着冠子的墨红色大蟒。接下来的几天里,天气乍暖还寒,闷热中前去看热闹的人在山脊上呈一条线流动,像端午节"游百病"似的。我没有到现场去凑热闹,所以也不知道那条蟒究竟是什么样子,听去看过的可信之人回来说:蟒有2米多长,黄绿色,没有冠子。20世纪80年代以后,笔架山被开发成公园,成为人们休闲时的好去处,也在约定俗成中成为一个地名。

凉都逸闻趣事五题

☆ 马永超

蒋元清雨夜救母

蒋元清是水城城东（今钟山区荷城街道）场坝人，父亲已去世，妻子江氏，二人育有两个儿子。元清精心服侍母亲，关心爱护妻儿。他对母亲尽孝的事闻名乡里。

清道光二十七年（1847）夏季的一天，水城大雨下了一天一夜。夜半时分，位于场坝后山的洗马潭决口，山洪顿时汹涌而下，很快冲至场坝居民居住区。居民所居住房多为木房，因受大水和泥石冲撞，纷纷坍塌。先前，元清并未合眼，而是立于房中观察雨情，不时到母亲屋前来回探视，心情焦躁不安，难以言表。

忽然洪水骤至，元清大喊一声"不好"，几步冲进母亲房内，背起母亲快速向外出逃，妻子及两个儿子并未来得及召唤。元清背着母亲到街上时，但见大水裹挟着泥石树木横冲直撞，街巷早已被堵塞无路可走。此时，大雨如倾盆泻下，山洪似龙虎咆哮。元清大喊道："天呐，吾母亲咋办呀？"见此情景，母亲早已吓得昏死过去，醒来后忙向元清说道："儿啊，妈是年老将走之人，放下我你逃命去吧！"元清听了母亲的话后，眼泪涌出，连同雨水顺着脸颊流淌下来。他斩钉截铁地对母亲说："妈，我丢不下您，要活我们母子一起活，要死我们母子一起死！"元清紧了紧反扣母亲的双手，艰难地又向前跋涉。

这时，又一拨洪水倾泻而下，元清母子很快被淹没在洪水之中。

第二天，洪水逐渐消退。街上的邻居们淘沙救人，终于挖出母子二人的遗体。但见元清两手反握负其母，牢不可解，面如生，仿佛还活着一般。见此情景，在场的人都禁不住地哭泣。

有人连忙将此事上报至水城厅通判倪应谦。倪应谦亲自到现场查看，禁不住也落下心酸的泪水。他近前向元清母子说了些安慰祝词之类的话后，人们这才顺利将母子二人的遗体解开。

倪应谦详细调查了元清救母的经过后，写成文稿呈报大定府知府黄宅中。黄宅中阅后感叹道："蒋元清人纪克敦，天伦永笃。每念亲恩罔极，能善事生前；何期变出非常，遂相依于地下。慈衷应慰，大义无方。既舆论之交推，自标题之必极。"为此，黄宅中题写"纯孝非愚"四字匾额赠送，以彰显元清孝行，并安排当地官府在场坝街侧立石碑一块，将元清救母事迹记录在碑上，向世人介绍他的孝行。

有感于元清救母之事，黄宅中还作了《蒋孝子行》诗一首："蒋孝子，殉母死。吁嗟，孝子胡为死？负母求生竟死矣。水城丁未夏大水，罹其患者沟壑委。元清其名蒋其氏，仓皇负母跳波起。阳侯厄之怒不已，水吼蛟鼋命蝼蚁。母手抱儿儿背倚，儿背如舟浪中驶。母兮勿怖儿在此，儿今与母同死耳。我闻尔死心骨悲，尔溺莫援守土耻。司马作诗为尔纪，怜而葬之表厥里。古有曹娥称孝女，蒋家男儿今并美。"

事发当晚，元清妻儿侥幸逃脱。其妻江氏时年仅25岁，矢志守节未再嫁，辛苦抚育儿子开荣、开华成长。开荣、开华皆有志读书，并都成为知书达礼之人。清咸丰、同治年间，水城苗民起义，虽是抗暴斗争，也祸及大量无辜群众。元清妻及儿子为避祸从场坝逃至猴场（今威宁县猴场镇）。清同治五年（1866）五月五日，义军攻陷猴场，江氏投以勒河（今山岔河）而亡，开荣、开华见母亲投河，亦随母亲投河而死。

中华人民共和国成立前，为了彰显蒋元清孝行，水城县还在县城之东建"孝义乡"。

梁国卿见利思义

梁国卿是水城当地人。因为他比较勇敢又身强力壮，所以被任命为地方武装部队中的队长。

清雍正二年（1724），在柞子厂务工的吴二病了，于是返家治疗。走至梁国卿家门口时见天色已晚，便请求投宿。因家里狭窄，梁国卿不便安顿吴二休息，便到寺庙借庙庑为吴宿。吴二因病不见好转，起身行走不便，干脆就在庙里住下来。梁国卿每天从家中带饭食供吴二食用。

数日后吴二病稍愈，勉强起程往家赶，不小心把带在身上的钱物共白银十两遗失庙内。梁国卿前来收拾吴二饮食的餐具时看见，担心地说道："吴二生病，银子又被丢失在庙内，这一去必凶多吉少。"于是，梁国卿坐下来等待吴二，希望吴二回来取走银子。果然不久后，吴二哭着返回寻找银子。吴国卿将白银全部交与吴二。吴二感恩不尽，连连点头向梁国卿称谢。吴国卿说了些安慰吴二的话，叮嘱他小心行路，送其上路后才回家。

清乾隆十五年（1750），有一个叫邓学林的贡生了解到此事，便转呈大定府知府王允浩。后来大定府在编纂《大定府志》的时候，知府王允浩令将此事记入，并且还将梁国卿拾金不昧的事记入忠义孝友祠，令邓学林作诗赞美梁国卿的德行，希望这种拾金不昧的良好风气在世间流传。邓学林所作诗内容如下：

天生白镪，人所同嗜。熙熙攘攘，无非图利。败节隳名，廉耻皆弃。谁是梁子，见利思义。猗欤梁子，未解书契。无机自然，真实无伪。斯心不昧，见称义士。

萧则孝千里寻父

萧则孝是水城城东以朵（今水城区以朵街道）人。父亲萧兴源在当地兵营当兵，清康熙中期奉调出征广西，后又到襄阳驻防，退役后准备回乡。但想起自己的祖籍是江西，襄阳离江西不远，于是打消回家念头，决定到江西寻根问祖。行前他写书信请和自己一同当兵的吴二顺带回家中告诉妻儿，言明到江西一游，但不定归家的日期。

萧则孝与母亲蒋氏得此信息，担心其安危，暗暗地哭泣多次。果然，此后萧兴源音信全无。

萧则孝全靠母亲抚养，母亲还让他到学校读书，学习文化知识。在学校，老师讲"尧舜之道，孝弟而已"的道理时，触动则孝心事，他喟然长叹道："我的名字叫则孝，至今父亲在外漂泊，如果我不去寻找他，岂不是背负了不孝的罪名吗？"于是，他哭着告别老师和母亲，整理好行装，踏上千里寻父之路。

到了鄂（今湖北省）地界内，则孝因长途跋涉，体力消耗较大，加之水土不服，终至虚弱患病，躺倒路旁不起。屋漏偏遭连夜雨，一伙盗贼从则孝身旁经过时，把他身上的钱财全数盗走，未留下一分一毫。

萧则孝身无分文，寸步难行，但是，想起远在江西的父亲，他又振作起精神，迈开双腿，一步一步往前走。他到当地官府寻求帮助，一个叫萧芳的江西人在当地官府中供职，知道则孝寻父的事后，颇为感动，决定帮助他了却寻父的心愿。

经过六年时间的找寻，在萧芳的带领下，萧则孝在江西吉水终于见到多年未见到的父亲。父子俩相拥而泣，欢喜异常。儿子的到来，让父亲萧兴源百感交集，又喜又忧。喜的是在他乡见到了自己的亲生骨肉；忧的是面对儿子，他有难言之隐。原来，萧兴源到了吉水后，已与当地一姓樊的女子另成了家。是回老家与前妻团聚，还是继续留在吉水新建的家庭？父亲萧兴源面临两难的抉择。

这时，萧则孝反而安慰父亲不要多虑。见父亲还活在人世间，他已感欣慰和满足，并愿意在吉水服侍父亲。萧兴源感叹不已，高兴地收拾房间安排则孝住下。

萧则孝在吉水相伴父亲生活了一年多的时间后，父亲因病不幸去世。此时，萧则孝只身一人，家乡路途遥远，远在千里外的亲戚朋友并不能帮助他处理父亲的后事。萧则孝悲痛不已，但他还是强打起精神，化悲痛为力量，按当地风俗将父亲收敛入葬，然后急急忙忙地返回了家乡。

回到家后，萧则孝又服侍母亲数年，直到母亲去世。

清乾隆六年（1741），江南宣城（今安徽省宣城）人詹彬接任水城厅通判。詹任内在地方劝农兴学，关心爱护百姓，他访知萧则孝千里寻父的故事后，写下"孝思维则"的匾额赠送，以彰显萧则孝的孝行。

萧则孝后来子孙满堂，人们说这是因为他行孝道的缘故。后来，官府将他行孝的故事记录到地方志书中，以此教化后人。

陆绍洪替兄出征

陆绍洪，字子宽，德坞街人（今钟山区德坞街道老街人）。平时居乡，好施济，恤孤贫，睦相邻，善结友，尽孝道。清咸丰末年，水城苗民起义，战乱不断，绍洪助其兄陆东山经理团务，井井有条。后苗民义军逼近德坞，乡民闻风惊窜，迁徙游离。绍洪见状甚忧，与其兄极力劝止，对乡民晓以利害：合众人之力，可以保众人且力量有余，仅凭一家之力顾自己一家，力量必然不足。于是首捐百余金，在街后天马山修筑营盘，置器械、屯粮草、收罗聚集逃亡乡民，一方面进行军事防御，一方面进行农事耕作。

咸丰十一年（1861）九月，苗民义军突至阿大河（今钟山区月照乡扒瓦大桥处），水城厅通判鲁祖康命陆东山带团练堵剿。当时陆东山恰丧妻，不便前往，陆绍洪毅然请行，代兄出征。

陆绍洪率团练数百，自备粮草前往，与土目安耀祖分扎扒瓦，数次与苗民义军交战均获胜。十月二十三日清晨，大股苗民义军直扑安营，安耀祖踞扒瓦桥迎战，陆绍洪即率队助战。突然苗民义军大部队从对岸赶来，陆、安分头接战，但众寡悬殊，又无援军，陆、安二人均身负重伤，战至力竭阵亡。时陆绍洪的长子观扬在军中，遂收捡陆的尸体抬至厅城。通判鲁祖康亲临哭奠，赠以额联，其额曰："义高桑梓。"其联曰："代乃兄，备战沙场，为忠臣兼为悌弟；偕良友，身捐桥畔，是义士亦是奇男。"鲁报奏清廷，清廷对陆予以奖恤，并将其名列入昭忠祠供祭祀。事隔28年后，陆绍洪族裔筹资为陆绍洪竖碑一块，撰文镌刻于碑，以彰其义举。

徐小果扶犁躬耕

徐小果是水城双水（今水城区双水街道）安家寨小营上的一名妇女，生于清光绪二十二年（1896），17岁时嫁到白腻滥坝（今水城区观音山街道）水营头马家为媳。夫家本为当地老住户，早年颇有些田产。由于当时社会动乱不堪，生活艰难，这些田产多被地主土豪强占，或被抵押调换成粮食维持生计。小果嫁过去时，夫家仅有破草房三间，"几升种"的少许田地，勉强维持生活。

小果在夫家一连生下近十个女孩和一个男孩。由于当时缺医少药，这些孩子大多生下不久就夭折了。到最后，小果身边仅有三个女孩和一个男孩存活下来。由于连续不间断地生产，她的身体被拖垮，身体素质很差。更不幸的是，就在她30岁那年，丈夫在外出做生意的途中遭遇土匪抢劫，从马背上跌下受伤，抬回家中即不治身亡，留下年迈的公婆和四个年幼的孩子。更难为她的是，家中缺乏壮男劳力，田地耕种成为一大问题，这让小果不知所措。

那时，小果家里饲养了一头水牛，于是她将牛借给别人使用，以此为条件换别人来帮自己耕种。但是，牛被别人借走后，并没有得到珍惜。别人总是对牛过度使役，直到水牛累得拉血不能使役后才还给小果。小果栽种庄稼的事多被耽误。

生活的重压和残酷的现实迫使小果不得不亲自扶犁躬耕，完成耕种自家田地的重任。她扛着犁头，牵着水牛走进田地，以柔弱之身使役着一头倔强的水牛。水牛往往欺生，开初要么赖着不向前走，要么猛拉犁头向前狂奔而去。犁头被拉断了，小果重新买来套上，手被磨破了，小果将苦蒿挤碎包在手上。为此，小果跑到丈夫的坟前伤心地哭过好多回。

也不知拉断了多少张犁头，手被磨出多少血泡，蛮横的水牛似乎听话了，温驯而又卖力地听从小果使唤，帮着小果完成了一年又一年的耕种。

小果扶犁躬耕种地的事传遍了乡间。当人们见她在田地里耕耘时，都发出啧啧的赞许声，有的是赞扬她勤劳而又非凡的行为，更多的是对她产生了怜悯之情。由于过度劳累，小果四十多岁时腰就直不起来了。其间，小果还要抚养子女长大成人。她把儿子送到私塾学习文化知识，精心服侍公婆直到为其送终。

1950年水城解放，人民政府组织群众清匪反霸。小果的儿子胜光时年19岁，积极参加到清匪反霸和土地改革中，成为一名青年积极分子。由于当时政府缺乏干部，胜光被吸收到一个区里工作。胜光能说会写又善于办事，很快成为一名优秀的区乡干部，22岁那年当上了乡长。当了国家干部，胜光从此不再务农，家中的土地也顾不上管理了，种地的重担还是落在母亲小果的身上。小果还是像往常一样，吆喝着牛在田地里耕耘。人们看见她耕田犁地，都会用崇敬的口吻对她说："您虽然苦点、累点，但苦得值得，您的儿子以后不用再种地了。"每当听到这话，小果内心感到非常欣慰。后来，儿子成了家，小果陆续有了三个孙子。

中华人民共和国成立初期，百废待兴。胜光被调往一个离家比较远的区里任区委书记，几个月都难得回来一次。小果不但要继续耕种好自家的土地，还要帮助儿媳照看年幼的孩子。正是因为有小果的辛苦照料，胜光才得以在外安心工作。

天有不测风云，人有旦夕祸福，不幸再次降临，儿媳因久病不治离开人世。孙子年幼，儿子在外工作不能回来，已渐年老的小果不得不继续扶犁躬耕。这时的小果，不但腰被累弯了，头发也早早地全变白了，为了这个家，她几乎耗尽了全身的精力。

再后来，胜光又娶了妻生了孩子，家中的负担更重了。胜光工作忙不能回家，小果催促儿媳前去看望，叮嘱他安心工作，没有一点怪罪儿子的想法。她用麻布口袋装了炒好的苞谷花背在身上，赶着牛到地里犁地，累了饿了就抓上几把苞谷花充饥。那个时候，区乡干部的工资很低，胜光的工资被分成三部分使用，一部分给了前妻的孩子作为在外读书的费用，一部分留给自己用作伙食费，最后一部分用作家中的开销。仅靠胜光这点微薄的收入显然养活不了一家人，正是因为有小果辛勤的劳动，一家人才没有饿着冻着。

胜光回家时，总要扯上些棉布给母亲做衣服穿，小果把布藏在箱底留给孙子们，自己仍穿着用麻线纺的粗布衣裳，吃着粗糙的饭食。

小果老了，她累弯的腰几乎呈90度直角。跟着她耕耘多年的水牛也老了，头上的牛角长长地交叉在一起，再也使不出劲了。1964年5月的一天，小果因劳累过度，又疾病加身，离开了人世。人们再也看不到她和水牛在田地里耕耘的身影。

当人们准备把小果的遗体装进棺木时，由于身体极度弯曲，居然不能入棺。装棺的人左右为难，有一胆大且有体力的人，站在棺盖上用力踩踏，才将小果尸身硬挤进棺内，使其得以入土安葬。

后来胜光也因病去世。小果共有10个孙子孙女，虽为两个母亲所生，但却如同一母所出，彼此非常团结友爱，对后来的母亲也都争先孝敬服侍，在乡里传为佳话，乡邻多以其为楷模。小果的孙子孙女大多参加革命工作，有感于祖母艰辛的一生，他们为小果勒石立碑，并将小果的一生写成文字镌刻在石碑上，以此表达对祖母的崇敬之情。

小果的坟墓在今水城区尖山街道尖山村何家麻窝。每当有人经过小果的坟前，都会停下脚步，吟诵石碑上的文字：

驾鹤登西境，瑶池奏仙音。祖母德高望重，流誉动乡邻。少小秉承闺训，三十居孀贞守，作楷示裔行，渍麻亲纺布，掌犁自躬耕。携弱女，扶幼子，呕心血，熬度人间风雨，一世历艰辛。又抚遗孙成长，用尽天伦慈爱，寸草识春晖。难报恩如海，立碑永记铭。

人们将小果勤劳奋斗的故事相互传述，以此激励后人。

水城民间逸闻逸事四题

☆ 符　号

说话的艺术

说话要讲究一定的艺术，相同的内容，场合、对象、方式不同，均会产生不同的说话效果。在水城民间曾经流传着这样一个故事，明末清初，有一家三弟兄，因父母早亡，加之极为贫寒，三弟兄只好相依为命，靠开垦一些生地，种些苞谷、洋芋、荞子等作物度日。三兄弟住的是土墙茅草屋，吃的是酸汤苞谷饭，睡的是苞谷草垫的床铺，生活艰苦，日子艰难。

秋末冬初的一天，三兄弟像往常一样，一早起来用一个土砂罐热了一罐酸菜豆汤苞谷饭提到山坡上，并用麻绳拴好，挂在一棵杜鹃花的枝丫上后，开始开垦生地。

三兄弟扛的扛锄头，提的提薅刀，拿的拿钉耙，开始劳动。迎着初冬白晃晃的阳光，三兄弟极为卖力，极为专注，个个累得满头大汗。他们饥肠辘辘，准备休息吃晌午。这时，有几只黑山羊前脚搭在挂着砂罐的杜鹃花的枝丫上，吃着杜鹃花的树叶。三兄弟看到这一幕，慌了神，纷纷向砂罐奔去，大声发出驱赶黑山羊的"喂哦——喂哦——喂哦"声。

在三兄弟的驱赶下，黑山羊慌不择路，撞翻了砂罐，瞬间，砂罐掉在地上破成几片，苞谷饭撒了一地。三兄弟在一片谩骂、责怪、怨声载道中，面对着面围着撒了一地的苞谷饭蹲下。汤水已经渗进泥土，地面上只剩下凌乱的豆米、酸菜和苞谷饭。三弟兄伸出双手，用三个手指头将地上的豆米、酸菜抓起来，用五个手指头将其放进嘴里。三弟兄吃完后，认为当下艰苦的日子难以维持，便决定各奔东西，自谋出路。

若干年后，三兄弟中的大哥在县衙当上了官，二兄弟和幺兄弟在外奔波了几年后，仍旧回到破烂不堪的家中，还是靠种一些苞谷、洋芋、荞子度日，生活极为贫寒辛苦。二兄弟和幺兄弟得知大哥在朝廷当官的消息后，一天，二兄弟对幺兄弟说："明天我准备去找大哥，请大哥帮忙找点事做。"第二天，二兄弟就出门了，历经十多天，终于来到了县衙。

二兄弟向看管大门的衙役说明了来意，衙役禀报当官的大哥说："外面来了一个人，说是您兄弟，要来见您。"当官的大哥对衙役说："让他进来！"

衙役匆匆赶到门外，很客气地对二兄弟说："请跟我来。"二兄弟跟着衙役走进大哥的办公室，衙役知趣退出，大哥的办公室里除了他自己外，还有两名官吏。大哥看着穿着破烂的二兄弟，假装不认识，也没那么热情。大哥对二兄弟说："你说你是我的兄弟，你说说我们家之前的一些事，看看合不合？看我还有没有印象？"

听了大哥的话，二兄弟显得有点失望，但当着大哥和两名官吏，还是照实际情况说了。二兄弟说："之前我们家里很穷，住的是土墙茅草屋，吃的是酸汤苞谷饭，睡的是苞谷秆。有一次我们三弟兄在一起挖生地烧草皮灰时，几只黑山羊撞翻了挂在杜鹃花枝丫上的那一砂罐酸菜豆汤苞谷饭，我们只好用双手把地上的酸菜、豆子、苞谷饭抓起来吃……"

大哥觉得二兄弟当着自己和两名官吏说的话，丢尽了自己颜面，于是，极为不友好地对二兄弟说："你说的这些根本就是没有的事，你是不是认错人了？"大哥一边说，一边将二兄弟赶出了办公室。大哥走出办公室，对衙役说："他认错人了，我没有这样的兄弟。"二兄弟只好灰溜溜地离开了县衙。

又经过十多天跋山涉水的艰辛，二兄弟才回到破烂不堪的家中，他对幺兄弟说："兄弟，现在大哥当官了，不认我们了。我把之前我们家的贫困以及我们一起做过的事老打老实地说了，大哥说是没有的事，还说我认错人了。"幺兄弟对二兄弟说："也不怪大哥不认你，你老打老实地说，大哥肯定觉得丢了面子，他怎么能与你相认呢？你也太不会说话了。没关系，过两天我亲自去找他。"

幺兄弟出门之前，收拾打扮了一番，衣服洗得干干净净，穿得体体面面。幺兄弟走到县衙后，向衙役说明来意，衙役禀报当官的大哥说："外面来了一个人，说是您幺兄弟，要来见您。"当官的大哥对衙役说："让他进来！"

衙役匆匆赶到门外，很客气地对幺兄弟说："请跟我来。"幺兄弟跟随衙役走进大哥的办公室，衙役自行退出。大哥的办公室里仍然还有之前的那两名官吏。大哥看到面前这位干干净净、得得体体的幺兄弟后，心里暗暗高兴，也显出了几分热情，他对幺兄弟说："你说你是我的幺兄弟，那你说说我们家之前的一些事，我看看合不合？还有没有印象？"

幺兄弟很自豪地看着大哥说："大哥，要说起我们家之前的事，大事要事很多很多，三天三夜都说不完。今天，我就只向大哥说说当年分开之前我们一起做的一件大事，大哥应该不会忘记。"大哥迫不及待地对幺兄弟说："你快说！"

幺兄弟便把他们当年分开之前做的那件所谓的"大事"向大哥娓娓道来："大哥啊，当年我们三弟兄是'先开黄草坝，后烧瓦窑田。杨将军造反，打破罐洲城。我们拿住蔡元帅，逃脱汤大人，活捉窦将军，又抓住范大人。三个三个捉起来，五个五个送进城'。这件大事，大哥一定记得，真是好汉不提当年勇啊！大哥啊，我们家是'高粱秆夹壁头，您知我见；苞谷秆坝铺睡，大根大股的人户'啊！"幺兄弟话一说完，大哥就对幺兄弟说："兄弟，记得记得，怎么能忘记啊！想起当年我们三兄弟驰骋沙场，激情酣战，打得敌人落花流水闻风而逃的那个激烈场面，真是永世难忘啊！"

大哥听幺兄弟把他们的辛酸事经过艺术加工后很巧妙地说出来，还说得头头是道，很是高兴。最后两弟兄握手言欢，拥抱相认，大哥吩咐衙役拿来一套崭新的衣裤和鞋袜让幺兄弟换上，让幺兄弟焕然一新。

其实，幺兄弟所说的"先开黄草坝，后烧瓦窑田"，就是指开荒挖生地，烧草木灰；"杨将军造反，打破罐洲城"，是指那几只黑山羊打破了装酸汤苞谷饭的砂罐；"拿住蔡元帅"是指拿酸菜，"逃脱汤大人"是指酸菜豆子的汤水渗进泥土，"活捉窦将军"是指捉豆子，"抓住范大人"是指抓苞谷饭；"三个三个捉起来，五个五个送进城"，是指用三个手指头将酸菜、豆子、苞谷饭抓起来，再用五个手指头将其送进嘴里。

在这个故事中，二兄弟说话不分场合，不看对象，不讲究方式、方法，直来直去，是什么就说什么，加之穿着破烂，当着其他人的面，让大哥尴尬至极，颜面丢尽，自然招致大哥的不满。而幺兄弟说话分场合，看对象，讲究方式、方法，再加上幺兄弟穿着整洁干净得体，并将他们三兄弟发生的那不为人知的辛酸往事，经过艺术加工，既说得气势磅礴，文雅得体，又让大哥听出了言外之意、弦外之音、味外之旨，在体现他们三兄弟辉煌业绩的同时，又给大哥挣足了面子，大哥不认都不行啊！

愚人学见识

水城民间流传着这样一个愚人学见识的故事。据说，从前有一家人养了一个特别愚蠢的儿子，这里为了便于表述，就称其为"愚人"吧！愚人的父亲请媒人说亲，终于给儿子愚人说成了一门亲事。男女双方经过几次接触后，女方看出愚人特别愚蠢，便向媒人提出了退亲的想法。当媒人将女方退亲的想法给愚人的父亲说了以后，为了挽救这门亲事，愚人的父亲给了愚人十两银子，让愚人出门学学见识。

一天一大早，愚人带着十两银子即将出门，父亲千叮万嘱，让他遇到自己不知道的事，要多问问别人，并时刻牢记在心。愚人没有目的地，不辨方向地离开了家。

愚人漫无目的地走到一座独木桥边时，刚好遇到路人甲。愚人不知道独木桥是什么，指着独木桥问路人："你告诉我这是什么东西，我给你二两银子。"路人甲心想，这个人真是愚蠢到家了，连独木桥都不知道，告诉他还可得到二两银子，何乐而不为呢？于是，路人甲指着独木桥对愚人说："这个叫'双桥好过，独木难行'。"愚人一边念念有词，一边给了路人甲二两银子。随后，愚人走过独木桥，继续前行。

愚人走着走着，遇到路人乙，此时正好有一只野鸡从路旁的草丛扑棱棱飞向对面的山林。愚人指着野鸡对路人乙说："这是什么东西？你告诉我，我给你二两银子。"路人乙乐滋滋地对愚人说："这个叫'野鸡飞过林，经过多少人'。"愚人一边念念有词，一边给了路人乙二两银子。愚人告别路人乙后，继续前行。

愚人走到一块山坡地处，遇到放牛的路人丙，便停下来和路人丙说了几句话。没过两分钟，有一位穿着白色衣服的女子唱着山歌从山上慢慢走下来，愚人指着女子对路人丙说："那是什么东西？你告诉我，我给你二两银子。"路人丙极为鄙视地对愚人说："那个叫'白布绫罗好件衣，不知她是谁家妻'。"愚人一边念念有词，一边给了路人丙二两银子。愚人告别路人丙后，继续前行。

愚人走在路上，看见一群蚊子正在一堆马屎上爬来爬去，忽起忽落。愚人觉得好玩，蹲下看了半天。路人丁经过此地，停下来想看看愚人在看什么。这时，愚人指着面前的马屎和蚊子对路人丁说："这是什么东西？你告诉我，我给你二两银子。"路人丁觉得愚人真的很可笑，但想到那二两银子，便高兴地对愚人说："这叫'蚊子叮马屎，半起半不起'。"愚人一边念念有词，一边给了路人丙二两银子。愚人告别路人丙后，继续前行。

愚人走了三四个小时，不知不觉走到了他未婚妻家门口。愚人饥肠辘辘，想找一户人家吃顿饭。当然，愚人不知道这是他未婚妻家，但愚人未婚妻的家人是知道他的。女方父亲看见愚人来了，就对家里人说："你们快看看，那个大憨包（指傻子）来了。"他们以为愚人是专程前来商谈亲事的，就做饭招待愚人。他们商量，吃饭的时候有意为难愚人，看看愚人到底愚蠢到什么程度，好安排退亲的相关事宜。

饭菜准备就绪。开饭的时候，未婚妻的家人就只给了愚人一根筷子。愚人看着别人拈菜吃饭，自己只有一根筷子无法拈菜，便随口说出"双桥好过，独木难行"。愚人是把他在路上学到的第一个见识随口说了出来，当然他也不知道是什么意思，但愚人未婚妻家人的理解是：一根筷子不好吃饭，要一双筷子才行，于是就给愚人增添了一根筷子。

吃着吃着，愚人冷不丁地冒出一句"野鸡飞过林，经过多少人"。愚人只是随口说出了他学到的第二个见识，当然他也不知道是什么意思，但愚人未婚妻家人的理解是："听媒人说你们要退亲，都经过哪些人了？双方商量过没有？商量的结果怎么样？这些程序应该都还没有走，如何退亲啊？"

吃着吃着，愚人又冷不丁地冒出一句"白布绫罗好件衣，不知她是谁家妻"。愚人随口说出了他学到的第三个见识，当然他也不知道是什么意思，但愚人未婚妻家人的理解是："你女方家想退亲也没用，只要没有得到男方家的同意，你们姑娘就还是我的未婚妻！"

吃着吃着，愚人又冷不丁地冒出一句"蚊子叮马屎，半起半不起"。愚人随口说出了他学到的第四个见识，当然他也不知道是什么意思，但愚人未婚妻家人的理解是："这件事，依照男方家的意见，你女方家连门都没有，休想退亲。"

愚人用八两银子学到的四个见识，真是印证了"说者无心，听者有意"这句话！这令女方家人对愚人产生了三日不见，刮目相看的钦佩感。愚人未婚妻的家人在心里暗暗高兴，觉得很幸运，差点犯下了天大的错误，错失了打着灯笼也难找到的有才华、有见识的乘龙快婿。最终，愚人和未婚妻结婚并生育了儿女。

一晃几年过去了。有一年的农历六七月间，麦子成熟了，愚人的妻子用新麦子磨了面粉，并让愚人给孩子的外公送炒面去，但愚人实在太愚蠢了，竟然不认识自己的岳父大人。于是，妻子告诉他说，孩子的外公就是胡子长得长长的那个。愚人背着炒面出门了。走到途中，愚人遇见一只胡子长长的黑公山羊，就将炒面倒在一块平整的青石板上，吆喝黑公山羊来吃。因炒面干燥，黑公山羊吃的时候被呛着了，发出"咕——咕——咕"的响声，愚人对黑公山羊说："粗——粗——粗，还是你姑娘做的嘞！"

　　孔子在《论语·季氏篇》中说："生而知之者，上也；学而知之者，次也；困而学之，又其次也；困而不学，民斯为下矣。"意思是：生来就知道，不必经过学习的，是上等之人；经过学习后才知道的，是次等之人；遇到困惑疑难才去学习的，是又次一等之人；遇到困惑疑难仍不去学习的，是下等之人。按照孔子的说法，文中的愚人，可以说是遇到困惑疑难去学习却仍然不知道的，这种人应该算是下等之人中的下等人了吧。

三姨夫拜年

　　清末民国初期的水城南开民间，曾流传着一个三个姨夫相约同时去岳父岳母家拜年的故事。三个姨夫到岳父岳母家后，因大姨夫、二姨夫家庭条件好，生活富足，被作为上宾，受到岳父岳母一家人的热情款待；而三姨夫家境贫穷，生活条件差，岳父岳母一家看不起他，对他十分冷落。

　　晚上睡觉的时候，大姨夫、二姨夫被岳父一家安排在房圈屋即厢房的后屋床上睡，床上有崭新的铺盖笼帐，极为温暖；三姨夫却被岳父一家安排在堂屋里的一个角落里，床是用苞谷草铺的，苞谷草床上仅有一床又薄又脏的被子。大姨夫、二姨夫睡在暖和的床上，屋外虽然天寒地冻，大雪纷纷，但是他们很快就进入了甜美的梦乡；而睡在苞谷草上的三姨夫听着屋外呼啸的寒风，躺在冰冷如铁的苞谷草上，冷得瑟瑟发抖，翻来覆去怎么也睡不着，就这样一直折腾到半夜三更。

　　三姨夫家境虽然贫困，但他却很有智慧。冷得睡不着的三姨夫只好起来，就地取材，借着堂屋窗户映射的雪光，解下堂屋中石磨把手上的绳子，把石磨的上半扇抬起来，用绳子穿过磨眼捆牢实后，随手拣了一个背垫披挂在背上，转身背起了石磨，马不停蹄地在堂屋里转着圈。不知不觉两个小时过去了，背着上半扇石磨的三姨夫累得气喘吁吁，热得汗流浃背，满头腾起热气，这时已是拂晓。

三姨夫看天要亮了，就把石磨放好，解下绳子，并把绳子拴在石磨把手上，放下背垫，钻进苞谷草窝佯装睡觉。不到十分钟，堂屋门吱嘎一声开了，只听岳父自言自语："昨晚下了一夜的鹅毛大雪，这小子是不是被冻坏了？"三姨夫听到开门声和岳父的说话声后，看见岳父走进堂屋向他走来。三姨夫一骨碌从苞谷草窝上爬起来，扯着身上破烂衣裳的下摆对岳父说："你不要看我这件衣裳破烂，它可是一件火龙衣。你看，我睡在堂屋里的苞谷草上，穿着它，我都热得满头大汗，要是我睡房圈屋的床上，肯定热得受不了啊！"

见此情景，岳父不由得暗想，外面天寒地冻，大雪纷飞，原本这小子应该被冻坏了，真没想到这样一件破烂不堪的衣裳却是一件火龙衣，这火龙衣可真是一个宝贝啊！

三姨夫看出了岳父的心思，便对岳父说："若岳父喜欢这件火龙衣，我走的时候，您随便拿一件衣裳给我穿回家就行，这件火龙衣就留下给您老人家了，您看行不？"岳父喜滋滋地对三姨夫说："行行行，太好了！"

当天中午吃好午饭后，看着铺天盖地飘舞的雪花，大家一致认为是围猎野兔的好机会，便准备上山围猎野兔。上山之前，他们做了分工，三姨夫负责在山脚看野兔在什么地方，然后指挥大姨夫、二姨夫上山围猎。分工确定后，三姨夫就站在山脚下，大姨夫、二姨夫开始上山。

在山脚下的三姨夫从一处没有积雪的岩石缝里捉到一只蚂蚁，他将蚂蚁放在左手的掌心上，当蚂蚁爬到中指上时，就大声对大姨夫、二姨夫喊："野兔朝中间的那座山跑去了。"大姨夫、二姨夫听从三姨夫的指挥，就往中间的山上爬。当蚂蚁爬到中指的指尖时，三姨夫又大声对大姨夫、二姨夫喊："野兔跑到山顶上去了。"当大姨夫、二姨夫爬到山顶时，蚂蚁又从中指指尖往掌心爬，三姨夫就大声对大姨夫、二姨夫喊："野兔跑下山来了。"大姨夫、二姨夫又从山顶下来。

大姨夫、二姨夫下到半山腰，蚂蚁又爬到食指上，三姨夫又大声对大姨夫、二姨夫喊："野兔跑到左边的那座山上去了。"大姨夫、二姨夫还没到山脚，又向左边的那座山爬去。当蚂蚁爬到食指的指尖时，三姨夫又大声对大姨夫、二姨夫喊："野兔跑到山顶上去了。"大姨夫、二姨夫爬到山顶，三姨夫掌心中的蚂蚁从食指的指尖往掌心爬，三姨夫又大声对大姨夫、二姨夫喊：

"野兔跑下山来了。"大姨夫、二姨夫又从山顶下来……

就这样，蚂蚁爬来爬去，三姨夫就根据蚂蚁在手掌上爬的方向，三番五次地指挥大姨夫、二姨夫时而上山，时而下山，时而上左山，时而下左山，时而上右山，时而下右山……两三个小时后，三姨夫玩得轻松自在，大姨夫、二姨夫却在几座山间不停地上山下山，累得气喘吁吁，疲惫不堪。直到所谓的围猎野兔结束，大姨夫、二姨夫累得腰酸背痛不说，连野兔的踪影都没看到。

当晚，大姨夫、二姨夫依然睡在温暖的床铺上，因白天累得精疲力尽，自然是鼾声四起。三姨夫照样睡苞谷草床铺，自然还是通过背石磨发热御寒。天快亮时，大姨夫、二姨夫均起床到屋外的茅厕去解手。三姨夫也正想解手，于是趁大姨夫、二姨夫去解手的时机，钻到大姨夫、二姨夫睡觉的房圈屋里，掀开暖和的铺盖，快速地屙了一泡屎在床上，盖好后迅速溜回堂屋，若无其事地躺在冰冷的苞谷草床上。

待大姨夫、二姨夫回到房圈屋，掀开铺盖，正准备睡一个回笼觉时，看到床铺正中间有一泡屎，顿时，两人面面相觑，目瞪口呆，用怀疑的目光看着对方，不知如何是好，但都碍于面子，又不好相互指责。两人没那么多智慧，经过商量，认为只有把这泡屎吃了才能解决问题，要是这个事情传出去了，可就太丢人了。大姨夫稍微要比二姨夫聪明一些，就对二姨夫说："我先吃一半，剩下的由你负责吃完。"二姨夫说："好嘛，只有这样了，没有其他办法了。"

商量好谁先谁后后，大姨夫对二姨夫说："看好，我一口就能吃掉一半，剩下的就是你的了。"大姨夫说完话后，蓦地将头勾下去，快速地用下巴在那泡屎上弄下一个大窝窝，然后抬起头来对二姨夫说："你看，我已经吃了一半，剩下的一半交给你了。最后，没有办法的二姨夫只好乖乖地将那泡屎吃了个精光。就这个吃屎的小故事，民间还留下了一句"吃屎要吃头口"的俗话呢！这句俗话是指不论做什么事，都要先下手为强，先下手的人，就能占便宜。

一早，岳父岳母一家招呼三个女婿吃好早饭后，三人就同时起程各自回家了。就在三姨夫起程的时候，岳父时不时地盯着他那件破烂不堪的"火龙衣"。三姨夫是个聪明人，知道岳父的心思，于是慷慨地对岳父说："你找一件衣裳给我穿回家，我的这件火龙衣就送给你了。"三姨夫说毕，岳父连忙转身到房圈屋里拿出早已准备好的一件棉袄递给三姨夫。三姨夫脱下所谓的"火龙衣"，穿上棉袄，把"火龙衣"双手递给岳父，并对岳父说："像这样的大冬天，在家里的火边尽量不要穿，否则热得您受不了，最好是在飘鹅毛大雪的屋外穿。"

待三女婿走后没几分钟，岳父就把身上的新棉袄脱下来，穿着"火龙衣"到冰天雪地里去，想试试"火龙衣"的威力，结果肯定是冻得直打寒战。直到这时，他才明白自己上了三女婿的当。

高手在民间

这里给大家说的是流传于水城民间的两个斗智斗勇的逸闻趣事，这两个小故事，可以说纯粹玩的是文字游戏。关于这两个小故事，网络上有三五个不同的版本，但都不如我小时候听父亲说过的完善和有趣。这两个小故事，虽然距离我们已经有些久远了，但是即使是在当下，也还有它存在的意义和价值。现笔者根据父亲的口述，将其整理出来，以飨读者。

先说第一个逸闻趣事吧！传说从前有个船家在河边撑渡船，平时喜欢与过往的渡船人吟诗作乐。有一天，两名文武状元先后上了船，准备渡船过河。船家正欲起锚摆渡，忽然迎面传来一妇女"等等——等等"的叫喊声，船家循声望去，原来是一名挺着大肚子的极为漂亮的孕妇。船家和文武两状元见孕妇长得国色天香，遂起了嬉戏孕妇之心。

漂亮孕妇上船坐好后，船家对船上的三人说："我们来作诗，谁作得好，我就不收谁的船钱；若谁不会作或作得不好，就收谁的船钱。"文武两状元异口同声道："好，这有何难！"这孕妇不但有闭月羞花之貌，还有处事不惊、遇事不乱的品质，她假装面有难色，却早已成竹在胸，大有"兵来将挡，水来土掩"的沉着与冷静。

作诗之前，文状元提议说："我们三人谁作不出来诗，就让谁开船钱。所作的诗中必须用上'尖尖''圆圆''三'和'状元'这几个字。"说完，文状元率先吟出了自己所作的诗："笔头尖尖，砚台圆圆，连下三场，下笔如有神，考得文状元。黄帝赐祭祖，路遇一貂蝉。"文状元在亮出自己身份的同时，也赞美了孕妇的容貌。

武状元不甘示弱，也吟出了自己的诗："箭头尖尖，弓儿圆圆，连下三场，操场夺魁首，考得武状元。黄帝赐祭祖，哥哥结良缘。"俗话说："文官提笔安天下，武官提刀定太平。"可见文官还是大哥，武状元是在有意讨好文状元，开了文状元与漂亮孕妇的玩笑。

船家紧跟着武状元，颇为得意地吟出自己的诗："船头尖尖，船底圆圆，你俩我三个，文武两状元。另外那一个，是我家有贤。"船家把孕妇说成了他的贤内助，自认为占了孕妇极大的便宜而得意扬扬。

最后，孕妇不慌不忙地吟出了自己的诗："奶头尖尖，肚儿圆圆，一胎生三子，文武两状元。老三不成器，河边来撑船。老娘来过渡，还想收船钱？"船家和文武两状元意会到吃了漂亮孕妇的大亏，但也不好直接说出来，真是哑巴吃黄连——有苦说不出啊！

渡船靠岸后，孕妇一言不发，昂着头独自下船上岸，扬长而去；文武两状元也悄无声息地低着头上了岸，灰溜溜地离开了；只有船家一人蹲在轻轻摇晃的渡船上生闷气，一分钱未收到不说，反被睿智漂亮的孕妇奚落了一番。

第二个逸闻趣事是这样的：据传明末清初时候，有一名知府新上任，自然他的前任就卸任了。一天，一名官吏请新上任的知府和已卸任的知府喝酒，请另一名官吏作陪。酒过三巡，新上任的知府提出要行个酒令，联诗助兴。经四人商定：每人作一首诗，一个带"三点水"旁的字，去掉"三点水"旁之后，读音相同，再加上一个偏旁组成一个新字，最后，以这个新字收尾。不能联诗者罚酒三杯。

规矩商定后，自然是新上任的知府先吟。新上任的知府知道已卸任的知府在任期间为人高傲，自命不凡，打算通过吟诗挖苦讽刺他，于是新上任的知府微睨着已卸任的知府，以"溪"字曼声吟道："有水也读溪，无水也读奚。去掉溪边水，添个鸟字就是鸡（鷄）。入朝猫猫欢似虎，落毛凤凰不如鸡。"

已卸任的知府一听，不言而喻，新上任的知府是在以联诗为名挖苦讽刺自己，便以牙还牙地用"淇"字吟诵了一首诗："有水也读淇，无水也读其。去掉淇边水，添个欠字就是欺。龙游浅水遭虾戏，虎落平阳被犬欺。"

作陪的官吏见新上任的知府和已卸任的知府相互联诗伤害，面红耳赤地相互对视，心里有数，便谁也不想得罪地以"湘"字吟了一首诗："有水也读湘，无水也读相。去掉湘边水，添个雨字就是霜。各人自扫门前雪，休管他人瓦上霜。"

请客的官吏为缓解气氛，让两名知府冰释前嫌，便以"清"字吟道："有水也读清，无水也读青。去掉清边水，添个心字就是情。不看金面看佛面，不看人情看酒情！"请客的官吏吟罢，四人心领神会，相视而笑，顿时尴尬全无，开怀畅饮，一醉方休。

"良言一句三冬暖，恶语伤人六月寒。"这是出自《增广贤文》中的一句话，意思是我们要学会用"爱语"结善缘。很多时候，一句同情理解的话，就能给人很大安慰，给人增添勇气，即使处于寒冷的冬季也会让人感到温暖；而一句不合时宜的话，就如一把利剑，会刺伤人们脆弱的心灵，即使在夏季六月，也让人感到阵阵严寒。

奉劝诸君，多说一些暖人心的好话，少说甚至不说伤人心的坏话。在别人困难的情况下，一句善意的话能够给人鼓励、力量和信心；一句恶意的话，会让人伤心，失去勇气和力量，让人心寒。

水城民间小调集萃

☆符 号

20世纪80年代前,水城民间广泛流传着《赌钱歌》《放羊歌》《瞧郎歌》《祝英台》等三十余种民间小调。那时,在水城一带的乡间,这些小调极为盛行,广受人们青睐。可以说,上到七八十岁的老人,下到五六岁的孩子,基本都会唱各种民间小调。直到现在,笔者都还会唱《祝英台》《瞧郎歌》等。

这些小调究竟在水城传承了多少年,没有一个人能够说得清楚。据笔者父母说,这些民间小调是当地村民办红白喜事或逢年过节、农闲时节不可或缺的一个重要内容。不论是红白喜事,还是春节、元宵节、端午节等节日及农闲时节,乡民们都会三五成群地聚集在一起,围着火炉,点着煤油灯,放声歌唱。其中有一些小调,还与二胡、笛子、铙钹、锣鼓等乐器相互辅助;有一些曲目,还需要配合肢体语言,边拉边弹,边唱边跳,气氛热烈,场景感人。

但从20世纪80年代中期起,特别是21世纪初,随着社会的发展和进步,电视机、录音机及手机、电脑进入平常百姓家,年轻人大多外出求学或打工,留在家中的年轻人少,且大多选择看电视、玩电脑、玩手机,随会唱且唱得好小调的老人相继离世,目前在广大乡间,只有极少数人会哼一些简单的调子,且内容已经记不全了。现今,会唱这些民间小调的老年人寥寥无几,唱得好的年轻人更是凤毛麟角,更年轻的一代几乎没有人会唱了。

这些民间小调有的已经失传,有的濒临失传。这几年,笔者一直在关注和搜集这些濒临失传的水城民间小调。不论是脱贫攻坚驻村轮战,还是到乡村遇到红白喜事,笔者均会向当地的老年人了解《赌钱歌》《放羊歌》《瞧郎歌》《祝英台》《出兵歌》等水城民间小调,也多次与父母探讨过。仔细想想,这些小调很有意思,它们描述了20世纪水城农村的爱情、生产生活等现象,属于水城农村的原生态文化,不能让它消失。

在物质生活相对富裕的今天，人们开始怀念20世纪80年代村民们经常聚集一堂欢唱民间小调的岁月。这些民间小调以现实手法反映农民的悲喜情仇，具有一定的社会现实教育意义。通过走访了解，笔者搜集整理出流传于水城民间的《赌钱歌》《放羊歌》《瞧郎歌》《祝英台》《出兵歌》等小调。这些小调所要表达的意思基本一致，但因其是在民间流传，没有一个固定模板，同一个小调在词句上有所不同，有的是词语不同，有的是语句的顺序不同，有的是句子的多少不同，还有的是内容不一致等。对此，笔者在搜集过程中，反复比较，选择最接地气、最合情合理合、乎逻辑的版本进行整理。整理出来后，笔者又多次与父母讨论有关词句、句读及顺序等，通过上下文之间的联系，查字典、词典，在合乎逻辑和情理的基础上，字斟句酌，做了进一步完善。笔者搜集整理并完善的这三十几首水城民间小调，应该是比较客观实际的，但肯定还存在不足之处，在此，权当抛砖引玉，敬望能读到此文的读者诸君多多批评斧正，再进一步完善，便于传承。

赌钱歌

正月里，是新年，亲朋约我去赌钱。一碗赢得三五吊，雇个脚子去挑钱。
二月里，菜花黄，爹娘骂儿不在行。百般生意你不做，一心学个赌钱郎。
三月里，是清明，赌钱郎儿去上坟。香蜡搁在坟头上，坟头脚下赌一场。
四月里，栽早秧，赌钱郎儿秒老荒。牛儿拴在田坎上，田坎脚下赌一场。
五月里，是端午，妻子劝郎少要赌。郎在外面飘游浪，妻在家中多受苦。
六月里，热茫茫，赌钱郎儿睡凉床。半夜听到骰子响，翻身不见赌钱郎。
七月里，七月七，赌钱郎儿无饭吃。早曦不得逗鸡米，晚曦赢钱买马骑。
八月里，八月八，赌钱郎儿把誓发。砍个指头发了誓，哪个赌钱狗王八。
九月里，九月九，赌钱之人像条狗。这家门前转一转，那家门口守一守。
十月里，雪飞山，赌钱之人穿得单。周身冷得糠糠颤，口中喊起幺二三。
冬月里，冬至节，人人约我下落别。人人说是落别好，处处老鸹一般黑。
腊月里，满一年，妻子望郎来过年。只防找钱回家转，哪防漂流在外凼。

放羊歌

正月放羊正月正，放羊之人要起身。放着羊儿前面走，奴家收拾随后跟。
二月放羊二月八，熟地嫩草正发芽。羊儿不吃熟地草，要吃岩上树叶青。
三月放羊是清明，手提白纸上亲坟。有儿坟上飘白纸，无儿坟上草生青。
四月放羊四月八，早曦放羊晚绩麻。早曦放羊麻四两，晚曦收羊麻半斤。
五月放羊是端阳，菖蒲美酒兑雄黄。别人吃得昏昏醉，奴家不得半杯尝。
六月放羊热茫茫，天空炽下火太阳。羊儿晒得大张嘴，奴家晒得面皮黄。
七月放羊秋风凉，裁缝下剪剪衣裳。别人剪得三五件，奴家不得五寸长。
八月放羊早谷黄，家家舂米去上粮。别人有夫夫去上，奴家无夫自上粮。
九月放羊是重阳，重阳造酒满缸香。别人有夫夫造酒，奴家造酒烂垆缸。
十月放羊雪飘山，上盖锦被下铺毡。上盖锦被还嫌冷，只有奴家在雪山。
冬月放羊冬月冬，十圈羊儿九圈空。十圈羊儿空九圈，放羊之人一场空。
腊月放羊了一年，放羊之人要羊钱。把我羊钱算给我，放了今年看来年。

瞧郎歌

初一早曦郎上街，头顶丝帕脚靸鞋。头顶丝帕要钱买，脚靸鞋儿手上来。
初二早曦郎上街，上街游走下街来。上街游齐下街转，打个冷噤病在怀。
初三早曦去瞧郎，我郎得病在牙床。双手扒开红笼帐，问郎想点什么尝。千行百样郎不想，想把白米熬汤尝。熬得清来尝半碗，熬得干来郎不尝。
初四早曦去瞧郎，我郎得病在牙床。双手扒开红笼帐，问郎想点什么尝。千行百样郎不想，想个稚鸡熬汤尝。罐罐提来人看见，手巾包来又无汤。
初五早曦去瞧郎，我郎得病在牙床。双手扒开红笼帐，问郎想点什么尝。千行百样郎不想，只想雁鹅熬汤尝。手提长枪去打雁，雁在云中一双双。心想开枪打一只，打了一只不成双。打了一只不成对，雁鹅拆伴我拆郎。
初六早曦去瞧郎，我郎得病在牙床。双手扒开红笼帐，摸郎退凉不退凉。郎退凉来病会好，郎不退凉毛病长。
初七早曦去瞧郎，打卦抽签进庙房。打得阴卦我郎好，打得阳卦我郎亡。双手扒开红笼帐，我郎死得硬冰邦。提起枕头甩两甩，背时枕头不招郎。

初八早曦去买板，上街买齐下街转。上街买得红漆板，下街买得黑漆材。红漆板来黑漆材，收拾我郎装进来。

初九早曦去看地，前尖后圆要配齐。朱雀玄武要边站，青龙白虎两边骑。葬在龙头得官做，葬在龙尾出秀才。

初十早曦做道场，阴阳先生大不忙。香火头上挂案子，黑漆棺材顿中堂。绕棺伴灵又救苦，孝歌散花有几场。

十一早曦去打井，一官好地葬我郎。宽宽打来窄窄用，我郎里面好翻身。前面向山活龙口，后面来龙狮子形。

十二早曦抬上山，唢呐铙钹响连天。雄鸡站在龙杆上，八人抬起送上山。两边扒起黄花女，中间抬起少年郎。

十三早曦去垒坟，亡人衣禄摆中央。郎在阴间要钱用，妹在阳间把纸烧。井中多烧一些纸，郎在阴间好投生。

十四早曦去祭坟，哭得两眼像朱砂。路上有人盘问起，只怪奴家命上差。恩爱夫妻不长久，前世烧了断头香。

十五早曦去复山，七盘豆腐八盘肝。只见蚂蚁来衔饭，不见我郎起来尝。阎王过早拿郎去，留妹单在世上存。

出兵歌

正月出兵百花开，上朝文书下朝来。打开文书跟嫂看，叫嫂做双出兵鞋。多钉纽扣牢钉带，恐怕营中抓脱鞋。

二月出兵百花香，教场坝头点刀枪。大刀点得明晃晃，小刀点得亮如霜。才把刀枪接在手，全家老小泪汪汪。

三月出兵辞我公，我公胡子白如霜。别人有孙来送老，我公有孙一场空。

四月出兵辞我婆，我婆在家织绫罗。绫罗织得三丈三，拿跟小孙缝汗衫。别人缝来有长短，我婆缝来正合穿。

五月出兵辞我爹，我去出兵爹卖田。小田卖得三十五，大田卖得五十三。五十三来去买马，三十五来去买鞍。才把鞍马买到手，全家老幼泪双流。

六月出兵辞我妹，妹妹问我哪天回。哥是漂洋大海水，水流长江也难回。

七月出兵辞我嫂，我去出兵嫂防老。柴在山上无人砍，水在井中无人挑。哪天等得小叔转，砍柴挑水我承担。

八月出兵辞我哥，我去出兵哥快乐。去到营中嫌我小，另传文书要我哥。哪有哥哥替兄弟，只有兄弟替哥哥。

九月出兵辞我弟，弟在家中听父言。爹妈在家要靠你，莫让他们苦操心。有朝一日哥回转，弟弟担子轻九成。

十月出兵辞我妻，我去出兵妻无依。早早关门早早睡，免得旁人说是非。

冬月出兵辞我儿，快快长大顶门庭。光宗耀祖全靠你，承前启后望你行。烧钱挂纸只有你，当家立业你担承。哪天为父回程转，全家老幼再团圆。

腊月行兵下柳州，朝前又怕擂石打，赶后又怕七排枪。七排枪弹催命鬼，大旗绕绕引翻魂。

娘裙带

太阳出来照半坡，照到小姐织绫罗。绫罗织得三丈三，婆家看见请媒说。说一说二娘不放，说三说四才说成。

一更阳雀叫唉唉，看到婆家接亲来。媒公骑匹花花马，媒婆骑匹海沙骡。花花马来海沙骡，热热闹闹来娘家。

二更阳雀叫嘻嘻，妹在绣房巧穿衣。上身穿起红棉袄，下身穿起绿丝裙。红棉袄来绿丝裙，八宝花鞋脚下蹬。

三更阳雀叫啾啾，妹在绣房巧梳头。左边梳起盘龙髻，右边梳起插花头。盘龙髻来插花头，梳个燕尾在后头。

四更阳雀叫喳喳，妹在绣房巧戴花。左边戴起灵芝草，右边戴起牡丹花。灵芝草来牡丹花，飞蛾夹针两边夹。

五更阳雀叫天明，哥哥背妹出房门。哭哥三声亲哥子，哭嫂三声外仙人。双脚站在斗梁上，一把筷子朝后丢。筷子落地有人捡，冤家出门无人留。谁人留得冤家转，太阳西出水倒流。

爹爹出来喊三声，四个轿夫听原因："我儿不吃七天饭，爬坡下坎要小心。"妈妈出来喊三声，四个轿夫听原因："女儿不吃七天饭，恐怕女儿晕轿门。"哥哥出来喊三声，四个轿夫听原因："爬坡下坎慢慢走，等哥牵马随后跟。"嫂嫂出来喊三声，四个轿夫听原因："爬坡下坎使劲抖，抖死这个烂母狗。左也搅来右也搅，背时母狗去得好。"

吞口门前回车马，屋檐脚下回喜神。左脚蹬过金轿子，右脚蹬过房圈门。

伸手拉开红头帕，样子像个鬼灯哥。被子拉来横横盖，裤子拉来包脑壳。

爹爹看到幺妹来，红漆板凳抬出来。妈妈看到幺妹来，八宝花鞋抱出来。哥哥看到幺妹来，去到街上扯布来。嫂嫂看到幺妹来，馊汤馊饭抬出来。

爹爹死了哪里埋？龙背梁上去安埋。妈妈死了哪里埋？龙椅高上去安埋。哥哥死了哪里埋？松柏之下去安埋。嫂嫂死了哪里埋？扯根毛藤拉下岩。

拿兵歌

昼夜乱纷纷，爹娘把儿生，二十四五是苦命，要当李荣兵。
睡到半夜醒，门外响一声，叫声妻子快关门，恐怕抓壮丁。
妻子开门望，门外两条枪，手提绳子二丈长，搭在双肩上。
送出大门口，妻子拉着手，叫声妻子快放手，我去难脱手。
送到大路上，孩儿哭嚷嚷，叫声孩儿快长大，长大把家当。
送到对门坡，遇着我哥哥，这回当兵只是我，家务你看着。
送到垭口上，遇着老保长，桌子高上喝杯酒，谈些宽心话。
送到大桥头，遇着老保头，咒他先人咒他娘，送我去抵枪。
送我到贵阳，看见飞机场，一直送我到昆明，转家万不能。

十二月相思

正月里来是新年，喜笑欢。万象更新乐享丰年，低头想郎面。相思对谁言？咬银牙，切齿恨，数十余翻。可恨冤家心儿有些偏，受煎熬。辜负美少年，看看容颜改，为才郎，奴家瘦，罗裙带儿宽。无心赏月玩，元宵懒去餐，纵有那白花灯，哪有心去观。

二月里来是春分，萌芽生。雪化冰消水流清清，无义小郎君。亏你忍得心，奴的郎，读诗书，好不聪明。好酒贪花不想转回程，变了心。不比那几春，忘却海誓盟，奴的郎，一心心，看上别家人。绣房冷清清，久病无人问，鸳鸯枕，鸾交凤，缺少知心人。

三月里来桃花放，好时光。遍地萌芽锦绣妆，无心绣鸳鸯。相思泪两行，见蜜蜂和蝴蝶对对儿成双。桃红李白柳丝长，骂才郎，怕得得下病，在外短命亡。奴的郎，你不要流落在他方。只顾他情况，哪管奴凄凉，怕的是，到后来，病在牙床上。

四月里来麦发齐，熏风起。无义冤家在哪里？代来信是虚。别奴守孤灯，奴好比，吃酒醉，一时之迷。人说冤家性太疲，咒王魁。正是无义盗，一去永不回。油滑嘴，爱扯谎，累次把奴欺。越思越上气，越想越着急，有几回，要打你，见面舍不得。

五月里来是端阳，闹长江。紫燕双双绕华堂，它们两成双。奴独受凄凉，菖蒲酒，谁与奴，共饮雄黄？等郎归来错过好时光，双手捶胸膛。倒海与翻江，大闹他一场，等他回，罚他跪，跪到天明亮，定不轻饶放，不准上牙床，石榴花，无心观，珠泪两行。

六月里来荷花开，热难挨。佳人独坐好不伤怀，叫奴难解开。挂吾女裙钗，相思病，害得奴，骨瘦如柴。一去天涯不见转来，挂裙钗。温柔把病害，青春不再来，怎不学，卓司马，两下和谐。朝日泪满腮，泪湿红绣鞋，你忘奴，恩爱情，该也不该？

七月里来七月七，鹊桥会。忽听门外雨凄凄，忙加奴的衣。寒冷对谁提，这几日，精神少，步也难移。牛郎织女有佳期，年年七月七，他们都有会，奴独受孤凄，就是那，枯树木，也有逢春。归来就是气，扯破领上衣，那时节，人劝奴，奴还不依。

八月里来月光华，月色佳。佳人独坐泪如麻，无义小冤家。别奴走天涯，挂银灯，对着奴，结甚灯花。门外儿童笑哈哈，闹喧哗。曾记郎在家，双双望月华，到今夜，你叫奴，哪里去寻他？月彩照纱窗，孤灯照卧榻，细思量，奴好比，断弦琵琶。

九月里来是重阳，正逢秋。思量夫去不回头，恩情一笔勾。为郎才害，相思病，要害到，何时才罢休？郎君一去不回头，把奴丢，却被他人勾，常在外面游。会着你，奴定要，先把嘴儿揪，见面骂不休，罚跪在前头，忘奴恩，负奴义，恩义两层仇。

十月里来岭梅开，好悲哉。昼夜思郎最悲哀，流雨滴檐阶，传信郎不来，哪知奴，断肠情，怨奴自悲哀。自别郎君后，不坐梳妆台，泪满腮。红颜命太乖，鲜花已谢苔，相思病，害得奴，头也难抬。一夜恩情债，奴痴忽转呆，细思量，珠泪滚，无计安排。

冬月里来万花空，吹寒风。百鸟无声地无虫，开门迎头风。尽在雪中行，寒江上，还有那，孤舟渔翁。落尽翠竹与花松，满上空，自别那春梦，凄凉恨无穷，寒风儿，吹檐前，铁马叮咚。白发改面容，两鬓任蓬松，怕的是，郎归来，绣帏人空。

腊月里来归期到，好心焦。忽听门外有人敲，丫鬟前来报："姑爷回来了。"闻她言，不由奴，喜上眉梢。情郎进门四下瞧，把奴摇，轻轻把奴抱，低声叫娇娇，奴只得，忍不住，抿嘴回笑。从此对奴表，方才把你饶，说明白，相思病，一笔勾销。

五更盼郎

鼓打一更里，月儿照纱窗，情郎哥哥约定今晚上要回家，叫梅香到厨下去问句话，炒几样合口菜，巴心我郎归家。姑娘，炒的什么菜呀？一盘是板鸭，二盘是脆虾，三盘是花生米，四盘是卤鸡杂，两双牙骨筷对面儿摆下，手提着酒瓶儿，等着我郎回家。姑娘，还没有来呀！这时不归来，心里乱如麻，莫不是在外面，勾上了女娼家。拿一双绣花鞋占一占卦，占一个游魂卦，我郎在哪家？姑娘，不来，你就先睡吧！

鼓打二更里，月儿渐渐高，情郎哥哥约定在二更到。小妹子在房中，心中似火烧，这时候还不归，为的是哪桩？姑娘，姑爷为的啥？骂一声负心郎，铁心把奴家忘，当初来诓我，嘴巴儿像蜜糖。这阵子他过了河，就甩挂手棍，哪一个敢相交，这样的无情郎！姑娘，他实在不来，你就睡吧！骂一声贼强盗，哭一声负心郎，你把奴家等待得，火冒高三丈。你若然再不归，我明日到街上，找到你回家转，重罚不轻饶。

鼓打三更里，月儿照当空，大街小巷已无人行走。小妹子在房中，睡眼已蒙眬。这时候郎不归，再等也是空。姑娘你就快睡吧。灯儿已发昏，绣房冷清清。奴的冤家夫，你活活害死人。你不归就应该，给奴带个信。免得奴在绣房，独影对孤灯。姑娘，你不要哭嘛！当初把诗吟，海誓与山盟。谁知道今晚上，把奴丢在冷火坑。人说小王魁，心比豺狼狠，看来把他和你来相比，你还狠十分！

鼓打四更里，月儿已偏西，小妹子有话要给谁个提？奴好比鲜花儿，插进牛粪里，落下了花瓣儿，无靠又无依。姑娘，怕哭伤了身子。记得那时节，结发共枕妻。情郎无三心，奴家无二意，夫唱妇跟随，三更灯火五更鸡。你是奴，奴是你，寸步不相离。姑娘不要多想了，快睡呀！算奴得罪你，也该大量些。牙齿和舌头好，有时还咬舌头。双手扣胸腔，将心比自己，拳头脚尖上奴身，总是奴受气。

鼓打五更里，笼内金鸡啼，忽听门外敲打叫声低。叫梅香快出去，开门看分明，要是他别答应，这个游尸魂。姑娘，真是姑爷回来了！叫声小梅香，开门你不要慌，待奴揩过脸，再把粉擦上，哭脸拿做笑脸戴，好接奴的郎。骂声小冤家，快把门槛跨。姑娘，一夜夫妻百日恩嘛！眼看天已明，交更天更冷。叫梅香连忙去，厨下把酒温。见冤家床前跪，浑身战惊惊。奴只得息恼怒，把郎扶起身。

五更劝夫

一更劝夫要谨记，勤帮苦奔种田园。种好庄稼吃饱饭，半年辛苦半年闲。还有六月无用处，怀抱孩儿脚蹬妻。

二更劝夫要谨记，赌钱场中要少行。赌钱场中尽光棍，光棍只敬有钱人。一回二回不定准，三回四回定输赢。衣帽鞋袜输完了，周身穿着破襟襟。心想提索去吊颈，心中还想二回赢。

三更劝夫要谨记，吹烟场中不要行。别人有钱吹田地，我夫无钱吹本身。上身下身吹光了，你拿奴家嫁别人。奴嫁别人不要紧，丢儿丢女靠谁人？

四更劝夫要谨记，花街柳巷不要行。别人妻子多美貌，奴家不好命生成。莫贪美貌多娇女，奴家才是本分人。干哥不嫌干妹丑，收拾打扮同哥行。有钱更是要谨记，和睦相处过光阴。

五更劝夫要谨记，偷盗抢劫切莫行。有朝一日人拿到，麻绳链子响沉沉。三麻绳来二杠子，推推扯扯进衙门。那时妻子去送饭，隔得老远泪沾巾。脑壳像个疙篼根，一双脚杆像柴棍。衣裳穿成油蜡片，裤子破得吊襟襟。拿你游街去示众，妻儿害羞难为人。

五更想郎

一更里跳粉墙，手扒栏杆脚踏墙。手扒栏杆脚踏树，十指尖尖绣鸳鸯。绣鸳鸯来绣鸳鸯，绣个金鸡配凤凰。金鸡要把凤凰配，十八情妹会小郎。

二更里手拍门，情妹开门笑盈盈。情妹开门盈盈笑，奴的情哥叫几声。叫几声来叫几声,夫妻双双听原因。郎是三月大十五,妹是十月小阳春。

三更里进妹房,鸭绿帐子象牙床。双手扒开红笼帐,蜜蜂绕绕桂花香。桂花香来桂花香,恩爱夫妻不久长。恩爱夫妻不长久,前世烧了断头香。

四更里夫妻拆,笼内金鸡把翅拍。不怕金鸡叫得早,奴家夫妻不能拆。不能拆来不能拆,奴家夫妻舍不得。奴家等你哪天转,奴家等你到哪月?

五更里天要明,奴家夫君要回程。你要回家早早转,免得旁人说是非。你莫慌来你莫忙,你莫穿错奴衣裳。你的衣裳有排扣,我的衣裳小袖长。我不慌来我不忙,我不穿错你衣裳。你的衣裳有排扣,我的衣裳有麝香。

五更美女歌

一更美女哭一声,爹娘养女枉费心。姑娘菜籽命,落在穷人坑。千年不回头,万年不转身。叫声爹娘少要管,灯盏无油枉费心。

二更美女闷愁愁,手提明镜懒梳头。嫁个丈夫又蠢笨,越思越想越忧愁。背时死军犯,横得像头牛。开口伤父母,当家遇对头。六亲姊妹少牵挂,做人媳妇受管头。

三更美女泪涟涟,做人媳妇讨人嫌。长短家家有,户户出闲言。丈夫又笨蠢,不得一文钱。不问过山礼,要问买路钱。六亲姊妹少牵挂,妹落婆家难团圆。

四更美女睡不着,蚂蟥缠到鹭鸶脚。要想死不得死,要想活不得活。跳河还差三寸水,吊颈还差一根索。要想同他死,恐怕会不着。心想不同死,情合意不合。大马拴在梧桐树,奈何马倒鞍不脱。

五更美女泪湿衣,好比世间一群鸡。公鸡叫,野猫追,娘在东来儿在西。脚踏三寸地,身穿婆家衣。娘不择儿三更梦,三十河东四十西。

五更郎相思

一更明月出东山,小郎无妻单打单。思想起,心好寒,腰中无钱自装憨。哪个情姐行郎方便,行个方便世上玩。

二更明月出半坡,情姐风流惹风波。思想起,眼泪落,心中有话对谁说?哪天说妻像娘样,黄泉路上心才落。

三更明月出田心，小郎命运不如人。思想起，忧人心，好花不戴背时人。哪天说得像娘样，一重恩极九重恩。

四更明月弯又弯，推哥出门把门关。思想起，眼泪来，心中有话难分开。哪个情郎可怜我，心情永远记心怀。

五更明月要落西，叫声情姐恩爱妻。思想起，眼泪滴，心中有话难分离。虽然不是哥妻子，来世也要做夫妻。

叹十声

手把栏杆哭一声，鸳鸯枕上对对有情人，好一朵鲜花会巴鞋，情歌哪会铺上歇，哥少你的只有话一晚。

手把栏杆叹二声，鸳鸯枕上双双有情人，好一朵鲜花会弹琴，情歌哪会思想起，妹少你的只有话一晚。

手把栏杆哭三声，昨天夜晚是谁来打门？小妹子开门迎见你，不是我郎家中访，下回打门丢下绣花边。

手把栏杆叹四声，今天夜晚是我来打门，一进门来认错花，一更厢间有人等，忍气吞声退转回自家门。

手把栏杆叹五声，今天夜晚是我来打门，一进房来认错花，二去上房再攀摘，两手打开你的门，手擦洋火点燃灯，双手扒开红罗帐，锦缎的铺盖搭上身，干妹子你今晚要小心。

手把栏杆叹六声，干哥说话气死人，一不是阴间想嫁你，二不是爹妈配成的，奴随夫君，哥哥呀何必要等待。

手把栏杆叹七声，干哥说话更气人，一定要阴间想嫁你，一定要爹妈来配成，一夜夫妻百夜人，百夜夫妻海洋深，奴随夫君何必去采青。

手把栏杆叹八声，背起包袱要转身，心里要命碰落碗，干哥哥，奴随夫君难舍又难分。

手把栏杆叹九声，干哥哥要去万不能，心里要命碰落碗，干哥哥奴随夫君难舍又难分。

手把栏杆叹十声，洋号吹起要点名，今夜晚点名郎不保，明夜晚点名，哥哥恐怕挨扫地。

打副戒指送情人

山前山后水是银，打副戒指送情人。
大哥南京请银匠，二哥北京请匠人。
两边匠人齐来到，这副戒指打得成。
一打龙来龙现爪，二打虎来虎现身。
三打桃园三结义，四打童子拜观音。
五打五子登科场，六打六合来同春。
七打天上七姊妹，八打神仙吕洞宾。
九打九龙归大海，十打皇帝坐北京。
十一打把花花伞，十二打张花手巾。
样样礼物都打起，白纸包好送情人。
大姐接来二姐看，多谢南京巧匠人。

孟姜女

正月里来是新春，家家户户点红灯，别人家人和团圆会，孟姜女哭倒万里长城。

二月里来闹洋洋，双双领儿到南方，我俩多会双成双，孟姜女苦命空守房。

三月里来是清明，家家儿女去上坟，别人家坟上飘白纸，我的郎无人草上坟。

四月里来去采茶，姑嫂二人去采茶，茶篮挂在茶树上，哭一声情郎哥采一把茶。

五月里来是端阳，龙船下水漂满江，千不想万不想，一心想郎早回乡。

六月里来热难当，苍蝇飞来痛断奴的肠，宁可吃奴千滴血，莫吃奴夫范杞良。

七月里来秋风凉，裁缝下剪裁衣裳，裁满大箱装小箱，只见衣裳不见郎。

八月里来是中秋，明月出来照九州，明月团圆十四五，奴比明月还不如。

九月里来是重阳，重阳造酒满缸香，别人造酒有夫吃，孟姜女造酒无夫尝。

十月里来小阳春，孟姜女寻夫送寒衣，路上雀鸟喳喳叫，喜鹊梁庭惨凄凄。

冬月里来雪飞山，孟姜女寻夫在外仚，只说寻夫回家转，哪防流落在外边？

腊月里来过一年，家家户户得团圆，一样生来百样死，孟姜女夫妻不周全。

十想郎

一想我爹娘，爹娘没主张，奴家长了这样大，还不办嫁妆。
二想我公婆，公婆也有错，男大女大两相和，怎不请媒说？
三想做媒人，做媒两头提，奴家哪些得罪你，怎不把奴提？
四想我哥哥，哥哥上学堂，燕子衔泥各顾各，哪个管得我？
五想我嫂嫂，嫂嫂生得好，怀抱娇儿对我笑，越想越心焦。
六想我妹妹，妹妹小两岁，男成双来女成对，越想越掉泪。
七想我朋友，朋友不长久，哪似江水往东流，才把朋友丢。
八想我的床，床上绣鸳鸯，只见鸳鸯不见郎，越想越悲伤。
九想我绣房，一座冷庙堂，早曦敲钟晚烧香，好似女和尚。
十想我的命，由命不由人，一根绳子梁上吊，早死早投生。

十二月许郎歌

正月闹元宵，同郎初相交，帮君只为两相好，许郎许郎花荷包。
二月惊蛰节，留郎家中歇，人不知来鬼不闻，许郎许郎花蝴蝶。
三月桃花开，留郎后门来，桃枝夭夭把花采，许郎许郎一双鞋。
四月插秧青，留郎送恩情，耳不听来心不想，许郎许郎花手巾。
五月是端阳，美酒兑雄黄，孟子梦见梁惠王，许郎许郎上牙床。
六月是三伏，小郎来得苦，子不学来断机杼，许郎许郎丝绸裤。
七月到月半，留郎吃早饭，有酒食来郎先尝，许郎许郎花汗衫。
八月是中秋，小郎下苏州，父母在来不远游，许郎许郎花枕头。

九月是重阳，小郎转回乡，夫子温良恭俭让，许郎许郎结成双。

十月小阳春，小郎转回程，季康子来问使民，许郎许郎花围裙。

冬月冬至节，小郎来得黑，君子不与干周事，许郎许郎没有得。

腊月是大寒，曹操下江南，曹操领兵江南下，许郎人马八十三。

十二月探妹

正月里探小妹，闹元宵，我看小妹子长得这样标，走你家门前过，把你的脖子调，你知道不知道？小妹子闻听得，急忙开言道，尊一声情郎哥，细听奴根苗，小妹本知道，是爹妈管紧了，不敢往外跑。

二月里探小妹，龙抬头，我也看见小妹坐在大门口，走你门前过，板凳往内拖，为何不睬我？小妹子听此言，急忙开言道，尊一声情郎哥，细听奴根苗，板凳往内拖，你的朋友多，好讲不好说。

三月里探小妹，是清明，我也约过小妹子，一路去踩青，踩青是假意，试试你的心真心不真心。小妹子听此言，急忙开言道，尊一声情郎哥，细听奴根苗，昨晚做梦，男生抱女生，难舍又难分。

四月里探小妹，四月八，我也约过小妹子，上街去买茶，手举两包茶，看看二爹妈在家不在家。小妹子听此言，急忙开言道，尊一声情郎哥，细听奴根苗，昨晚说的话，爹娘不在家，同你去玩耍。

五月里探小妹，是端阳，我也约过小妹子，上街去买花，这朵牡丹花，拿在头上插，好花胜好花，好花总发芽。小妹子听此言，急忙开言道，尊一声情郎哥，细听奴根苗，花儿本是好，差个金手表，小妹问你要。

六月里探小妹，荷花开，我也看见小妹子，得病真奇怪，茶饭全不想，哪点不自在，对哥说出来。小妹子听此言，急忙开言道，尊一声情郎哥，细听奴根苗，多吃茶饭饱，肚儿渐渐高，怎样开得交？

七月里探小妹，鹊桥会，我也约过小妹子，牛郎会织女，怎样像他俩，相亲又相爱。小妹子听此言，急忙开言道，尊一声情郎哥，细听奴根苗，只要有真心，心里不要急，有情得相爱。

八月里探小妹，桂花开，我也约过小妹子，去打麻将牌，左手摸红中，右手摸发财，白板打下来。小妹子听此言，急忙开言道，尊一声情郎哥，细听奴根苗，昨晚打麻将，今晚打纸牌，问你来不来？

九月里探小妹，菊花黄，我也看见小妹子，抱书进学堂，一眼瞧见我，我做你的郎，你说好不好？小妹子听此言，急忙开言道，尊一声情郎哥，细听奴根苗，我郎本是好，小妹志气高。

十月里探小妹，小阳春，我也看见小妹子，赛过虞美人，不打胭脂粉，不搽雪花饼，脸上白如云。小妹子听此言，急忙开言道，尊一声情郎哥，细听奴根苗，不打胭脂粉，不搽雪花饼，赛过虞美人。

冬月里探小妹，雪花飘，我也看见小妹子，穿件花皮袄，皮袄倒是好，对哥说根苗。小妹子听此言，急忙开言道，尊一声情郎哥，细听奴根苗，钢洋要十块，皮袄也还牢，穿起多美貌。

腊月里探小妹，雪花开，我也约过小妹子，一路开小差，买张火车票，三天到上海，爹妈不会来。小妹子听此言，急忙开言道，尊一声情郎哥，细听奴根苗，扯张飞机票，一时就飞到。

十月怀胎歌

怀胎正月正，只怪奴家不知情，水上浮萍不定根。
怀胎二月多，奴家有话不好说，新来媳妇怕公婆。
怀胎三月三，奴家茶饭不想尝，只想红笼帐内眠。
怀胎四月八，带个口信回娘家，多喂稚鸡少喂鸭。
怀胎五月五，奴家怀儿好辛苦，酸梅吃了无其数。
怀胎六月六，奴家下河洗衣服，鞋尖脚小难行路。
怀胎七月半，奴家掐指细细算，算来还有二月半。
怀胎八月八，城隍庙内把香插，保佑生个男娃娃。
怀胎九月九，儿在腹中翻跟斗，孩儿高兴踢娘肚。
怀胎十月十，娘奔死来儿奔生，命隔阎王一张纸。

祝英台

正月唱起祝英台，蜜蜂采花顺山来。蜜蜂只为花下死，山伯只为祝英台。
二月唱起祝英台，一对燕子衔泥来。燕子衔泥梁上搁，一双去了一双来。
三月唱起祝英台，一对阳雀催工来。一来催哥早下种，二来催妹上花苔。

四月唱起祝英台，田中秧苗无人栽。英台下田栽三手，洗手上岸米包台。一棵高上结三颗，自从那年米贵来。三两黄金买斗米，四两毛钱买斗糠。黄豆串成珠珠买，一百铜钱五十双。

　　五月唱起祝英台，一对龙船顺水来。大船渡过梁山伯，小船渡过祝英台。

　　六月唱起祝英台，苦竹凉伞遍地开。苦竹凉伞穿绒线，遮盖山伯祝英台。

　　七月唱起祝英台，年年有个月半节。年年有个七月半，家家烧纸哭唉唉，只有小的哭老的，哪有老人哭少年。

　　八月唱起祝英台，八方八里雁归来。雁在云中拆了伴，山伯拆了祝英台。

　　九月唱起祝英台，九月重阳上楼台。左边坐起梁山伯，右边坐起祝英台。

　　十月唱起祝英台，同在杭州读书来。同张桌子共个碗，同床锦被盖回来。

　　冬月唱起祝英台，山伯死了当路埋。男人过路烧张纸，女人过路烧双鞋。男人烧纸要钱买，女人烧鞋手上来。

　　腊月唱起祝英台，遇到马家接亲来。有灵有验墓门开，无灵无验马家抬。全凭马家人手快，抢得一只绣花鞋。

八仙调

　　天边一朵彩云飘，门外八仙全来到，八仙都来到。
　　钟离老祖把扇摇，洞宾背剑青锋绕，步步儿登高。
　　采和花篮肩上挑，倒骑毛驴张果老，一气冲九霄。
　　仙姑手执长生草，湘子云中吹玉箫，一尺二寸箫。
　　国舅来了道法高，拐李葫芦宝中宝，一起儿早朝。
　　世间子来都来了，伸出手杆八百高，长生永不老。

十月儿子飘

　　正月儿子飘正月正，小妹约我去赌钱呀。十个赌钱九个输，哪个赌钱有好处？

　　二月儿子飘龙抬头，太公钓鱼钓直钩。太公钓鱼直钩钓，爱者鱼儿来上钩。

　　三月儿子飘三月三，小妹约我去赶场。别人听到还可以，丈夫听到要杀人。你要杀人你来杀，奴家开亲万不能。

四月儿子飘四月八，四朵莲花园内发。三朵不开不要紧，留起一朵等郎来。

五月儿子飘是端阳，龙船下水闹长江。两边站起撑船手，中间站的是姑娘。

六月儿子飘三伏天，打开扇子扇一扇。头扇二扇凉风起，三扇四扇扇上街。

七月儿子飘七月七，小妹约我下苏州。苏州风景盖天下，又到杭州走一巡。走了杭州走上海，北京天津也要玩。

八月儿子飘八月八，二人洗手敬菩萨。保佑奴家无灾难，保佑奴家生个男娃娃。

九月儿子飘是重阳，小妹约我下扬州。去到扬州好玩耍，万贯家财散手丢。

十月儿子飘小阳春，小妹约我去探亲。别人有钱妻美貌，哥们无钱闷沉沉。

十劝小调

一劝我的郎，好好读文章。读得诗书比人强，世世心里亮。
二劝奴冤家，好好种庄稼。生意买卖眼前花，得点不养家。
三劝奴心肝，闲花少要探。酒吃人情肉吃味，莫当儿戏玩。
四劝奴的哥，赌钱少要学。且看多少赌钱汉，哪个得利落？
五劝奴的人，莫做私状元。笔尖一动要杀人，坏了你良心。
六劝奴的夫，好事要多做。积些阴功与儿孙，幸福自然有。
七劝奴的郎，做事要谨慎。瓜田李下麻全在，真防有冤灾。
八劝奴的人，用钱要细心。穷在街前无人问，富居深山有远亲。
九劝奴的人，做事要公平。常言路遥知马力，日久见人心。
十劝奴夫君，好好听分明。谨记奴言莫乱整，幸福万年春。

十二月拐妹调

正月拐妹正月正，约定十五要起身。杀个雄鸡吃血酒，鸭子缠腰一路行。
二月拐妹出房门，不得盘餐妹担承。郎打草鞋妹舂碓，免得路上求乞人。
三月拐妹下花山，一条花蛇把路拦。见蛇不打怪哥傻，见花不采怪哥憨。
四月拐妹下湖州，湖州韭菜嫩悠悠。郎在千云巴巴殿，妹在走马转角楼。
五月拐妹过长街，长街屡屡出积牌。男人会打三样棒，女的会打十能开。
六月拐妹过广西，买匹大马跟哥骑。马不合心不要马，人不合心不调匀。
七月拐妹过大河，双手捧水跟哥喝。双膝跪地手捧水，谁个不想小情哥？
八月拐妹过大江，双手捧水跟哥尝。双脚跪地手捧水，谁个不想小情郎？
九月拐妹过大地，风吹木叶皮皮落。问哥路途有多远，翻了垭口九重坡。
十月拐妹过大山，风吹木叶皮皮翻。问哥路途有多远，翻了垭口九重山。
冬月拐妹到家乡，姊妹舅哥来看娘。姊妹团团同相聚，恩爱夫妻一双双。
腊月拐妹到本乡，姊妹舅哥来望郎。姊妹团聚同欢笑，鸳鸯相配得久长。

十二月说亲调

正月里来是新春，哥们年小未说亲。春节上街看电影，初会小妹笑盈盈。
二月里来开杏花，特意玩耍访妹家。小妹家中真贤惠，一装烟来二倒茶。
三月里来是清明，开口与妹谈知音。我想与妹交朋友，问妹同心不同心。
四月里来四月八，相约小妹到我家。摆上一瓶香槟酒，哥妹坐下把话谈。
五月里来端阳节，我与小妹把拳划。哥喊一定成双对，妹喊七子得团圆。
六月里来热哀哀，情投意合时往来。哥有情来妹有义，难舍难离难分开。
七月里来秋风凉，我与小妹同商量。我说请个媒人讲，她说打掉洋框框。
八月里来去订婚，瞒着爹娘进法庭。今日落下凭和证，同甘共苦永不分。
九月里来重阳节，两人约起上毕节。路途之上多恩爱，时时刻刻紧相连。
十月里来冬风寒，哥妹车身转贵阳。二人逍遥外面耍，家中急坏二爹娘。
冬月里来冬风寒，哥买衣服妹买鞋。皮箱皮鞋双丝表，收拾打扮赛英台。
腊月里来转回家，三亲六戚个个夸。自由婚法真个好，美满幸福胜仙家。

十二月绣花歌

正月绣花绣起头，绣朵荷花给哥留。荷花有情妹有意，一心跟哥去漂流。
二月绣花绣点青，绣到南京与北京。南京走过北京转，兄妹都是一条心。
三月绣花遍地开，小郎有心把花攀。小郎有心约妹走，不得银钱不去玩。
四月绣花须要长，沧浪带水打湿郎。打湿蓝衫不要紧，打湿白衫洗不光。
五月绣花五月青，大水淹到哥家门。小郎有家回不去，哥妹恩情比海深。
六月绣花三伏天，哥妹玩耍到那天。拿哥手巾擦汗水，一心跟哥到百年。
七月绣花是灯芯，哥妹难舍又难分。灯盏无油灯不亮，妹们无哥难说情。
八月绣花谷子黄，忙割谷子晒太阳。谷子搭在哥身上，郎心挂在妹心旁。
九月绣花结仙桃，有情之人搭仙桥。成双兄妹桥上坐，好比织女配牛郎。
十月绣花天要回，四面八方有人围。妹变鲤鱼漂大海，哥变阳雀半天飞。
冬月绣花情更密，毛毛细雨满天飞。小郎有衣多穿件，免得凉风把哥吹。
腊月绣花白又白，雪花片片盖柳叶。人人称赞柳叶好，妹是柳叶哥是雪。

十二月盘花歌

正月盘花是新年，荷包花粉买三钱。采起胭脂买起粉，收拾打扮过新年。
二月盘花是新春，油菜花开绿茵茵。菜籽花开成双对，聪明情哥打单身。
三月盘花是清明，阳雀飞来树上蹬。好鼓不用重槌打，明人不用话来提。
四月盘花栽早秧，情哥打田妹栽秧。劝哥裤脚高卷起，免得泥水污衣裳。
五月盘花是端阳，雄黄美酒就得尝。劝哥多吃雄黄酒，免得蚊子叮胸膛。
六月盘花三伏天，汗水不干到妹前。借妹手巾擦干汗，借妹花园玩几天。
七月盘花秋风凉，秋风秋雨洒花糖。好个花糖不得水，好个情妹不得郎。
八月盘花是中秋，哥的礼物妹不收。哥的礼物妹不要，只要二人情意投。
九月盘花是重阳，重阳造酒满缸香。晓得妹们会吃酒，背着爹娘偷来尝。
十月盘花小阳春，江边杨柳处处生。妹家门前栽杨柳，杨柳树下会情人。
冬月盘花情更密，细细毛雨满天飞。小郎有衣多穿件，免得半路受风吹。
腊月盘花白又白，雪花白白盖柳叶，人人称赞柳叶好，妹是柳叶哥是雪。

水城民间歌谣

☆ 胡小柳

苗族情歌

田坎久不修，
石脚纷纷垮。
妹妹不出嫁，
爹妈天天骂；
嫂嫂板着脸，
邻人说闲话；
上坡去做活，
麻雀叫喳喳：
姑娘啊，姑娘，
为何你还无婆家？
不是有网不肯撒，
不是有秧不肯插；
撒网没有船来搭，
插秧没有水来打。
妹妹成天泪纷纷，
不知情哥是哪家？

（流传于水城鸡场大冲、顺场者卡一带）

布依族情歌

（一）
好春好景你不连，
还要留花到哪年？
只有留船等水涨，
哪有留人等少年？

（二）
木叶好比拨灯棍，
堂屋点灯屋角明，
屋后传来木叶声；
木叶好比拨灯棍，
夜夜拨动妹的心。

（三）
一心只望妹来牵，
今日走过妹门前，
一跤跌在路中间；
旁人拉哥拉不起，
一心只望妹来牵。

回族情歌

隔山那个隔水呀咿哟，
不隔那个心呀么咿哟；
我对哥哥扬燕麦情呀，
爱得深呀么咿哟。
白布那个汗衫呀咿哟，
青呀青夹裤呀么咿哟；
务庄稼谁也扬燕麦情呀，
比不过他呀么咿哟。
财主呀那个有金呀咿哟，
我不呀不稀罕呀么咿哟；
阿哥的双手扬燕麦情呀，
能搬山呀么咿哟。

天打那个雷劈呀咿哟，
我志呀志不移呀么咿哟；
就要跟着扬燕麦情呀，
哥哥去呀么咿哟。
我二人呀劳动呀咿哟，
同呀同耕种呀么咿哟；
务出个幸福扬燕麦情呀，
万年春呀么咿哟。

当中扎个痴心汉，
黄河堰上的水鸭子，
你是谁家的女娃子？
这个女娃子好针线，
给我扎个好满腰转，
一尺绸子二尺缎，
上扎白云跑蓝天，
下扎白马跑平川，
左扎石榴尖对尖，
右扎鲤鱼跳龙潭。
四个角角四条龙，
当中扎个痴心汉。
青冰上开一对牡丹，
若要咱二人姻缘散，
除非黄河里水晒干，
黄河里水干还不算，
青冰上开一对牡丹。
焙热了咋个丢下哩，
亮晶晶的星升上天河口，
七星们摆上八卦哩，
尕妹好比个冷石头，
焙热了咋个丢下哩。

彝族情歌

（一）
太阳快要落坡的时候，
能不能把它拴住？
如果能把它拴住，
哪怕用的金锁银链，
我俩也要把它拴住。
红岩快要垮下来的时候，
能不能把它撑住？
如果能把它撑住，
哪怕用的金砖玉石，
我俩也要把它撑住。
阿妹快要出嫁的时候，
能不能再请媒人来说？
如果还能请媒人来说，
哪怕登天去请媒人，
阿哥也要请媒人来说。

（二）
山泉要是有了枧槽，
泉水是会流得欢的；
藤条要是有了青树，
枝条是会长得旺的；
阿妹有了心中的小伙，
歌儿是会唱得甜的。
车子常转水长流，
妹家门口有条沟，
沟边碾子转溜溜；
哥是车来妹是水，
车子常转水长流。

（三）
田坝头的橄榄圆又圆，
吃时不甜吃后甜；
阿哥啊！你在妹身边，
在时不想离时念。
田坝头的橄榄圆又圆，
吃时不甜吃后甜；
哥妹一同吃橄榄，
一时更比一时甜。

布依族民间情歌

老远见你要翻关，
帕子绕绕转来玩，
有心有意站着等，
无心无意快翻关。
好朵鲜花在路旁，
心想采花路又忙，
心想采花忙赶路，
约个日子到二场。

我家门前有条河，
牛来吃水马来喝，
只要你心爱玩耍，
日子更比牛毛多。
不要慌来不要忙，
你忙回家做哪行？
当家立事有爷娘。
赌你来，赌你来，
赌你跳过九层岩，
赌你跳过九层岭，
茅草搭桥赌你来。

男：
老远望你一身绿，
手中提着一斤肉，
我们拿来打平伙，
一回生来二回熟。
女：
十七十八情意哥，
你是姓杨是姓罗？
姓杨姓罗说送我，
恐怕玩着本家哥。
男：
十七十八情意婆，
不是姓杨不姓罗，
姓杨姓罗说送你，
没有玩着本家哥。
女：
半路遇到半路连，
半路遇到新花园，
半路遇到新花树，
遇到新花玩几年。
吃了夜饭来游街，

上街游到下街来，
上街游到下街转，
不估今晚有客来。
跨过门槛喊唱歌，
洗手烧香进楼脚，
家头有老先敬老，
家头无老先敬哥。
叫你唱歌你唱歌，
叫你打鱼你下河，
有鱼无鱼撒渔网，
有心无心唱首歌。
我在我乡不唱歌，
来到你乡现来学，
晓得哪首唱哪首，
不晓唱来合不合。
过了腊月是新春，
家家户户贴门神。

（流传于水城发耳湾子一带）

彝族盘歌

盘：
讲起盘歌就盘歌，
三百黄牛几百角？
又有几百牛跳蚤？
又有几百牛耳朵？
又有几百牛脚杆？
又有几百牛蹄角？
答：
讲起盘歌就盘歌，
三百黄牛六百角，
又有三百牛跳蚤，
又有六百牛耳朵，

一千二百牛脚杆，
二千四百牛蹄角。
盘：
上田眛能下田堂，
一堂桌子几多张？
几十几个脚落地？
几十几个横穿枋？
几十几个人来坐？
几十几对筷一双？
答：
上田眛能下田堂，
一堂桌子十二张，
四十八个脚落地，
四十八个横穿枋，
九十六个人来坐，
九十六对筷一双。
盘：
上山也说个能力，
下山也说哥聪明，
百根竹子交把哥，
看哥拿来怎样分？
答：
上山也说个能力，
下山也说哥聪明，
百根竹子交与我，
我哥拿来有数分。
三十三根打大轿，
三十三根打船蓬，
三十三根打晒垫，
还留一根打灯笼。
盘：
上山也说个能力，
下山也说哥聪明，

百斤毛铁交把你,
看你拿来怎样分?
答:
上山也说个能力,
下山也说哥聪明,
百斤毛铁交与我,
我哥拿来有数分。
三十三斤打大炮,
三十三斤打大刀,
三十三斤打械具,
还留一斤打剪刀。

(流传于水城花嘎乡欧场一带)

苗族走亲歌

男:
正月走妹正月正,
未走之前妹操心,
柴火制备几百捆,
白米制备几百斤。
女:
正月等哥是新年,
讨把野菜冷水热,
喊哥不见捻一拄,
晓得香盐不香盐?
男:
二月走妹二月八,
走到妹家妹心辣,
猪肉吃去大半头,
妹酒吃去一百八。
女:
二月等哥二月多,
青菜白菜煮一锅,
心想念着来给你,
不知口味合不合?
男:
三月走妹三月三,
特意走妹混盘餐,
走到妹家仁义好,
吃也欢来穿也欢?
女:
三月等哥三月春,
粗茶淡饭冷冰冰,
心想添你一碗饭,
不知合心不合心?
男:
四月走妹到妹坡,
特意走妹混吃喝,
知道妹家仁义好,
吃也多来穿也多。
女:
四月等哥四月八,
少酒少肉心头辣,
心想喊哥吃顿饭,
手中无钱也无法。
男:
五月走妹到端阳,
妹家成粮堆满仓,
仓内还有存粮房,
柜里还有存衣裳。
女:
五月等哥到端阳,
好哥好郎走到房,
好饭不得吃一顿,
凉水不得一口尝。

男：
六月走妹热忙忙，
三仓成浪腾一仓，
半仓腾来打米等，
半仓腾来煮酒尝。
女：
六月等哥六月春，
少酒无肉心头冰，
心想喊哥吃顿饭，
手中无钱也冷心。
男：
七月走妹秋风凉，
两仓成谷卖一仓，
六七月间价钱好，
多卖金钱买田庄。
女：
七月走妹是优天，
秧在田中正插签，
你哥不吃谅免我，
留给我们吃几天。
男：
八月走妹八月八，
富也发来贵也发，
只个妹家发富贵，
发财发富像官家。
女：
八月等哥谷米黄，
田中谷米黄中央，
等到那时收谷了，
多多留哥耍几天。
男：
九月走妹富贵多，
十个贵人九登科，

妹家贵人得官做，
妹家像个万龙窝。
女：
九月等哥到重阳，
谷花米酒泡一缸，
成吃不成哥吃饱，
保护身体转回乡。
男：
十月走妹满十月，
妹家贵人占状元，
妹家个个得官做，
走妹一年想十年。
女：
十月等哥冷兮兮，
你哥吃饭不安心，
成吃不成哥吃饱，
保护身体转回城。
男：
冬月走妹冷兮兮，
茅草烧去几大堆，
只个妹家仁义好，
记妹仁义到那春。
女：
冬月等哥冬月冬，
脚僵手冷抱杯中，
你在你乡烤炭火，
来到我家受冷风。
男：
腊月走妹了一年，
知道妹家好心闲，
骑马抬轿我不去，
要在妹家过大年。

女：
腊月等了哥一年，
来到我乡好照怜，
拿点荞麦来待你，
你看照怜不照怜？
堂屋烧起一笼火，
翻去翻来烤不热。

女：
送哥送到大门边，
一堵乌云遮住天，
吾愿黄天下大雨，
多多留哥在几天。

男：
今天我们要回家，
唱首山歌谢妹家，
一来多谢妹家酒，
二来多谢妹家肉。

女：
送哥送到院坝边，
一棵杨柳插中间，
今天大哥分离后，
你哥去了转来玩。

男：
吃饱饭后我回城，
酒酒肉肉来待我，
多谢妹家我回城。

女：
送哥送到大路边，
两棵杨柳在两边，
今天大哥分离了，
等有机会转来连。

男：
月亮出来两头勾，

照到妹家堂屋头，
我们来客三天转，
再不回家也害羞。

（流传钟山区南开一带）

白族情歌

春时春节春风起，
立春过了落春雨；
春雨润得春花发，
春鸟枝上啼。
蝴蝶双双戏春花，
柳燕对对啄春泥；
莫等立夏春归春，
空把春影寻。
妹是南风轻轻吹，
哥是北雨阵阵来；
南风北雨相会合，
永远分不开。
挖断千年长流水，
挖翻万年大石头；
吃过百样解愁药，
难解相思愁。
娘娘山上白姐姐，
漂白围腰漂白衣；
漂白头帕漂白领，
花鞋漂白底。
白事白情莫要放，
白言白语莫相欺；
白月亮下唱白曲，
唱给白姐姐听。
坝子本是无情坝，
高山本是无情山；

推倒高山住一坝,
天天能会面。

娘娘山下万亩茶,
茶山围着千白家,
白家金花在等你,
等你来家品香茶。
娘娘山下茶叶多,
白家金花采茶乐,
金花等你来同采,
真心邀你一起乐。

山歌好唱口难开,
樱桃好吃树难栽,
龙醇好喝酒难酿,
最美龙山妹难来。
妹你难得来一次,
快唱山歌来开台,
山歌快来唱几首,
我家姊妹好到来。

山歌好唱难起头,
果子好吃树难留,
龙醇好喝酒难酿,
最美龙山妹难留。

妹你难得来一次,
快唱山歌来开台,
山歌快来唱几首,
我家姊妹到来留。
看见幸福妹优先,
今晚来到龙山边;
今晚来到龙山里,
哥哥看见好喜欢。
妹你不要谦虚多,
有歌唱来哥快乐。
有歌拿来多唱点,
我们在这听好多。
新人来到龙山旁,
哥家穷得响叮当,
没得哪样招待你,
还望新人原谅郎。
新人来到龙山林,
哥家山里干树藤,
没得哪样招待你,
还望新人不怨人。
今天新人来进村,
哥我唱首来欢迎,
一来欢迎妹你好,
二来欢迎妹哥声。

(流传于水城区龙场一带)

寻找《江南才女陈氏寄夫书》

☆ 符 号

庚子年仲夏的一天晚上，我又到父母住处吃苞谷饭。吃完饭，我的父亲符丕贤突然对我说，他15岁的时候在曹二姑爷（我大姑爹的父亲）处读私塾，曾经读过一篇文章，是江南一名才女写给薄情丈夫赵修廷的一封家书。父亲回忆说，家书的标题好像叫《江南才女陈氏寄夫书》。父亲说，这封家书写得特别有感情，特别有文采，对仗特别工整，言辞华丽，引经据典，情真意切。

据父亲回忆，1977年，他还把这封家书誊抄在一个草绿色胶皮的笔记本上，可惜四十多年过去了，这个笔记本现在找不到了。父亲说，当时这封家书的内容他背得滚瓜烂熟，虽然几十年过去了，但现在都还能背得出百分之八九十。随后，父亲一口气背诵出了一二十句。

我对父亲说："您背慢点，或者您说出家书中的几句话，我在百度上搜一下，看看有没有。"父亲对我说："你在百度上搜一下'窃闻至亲莫如父母，当知生养死葬无亏'这两句，看有没有。"我在手机百度上输入这两句，出现了两条《江南陈氏女寄夫书》的信息，而不是《江南才女陈氏寄夫书》。打开后发现两篇《江南陈氏女寄夫书》的内容大同小异，大概意思如下：

江南某地有一才女陈氏，16岁时嫁给赵修廷为妻。因家境贫寒，生活困难，婚后三个月，其丈夫赵修廷离家外出游学，想挣点钱养家糊口，谁知竟一去不复返，陈氏也不知其下落。

赵修廷在黔游学期间，因仪表堂堂，学识渊博，深得黔地谢财主赏识，被谢财主聘在家中任教。赵修廷对外宣称自己父母双亡，无妻小，单身一人。谢财主爱才心切，便招赵修廷为婿，让他安心教学。赵修廷娶谢财主的女儿为妻后，过着荣华富贵的生活，把家乡的父母妻子抛在九霄云外，不闻不问，就连父母双亡他都不知道，二十余年不思归家。

陈氏为了生计，开有一小客栈，时有过往客商住宿。二十多年后的一天，有一廖姓客商来到小客栈，在谈及赵修廷时，廖姓客商说他在黔地见过此人。直到此时，陈氏才获悉丈夫赵修廷"落迹黔垣，入赘谢宅"。陈氏便写家书一封，请廖姓客商带到黔地面呈丈夫。

父亲说，《江南陈氏女寄夫书》的内容与《江南才女陈氏寄夫书》完全一样。我在百度上搜到的两篇《江南陈氏女寄夫书》均为高龄老人口述整理，可能是整理者整理时没有认真推敲，内容虽然大同小异，但是两篇家书在词句、句读、顺序、结构上大相径庭。我将两篇家书打印出来，拿给父亲。父亲看了后说，他亲眼见过、读过，并誊抄过原文，这两篇家书中均有许多值得商榷的地方。

这两篇家书错别字较多，如"人伦首重夫妻，忘恩负义世界"中的"世界"应为"是戒"；"念妾也，遇人不熟；而君也，自行无良"应为"念妾也，遇人不淑；而君也，制行无良"；"落籍黔省，再聚谢宅"和"落籍黔省，入最谢宅"应为"落迹黔垣，入赘谢宅"；"忆君十八辍学，喜游畔水之乡"和"忆君十八入学，喜报情操之香"应为"忆君十八入学，喜游泮芹之乡"；"贪闭月羞花之貌，望稿衣素因之情"和"贪闭月羞花之貌，忘缟衣饥紧之情"应为"贪闭月羞花之貌，忘缟素衣襟之情"等。此外，两篇家书的词句顺序颠倒，对仗不工整，且内容均不全面，这里就不一一赘述了。

之后，父亲和我比对了两篇家书，因父亲读过、背过、誊抄过原版文章，对有关辞句、句读及顺序等较为熟悉，我们通过上下文之间的联系，查字典、词典，在合乎逻辑和情理的基础上，字斟句酌，将这封家书进行了整理和完善。最后，我将文稿打印出来，又做了两次校对。现将搜集整理完善好的《江南才女陈氏寄夫书》附上，以飨读者。

江南才女陈氏寄夫书

夫君足下：

　　窃闻至亲莫如父母，当知生养死葬无亏。人伦首重夫妻，忘恩负义是戒。蔡邕抛家乡，不孝罪名传千古；王祥念结发，有义方声颂至今。念妾也，遇人不淑；而君也，制行无良。

　　生离二十余年，杜鹃之泪未绝；揆隔三千余里，鸿雁之信难通。忆君十八入学，喜游泮芹之乡；而妾二八于归，庆赋桃夭之辞。执弱冠而鸿门早第,孰不庆赵家之有子?遇才郎而金花代诰,孰不谓陈氏之得夫?因家贫而饔飧难给,遂游学而奔走他乡。合卺哺啜三月,殷勤忽矣两分。

愿远游有方,未唱《阳关三叠》之曲;而归期预卜,早嘱叮咛一家之辞。尔时,翁年五十有九,姑年五十有七。痛稚子之远离,雨雪关山,何时稍堪以倚望。寒灯孤枕,无时不痛其心思。君方一十有九,妾方一十有七。但拟数月半载,岂知一去终生。

平年水旱,累岁饥寒。君遂游学奔他乡,妾顶门户为己任。君乃须眉丈夫,尚难当有风之浪;妾乃深闺弱秀,何能撑无水之船?自别以后,甘苦备尝。全凭织网作生涯,唯以绩纺为活计。明月清风,聊供一家之养;菽水藜藿,曲承二老之欢。翁也,日薄西山,汤药殷勤唯妾侍奉;姑也,年属白发,床褥照应唯妾侍依。此中苦处,不堪为翁姑知之,且堪为外人道乎?至是变故频增,艰辛渐进。

岁丙子而翁早逝,越丁丑而姑玄亡。既无伯叔,终鲜兄弟。衣衾棺椁,谁肯代为筹储;丘壑坟陵,谁肯相与殡殓?妾父悯念贫寒,假以牛眠之地,亲择马鬣之峰,而妾亲临板筑。呜呼!赵氏非无子之家,而披麻执杖者,唯此一媳;陈氏亦有夫之妇,然葬翁祭姑者,独此一身!天地为妾寒心,鬼神为妾下泪。

自翁姑死后,妾倍觉凄凉,或数日而不举一火,或累年而不制一衣。忍饥受寒,莫念处子之腰;鹄面鸠形,不异鲂鱼赪尾。欲效姜氏之寻夫,独行环环,未免抛头露面;将学王贞之自缢,孤魂落落,谁来挂纸烧香?

昔翁姑劝妾改嫁,而烈女不事二夫,愿守断臂封发之节;今父母移妾就食,而嫁女不得私返,敢忘河广载驱之篇?是以忍饥受寒,不图温饱,只冀夫有归来之日,而妾自有聚处之欢。奈何音信渺无,莫知去乡。

时逢有客传闻,偶通一信;闻君落迹黔垣,入赘谢宅,阡陌连云,栋宇遮日。朝欢暮乐,全无返辔之心;恋酒迷花,哪有思乡之意?旁人传闻数语,犹觉心意难安;而妾备闻其言,不禁肝肠寸裂。贪闭月羞花之貌,忘缟素衣襟之情。衣冠中之禽兽,名教中之罪人。狐媚偏宫,顿使锦绣之鸳鸯长绝;莺声弄巧,都致阿阁之凤凰难联。

居黔如安故乡,舍妻如弃敝屣。文君乃私奔之女,相如犹且偕归;崔莺亦淫逸之妇,君瑞尚且配偶。况妾明婚正娶,素禀贞节清操。合卺未几,徒寄苏氏回文之锦,空怀乐昌破镜之情。蒹葭白露,横生说赋之诗;地北天南，仅妾梦中之想。青春不在，皓齿徒伤。妾本不慕风流，而君亏德行矣！结二姓之好，越三月而恩义顿捐；订百年之盟，念百年而姻缘义断。

夭夭陈氏女，占尽江南才，空守活人之寡；堂堂赵秀士，读尽圣贤书，枉作薄情之郎。问之于心，忍乎不忍！揆之于理，安乎不安！视双亲如同陌路，视命妻不啻仇雠。羔羊有跪乳之恩，乌鸦有反哺之义。人何不如物乎！宋弘不弃糟糠之厌，班固不负妻小之嫌，此何不如彼也？是则，父死不葬者，君无天也；母死不葬者，君无地也。念新婚而不察者，君不义也；绝姻嗣而不续者，君不孝也；绝经世之才而不为国者，君不忠也！滔天之罪难逃，贯盈之愆莫赎。宫墙泮水，代君含羞；黔省山川，为君增愧。汉阳之水虽清，难涤逆子之垢；江流之舟虽泛，恐污河泊之波。翁姑在天之灵，必为切齿；黔垣诸绅之辈，谁不扪膺？夫之不良不足道也，妻之薄命能不悲哉！妾雁艰险，无所依归。

睹芙蓉之缤纷，叶叶带泪；览菊花之馥郁，点点含悲。度日如年，视死如归。青山寂寞，愿登白玉之楼；绿窗独居，宁赴黄泉之路。命既贱于蝼蚁，死更轻于鸿毛。翁姑晚有儿媳，慈荫祖嗣，未见一人过墓而奠酒浆；父母当生弱女，愿为有家，未睹才郎在乡而调琴瑟。操一代之豆笾，睹才郎之枕席，猛忆当初，疾首痛心。嗟呼！罔极之深恩莫报，居室之大伦有亏。鬼蜮面前，岂能逃万世笔橄之诛；虺蝎心肠，难塞四方妇孺之口。嗟呼！陈氏有夫守寡，含泪独居一身；夫君有官无义，受骂臭名告终。妾寸心不死！谨拜表以闻。

妾晚于灯下草创，托黔垣廖姓客商启程甚速。为便带书，即速知音。望早于花前查收。

临书涕泣陈氏百拜

读罢父亲和我搜集整理出来的《江南才女陈氏寄夫书》，我不得不钦佩陈氏横溢的才华，真不愧是江南的才女。家书言辞斯文华丽，引经据典恰到好处，表达情感情真意切，字里行间无不透露出对翁姑的孝顺，对丈夫行为的憎恨和渴望团聚之情，是家书中难得的珍品，可惜此家书现已失传。

父亲说，此家书在清朝末年和民国年间于黔地的贵阳和毕节等地民间广泛流传，当时的私塾先生也曾将此家书选入教材进行教学。父亲还说，他在之前读过并誊抄过的《江南才女陈氏寄夫书》原文末还附有这样一句话："当朝知府看了《江南才女陈氏寄夫书》后，欣赏陈氏德才，命令官吏将薄情郎赵修廷押回江南与其妻子陈氏团聚，并为陈氏立了一块贞节牌坊作为嘉奖。"

　　因时间久远，再加上是凭借父亲的记忆整理而成，虽然和百度上的两篇《江南陈氏女寄夫书》相比有很大的进步，用词更加准确且合乎情理，结构顺序更加合乎逻辑，词句对仗更加工整，且比两篇多出两百余字的内容，但肯定还存在不足之处。在此，权当抛砖引玉，敬望读到此文的读者诸君多多给予批评斧正，再进一步完善。若能寻找到《江南才女陈氏寄夫书》原文，并将其流传下去，是一件很有意义的事，这也是我们最大的夙愿。

水城"布依八音"

☆ 杨 锦

水城"布依八音"(也叫"八音坐唱"),是水城布依族地区世代相传的一种民间曲艺,以吹拉弹打唱为主要形式。表演时主要由木叶、箫筒、二胡、月琴、铜铙、皮鼓、铓锣、竹筒等八种乐器合奏,再伴之以唱腔,这就是"布依八音"。"布依八音"流传于北盘江、打把河、花地河、巴朗河、牯牛河、花水河沿岸的猴场、红岩、米箩、发耳、都格、鸡场、野钟、果布戛、花戛等布依族聚居区。"布依八音"的曲目、唱词和语言体现了布依族独有的文化特色,蕴含着布依族的生活气息,源远流长,婉转优雅,民族特色浓郁,被民间艺人誉为布依族的"文化艺术奇葩""人间绝响,天籁之音"。

"布依八音"是布依族人民在长期的生产生活实践中逐步创造形成的,它深深扎根于布依族群众之中,具有鲜明的布依族特色和广泛的群众基础。

据传,作为贵州土著民族之一的布依族,居住在大山深处的亚热河谷地带。由于夏天天气炎热,辛勤劳作一天的人们都有晚睡的习惯。每天晚饭过后,布依族人都要端上小板凳坐在自家的院坝里,在洁白的月光下或摆龙门阵,或谈古论今,或吹拉弹唱,各自发挥特长自娱自乐。后来,擅长吹拉弹唱的人,你听我拉,我听你吹,你赏我唱,我看你奏,各有千秋,互相欣赏,于是就自发地凑到一块儿,图个热闹。开始时,你拉完一曲,我再吹,我吹完一曲,你才弹,各吹各的曲,各弹各的调,慢慢地,大家发觉单吹独弹有些单调,便有人建议几样乐器就同一个曲谱同时演奏。一曲下来,大家不由自主地鼓起了掌,觉得很好听,很有韵味,很欢快,合声美妙无穷,不但演奏者自我感觉良好,旁听的人也深受感动,直到深夜,大家才意犹未尽地一一离去。之后,每天晚饭过后,大家都自己提着小板凳,带着自己擅长的乐器聚集在一起,一曲接着一曲,演奏不停。他们的兴趣越来越浓,悠扬婉转的音乐飘荡在整个寨子的上空，吸引了全寨男女老幼前来观看旁听。这时，主人家会拿出自家酿的米酒给大家伙喝"转转酒"。当演奏者尽兴时、观听者感动时、喝酒者兴奋时，大家便自然而然地跟着曲调唱，有鼓的打鼓，有锣的打锣，有铙的打铙，有竹筒的打竹筒，丰富了演奏内容。这种具有独特韵味的声乐演奏形式，把欢乐气氛不断推向高潮。从此，每逢闲暇时刻、节日节庆、红白喜事，大家就会主动地带上乐器到主事家吹拉弹唱，增添喜事氛围。久而久之，因主要有八种乐器，发出八种声音，人们就把这种合奏形式称为"八音坐唱"。

随着社会的不断发展和进步，布依族"八音坐唱"逐步登上各种活动舞台，其曲调与旋律也不断地调整完善。"八音坐唱"的唱腔曲调为"正调"，其他曲调统称为"辅调"，演唱时唱腔全用布依语。曲牌有正调、正音、走音、自路板、长调、倒长调、反簧调、倒茶调、吃酒调等，可单独演奏，也可边奏边唱。最具代表性的传统节目有《迎客调》《送客调》《敬酒调》《感谢调》《喜事调》《哀乐调》等，其内容主要取材于布依族民间口头文学、布依族古歌、民间音乐和说唱艺术，表现出布依族人民对生活的热爱、对丰收的期盼、对爱情的追求、对丑恶的鞭挞、对美好生活的向往。布依族"八音坐唱"是布依族特有的艺术形式，体现了布依族勤劳、智慧的民族精神，展现了民族风情，传播了民族文化。"八音坐唱"旋律古朴流畅，婉转优美，悦耳动听，深受各族人民喜爱，因其源远流长，婉转优雅，民族特色浓郁而被称为"声音的活化石"和"人间天籁之音"。

千百年来，布依族"八音坐唱"作为民间传统曲艺，一直在水城布依族地区的布依村寨世代传承着，不仅保存了布依族古老的历史文化信息，还传承了布依族古老的音乐。但由于布依族没有文字记载，存在传授的局限性，加之随着全球化趋势的加强和现代化进程的加快，"布依八音"的发展与传承受到现代文化信息和生活方式的影响、市场经济的冲击、打工潮的影响和社会成员流动性增强等诸多因素的制约，出现了八音队伍良莠不齐，人员流动性大，分布较散，年轻人缺乏学艺意愿和动力，没有及时得到合理的开发与利用，保护与传承的力度欠缺等问题。如今，"布依八音"演唱艺术的传承和发展面临着消亡的危险。

水西故里·扒瓦河的传说

☆ 肖俊良

我们知道，历史上许多氏族部落和民族的文明，大多都与某条河流有密切的联系。历史有时候就像一条河流，或清或浊，从远古缓缓地流淌过来，越流越远，越流越长，越流越厚重。河流有时候又与历史非常的相似，断断续续地经过高山、平原、沙漠，抑或跌入哪一个暗洞，便成了阴暗而潮湿的暗河，或者流向沙漠，永远地消失。

扒瓦河就是这样的一条河流。

扒瓦河并没有多少历史记载可考，但它的存在就是历史。它是乌江上流三岔河的一段，发源于毕节地区威宁彝族苗族回族自治县境内的香炉山、盐仓一带。《大定府志》载："乌江古各延江，源出威宁西南十五里之西海，海水上承州南之草海子。"乌江主源出于威宁草海，流经水城、六枝、普定、平坝，到织金、黔西、清镇三县交界处。时至今日，一些地方的地名仍是彝语音的汉字，如水城县木果乡的"木果"、钟山区德坞办事处的"德坞"便是其例。

三岔河由西北逶迤向东，时缓时急，时隐时现，经久不息地把乌蒙山脉切割成众多的深沟长壑和山间坝子。流经钟山区月照街道的这一段，两岸悬崖峭壁，谷窄峡深，跌宕起伏，气势压人，有史以来便叫"扒瓦河"。扒瓦河与阿勒河交汇后又入三岔河。扒瓦者，及彝族姓氏之一也。据考，扒瓦彝族部落为明清时期贵州水西地区彝族四十八土目之一。扒瓦家是明清时期"改土归流"前被封建中央王朝赐姓为安，史称水西安氏的默部慕济济的后裔，称德施氏，彝语为阿哲家。又据《西南彝志》载，默部慕济济后裔第五世舍乌姆之长子第六世蒙使迁往扒瓦，即今水城地区。"扒瓦"又有"上扒瓦"和"下扒瓦"之分，因为历史原因，"下扒瓦"的名声大一些，如今已是一个有近200户人家的大寨子。寨子曾遭受过一次大火灾，寨子中间还隐约可见一段由北向南顺坡而上的古驿道（官道），石梯经岁月冲刷，光滑如玉。寨子门前湍急的河流上建有一座雄伟的现代公路大桥——扒瓦大桥。该桥建成于1991年11月，长47米，宽9.5米，高16.6米，大孔跨度35米，大孔之上左右各有三个小孔对称。据《贵州通志实地调查》所记，扒瓦石桥始建于清朝乾隆年间，为石砌拱形，横跨南北，如长虹卧波。据传为原大定府员外郎梅百万独家捐资修建，有碑为记，可惜毁于清朝末年的一次洪灾，清道光二十一年（1841）重建，仍为单拱石桥，是水城厅通往大定府（大方）之要道、盐道。正建碑记也被1991年7月3日百年不遇的洪水冲毁。

据传，下扒瓦是一个古老的彝族氏族部落，沿袭水西土司制度，其历史可以追溯到1000多年前的唐朝时期，过去曾居住过官家、土目、头人、折溪、布摩及佃户、下人等。然而今天的居民大多是后来迁入的汉族，彝族居民已经不多，其语言服饰、生产生活也已渐汉化，几乎想象不出当年彝族氏族部落的文明景象。"蒙使扒瓦"是如何销声匿迹的，寨中人亦不知究竟。

所幸，有一天，我在独山村水井组走访了一位年逾八旬、头上仍包着青帕子、着长衫的彝族老人。高高的鼻梁，黝黑的皮肤，浓重的口音，老人有着典型的乌蒙彝人外表特征，他过去还是一个识彝文、通彝书、掌祭祀的"布摩"（历史上彝族土司、土目、官家、头人都比较尊重的彝族知识分子，社会地位较高）。如今他家背后的山上还保留着专供祭祀用的"祠堂"。老人对我慢慢地讲述了他小时候上辈人讲给他听的往事……

康熙三年（1664），水西宣慰使安坤与其云南友军首领相约从阿扎屯上率兵赶赴织金会盟，意在与吴三桂决一死战。正当他们将吴三桂追兵团团围困之时，安坤听信叉嘎拉建议围而不战，错失良机，反倒给吴三桂以可乘之机。一战下来，死伤万余，在今织金有一座万人坟为证。安坤兵败后收拾残部迁回阿扎屯天险，二次固守。谁知叉嘎拉又出卖了他，用吹号的方式告诉了吴三桂的先锋将领上山的暗道，清军一个"夜螺丝"（夜仗），安坤彝兵几乎全军覆没。情急之下，安坤仅带身边亲兵若干半夜从阿扎屯的山上落荒而逃……败军从夹沟越过小双龙峡谷，至下箐口、草盖瓦、滥木嘎，一路人马不停蹄地来到下扒瓦，欲渡河北撤回大定府，以图东山再起。

同年五月的一天，天空下着蒙蒙细雨，古驿道苔痕累累，战马不时失蹄，令败退的残兵阵阵惊慌。安坤不得不下马来，与兵士一路从发嘎湾子下至扒瓦河边。但见扒瓦河的水刚刚涨起，浊浪滔天，犹如惊雷。木桥早已被冲毁，一只不知名的小鸟孤独地蹲在桥桩上，仿佛有些忧伤。安坤看前路阻绝，偌大的河水如何渡得过去？后面的追兵一时不知自己的去向，但不日便会掩杀过来，想到自己堂堂水西安氏，拥十万彝兵，归顺明朝，朝贡纳粮，修驿开市，启拓蛮荒，豪霸一方久也，不承想先是引清军入云南，以去虎狼之患，后又联络各部反吴，落到今日之境地，心有不甘。他长叹一声："天绝我矣！"正在此时，有军士来报："宣慰大人，扒瓦地方的土目头人安阿六迎接主子来了。"但见一头包青帕，身着长衫，腰挎长刀的大汉，带着一千多人匆匆忙忙地赶过来，一齐匍匐在安坤面前，说道："请主子恕罪，奴才来迟，请到寨中歇脚。"惊魂未定的安宣慰遂安排前哨探路，后卫设防，又令亲兵保护好小官爷爷（少爷），随安阿六前往扒瓦官寨。一行人沿着下扒瓦河坎上的小路东下，两岸大山上莽莽苍苍的罗汉林发出的习习风声应和着下扒瓦大峡谷回荡的阵阵滔声，仿佛预示着这是一个不安的五月。在五月的阴雨下，白晃晃的洋芋花显得苍白而又无力。走了约半天，溃不成军的安坤队伍来到岔河头上，阿勒河对岸的奢都寨没有受到战事的影响，升腾起袅袅的炊烟，安坤的酸楚表情难以掩饰。他抬眼望，雨雾蒙蒙中，神鹰峰依旧舒展着两扇巨大的翅膀，仿佛正要去实现自己搏击苍穹的伟大理想，不禁让英雄泪洒衣襟。阿勒河大峡谷悬崖峭壁上的侠女峰，忙用雾纱遮住自己的脸庞，不忍看英雄穷途末路。透过云雾，安坤鹰隼般的眼神死死盯住侠女峰上的野羊岭，久久不愿离开。小官爷爷好奇地观察着阿爸的神色，他此时还无法感受到时事变化会给安氏家族带来的毁灭性打击，他也不会想到就在他脚下的岔河湾，若干年后就有一座与他有关的"憨包坟"（这是后话）。

淅淅沥沥的小雨终于停了。这时候，安阿六已引领主子来到自己的扒瓦官寨中。滥木嘎的上空云开雾散，还见了一阵昏昏太阳。安阿六借机献媚："主子一来，我们这小地方都天晴了。"安坤的脸上掠过一丝别人察觉不到的惬意。

扒瓦官寨上一时杀猪宰羊，乱成一团。

夜宴丰盛而简单。毫无食欲的安坤并没有狼吞虎咽，前途未卜的他仍不失主子的威严风度，寨中的各色人等更不敢把气氛搞大，战战兢兢。只有还不懂事的小官爷爷手足并用，大块吃肉，大碗喝酒，从嘴角流淌出来的油珠滴落在胸前的长命金锁上。金锁在油灯的映照下，更显得光亮无比，引起了许多人的注意。这长命金锁能保佑小官爷爷长命百岁吗？

夜幕很快降临了。正当安阿六想要不要给主子送侍娘的时候，安坤仍身着盔甲站在天井坝中的石板上，遥望扒瓦官寨对面山上的一个洞。但见那洞薄云环绕，酷似一弯月牙悬挂在天空，若幻若真，时隐时现，令人思绪万千……

一住三日，安阿六诚惶诚恐，生怕自己连奴才也做不好，得罪了主子，每日好酒好肉款待。虽然近几日还未探得追兵消息，可以休整一时，但安坤一望扒瓦官寨四周环境，背靠大山，寨前有阿勒河小碍，东有双洞，水流潺潺，却并无天然屏障，一旦追兵至，形如瓮中捉鳖，故不想久留。一日他让人在狭窄的阿勒河上架设木桥，沿前哨探得的山间水路离开。安阿六派出向导，并亲自随同渡过阿勒河，翻过发那嘎梁子，一路经水井顺着跳花坡（清朝末年，约1873年，苗族义军领袖何仙姑曾在今月照乡半坡、场坝一带即跳花坡，组织义军几万人抗击清廷军队，死伤无数，有力地支援了雷山张秀眉领导的苗族义军起义，动摇了清朝统治阶级的地位。笔者曾撰一联："半坡擎旗抗君令，独山倒笔写天书。"）而下，走到阿勒河手扒岩观察水情，又一路北上马家营梁子，经野羊岭，披荆斩棘，直奔交趾嘎交趾洞驻扎。周围凡有身家的头人大户自送粮饷不提。安坤驻军交趾洞，因前有河翻水涨的阿勒河，后有不知哪天不期而至的追兵，虽一时可据险而守，却不知正一步步地走向死亡。

野羊岭是阿勒河大峡谷连接南北几座大山的一座天生桥，山高路险，鲜为人知，只有南北往来之路被扒瓦河、阿勒河涨水阻断后，才有胆子大的人在此过往。野羊岭下有若干个大小溶洞，其中，大硝洞和猴子洞最为著名。大硝洞，顾名思义，即熬硝制火药的山洞。此洞奇大无比，可容数万人，洞深数百米，可东进西出，亦可西进东出，蔚为壮观。昔人熬硝制火药，古代兵工厂是也，而今仍灶台遗迹密布，不知其数，为水城地区所罕见。

安坤兵驻交趾洞，一面修建高墙壁垒，遍布栅栏，一面命能工巧匠赶制土台炮，还专派折溪（总兵）催令硝洞熬硝人昼夜不停，配制火药。有一天，小官爷爷一时兴起，非要与折溪一道去大硝洞玩耍，两人手执火把穿行于奇形怪状、光怪陆离的大小溶洞间，乐而忘返。因见一石钟乳状如倒之将军鞭，小官爷爷便忘情趋步欲摘，孰料石鞭断裂脱落，他怀抱石鞭跌入暗洞，昏迷不醒。折溪吓坏了，忙亲自探得小官爷爷跌入的暗洞，用绳索将其吊出，急忙连夜赶回交趾洞去了。只可惜小官爷爷价值连城的长命金锁掉在了洞中，被一长期游手好闲，看人熬硝为乐，混吃混喝的憨包拾得，也活该他发财。折溪派人找了几天没找到，又不好声张，便也想不了了之。哪知憨包多少天后想这金锁是官家物件，便前去奉还，并不知其贵，官家有感此情，赏银若干，憨包得来无用，便为族中人买田置地。憨色无嗣，死后族人将其葬于岔河湾并起碑示敬。这就是我们现在看到的一座建于道光二十一年（1841）的三碑四柱坟。

再后来，吴三桂探得安坤固守交趾洞，于康熙三年（1664）秋率大军围剿，发现洞中屯粮无数，柴火未熄，人马却不知去向。安坤是否死于交趾洞中，葬于何处，至今还是一个谜。

安坤的军师慨叹于水西宣慰使安坤之沉浮以及水西的悲剧，据说曾用彝汉两种文字写了一首诗来总结，一说刻于归集黄河悬崖上（即今北盘江），一说镌于阿勒河的峭壁上。笔者数次探寻，终未果。现将老一辈的口传记于此：

　　　　归集三屯在三方，歇且溢木叫黄河。
　　　　求扒曲爬笃慕米，不得哪个跨进脚。
　　　　嘎拉放在驾笆姆，涩直克厥掉下河。
　　　　涩直克厥唔哪啥，笃慕江山才打落。

安坤承袭祖制，受封朝廷，作为水西一代土司，其功其过，历史自有评说。但其固守扒瓦河、阿勒河畔，抗击清军，书写了水西彝族抗清的历史，在月照山乡留下了历史的痕迹，亦不当磨灭。

扒瓦河南岸有一块巨石，上有古树，根不连土，似从天降，颇为神奇。传说就是吴三桂坐骑踏落的悬崖巨石，这只不过是传说罢了，但亦不失为一独特之景。

红联碑

☆ 施 昱

一

四百七十多年的石拱桥，在烟雨中，如一幅画，一头联结着大定府，一头牵引着阿角仲。尤其是那蓝天下的五彩摩俄湖，一头挑着古老，一头散发着谷香，年复一年，春风吹又生。在炎热的烈日下，在金黄的稻浪中，这一幅水墨画，既沧桑古老，又沉重悲情。在某个秋日的黄昏，在风吹草低见牛羊的时节，在燕子低飞、暴雨即将清洗天空的盛夏，阿角仲的插秧人，依然身披蓑衣，头戴斗笠，既担心暴雨，又盼望雨注田园，总之心情是矛盾的。我的父老乡亲啊，匍匐在阿角仲的庙宇，抑或家神（香火）前，虔诚礼拜，感恩各路人马和神灵，乃至今天科学的哺育，方能获此丰年。抑或笙歌和鸣，养殖场热闹兴旺，茶园绿亮了沃土。这样的年月，阿角仲收获谷粮，抑或苦涩的爱情。春种秋收，伴随着一季又一季的失落，或者一春又一春的憧憬。

二

谷雨前后的日子，万物清新。春天虽然有独特的味道，但春寒料峭，始终还未暖起来。春雨没来润泽土地，花儿没有悄然开放，阿角仲的父老乡亲是不会把这时当成春天的。只有杜鹃啼鸣，草绿花繁，满地亮色，土地浸润着春雨的时候，春天才真正进入百姓心里，这才是阿角仲的春天。就算云雾朦胧，杜鹃只闻其声，不见其影，也不管阡陌小径农人稀疏，但百姓的心窗，已然明亮，在万物的萌芽中，一切都生动起来。

一屯一屯的坡地上，孩子们的笑脸被金黄的菜花衬亮，他们被田畴的蜂蝶吸引，拽着风筝，忘情地飞跑。禽畜发情，雀鸟闹春，它们也如田垄里劳作的乡民，种下的不仅仅是种子，还有满满的期望……

　　春去秋来，那个彩旗招展、人头攒动的场景——红联隧道开工仪式，照亮了阿角仲的多少岁月，温暖了多少人心间的寒冷。水城特区以德乡的阿角仲人，挥动雪亮的铁锤，用刚刚淬过火的钢钎，开凿红联隧道。阿角仲人从不怀疑未来，他们知道，就算打通红联隧道的困难犹如上刀山下火海，就算队员没有工程兵的经验，但是只要有干劲，心间的火把就不会熄灭。红联隧道的工友们血气方刚，从不怕修凿的艰辛，即便磨破了肩膀和手掌，甚至献出生命。随着时代的进步，人们多了冷静和科学的思考，但是曾经那个时代的人的勇气与精神，我们不应该怀疑，甚至要心存敬畏和感恩。大禹要不是有"三过家门而不入"的卓绝精神，汤汤之水怎能被他驯服？要不是他忘我地劳动，哪有治理水患的精神典范昭示后人？我们缺乏的不是科学，而是决然牺牲的勇气。所以红联隧道的农民工友，不愧为阿角仲摩俄湖养育的精魂。他们以血肉之躯，以钢钎为笔，以阿角仲摩俄湖的水为墨，书写浪花般的诗篇，书写放干湖水，就能拓植良田，增粮加产、饱满粮仓的文字。以"地当床，天当房"的工友，以土油灯的微弱之光，创造了提前3个月打通近2千米石山隧道的惊人记录。这是阿角仲的创举，是红旗血魂的召唤，是甘洒青春热血舍身付出的时代精神。这些英雄徒步踩出深深浅浅的脚印，篆刻阿角仲红联隧道的时代印记，鼓励了后人，让这种骄傲成为一种精神。

三

　　红联隧道的红联碑，字字千钧，赫然矗立在隧道西面不远的龟山上。某个仲春的清晨，空气还有些润湿，我乘着春风，从隧道东进口的桃花林进入凉风阵阵的隧道口。我没有为洞口优雅的弧形拱门而感到自豪，反而心沁凉意。这幽深的隧道，从西向东，通达1.6千米外的沙居麻窝，再至乌江南源的三岔河。试问，我们出征的远方，你可否一直跟随？此时，我脚下的石坎是五面石紧扣的河渠，水流咆哮，冲撞着石头缝隙中的飘零草叶，像撞击着冰冷的心墙。我不敢想象，20世纪60年代末的时空中，风雨怎样浸泡着这片土地。那些红联隧道专业队的民工，被轰轰烈烈的欢送场面所感动，背上简陋的行李，甚至有的两手空空，从温暖的小家奔赴工地，驻扎进红联隧道专业队的简陋厂房。劳动之余，他们也会赤裸身体，跃入莹莹湖水中，痛痛快快地洗个凉水澡。黝亮的皮肤，照亮岸上的麦苗，他们的心境是否也如此明亮？他们的黄色军衣，晾晒在洞口的桃树枝上，绿色的衣服已被磨破，一个个破洞像极了一朵朵桃花。草绿色的军衣，就算被生活磨得洞洞眼眼，甚至不能再穿，却依然干净笔挺。这让我想到那个时代军人的坚韧的品质，顽强的意志，飒爽的英姿，都是那个时代军人的象征，是人们对军人的仰慕。那一份骄傲融在血液里，奔涌着，沸腾着。清风摇曳着桃树枝条，花絮飘舞，融入麦浪田畴……红联隧道专业队的工友们注视着桃花，聆听着清风送来的民歌，家中亲人的身影似在桃红里晃动，惹得工友们眼角雾起，桃花也在抖动。

四

"桃花潭水深千尺，不及汪伦送我情。"唱吟诗句的是当过代课教师的郭二叔。他脸色红润，像盛开的桃花。工友中数郭二叔年纪最轻，他又教过书，孩子们就是在他的朗诵中爱上故土和书本的。他的和善最能吸引大家。工友们向他围拢过来，他的朗诵甚至还会引来苞谷林中姑娘们甜美如泉的歌声。所以工友们只叫他当记工，当雷管保管员，兼做掏雷管、安装火绳等轻松一点的工作。望着幽深的湖水，他在思考：放干了湖水，良田会迅猛增产，阿角仲就是天然的粮仓。睡梦中，他看到阿角仲稻谷的金黄色，笑声甚至惊醒了熟睡的工友。他的梦，在桃花上闪烁，清风吻之。癸丑年的冬天，天空阴霾，阿角仲的乌鸦停在官房头树林的枯枝上，发出哀鸣声。黄昏的暮霭中，一声沉闷的巨响划破寂静，郭二叔的右手被炸没了，飞溅的血雾犹如飘落的桃花，泼洒在石壁上、石峰中，郭二叔倒下了。他被送到医院，昏迷中的他仍念叨着："雷管、雷管……"郭二叔只是个普通农民，但他心怀责任，即使手残了，心中依然牵挂着自己的工作。自此，工友们再未去碰洞头的桃花，可是桃花却开得格外鲜艳。记忆中，郭二叔用独臂薅苞谷，种洋芋，在他参与建设红联隧道期间开垦出的耕地中，吃力地挥动左手，右手空洞的袖口飘舞着，像一面迎风哗啦哗啦响的旗帜。此时，作为郭二叔的学生，我心中自然不忍，依旧牵挂着他。

放牧时，我和小朋友们躲在离他不远的草丛中，偷窥老师艰难地劳动，我的眼角被亮绿的笔杆草上清香的水雾打湿，郭二叔的影子逐渐模糊起来。为了鼓励他以及肯定他做出的牺牲，以德公社联合大队第三生产队将阿角仲坝子中的两亩土地划分给郭二叔。他没有向组织多伸手，依然用他空洞袖管里的右臂配合左手，在他曾经开凿的红联隧道前耕田种地，好像从来没有忧伤过。红联隧道里的桃花映衬着他的世界，照亮了他脚下的黄土高原。我不想去揣摩当时的状况，但是郭二叔的奉献与付出一定会得到社会的认可，也许他还会在20世纪八九十年代"民转公"的优惠政策下，转为国家正式的公办教师。我为郭二叔遗憾，但他永远挂在脸上的微笑，始终如一树桃花，一季季地在孩子们的心间开放，灿烂着故乡的原野，留在摩俄湖的山水间，镌刻在红联隧道的碑铭上。

五

四十多年后，辛丑年的春天，被红联精神所感动，我拜访了红联隧道工程功绩纪念碑。十分遗憾，纪念碑在几十年的风雨肆虐中，已经沧桑，碑记底座破损，几近坍塌，碑文字迹已然模糊，大多数文字被毁。为了铭记这段历史，我们一行四人，想尽办法拓印残碑文字，以告慰逝去的红联隧道的建设者，彰显劳动者的牺牲精神。现瑾拓残缺碑文：

……学大寨伟大号召……公心立壮志……

大河矿办事处等单位大力协助……大体的专业……修队伍于一九七三年……八百一十米……三万二千六百二十元……原计划十四个月零四天……

……腾出耕地五十亩，年产粮食十五万斤……

……在党的路线指引下，取得辉煌成就……

……在毛泽东思想光辉照耀下……立下愚公志……践成了群众就会变成……

红联隧道专业队　启
一九七六年二月二十六日

（注：省略号处字已损毁）

兹录下残存的碑文，我心惶惶。

在返程的车上，我的心情异常沉重，既有对那段历史的敬畏，又有莫名的感伤：在新的征程中，比如摩俄湖的开发利用，保护了绿水青山，但是看到文物《红联隧道工程功绩纪念碑》的保护状况，不得不让人唏嘘。设若，在修建摩俄湖水库时，或者更早一些时间，保护此碑，无异于保存了那一段激情燃烧的岁月，以及阿角仲摩俄湖的历史文化，这也是我们肩上的责任啊。碑文内容虽然残缺不全，但是很幸运，至少从依稀的文字可以遥想当时的概况。不难看出，红联隧道的修建，是水城特区以德公社"农业学大寨""工业学大庆"的示范工程，得到大河矿办事处等有关单位的大力支持。放干阿角仲大坝中的湖水，使土地面积增加，粮食增产，而且提前完成工程，这是在党的路线指引下取得的辉煌成就，是在毛泽东思想光辉照耀下群众践行其路线的结果。从碑文也可分辨出竣工和吉立纪念碑的时间。不管怎样，能拓片留文（不是全文，只是部分文字），为今天大河镇周家寨和大地村留下一点文物的记录，令我心稍释然，但又怎能完全释然？愿这种为了百姓的精神，浸润这片土地，并得以发扬和传承。

手抚斑驳的残碑，风啸啸兮，从摩俄湖面袭来。眺望残碑对面的茶林，被金黄的菜花簇拥，几个放牧牛羊的老农手执响鞭，吆喝着牛羊群。我激动地估算他的牛羊至少值20万元，他高声说："30万都是我的钱！"我有些窘迫，但又反思，若时间倒回到修建红联隧道的20世纪60年代末期，哪个农民敢有这样的底气？我的心像菜花一样，亮了湖面。湖水中，一群划船的水鸭从九孔飘带桥下，如袖珍般的船儿欢快游来。风雨桥上的风铃叮当作响，和着牧人吆喝的声音，渐渐宏大起来，像一曲悲壮的曲子，更像湖畔绿芽张扬的采茶场上劳动的民工齐声的即兴合唱。这歌声犹如绿色涛声，一浪又一浪地撞击着湖心，激越兴奋，却也带着几丝莫名的感伤。我难以言明，有历史的因素，也有个人的因素。当九孔飘带桥南面的国学钟声响彻阿角仲的摩俄湖时，一群面若桃花的孩子，迎着朝阳，穿过空气潮润的茶园，向国学馆奔跑，我心中有一股激越的声音：沿着历史沉重的路，就算疼痛，也必须向前，至少一代人比一代人幸福。这是这片土地散发出来的时代清音，混合成一股巨大的洪流；又如这奔涌的湖水，势不可当，就算曾有过许多忧伤；也如阿角仲前进的历史，哪有一帆风顺？只有不畏牺牲，一往直前。

六

  拜访红联碑,我的心情是沉重的。躅躇湖畔,道旁茂绿的草色照亮了别墅,一位年轻的妈妈抿嘴微笑,眼睛的光亮中,映照着孩子背诵《三字经》的身影。"人之初,性本善……"孩童稚嫩有节奏的朗诵声,穿过湖面蜻蜓的羽翼,好似飞了起来。画影中,我被国学馆金鼎的亮光吸引,装饰的红蓝色互相映照,金鼎恰如礼帽,在阳光中散发出书页的清香。穿行九孔飘带桥上的风雨楼廊时,清风袭来,耳鬓发出清肃的乐声,临湖扑鼻的荷香,沐浴着肌肤、草叶和鸥鹭。清越的钟声,穿越桥廊,吻着湖水,风徐徐而来,荡漾湖面,摇曳的纹路,犹如我此时的思绪。真想敞开胸怀,拥抱这难得的风景,以及明媚的阳光。这里,始终有一股自然的清气,走过蛮荒与落后,跃过水患成灾的冰冷,克服了常人难以想象的困难,但人们面色不改,心中坦然,始终怀揣亮光,脚步没有停息。湖的两岸,象脊般的群山似在奔跑,又有点儿湖水的样子,看似表面平静,内心却汹涌着、翻腾着。

  听说,摩俄湖国学馆的国学钟,有神奇的力量——"拜敲国学钟,儿孙坐朝中"。我想,这是开发建设国学馆、摩俄湖的人们,对这片山乡的美好祝愿。这凝聚着团结、勇于克服困难、不怕牺牲的精神,定是来自国学钟的浩然正气。我肃然起立,面向红联碑和国学钟,虔诚地拜了下去。

韭菜坪传奇

☆ 马美燕

贵州屋脊韭菜坪，位于六盘水市钟山区与毕节市赫章县交界处。由于半山腰生长着大片野韭菜，又因山脊侧坡地势相对平缓，故名"韭菜坪"。景区主峰海拔2900.6米，为贵州最高峰，夏季凉爽，冬季积雪，享有"贵州屋脊"的美誉。登上韭菜坪山顶，鸟瞰四周，乌蒙磅礴之势尽收眼底。韭菜坪风光旖旎，引发我探访的好奇心，于是我背上背包，慕名前往，去韭菜坪采编美丽的民间故事。

相传明末清初，六盘水境内有一大户人家，世代经商。掌管家政的主人属百家姓之首，名伟龙，40岁出头。赵家一脉单传，长子赵浩年纪轻轻，对经商不感兴趣，偏偏喜欢木工活，时年22岁，却已经是一个技艺高超、远近闻名的木匠了。其父异常恼火，儿子不能继承父业，这偌大的产业谁来继承？赵伟龙伤心难过也无济于事，无法改变儿子的志趣。就在赵伟龙45岁那年，儿子经朋友介绍，准备前往云南做雕花木工活。赵浩是个孝子，征得父母同意后，临行前特意去向父母辞行。父母不放心，让他带了一个随从跟着去，可他不愿意让人伺候。

赵浩来到云南，木工才艺得以施展。他心灵手巧，所做木工雕龙画凤，活灵活现，当地大财主慕名而来，请他去做家具。赵浩不光为有钱人做木工活，还乐意为穷人做木工活，并且不收取穷人的手工费。一次，赵浩应邀去帮一户穷人家做家具。这户人家姓刘，靠为别人耕田为生。来到刘老汉家，赵浩发现这家人气氛不对，家里似乎笼罩着忧伤。刘老汉终日愁眉不展，老伴有时还偷偷抹眼泪。赵浩见状，主动对二老嘘寒问暖。刘老汉被热心肠的赵浩感动了，休息时间，毫无保留地向赵浩讲述了自己的家事。原来，刘老汉膝下无子，有一女儿刘玉天生丽质，如出水芙蓉，根本不像佃农家的孩子。这些年到刘老汉家提亲的人很多，可是女儿总看不上。原来刘玉心中早已有了心仪之人，那便是和她青梅竹马一起长大的罗军。罗军也是穷苦人家出身的孩子，老实厚道，善良勤劳，靠蜡染谋生。正当双方父母准备为两个孩子操办婚事时，突然节外生枝，半路杀出一个程咬金，破坏了这门亲事。当地一霸李大财主的公子李建看上了刘玉，他仗势欺人，要强占刘玉为妻，刘玉死活不从。为了让刘玉死心，李建勾结官府陷害罗军并将其送入大牢，随后上门逼亲。李玉受此打击，当场昏厥病倒在床，悲痛欲绝，好几天茶饭不思。李建却步步紧逼，派人送上聘礼，自择良辰吉日，并放出话来，如果刘玉敢不从，就等着给罗军收尸，恐吓威胁后带着人扬长而去。

赵浩听后在木板上重重地打了一拳，愤怒地说："岂有此理，简直是天理难容。"为了帮助刘老汉一家，赵浩以一个兄长的身份去劝说刘玉，要她保重身体，自己会竭尽全力将罗军营救出来。刘玉的思想工作做通了，赵浩随即取出身上的积蓄，托人去衙门打点，将罗军救了出来。罗军和刘玉相拥而泣。此地不可久留，李建一定不会善罢甘休。为摆脱李建的纠缠，赵浩提议二人远走高飞。刘老汉犯难了，两个穷孩子能去哪里安身呢？一家人急得像热锅上的蚂蚁。赵浩见状，向刘老汉介绍了自己的家庭背景，愿意将罗军和刘玉认作弟妹，送他们到家乡同赵家一起生活，保管二人衣食无忧。刘老汉夫妇千恩万谢，把女儿和未来女婿托付给了赵浩。

趁着月色，三人辞别二老匆匆起程，悄悄离开了滇地直奔黔地。没有交通工具，三人一路向东徒步而行，翻山越岭，爬坡上坎，经过一个多月的艰难行程，终于抵达黔地。然而就在距离赵浩家乡不远的地方，刘玉已奄奄一息，原本离家前就身体虚弱尚未康复，加之一路长途跋涉，她最终耗尽体力昏迷不醒，罗军只好背着刘玉艰难前行。他们在翻越一座海拔较高的山峰时，刘玉突然呼吸困难。罗军将她轻轻放下，取出木瓶喂她水喝，可是刘玉连吞咽水都困难了，然而她脸上没有即将面临死亡的痛苦，始终挂着一抹美丽的微笑。她断断续续地对罗军说："我不行了，就把我葬在这高山上吧！我可以回望滇地，还可以眺望赵大哥的家乡……"说话间，她头一偏，咽下了最后一口气。罗军失声痛哭，捶胸顿足，赵浩也忍不住潸然泪下。

二人在半山腰找到一块向阳的平地，用锋利的石器刨一个坑，安葬了刘玉，并在坟前竖起一块无字碑，然后依依不舍地离开。当他们抵达山顶回望半山腰时，看到了一大片火红的花海。罗军和赵浩惊呆了，为看个究竟，二人快速返回半山腰。来到刘玉的墓地，二人简直傻眼了，只见墓地的周围瞬间开满了鲜艳的韭菜花，在秋天的阳光下绽放芬芳。赵浩对罗军说："有这些韭菜花陪伴，想必刘玉妹妹就不孤单了。"他话音刚落，奇迹再次出现了，只见罗军整个身体腾空而起，然后又慢慢落下，待站定之后竟然化为一尊石像，立在刘玉的墓旁。赵浩大声呼唤罗军，狂奔过去想要抱住他，然而触摸到的却是坚硬的石头，罗军变成了石人。

赵浩悲伤极了，他十分自责，自言自语地说："这是为什么？是我害了你们呀！"他踉踉跄跄地向悬崖走去，神情恍惚中，突然听到有人在说话："年轻人，不必难过，这是他们最好的归宿，难道你没听说过有情人终成眷属吗？请回吧！他们不愿意看到你如此伤心难过。"赵浩停住脚步循声望去，只见一个白发飘逸的长者正看着自己微笑，随即一闪就消失了。赵浩再次返回韭菜花海中，采摘了一束韭菜花，插在刘玉的坟上，又采摘一束放到石像旁，然后含泪离开。

赵浩回到家后，再也不做木工活了。不知是为了却父亲子随父业的心愿，还是为了缅怀那片韭菜花旁的弟妹。在后来的日子里，每逢秋天，赵浩都要亲自到韭菜花开的地方去祭奠。许多年后，偏僻荒凉的韭菜花附近迁来了几家猎户，人们把这个地方称为韭菜坪。

北盘江上的茶盐古道

☆ 王鹏升

在北盘江峡谷两岸的高山峻岭上,蜿蜒曲折的羊肠小道在笔直挺立的大山中间盘旋环绕,深入云端,这就是历史上的茶盐古道了。它垂直落差达680米,全长20多千米,保存下来的仅5千米许,即二台坡古驿道、姜坡古驿道和龙场坡擦耳岩至挖营口子古驿道。

由于盘江两岸地势险峻、山高坡陡、路险难行,至今这里还流传着"爬了姜坡二台坡,剩点气气也不多""过了铁索桥,命都要丢一条""上了擦耳岩,耳朵掉下来"的民间俗语。

北盘江俗称归集黄河,据史料记载,清光绪元年(1875)至宣统元年(1909),先民们就在这里开辟了一条茶马古道,它由云南普洱为起点,跨滇黔界,经普安州进入水城地界,经兰花箐、营盘山渡船寨,再经小黄河渡口过江,爬上二台坡、姜坡,过皮匠湾(现新街乡),经阿扎屯到比德出境,经六枝岩脚直达安顺,从而形成了滇黔古茶道。随着茶马古道的开辟,远在云南东川的彝族先民结伴而行,来到小黄河设置渡口,以渡船为职业,运送往来客商。由于康姓、谢姓居多,所以小黄河渡口曾被称为"康家渡""谢家渡"。营盘山上有一村寨称为"渡船寨"。当年在北盘江开拓茶马古道十分艰辛,那时运输茶叶只有少量靠马驮,大部分靠人力搬运,宣统二年(1910)后茶商鲜见。

随着川盐入黔,尤其是铁索桥建成后,因桥头迁入高姓人家,这里改名为"高家渡铁索桥"。北盘江上的古驿道成为水城县至普安州营运川盐的要津,即从四川自贡出发,经毕节大方,进入水城界古驿道,再经高家渡直达盘县兴义。当年的盐商、马帮、背夫络绎不绝,寒来暑往,在古驿道上穿梭往来,贩运食盐及生活必需品,形成了山间铃响马帮来的热闹场景。往来行人累了就在铁索桥两岸的亭子里拴马喂料，歇脚休息，如今，二台坡古驿道怪石嶙峋的山崖边，在凹凸不平的石块上，还有那时留下的深深的马蹄印和背夫们打杵歇气的痕迹。

滔滔北盘江，悠悠古驿道，旧貌换新颜。如今的茶盐古道，风光俊美，群山浩荡，壮观迷人。站在姜坡顶上，远眺北盘江大峡谷，碧绿的江水犹如一条玉带飘浮在群山峻岭之间，水柏铁路、水盘高速公路纵横交错如巨龙腾飞，公路大桥和铁路桥飞跨南北，天堑变通途，可谓一个大型桥梁的实景博物馆，又似一幅"两岸奇观万象争辉，一江美景千山竞秀"的壮美画卷。

茶盐古道不仅为助推滇川黔经济发展做出了巨大贡献，而且先民们在茶盐古道的旅程中所表现出来的不畏艰险永向前的奋斗精神，更值得我们缅怀和继承。曾经，北盘江的盐茶古道像活力奔腾的动脉，源源不断地将物流、人流、文化往来输送，生生不息。今天，盐茶古道上成群结对的先辈及马帮的身影已然远去，远方飘来的茶香盐味已消失得无影无踪，清脆悦耳的马铃声早已消失，但先辈们的足迹以及留下的万千记忆却深深地刻印在古驿道的崇山峻岭中，它化作中华民族的拼搏精神，让后人永远铭记，为我们带来了诗和远方，激励着我们为实现中华民族伟大复兴而不懈努力。

第四辑

饮食凉都

凉都三宝

☆ 符 号

中国凉都·六盘水气候凉爽、舒适、滋润、清新，紫外线辐射适中等特点，2005年8月被中国气象学会授予"中国凉都"称号。独特的山地气候、土壤等优势，孕育了独特的山地特色产业。截至目前，六盘水茶叶种植面积31.51万亩，猕猴桃种植面积20.08万亩，刺梨种植面积117.56万亩。因茶叶、猕猴桃、刺梨的品质极好，被美誉为"凉都三宝"。

——题记

凉都伯宝茶叶

巍巍北盘江，四季如歌，孕育出了多彩如画的"中国凉都"；哒哒马蹄声，源远流长，回响在川藏滇黔的茶马古道上。贵州是世界茶叶的发源地之一，也是古老茶文化的发祥地。

俗话说："好山好水出好茶。"六盘水地处云贵高原乌蒙山麓，境内层峦叠嶂，沟壑纵横，乌蒙磅礴，连绵不绝，云雾缭绕，北盘江水千年流淌；气候凉爽，冬无严寒，夏无酷暑，奇山秀水，物华天宝，历史悠久，底蕴深厚，拥有源远流长的茶文化。

茶圣陆羽所著《茶经》中首句："茶者，南方之嘉木也。"南方有嘉木，黔地出好茶。《茶经》还记载："茶之为饮，发乎神农氏……至若救渴，饮之以浆"。《贵州古代史》载："中郎将唐蒙通夷，发现夜郎市场上除了僰僮、筰马、髦牛之外，还有枸酱、茶、蜜、雄黄、丹砂等商品……"这段记载说明古夜郎国在当时甚至更早以前已经存在茶叶初级市场。据地方志记载，坐落在牂牁江畔的夜郎故郡六枝特区，在明代属朝廷贡品富硒茶叶"朵贝茶"产区，现依然有古茶树存在。经中国茶科所、贵州大学等专家教授鉴定，树龄最古老的是六枝特区上木冲古茶树，据估计树龄为600—800年。

《贵州通志》《水城县（特区）志》等史志记载："清朝雍正元年（1723），水城的木城茶叶就被采集制作敬献朝廷，此后连年成为'贡品'"。水城木城贡茶也因此而闻名。《六盘水市志·农业志·畜牧志》载："木城茶，木城乡，为水城特区种茶最早之地，已有二三百年种茶史。迄今，百年老龄茶树仍然可见。所产之茶，经用砂质茶罐再行炒制后冲泡，高香浓郁，不仅绿、黄二茶之特点兼收其中，且耐冲耐泡，深受饮者青睐。在清乾隆年间（1736—1795），当地曾以之作贡品。"茶汤色泽明亮、回味甘醇、清香宜人，并且耐泡。早在清乾隆年间就作为贡茶，供皇室享用，其茶品质可见一斑。为了能定期向朝廷上贡，地方官员还专门在木城设立马店（驿站），要求专人采摘、专人炒制，然后用马驮经郎岱、安顺运出，以便京城的达官贵人能喝到应季贡茶，形成繁盛一时的盐茶古道运输盛景。

六盘水属于高原山地地区、亚热带季风湿润气候区，兼具高海拔、低纬度、寡日照、多云雾、漫射光多、立体气候明显、昼夜温差大、早春回暖快等天然优势，是产茶理想之地。《茶经》曰："茶者，上者生烂石，中者生砾壤，下者生黄土"。由于特殊的纬度、海拔和地形地貌，六盘水茶区所处地质结构以沉积岩为主，富含茶叶生长需要及对人体健康有利的众多矿物质和微量元素，尤其是硒元素。这里生产的茶属于无公害、绿色、有机茶，茶叶水浸物、氨基酸和茶多酚的平均含量均高于国家标准，成就了凉都茶叶香高馥郁、鲜爽醇厚的独特品质。

由于特殊的地理环境和气候条件，凉都茶已成为名副其实的"生态茶""早春茶""富硒茶""康养茶""文化茶"。

凉都茶是名副其实的"生态茶"。六盘水人始终秉承天人合一，人与自然和谐共生的理念，"生态"是六盘水茶叶最显著的标志。六盘水地处北纬25度到27度之间，造就了低纬度、高海拔、寡日照，山高谷深，沟壑纵横的地理气候特点。六盘水境内云雾多，漫射光多，昼夜温差大，雨量充沛，光照充足，冬无严寒，夏无酷暑，气候温和，年平均气温15℃，给茶树提供了有利的生产环境。

高山多雾丰富的漫射光，促进了氨基酸咖啡碱等有效成分的积累，使茶叶别具香气和滋味，同时六盘水空气湿度大，使茶树在光合作用中糖类转化为纤维素的过程缓慢，有效提升了茶叶的嫩度和色泽。六盘水生态环境良好，森林覆盖率高达63.91%，空气负氧离子高达每立方米1.3万个，是"蓝天白云常相伴，峰丛湿地绿相拥"的宜居之地，也是高品质生态茶叶的生长区域。

六盘水生态茶区主要有六枝特区毗邻"朵贝茶"产区的"大用古树茶"和水城区蟠龙木城"贡茶"古茶树基地；有水城区龙场、顺场、杨梅等大寒节气还未到就可开采的"蛰前早春茶"等茶叶基地；有盘州市大众创业种养殖农民专业合作社的茶叶种植基地，位于鸡场坪镇龙脖子村南端六盘水第一个被写进《中国登山圣经》的名山——"轿子顶"上，海拔2347.5米，是目前已知贵州省海拔最高的人工茶园，这种海拔高度的人工茶园，在全世界来说也比较少有的。

凉都茶是名副其实的"早春茶"。说到早春茶，就不得不说到"水城春"。"云雾中的水城，舌尖上的春天。""喝着，喝着，春天就来了！"说的就是六盘水的早春茶——水城春。地处凉都腹地的水城春主要茶区终年云雾缭绕，生物多样性丰富，具有发展无公害茶、有机茶、出口茶的优势。2019年，贵州气象局山地气候研究所研究了水城30年以来的气温、日照和湿度等综合气候条件，得出了水城春茶气候品质为特优等级的鉴定结果。水城春茶多次在国际国内茶事活动中一马当先，2019年，"水城春"荣获亚太国际金奖、古树茶茶王、古树绿茶金奖。"茶制于早春，为最上品"。水城春茶，是一杯早春茶。

水城立体气候明显，雨热同期，云贵准静止锋造就了这里独特的自然条件，促使水城的茶产区早春回暖快，在同等气候条件下，每年开园比本省主要产茶区早10—15天、比江苏、浙江一带早20—30天。古诗中"待到春风二三月，石垆敲火试新茶"的情景，在水城的"数九寒冬"就可以实现。六盘水市委书记李刚曾赋诗一首赞誉水城春茶：

天下佳茗出黔中，
金风玉露育仙种。
最是水城春来早，
红炉玉盏慰东风。

凉都茶是名副其实的"富硒茶"。"物以稀为贵，茶以硒为最。"六盘水土壤天然富硒，具有开发多样保健功能的富硒茶潜力。六盘水茶产区主要分布在山地上部区域，在砂页岩发育而成的砂质壤地域且富含煤层。根据植物成矿学说，地质变迁成矿并转化为煤的过程中，土壤富含对人体有益的硒元素，硒元素对于富硒茶的生长起到重要作用。

地处凉都腹地的水城区，是继中国陕西的紫阳、湖北的恩施之后发现的第三个富硒地带，经中科院贵阳地化所以及农业部茶叶品质研究中心对水城杨梅片区的砂质岩产区的土壤进行检验，含硒量达到每公斤1—5毫克，是地壳中硒密度的11.1—142.9倍，茶叶的富硒含量每公斤0.8-1.5毫克，属于理想富硒范围。

茶叶中的有机硒蛋白有很好的抗氧化性能，对于防止脂类过度氧化，延缓人体衰老，预防中老年人心脑血管疾病具有明显作用。经过科学种植，科学加工，生产出的茶叶无污染、无农药残留，符合国际标准要求。

凉都茶是名副其实的"康养茶"。茶树喜光耐阴忌强光直射，耐阴喜润，喜湿怕涝，水城茶园地处海拔1200米—2300米、北纬2°—35°的黄金纬度，这里的气象因子垂直变化明显，随海拔高度的增加，光照强度减弱，气温和地温下降，空气相对湿度增加，一年中无霜期长达240—300天，日照率29%—36%，日照短，漫射光多，紫外光丰富，降雨量达到1200—1500毫米，空气相对湿度76%—82%。茶园周围林木丛生，茶园上空云雾飘浮，非常有利于茶树更有效地加强光合作用，从而促进茶叶中滋味成分和含氮芳香物质成分有效积累，使得茶多酚、氨基酸、咖啡碱、维生素、蛋白质、叶绿素等内含物丰富。

六盘水5月至10月受东亚暖湿季风的影响，春秋相连，夏无酷暑，夏秋两季温度差异小，雨水充足，空气相对湿度大，使茶树新梢持嫩性强，叶质柔软，减缓了夏秋茶叶的老化程度，生产的夏秋茶与晚春茶品质差异较小、品质高，生产的秋季名优茶品质也相当优越。茶树在这片土地茁壮成长，所产绿茶色泽绿亮、肥厚柔软、茶香馥郁、茶汤浓醇鲜爽，回味悠然，是优质茶的标志。

根据2018年农业部茶叶质量监测中心的分析报告，水城蟠龙古树茶的茶多酚EGCG的含量，高出普通绿茶1.7倍。EGCG被称为世界"癌症克星"，是抗衰老、抗癌、抗心脑血管疾病"保健之王"。2015年，原国家质检总局批准对"水城春茶"实施地理标志产品保护，2021年农业部将水城春茶列入全国名特优新农产品。

凉都茶是名副其实的"文化茶"。六盘水市有史记载的最早茶贸活动出现在汉代。据《贵州古代史》载，汉武帝时期，唐蒙通使夜郎时，发现了夜郎故地已有茶叶在市场上流通。唐代，驿道建设促进了本土与外界的盐茶交易。各地土官负责对驿丁的管理、馆舍的修缮、接待和通信，利用与过往官员、来往客商社会交往之便,从事盐茶交易等商品交流活动。

宋代,受于矢部地(自杞国)、牂牁国(后称罗殿国)、罗氏鬼国三个藩国饮茶习俗影响,六盘水市境内茶贸活动兴盛一时。

元代,由土司掌控"长官茶""马头茶"盛行,民族民间茶制作工艺不断得到丰富和提升,茶叶贸易市场活跃。

明代,茶被提高到"官茶储边易马"的国家战略物资层面,六盘水市境内土官大都经营管理着大量茶山,并依朝廷规定挑选上等好茶作为贡赋上交,市境茶肆茗楼众多,茶叶贸易市场主体不断丰富,茶叶贸易市场活跃度不断提升。

清代,中国的茶叶以大宗贸易的形式迅速走向世界,曾一度垄断了整个世界市场。茶成为市境官方和民间的礼俗代表物,茶叶贸易主体更加多元,市境内各地纷纷开设茶楼茶馆,促进了茶叶消费市场的繁荣和茶叶贸易的发展。

民国时期,由于受政治、经济的影响,交通阻隔,茶区沦陷,整个中国茶叶生产都陷于极度衰落的境地。在大环境下,六盘水市境内由茶馆带动的茶叶贸易也只是昙花一现,市境茶叶在很长一段时间只在本地进行小范围交易。

近代,龙天佑是市境内广为人知的茶人。据传,清朝康熙年间,市境内彝族世袭土司龙天佑喜茶,常以茶为待客之物,并在府上形成了"敬三道茶"的茶礼。其在居住地"簸箕营"(今盘州市保基乡)开辟茶山以供日常饮用,剩下的茶则卖到外地以补给开支。在他的影响下,周边百姓也开始自种茶叶,并形成了"敬三道茶"礼俗。

茶不仅有着严格的茶礼仪,也有着别具特色的茶风俗。不同时代、不同民族、不同地区都有不同的饮茶文化。汉族同胞热情好客,友人来家作客,都会以一杯清香宜人的茶水来招待,以表示敬意;白族以"一苦二甜三回味"的"三道茶"或用小砂罐煮制的"响雷茶"款待宾客;苗族会向到访的客人奉上"三碗不见外"的"油茶",当地盛行着一句赞美油茶的顺口溜:"香油芝麻加葱花,美酒蜜糖不如它。一天油茶喝三碗,养精蓄力有劲头。"还有回族罐罐茶、仡佬族"三献"茶宴都表达出水城各族人民对茶的喜爱。

在六盘水市境内少数民族地区,以茶祭神更是习以为常,一般流行祭茶神,分早、中、晚三次:早晨祭早茶神,中午祭日茶神,夜晚祭晚茶神。

茶食与茗宴是古代吃茶法的延伸和拓展,而从饮茶到茶膳,从品饮到养生,从茶叶到美食,茶叶被赋予了更丰富的饮食文化内涵,形成独树一帜的茶膳。"茶是仙草,茶是正心之物",且有"从一而终"的寓意,很多民族在婚丧嫁娶礼俗中都要用到茶,茶也成为诸多礼仪场合中不能缺少的重要元素。

从远古走来的凉都"水城春",吸云贵山川之灵气,浴磅礴乌蒙之清晖,承两江源头甘露之润泽,蕴多姿多彩民风之精华,得天时地利人和,在深山老林里陶然静处、纳秀吐芳。

南方有嘉木,黔地出好茶。世界茶叶看贵州,贵州茶叶看凉都。凉都依托得天独厚的地理、气候、生态环境,赋予凉都茶独特的品质,凉都独有的天地灵气、日月精华,铸就了以"水城春""碧云剑""九层山"等为代表的凉都品牌名优茶。

大气磅礴的乌蒙山脉与19℃的夏天共同孕育了凉都茶与众不同、醇香味美的独特品质。现在,凉都茶的影响力、知名度和美誉度不断提升,正跨越千山万水走出贵州、誉满神州、香飘世界。

凉都仲宝猕猴桃

《诗经》有云:"隰(xi)有苌楚,猗傩(yī nuó)其枝。"李时珍在《本草纲目》中也描绘了猕猴桃的形色:"其形如梨,其色如桃,而猕猴喜食,故有诸名。"由此可见,我国培育猕猴桃及猕猴桃相关产业的历史源远流长。

猕猴桃原产于中国,至今已有1300多年的栽培历史,同时我国拥有全世界最为丰富的猕猴桃品种。据深圳前瞻工业研究所数据显示,大约100年前,新西兰才开始从中国引入猕猴桃并进行驯化、培育。

六盘水地处云贵高原向黔中高原的过渡地带,属亚热带山地季风湿润气候,雨量充沛,气候温和,为众多珍稀野生植物的繁衍生息提供了良好的自然条件。境内野生猕猴桃分布广、数量多、种类丰富,其中以中华猕猴桃分布最广,是我国野生猕猴桃重要的自然分布区和理想生长地。六盘水市目前野生猕猴桃生长面积共60万亩。2014年1月,中国野生植物保护协会正式授予六盘水市"中国野生猕猴桃之乡"称号。

在六盘水市委、市政府的安排部署下,六枝特区、盘州市、水城区大力主抓猕猴桃产业的发展。如今,六枝特区的大用、落别、月亮河等地,已经形成万亩猕猴桃基地;盘州市的双凤、柏果、普古等乡镇也有小范围种植;凉都猕猴桃的重点区域主要还是在水城，目前，水城区从东边的猴场，一路往南往西发展，已形成包括蟠龙、阿戛、米箩、野钟、勺米、发耳、都格、鸡场在内的百里猕猴桃长廊产业带。

凭借雨水适度、日照充足、昼夜温差大等得天独厚、不可复制的气候优势，经过十几二十年的发展，"中国凉都"六盘水已成为鲜果口感最优、甜度最高的红心猕猴桃主产区。截至2021年，全市猕猴桃种植面积20.08万亩，挂果面积7万亩，产量3.05万吨，实现产值9亿元；建成猕猴桃"吨产园"1万亩，平均亩产量达1.02吨，带动2021年全市猕猴桃单产水平大幅提升，平均单产达435公斤，较上年提高21.85%。全市猕猴桃产业呈现出有目标、有规模、有链条、有标准、有品牌、有市场、有效益的可喜局面，为顺利打赢脱贫攻坚战，接续推进乡村振兴做出了重要贡献。

凉都猕猴桃在品牌化市场化进程中，六盘水市农业投资开发有限责任公司的引领作用功不可没。该公司目前已成为六盘水山地特色农业发展的领头雁，近些年来倾力打造的凉都"弥你红"红心猕猴桃走俏国内外市场，销量逐年快速增长。从2016年开始，六盘水红心猕猴桃分别出口到东南亚、俄罗斯、美国和加拿大等各大市场。2018年，该公司还与迪拜和俄罗斯分别签订了1000吨和2000吨的猕猴桃鲜果出口合同。

中国是猕猴桃的原产地，水城是野生猕猴桃之乡，境内分布着大量野生猕猴桃资源，是中国重要的猕猴桃种质资源库。就作为凉都猕猴桃主产区的水城区来说，2000年，水城县（2020年撤县设区）民政局挂钩扶贫猴场乡，刚好当时又正在修建水黄路，时任民政局局长的陈泰斌为让挂钩扶贫的猴场乡群众找到一条增收致富的路子，便利用猴场乡独特的地理气候优势，大胆地从四川都江堰引进红阳猕猴桃试种。当时，在猴场乡的村民眼里，这种当地叫羊桃的野果子漫山遍野都是，不值几个钱，猕猴桃种植并未受到重视和青睐。

没想到，民政局引进试种的猕猴桃，居然在2004年开始挂果，并比本地野生猕猴桃大得多、甜得多。加之水黄路开通后，交通便利，猴场的猕猴桃因为品质极好，价格卖到40至60元一斤不等，成为当时极为时尚的礼品。随后，民政局就在猴场乡建立了猕猴桃种植示范基地。为便于管理，2008年，民政局将基地移交给猴场乡政府。猴场乡政府便鼓励干部职工领办企业，进一步扩大种植规模，并由乡干部和职工朱印、杨玉坤、刘凡恩对基地进行建设管理。从此，水城的猕猴桃种植从猴场乡不断扩展到蟠龙、红岩、米箩等乡镇。

2013年，贵州省重点打造"100个现代农业高效示范园区"，水城县猕猴桃产业园区被纳入其中。该园区由米箩核心区和猴场特色示范区组成，分为猕猴桃产业核心区、猕猴桃产业示范区、猕猴桃产学研基地、猕猴桃产业深加工区、布依风情园5个功能区，总规划面积6.576万亩。园区辐射周边18个乡镇，规划区和辐射区适宜种植猕猴桃的面积达15万亩。

2014年成立的水城县农投集团属下宏兴绿色农业投资有限公司，也为猕猴桃产业发展立下过汗马功劳。该公司及基地坐落于水城区猴场乡补那村打把河畔的肥腴沃土之上。公司秉持集种植、研发、生产、销售猕猴桃于一体的发展理念，坚持科学管理、引进先进技术，以消费者为主导，从源头做起，经过种植与采购、贸易与物流、食品加工、食品销售等环节构成完整的产业链，实现食品安全可追溯，形成安全、营养、健康的猕猴桃全产业链，现已被授权使用凉都"弥你红"红心猕猴桃知名品牌。

凉都"弥你红"红心猕猴桃，果皮光滑，色泽鲜亮，果肉鲜嫩软糯，口感香甜清爽，独具野蜂蜜香味；营养丰富，富含可溶性固化物19.6%及人体必需的17种氨基酸和维C、维B、维E和钾、钙、镁、磷等物质。果实的水分含量和甜度极高，有"神奇美味果"之称。"'弥你红'红心猕猴桃，国民蜜果，必将带给您心动的味道！"这虽是"弥你红"红心猕猴桃的一句广告词，但也体现出凉都猕猴桃的价值所在。

长丰绿色科技实业有限公司的基地位于猴场乡补那村，其种植的红心猕猴桃是2000年从四川省自然资源研究所引入的红阳猕猴桃品种，属中华系、大果型品种，果实整齐，果形美观，果皮呈绿色，成熟后果肉呈翡翠绿色，横截面果心呈红色，沿果心较均匀地分布着放射状血红色条纹，宛如一轮光芒四射的初升旭日，极为美观。果实皮光无毛、果肉金黄、果心鲜红美丽、果汁浓稠，口感甜酸清爽、香气浓郁，具有甜瓜、草莓、柑橘的混合风味和香气。

长丰绿色科技实业有限公司种植的红心猕猴桃，经济价值极高，产地出圃价可达每公斤30至40元，优果达每公斤40至50元。该公司的红心猕猴桃虽是从四川省自然资源研究所引入，但在水城区海拔900至1300米区域试种成功，产品适应性比较好，抗逆性强，且由于水城独特的区域小气候和土壤条件，给予了红心猕猴桃更加优越的适生环境，成就了其更加不同寻常的品质，比四川原产地的果实提前1个多月成熟。果品以果形好、品质佳、口感清香甜美、色彩艳丽诱人的独特优势，先后荣获"2007年中国（江西）果品苗木展销会金奖""2008年北京奥运会指定果品""2010年上海世博会指定有机果品"等多项殊荣，享誉全省乃至全国，在国内外具备一定的知名度，为打造产业与承接市场提供了有利条件，2011年还获得了中华人民共和国农业部颁发的"农产品地理标志认证书"。

2013年10月29日，水城县长丰绿色科技实业有限公司带着自己种植的红心猕猴桃来到广州，参加了10月31日至11月4日举办的第114届广交会。通过这个平台，更多国内外客商认识了贵州，认识了"中国凉都"六盘水，认识了水城红心猕猴桃。

据长丰绿色科技实业有限公司经理蒋嵩介绍，在"广交会"上，客商们通过对参展的国内外各家猕猴桃的品尝、对比，均认为补那河畔的红心猕猴桃不但果形好、品质佳，而且口感清香甜美、色彩艳丽诱人。在"广交会"上，相关客商现场就与长丰绿色科技实业有限公司签订了2000吨的销售订单，对此，蒋嵩说："这更加带动了村民参与园区发展的积极性，他们参与美丽乡村创建行动的热情空前高涨。没有产业，就没有农民的创收和致富。"蒋嵩的话道出了村民的心声。

水城红心猕猴桃不但鲜果味美，果酒、果汁也是访亲会友的馈赠佳品。

水城红心猕猴桃果酒——巴朗果酒，选用的鲜果源自贵州山林深处的纯净品质，果实享尽山川灵气，颗颗珍贵。红心猕猴桃果酒为干型和半干型果酒，不含防腐剂和人工色素，酒色金黄，晶莹剔透，是馈赠亲友、休闲品味、餐饮聚会的首选果酒。

水城红心猕猴桃果汁饮料——良山宝，精选新鲜优质的红心猕猴桃榨取原浆制作而成，保留了原果中丰富的营养成分和纯天然风味，经过独特的加工方式，保留了原有的鲜果营养。果汁晶莹剔透，果汁含量达40%以上，口感醇香，不含防腐剂和人工色素，是馈赠亲友、休闲品味、餐饮聚会的首选果汁。

红心猕猴桃作为"凉都三宝"的"仲宝"，不仅和"凉都三宝"中的"伯宝"水城春茶去中央电视台做过客，还和很多网红小姐姐合过影，大家都很喜欢它毛茸茸的样子，也喜欢它富含的多种人体所需的营养物质，大家给它起了一个绰号叫"水果维C之王"。

凉都"弥你红"红心猕猴桃先后获得"国家地理标志认证""无公害农产品认定""绿色、有机农产品认证""猕猴桃生态原产地保护产品认证"。水城区荣获"国家级出口猕猴桃质量安全示范区"称号，成功打造了凉都"弥你红"区域公共品牌,在出口东南亚地区和加拿大、俄罗斯等国的基础上,又相继开拓了迪拜等海外市场,积极融入"一带一路"。2017年,凉都"弥你红"系列红心猕猴桃果酒通过美国FDA认证,与贵州茅台酒共同获准进入美国市场。

"一颗红心走天下,万般弥意醉生活。"这不仅仅是凉都"弥你红"红心猕猴桃的一句推介语,也是栖居凉都的一种生活状态。

凉都叔宝刺梨

贵州是我国最早利用刺梨资源的省份,迄今已有300多年的历史。1690年,清康熙年间的《黔书》《贵州通志》中就有利用野生刺梨的记载。《黔书》中有"刺梨野生,夏葩秋实,实如安石榴而较小,味甘而微酸","食之可以解闷,亦可消滞,渍其汁煎之以蜜,可作膏,正不减于梨渣也"的记载。1833年,吴嵩梁的《还任黔西》中有"新酿刺梨邀一醉,饱与香稻愧三年"一句,意思是吃三年稻米比不上喝一顿刺梨酒痛快、尽兴。比此诗稍早或稍晚的贝青乔写的《苗俗记》载:"刺梨一名送香归……味甘微酸,酿酒极香。"1850年,《贵阳府志》有"以刺梨掺糯米造酒者,味甜而能消食"的记载。1870年,《本草便方二亭集》记录了刺梨的药用价值。

当今最广为传道的是清光绪年间的青岩状元赵以炯的《咏刺梨》:

> 生在山间不入盆,
> 擅妍不肯进朱门。
> 却和龙井酿成酒,
> 贡上唐朝承圣恩。

民国初期,花溪青岩古镇有四五家刺梨酒坊,其中以大户刘金保家的酒坊较有名,其产品依靠人挑马驮外销黔中各地。20世纪40年代中期,贵阳花溪青岩古镇刺梨酒已有一定的规模,逐渐形成了刺梨产业。1941年,营养学家王成发教授,发现刺梨中的维C含量极高,是猕猴桃的12倍,柠檬的75倍,苹果的500倍。贵州也是全国唯一一个把刺梨从野生变为人工种植的省份,人工种植刺梨在贵州已有近40年历史。

六盘水，别称凉都，贵州省辖地级市，地处贵州西部乌蒙山区，滇、黔两省结合部，长江、珠江上游分水岭，南盘江、北盘江流域两岸，自然资源十分丰富。刺梨产自海拔1000—2000米的乌蒙山区，这里是天然氧吧，气候温润，高海拔山区的刺梨生长期比海拔低的地方要长1个月之久，所产刺梨果营养成分含量高、品质佳。

刺梨，原产于我国西南部，以贵州产的刺梨为最多、最好。因此，刺梨带有鲜明的贵州标签。刺梨，又名送春归（《宦游笔记》），属蔷薇科植物刺梨的果实。

说到刺梨，特别是说到贵州刺梨，罗登义是一位绕不开的人物。罗登义1906年生于贵州贵阳，1928年毕业于北平师范大学农业化学系，先后在成都大学和北京大学任教。1937年"七七事变"后，抗日战争爆发，为躲避战火，100余所高等院校辗转西徙，在浙江大学西迁途中，罗登义应邀受聘为浙江大学农化系教授，几经辗转，历尽艰辛，1940年初浙江大学迁到贵州的遵义湄潭，罗登义主讲生物化学、营养化学和食品化学，奠定了他在生化营养学研究领域的地位。

罗登义对170多种水果蔬菜的营养成分进行了分析研究，发现生长在贵州山间不起眼的刺梨，却极富营养价值，是维生素C、维生素P之王。他在对比分析研究中发现：每100克刺梨果肉中，维生素C平均含量达2391毫克，高出猕猴桃约9倍、高出梨子和苹果约500倍……维生素P含量达5981毫克至12895毫克，高出柑橘类水果约120倍、高出蔬菜约150倍，高出其他类水果60倍以上不等。罗登义还利用刺梨，通过学生进行生理试验，得出人体对刺梨的吸收利用率高达约70%，正常人每日吃半个刺梨即可满足对维生素C、维生素P的生理需要的结论。

抗日战争期间，中国人普遍缺乏维生素，1942年，罗登义将野生刺梨送往战场，帮助士兵补充维生素。他在《刺梨的生物化学》研究论文中激动地写道："真是天赐吾人养生的新山珍！"罗登义对刺梨的研究及其取得的重大成果，震动了当时的学界，英国著名生物化学家李约瑟教授将刺梨以罗登义的名字命名为"登义果"。与此同时，罗登义被称誉为"中国刺梨之父"。

几十年来，刺梨一直在山林中默默生长，很少有人关心它的价值。1951年，贵州刺梨开始进入开发时期。标志性事件是，1951年8月，我国最早的野生刺梨加工企业"国营青岩酒厂"成立，1954年改名贵州省花溪刺梨酒厂。长期以来，贵州花溪刺梨酒厂主营的"花溪刺梨糯米酒"畅销中国，并远销马来西亚、新加坡、日本等国家。

到了20世纪80年代，因为科研需要，罗登义开始在龙里县谷脚镇茶香村进行刺梨人工种植试点，种植面积为6亩，这里成为第一个人工种植刺梨基地。2002年，国家提出"退耕还林"政策，实施退耕还林工程。在罗登义教授种植试点的基础上，龙里县谷脚镇茶香村村民在山坡上种植刺梨，规模逐渐扩大，随后种植热潮扩展到六盘水、毕节、安顺等10多个县，统称"贵州刺梨"。

六盘水市境内分布着野生刺梨455万余株，是刺梨的最佳适生区之一，2015年被中国野生植物保护协会授予"中国野生刺梨之乡"称号。六盘水在实施退耕还林工程中，结合境内多山及喀斯特地形地貌的特征，充分利用宜林荒山荒地、轻度石漠化地、25度以上坡耕地和边际性土地发展，把刺梨作为六盘水退耕还林项目的主要树种，作为深耕产业革命的重要产业来抓，使刺梨产业成为了全市农业产业结构调整的主导产业之一。"一产往后延，二产走高端，三产聚人气"，如今，六盘水已逐步形成全产业链打造、全要素链结合、全利益链联结的发展格局，结出了刺梨产业革命硕果，推动了"农产品变工业品、工业品变健康消费品"目标的实现，让优势资源转化为优势产业。

"坡头结遍山王果，产业革命满山金。"这是六盘水市发展刺梨产业结出的累累硕果的真实写照。这些在山野、沟涧、路旁随处可见、毫不起眼的山野小果，给全市带来了绿色生态的希望，支出了脱贫致富的妙招，找到了转型发展的路径。六盘水已成为了全国最大的刺梨种植基地、最大的刺梨产品加工基地、最大的刺梨产品商贸中心、最大的刺梨产品出口基地。

六盘水刺梨产业持续、快速健康地发展着，截至目前，全市刺梨种植面积已达117.56万亩，为全国种植面积最大的市，为刺梨加工业奠定了坚实基础。六盘水市2021年刺梨鲜果产量6.05万吨，实现产值5.58亿元，销售收入4.92亿元。经过近10年来的发展，六盘水市刺梨产业已初见成效，在全省独具优势，成为六盘水市乡村振兴助农增收的新兴产业。水城区有一位名叫邓吉栋的农村老党员，他在发展刺梨种植的同时，还自发编了很多首刺梨山歌，对发展刺梨产业的情怀进行了生动的诠释：

刺梨产业好处多，
我种刺梨几大坡，
青山绿水生态美，

增收致富暖心窝。

刺梨种植我们跟，
今年产量要大增，
只要我们跟党走，
家家致富又一春。

六盘水市以精深加工为导向，目前，境内有4家刺梨加工企业，年加工能力高达68万吨，占全省现有总加工能力的76.49%，是全省最大的刺梨加工基地，已打造"刺梨王""天刺力""初好""吉梨到"等品牌，申请知识产权专利678项，授权78项，刺梨"全产业链"已基本构建。

刺梨产业属复合型产业，包括种植一产、加工二产、销售和生态旅游服务三产融合发展。从提供原材料，到生产刺梨初级产品原汁、刺梨干、刺梨果茶，再到生产刺梨饮料、刺梨发酵酒、刺梨口服液、刺梨含片、刺梨精粉、刺梨面膜、刺梨精油、刺梨色素等50余种中高端产品，产业链完善，产品销售出市、出省、出国门，同时刺梨渣还可以提取色素，加工饲料、有机肥等，实现循环利用。

《中药大辞典》《本草纲目拾遗》等医学著作都记载了刺梨的性质，刺梨实际上是一种天然的药食两用原料。刺梨含有维生素C（VC）、维生素P（VP）和超氧化物歧化酶（SOD）三种核心营养素，与其他水果和蔬菜相比，其维生素含量非常高，被称为"三王圣果"。除了营养的补充，这三大核心营养成分还具有重要的功效。VC：具有预防抗坏血病、增强免疫力的功效，是人体必需的重要营养物质。VP：能够降低毛细血管通透性和脆性，保持和恢复毛细血管的正常弹性，可用于防治高血压、脑溢血。SOD：是一种生物体的保护酶，是国际医学界公认的能彻底清除人体多余自由基的酶，可用于减缓机体衰老、预防肿瘤和自身免疫性疾病、辐射防护等。《贵州民间方药集》记载刺梨健胃，消食积饱胀，并滋补强壮。《四川中药志》记载刺梨解暑，消食。

六盘水市刺梨与其他地区的刺梨相比，品质有独特优势：果实更加饱满，维C含量更高，食用口感更纯。2014年，六盘水市刺梨果脯获批"国家地理标志保护产品"；2016年、2017年先后获批"省级出口刺梨质量安全示范区"和"国家级出口刺梨食品农产品质量安全示范区"。以盘州"刺力王""天刺力"和水城"吉梨到"为代表的刺梨系列产品进入国内大中城市,成为深受消费者青睐的"高山珍品"。尤其是水城种植的"贵农5号",品质优、结果多、果实大、维生素C含量高。水城初好刺梨,果实营养丰富,被誉为"营养库",含有丰富的维生素C、超氧化物歧化酶(SOD)、过氧化物酶(POD)、多酚、刺梨黄酮、刺梨多糖、刺梨三萜、氨基酸以及微量元素等物质,其中每100克鲜果中维生素C、维生素P和SOD(超氧化物歧化酶)的含量,均居世界已知食用果蔬之首,是名副其实的天然"维C之王"。

六盘水的刺梨是大自然馈赠人类的健康之物。随着刺梨的营养、药用价值不断被发掘,其身价倍增,成了都市人的"新宠"和山区老百姓的"摇钱树"。曾经长在贵州乌蒙山区无人问津的野果子,如今却成为了广大凉都人民的致富果。刺梨不但是促进农民增收的致富特色产业,而且还是极大地改善了生态环境的健康时尚生态产业。

吃酱吃出个夜郎国

☆ 甘忠勇

贵州土特名产中，郎岱酱算其中一绝。它色彩艳丽，红中带绿，绿如翡翠；绿中带红，红如玛瑙。它味道香醇，打开瓶盖相距好远都能闻到扑鼻的酱香。郎岱酱色香味俱佳，产品畅销全国各地，早已成为贵州地方标志保护产品。说到郎岱酱，还有一段精彩的传奇故事。

汉武帝凭借先辈打下的基础，经过自己多年的经营，国力逐渐强大，通过对匈奴的几次用兵，解除了大漠南北的威胁，得以腾出手来解决南越的割据。汉先礼后兵，派鄱阳令唐蒙出使南越。唐蒙到达南越后，对南越王晓以利害，恩威并举。南越王表示愿意放弃割据，归附汉朝，于是设宴款待汉使。席间，唐蒙吃到一种绿如翡翠、红如玛瑙的食品。这道菜看着迷人，闻着诱人，吃到嘴里香甜可口。唐蒙一连吃了好几箸，边吃边问这叫什么菜，用的是什么食材，怎么制作加工的？南越王告诉唐蒙这叫枸酱，可自己并不知是用什么材料、什么方法制作而成的。唐蒙大骂南越王荒唐，自己用来招待客人的东西还好意思说不知道，真是天大的笑话！南越王解释说，这个东西是夜郎国贩运到南越国来卖的，所以不知道怎么制作加工，希望使者不要生气，也不要笑话。唐蒙一听有个什么贩酱的夜郎国，急忙向南越王打听。南越王告诉唐蒙，顺珠江而上，南越的西北方向千数里的地方有一个夜郎国，比南越还要强大。

唐蒙回去后向汉武帝汇报出访结果，告诉武帝南越已经归附，愿称臣纳贡，顺便提到因吃酱而发现南越西北方千数里外，有一个夜郎国在大汉西南边陲称雄。

为扩大版图，安定边疆，汉武帝又让唐蒙出使夜郎。见了夜郎王多同，唐蒙对其威逼利诱。夜郎王慑于汉的强大，愿意归附。双方约定在夜郎境内设郡，让多同的儿子当郡守，并在夜郎地设置都尉。都尉一方面代表中央对夜郎的监督与观察，另一方面起到中央与夜郎联络的作用。唐蒙任首位都尉。从此，夜郎各族人民成为中华大家庭中的一员，夜郎国成为中华版图的一部分。

却说夜郎北境为蜀地，蜀人善制酱。蜀中不法商人偷偷将本地产的枸酱卖给夜郎人，再由夜郎人转卖至南越。夜郎人以人背马驮的方式从蜀地贩运商品，经过长途跋涉运到毛口渡，搬上竹筏木排，顺北盘江下红水河进入珠江，直达南越，再从南越把南货运到夜郎巴蜀邛都。成千上万人马来回穿梭于川黔桂粤的崇山峻岭间，可想队伍是多么壮观，气势是多么恢宏！如今郎岱、岩脚通大兔场（纳雍）直达四川宜宾的石板古商路上马帮的足迹仍依稀可见，北盘江至珠江两岸货运码头遗址勉强可寻。可以说，2000多年前的夜郎人是极具商业头脑并且十分成功的商人。

关于枸酱，近有专家认为本为郎岱人所创，其制作技艺是由郎岱传入巴蜀，笔者认为有悖史实。《史记》成书于西汉，其作者司马迁20岁后四处游历，足迹几乎遍布西汉全境，对各地风土人情、历史遗迹认真调查研究，是一个严谨敬业的学者，且其中《西南夷列传》记述的都是作者所在时代的事，可信度是毋庸置疑的。据《西南夷列传》载，唐蒙出使南越归，问及长安城中蜀贾人。古人曰："独蜀出枸酱，多持窃出市夜郎。"可见枸酱"知识产权"在蜀，而且是禁止出口的"高精尖"产品。夜郎与蜀不法商人在长期走私交往中，自然学会了枸酱的制作技艺，然后一家传百家。随着时间的推移，古蜀枸酱成了郎岱特产。枸酱的制作方法是：用上等精粉加水搅拌揉成面巴蒸熟，摆放在铺上枸皮叶子的容器里发酵好后，再将其晒干捣碎，放进酱钵，往酱钵里注入用各种植物香料和水熬制成的汤汁，反复搅拌，然后蒙上防蚊罩，在太阳底下成年累月地曝晒，最终成了色香味俱佳的枸酱。如果您还听不明白，郎岱镇有一个酱陈列馆，还有不少酱作坊，您可亲自去参观学习。至于说吃酱吃出个夜郎来，读到这里，您已经完全明白了吧？那不是哗众取宠，而是秦汉时期一段鲜为人知的传奇历史。

盘州美食四题

☆ 高积俊

染饭花

　　染饭花是一种叫作"狗谷子"的树开的花。狗谷子是一种落叶灌木，"狗谷子"只是发音，字该如何写我不知道，它的学名叫什么我也不知道，家乡人就是这样叫的。老家隔壁的表哥已年近古稀，十五六岁的时候就在生产队当"赤脚医生"了。赤脚医生是生产队上的社员，一边干活一边做医生，给队上的人看病也可拿工分，治疗常以中草药和西医相结合。赤脚医生是形象的说法，并不是打赤脚不穿鞋。他至今仍在行医，也还经常上山去挖草药。我想，他应该是知道狗谷子的学名及这三个字的正确写法的，于是我专程回老家问他。他告诉我说，狗谷子的学名叫"醉鱼草"，又叫"密蒙花"，老辈人那会儿制作药酒的配方中有一味就是狗谷子树的花和叶，叶子捣汁可以"闹鱼"（使鱼中毒）。至于"正确写法"，他说他也不知道，大家都这么叫，具体也没有深究过。我百度了"醉鱼草"和"密蒙花"，对照下来，总觉得两者是不能画等号的，密蒙花只是醉鱼草属下的一种。

　　狗谷子树的生命力强得令人佩服，开花后结的籽随风飘散，不论落在哪里，只要有一丁点儿的泥土灰尘，都能生根发芽，茁壮成长。就是砌成的石墙，底线宽的缝里都能生长，你只要不去毁它，三五年就能长成根部如碗口粗的一大蓬，墙都被它撑裂了；如果你想去除它，单是把露在墙外的部分剁除是没用的，只要墙缝里还留有须根，就还会长出新的枝叶来，非除根不可。如果是生长了三五年的，那根就生长得很深很远了，你在斩树之余想要除根的话，是很难的，会把墙都跟着毁坏。因而，不论是屋墙、坟墙还是堤埂，人们只要一见着狗谷子的苗头，就会毫不留情地把它消灭在萌芽之中。所以，狗谷子树从某些方面来说是很讨人嫌的。

狗谷子叶是可以吃的，不是做菜，而是掺在饭里吃。荒年时节，缺粮断炊了，野菜被摘完，就去扯狗谷子叶来掺饭。嫩的尖芽摘完了，就摘老叶，摘来晒干揉碎拌在口粮里蒸来吃。味道如何，20世纪五六十年代，我也就三五岁吧，那时吃过狗谷子叶掺饭，因年代久远，已经一点都记不得了。想来野菜掺饭，是为了度命，不得已的事，肯定不好吃，不然的话，今天我们肯定会把狗谷子叶摘来掺在饭里吃的。

清明的时候去上坟，见着很多很嫩很茂盛的狗谷子叶，忽然心血来潮，想要尝一尝狗谷子叶掺饭到底是个什么滋味，于是就摘了好多回来，捡了些掺在米里放入高压锅里蒸了一锅饭。蒸好后，怀着一肚皮的好奇和期待，迫不及待地舀了一碗来吃。也许是狗谷子叶放少了的缘故，饭里基本没有很敏感的其他味道，就是狗谷子叶本身也没有什么味，只有一点木木的感觉，口感绵绵的、韧韧的，不好嚼烂，咽不下去。想来可能是蒸的火候不到，于是又捡了些来煮成素菜，耐心地煮了半天，最后的口感一样是绵绵的、韧韧的，不好嚼烂，咽不下去，更谈不上什么味道。我一直以为狗谷子叶掺饭，嫩叶是直接入饭的，想来是错的，嫩叶也要晒干揉碎才行。

狗谷子树在春天开花，田埂上、地埂上、墙缝里、树丛中到处都是，米粒大的金黄色花瓣，一簇簇的，很耐看，也有紫色的，淡淡的紫，或是白色的，灰灰的白。狗谷子花一穗一穗的，香香的，微风拂过，淡淡的微香沁人心脾，很温馨。狗谷子花开起来很茂盛，大片大片的，把枝叶都压得弯曲了。轻风拂树，颠颠巍巍，闪闪悠悠，婀娜摇曳，如美妇顾盼，风姿绰约，仪态万千。经雨的狗谷子花穗浸透了雨水，重重的，沉沉的，柔弱的树枝载不动那份沉，弯曲得就要垂到地上了，让人生出怜惜之情，几欲上前去搀扶一把。

用狗谷子花熬水泡米，煮出来的饭很好吃。花开得正旺的时候，盘州那些对美食情有独钟的人，就会背上背篓或提一个袋子，去到野外，采摘些狗谷子花来，熬一锅浓浓如黄金液的汤，倒入汤盆，冷却后把米（糯米最好）放进花水里，浸泡一夜，让花的香氛渗入米粒中间，然后淘洗干净，入甑或锅（最好是甑子蒸），上火蒸煮，蒸到"上气"的时候，满屋弥漫着馋人的香味，让人垂涎欲滴。蒸煮熟透了，揭开甑盖或是打开锅盖，浓郁的香气四溢开来，叫人情不自禁地张开嘴，醉心地吞吸着。出锅的饭粒，黄灿灿的，闪着光亮，如金粒一般，煞是诱人，性子急的，忍不住立即撮一团放入嘴里。讲究的吃法，是趁热舀入碗中，加入早已备好的葱花、蒜粒、胡椒粉、味精、肉丁（最好是火腿丁）、麻油、煮熟的金豆等作料，拌匀，吃起来香喷喷的，糯糯的，舒爽极了。若是再拌入点鸡坳油，那美味简直无与伦比，无法形容。想想看，这些作料，任是什么饭，拌来都是很好吃的，而且糯米饭本就很香，又添入了狗谷子的花香，再加上鸡坳油，你让它如何不香得馋死人？如何不让人时常惦记？

狗谷子花一年只开一季，那些好这一口美味，舌尖耐不住平淡、忍不住寂寞的馋嘴们，就趁着季节采摘很多回来，放在太阳底下晒干了，宝贝似的储藏起来，以应不时之需。哪天馋瘾发了，就翻出一把来，浸在冷水里泡开，再熬一锅汤，泡一些糯米，又蒸一甑来解馋。

因为狗谷子花有着可以用来熬汤染米做饭的妙用，所以，人们又称其为"染饭花"；因为经狗谷子花熬汤浸泡过的米蒸煮出来的饭是黄灿灿的，所以又有叫它"黄饭花"的。

山中美味数菌子

家乡盘州是山区，典型的开门见山，林中的美味，春夏秋冬四季都有，多得你数不过来，而最美的要数那菌子。

香，是菌子的共味。香的食物多了，仅仅是一个香，那是不足为奇，也不足称道的。菌子的香，香得清，香得鲜，香得让你牵肠挂肚。精心炮制的一道菌菜，吃在嘴里，软软的、柔柔的、滑滑的、脆脆的、弹弹的，伴着略带草木气息的清香味，美得你忘乎所以，就是一向矜持的淑女，也会情不自禁地大快朵颐，一派饕餮的吃态。

菌子是方言，云贵人这样叫，雅言称"蕈"。《尔雅·释草》中说："中馗，菌，小者菌。"晋代郭璞注："地蕈也，似盖，今江东名为土菌，亦曰馗厨，可啖之。"宋代邢昺疏："中馗，菌，小者菌，释曰此辨菌大小之异名也……"《说文》云："蕈，桑䓴也。谓菌生木上也，今云地蕈俗呼地菌者是也。"《说文》段注："䓴之生于桑者曰蕈，蕈之生于田中者曰菌。""䓴"，《说文》曰："木耳也。"段注："今人谓光滑者木耳也，皱者蕈。许（慎）意谓蕈为木耳。"《现代汉语词典》中说，蕈是"真菌的一类，生长在树林里或朽木里吸取养料。地下部分叫菌丝，能从土壤里或朽木里吸取养料。地上部分由帽状的菌盖和杆状的菌柄构成，菌盖能产生孢子，是繁殖器官。种类很多，有的可以吃，如香菇；有的有毒，如毒蝇蕈"。

菌子的种类很多，有两百多种，可以吃的占比不大，但也不少，盘州人常常采来啖食的有好几十种。老辈人给菌子命的名五花八门，有依颜色命名的，如青头菌、大红菌、小红菌、米汤菌等；有依形状命名的，如喇叭菌、刷把菌、老人头菌等；有依生长季节命名的，如开荒菌、谷熟菌、秋菌等。此外，奶浆菌是因为菌帽破开，会滴出浓白如奶的浆汁而得名；鸡油菌的得名是因为它的形状和颜色如鸡油；还有牛肝菌、干巴菌、松毛菌等等，不可胜数。

段玉裁"蕈之生于田中者曰菌"的说法，会让人认为菌子一定是生长于田里，其实，水田里是不生菌子的。"朝菌不知晦朔"，朝生暮死的菌子有，但能吃的菌子的寿命则不然，地菌的成活期一般也就两三天，久了就枯萎、生虫腐烂了。

进入农历五月，雨水充沛，林间地头的菌子渐次拱土冒头。那些吃货们一直把头一年吃过的菌子的美味挂在心头，一进入农历五月，就盼着出菌子了。几场雨后，算着菌子定是出了，就等不及了，不管雨住不住，立即找来雨具武装起来，提起篮子或是背上背篓，去捡菌子了。

菌子的美味老少咸宜，大家都好这一口。菌子一出，满树林都是捡菌子的，男的女的，老的少的，说着笑、唱着歌，与起伏的林涛、花香、鸟鸣交织在一起，娱耳悦目。置身其间，令人心旷神怡，忘却了一切的烦忧。除菌子以外，还有杨梅、桃子等野果可采摘。捡菌，是一种乐趣，更是一种享受。在林中寻觅着，蓦地，一片色彩斑斓的菌子不期而遇地进入眼帘，会让你欣喜得一惊一乍，手舞足蹈。

雨水吮吸足了，菌子就拱出土来，争先恐后地往外冒，树根边，荆棘丛中，腐叶下，五颜六色，千姿百态。捡菌的人，从早到晚，一拨又一拨，络绎不绝，你前头有我，我前头还有人，我前头的人的前头还有人，像篦篦子一样在满山地篦着。篦是篦不干净的，一来菌子在不舍昼夜地往外冒，二来任是篦得再仔细，也有漏篦之菌。所以，只要你上山了，就不会空手而归，或多或少，都有惊喜，都有斩获。

菌中的珍品是鸡㙡，味道之鲜美，其他的菌子是无法比拟的。《广菌谱》说"鸡㙡蕈出云南"，《辞源》《辞海》也都说鸡㙡"出云南"。《辞海》谓："鸡㙡，菌名，亦名鸡菌，见《本草纲目》。李时珍曰：'出云南，生沙地间，高脚繖头，土人采烘寄远，以充方物，点茶烹肉皆宜，气味似香蕈，而不及其风韵也。'""出云地",似有只是云南的特产之嫌,其实,云南而外,其他地方,如贵州的盘州、水城、安顺、遵义等地都出鸡㙡。修于清末的《普安直隶厅志》卷二十二《艺文·诗》中有张九钺所作的《咏鸡㙡菜》诗两首,其一曰:"绀绅霓裳白羽衣,炎州帝子戏空飞。天风吹下珍珠伞,鸡㙡山头带雨归。"

菌子有菌场,哪个地方出什么菌,什么时候出,是有一定季节规律的,经常捡菌的人心头是有数的。他们捡菌,不论早晚,不管什么时候去,不必盲目地满山乱窜,而是直奔目标,如探囊取物,如同自己种的一样,总能满载而归。

山中野生的菌子大都有毒,只是毒性强弱有别。同一种菌,就是出在同一座山上的不同地方,也可能此处的无毒,彼处的就有毒,常捡菌的人是烂熟于心的,不会搞错。

烹饪菌子的时候,煮或炒,火候一定要足,火候到了,毒性就散了。煮菌子一般在汤开后下锅,煮20分钟左右就可以放心吃了。烹饪菌子需要的作料不拘,但蒜或韭菜是一定要有的,最好是韭菜。除了调味以外,蒜和韭菜还可以消除菌子的毒素。菌子好吃,但也偶有吃菌子中毒的情况。吃菌子中毒,轻则上吐下泻,严重的会出人命,很危险。吃菌子有中毒的风险,但是,好这一口的人,因为抵挡不住它的诱惑,也全然不惧,把中毒的风险抛到九霄云外,照吃不误,就如有人因为抵御不住河豚的美味而"拼死吃河豚"一样。菌子中毒,问题一是出在捡来的菌子上,没有经验人的不会辨别,管他三七二十一,把那些毒性大、根本就不能吃的也捡来了;二是烹饪时火候不到,有的人嘴馋,心又急,等不及熟透就动箸了。只要有经验,会辨别,捡的时候把那些毒性大的剔除不要,再控制好火候,煮够时间,自然不会出问题。

菌子的吃法很多,有炒来吃的,有氽汤吃的,有做成火锅吃的,等等,全凭各人所好。若煮火锅,佐以肉类最佳,猪肉、牛肉、羊肉、鸡肉、鸭肉、鹅肉,什么肉都好,不仅菌子好吃,那个汤更是鲜得诱人。

进入农历五月,山间林中的菌子陆续冒出土,一拨一拨不歇气地出,到了小雪节气都还在出。寨上的人现在生活条件好了,闲暇也多了,出菌子的季节,只要嘴馋了,有空了,来了兴致了,不管天晴还是下雨,总要上山去捡些菌子回来,做好,电话头约来几个相好的玩伴,一边打牌喝酒,一边吃着香喷喷、美滋滋的菌子,其乐无穷。那个快活,如神仙般。

每年菌子上市的季节，寨上的朋友总是很给面子，时不时地约我去解馋。只要来电话，除非是有天大的事走不开，不然我是一定要去的。那么好的美味，有人约了，怎肯放过？再说，我这种寻常人，又会有什么大不了的事情脱不开身呢？所以，基本上是逢约必去，也不怕他们笑我嘴馋。我工作的地方离老家倒远不近，交通十分便利，柏油马路直接入寨，乘车也就十多分钟，如果头天酒喝多了还没有缓过来，为了躲酒，就自己开车去，如果酒虫正痒着，就坐公交车去。

菌子的美味诱惑着我，使我时时惦记在心头，挥都挥不去。一到菌子满山时，就盼着寨上的朋友来电话。那头说："在整什么？有没得空？我捡着点菌子回来，有空么？过来挨我们打牌喝酒吃菌玩。"我忙不迭地回话："要得，一下下就到。"至少，十回有九回，我都是有空的。菌子是山中美味，百吃不厌，怎么舍得缺席！口福也饱了，与朋友之间的感情也交流了，一举多得，何乐而不为？

汪曾祺在《昆明菜·诸菌》中说"到昆明一定要吃菌子"，到我们盘州又何尝不是如此呢？外地的同学朋友来盘州，赶上季节，招呼他们吃过菌子后，他们就惦记上了这道美味，时常挂心头。他们算着到了出菌子的时节，就会打电话来问："你们那边的菌子出没有？"我说出了，他们就会结伴而来。

端午节的"牛打滚"

传统的节日很多，每个月都有。小时候的感觉是，所有的节日似乎都与吃挂钩，中秋节吃月饼，过年就更不用说了。就是二十四节气有许多也是这样，比如立夏节，要煮个鸡蛋去梨树下剥来吃，还要掐些蛋黄蛋白涂抹在梨树上；冬至节要进补，确是以吃为天了，端午节也不例外。

端午节与屈原有关系，我是长大了走出家门参加工作以后才听说的，更不知道端午节要吃粽子，小时候根本就没有听说过粽子，吃就更不消说了。

端午，我小时候只知道是个节日，究竟是个什么节却不知道，印象里，就是栽秧的季节。到了这个时候，雨水就很多了，此前天干少雨，田里无水，好多秧都栽不上，就指望这几天了。栽秧，是最忙最苦的活。种庄稼是要赶季节的，过了季节就不行。栽秧要田里有水，坝子头的底田有龙潭的水，高田是"望天田"，天不下雨就栽不上，雨，还要下得大，雨脚还要长，不然也是不行的。如果久旱不雨，河水就很小，甚至干涸，这样，栽底田的秧也无望。雨，对庄稼人来说就是命。端午的时候，多数情况是要下雨的，并且还下得大，是会涨河水的，我们这里叫"涨端午水"。过了端午，还没栽完的稻秧，最后的盼头就在农历五月十三了。五月十三，一般情况下都会下点雨的，叫作"关老爷的磨刀水"。关老爷就是关云长，"磨刀水"，可以想象，是不会很丰沛的。

　　我们小时候过端午节，是吃一碗"牛打滚"充一顿早餐。早上起来，煮了"牛打滚"吃过，就各去干各的活了，背粪、做田、拔秧、栽秧等等。一家老小，只要是能干活的，全都出动，谁都莫想躲懒，有的是活路等着人做。"四月农忙，官家小姐出绣房"，百姓人家你还能躲懒？借着端午雨把秧苗插上，是插秧的最后机会，是要和老天爷抢时间的，你就是想躲懒也舍不得在这个时候躲。

　　过端午节，还要在门上插艾草，头上戴艾叶，把雄黄磨细加在酒里，调成雄黄酒，用艾叶蘸了抹在眼皮上，洒在房前屋后，会喝酒的人还会喝点雄黄酒。这样，端午节的仪式就落幕了，这端午节的幕也落得太快了。戴艾叶、眼睛上抹雄黄酒和房前屋后洒雄黄酒是很重要的。老辈人说："清明不戴柳，死了变成老母狗；端午不戴艾，死了变成草锅盖。"多么要紧，又是多么恐怖。恐怖，只是从大人严肃的表情和恐吓的语气里感觉出来的，其实心里是没有的。草锅盖，天天见着的，并不使人觉得有什么稀奇的。之所以要说得那么恐怖，其实那是为了恐吓小孩，那艾叶是一定要戴的，戴是为你好。为什么要戴？戴了有什么好处？不知道，大人们也讲不出个所以然来，只是懵懂地感觉，不戴就不好。这个"不好"，似乎就是二天死了就会变成草锅盖；至于眼皮上抹雄黄酒，说是抹了就不会看见妖魔鬼怪，这些当然是迷信。长大了，听说艾草有驱病、辟邪、防蚊虫的作用；洒过雄黄酒的地方，毒蛇毒虫都不敢挨边，这倒是有一定的道理。

　　外公最好酒，雄黄酒他是一定要喝的，不过喝得不多。大人们说雄黄酒喝多了会中毒。外公喝雄黄酒的时候，总会拿筷子蘸点给我们尝尝，说是在眼睛上抹点或是喝点雄黄酒，蜈蚣、老蛇呀就老远地躲着你，不敢靠近身边。

　　"牛打滚"是一种小吃，和汤圆实质一样，只是外形不同。汤圆是圆的，"牛打滚"的外形如同饺子，外皮是糯米面，馅是酥籽之类。糯米面是把糯米拿水来浸泡透了，捞出，滤干，拿到碓里去舂，再用落筛筛出。做酥籽面的时候，要把头年秋天收来早就干透了的酥籽拿来，抓进锅里，锅放火上，炒黄，冷透以后，倒在擂钵里擂，加糖，红糖或者白糖都好，擂得越久越好，擂出酥籽油来，油汪汪的，这样包出来的"牛打滚"，糯是必然的，香更是没得说，还甜。酥籽，或多或少，家家都种得有，那时条件差，糖就不一定，多数人家没有，那就放盐，味道也不错。到了端午的时候，也不是家家都还剩得有糯米，没有糯米的，就用小麦面来代替，总之，"牛打滚"家家都要吃，表示过节。小麦面包上酥籽面的"牛打滚"，那个口味虽然不如糯米面，也是很爽口的。酥籽面香极了，小孩子们都贪吃，吃多了，大人就不让，倒不是舍不得，而是怕吃多了憨掉。说是酥籽面太香，又油，吃多了会闷人，会闷憨掉。小孩子家看事情没有高瞻的眼光，大都是些寸见，只顾眼前，对憨不憨并不在意，对大人的那些警告并不当回事，当着大人，迫于大人的权威，不敢放肆，背着就不然，要去偷吃，偷吃了还不满足，还要装兜。酥籽面很油，衣服兜兜也不干净，装在兜兜头，酥籽面脏了，兜兜也油了，但是，小娃娃些，只要有"香香嘴"，才不管这些呢。

为什么叫"牛打滚"？有个什么讲究或者典故？我问过长者，他们也说不出个什么道道来，都说反正就是老辈人一代一代传下来，都是这样称呼的。我想，会不会是因为煮在锅里的时候，"牛打滚"在沸腾的汤中不停地翻滚着，那情形就像牛在打滚一样呢？或者，是因为犁田耕地，牛替人做出了许多的贡献，劳苦功高，端午的时候，正是打田插秧时节，正需要牛来替人劳作，以它来命名一道吃食，寄托了对它的一种感恩之心？

五里不同风，十里不同俗。就在盘州，有的地方在端午节这天要杀鸡，还要把鸡拿到地里去杀，说是这样就不会下白雨了，白雨就是冰雹。夏秋的时候，常常会下冰雹。冰雹下得大了，夏天的时候，会毁了正在生长的苞谷、稻子；秋天，还没干浆的苞谷、稻谷遭冰雹打了，籽粒就长不饱满了；稻谷黄了的时候，遇到下冰雹，谷粒就被冰雹打落在田里。记忆里，小时候在稻谷成熟的时候，常常会遇到下冰雹，稻粒被打得七零八落，田里堆得厚厚的一层。雨住了，就赶紧拿起吊箩或是盆，用锅铲去刮落在田里的稻粒，连泥带稻粒地铲来盛起，端到龙潭边，换到筛子里，放入水中去淘，掏干净泥后，就拿回来装到簸箕里，放到火上去烘。在大自然面前，人是渺小的，人力是微不足道的，端午节杀鸡，祈祷风调雨顺，不下白雨，显现出在大自然面前，人类的无能为力。

菌中之王鸡㙡

鸡㙡是众多食用菌中的一种，味美鲜香，为其他食用菌所不能及，堪称菌中珍品。汪曾祺在《昆明食菌》中说："鸡㙡为菌中之王。"

鸡㙡的生长对土壤、气候等自然条件的要求很苛刻，不是随便什么地方都能出鸡㙡的。许多食用菌都能人工批量栽培，唯独鸡㙡不能。

鸡㙡，《中华大字典》说："菌名。《广菌谱》'鸡㙡蕈出云南'。"《辞海》谓："鸡㙡，菌名，亦名鸡菌，见《本草纲目》。李时珍曰：'出云南，生沙地间，高脚伞头，土人采烘寄远，以充方物，点茶烹肉皆宜，气味似香蕈，而不及其风韵也'。"《辞源》曰："菌类植物名，又名'鸡菌'。出云南，生沙地间，高脚伞头，点茶烹肉皆宜，气味似香蕈，入药。"

鸡㙡"出云南"，意思是鸡㙡为云南特产。云南固然出鸡㙡，但是，鸡㙡并非云南所独有，贵州的很多地方，如盘州、水城、安顺、遵义等都出鸡㙡。《广菌谱》的作者潘之恒、《本草纲目》的作者李时珍均为明朝人，其说姑置不论，但是，《辞源》始编于1908年、《中华大字典》始编于1909年，《辞海》始编于1915年，编以上诸辞（字）书时，如盘州、水城、安顺、遵义等地均已属贵州所辖，而仍说鸡㙡"出云南"，难免让人有鸡㙡只是今天云南省的特产，除云南之外，别的地方则不出鸡㙡的误解。我手边有一本商务印书馆1988年7月第1版、1991年12月北京第4次印刷的《辞源》，依然沿说"菌类植物名，又名'鸡菌'。出云南，生沙地间，高脚伞头，点茶烹肉皆宜，气味似香蕈，入药"。

编于清末的《普安直隶厅志》卷二十二《艺文·诗》中有张九钺《咏鸡㙡菜》诗二首："绀䌷霓裳白羽衣，炎州帝子戏空飞。天风吹下珍珠伞，鸡㙡山头带雨归。""翠笼飞擎驿骑遥，中貂分赐笑前朝。金盘玉筯成何事，只与山厨伴寂寥。"

盘州不仅出鸡㙡，而且口味极佳，远非其他地方的鸡㙡可比。

鸡㙡的吃法很多，烹炒、氽汤皆宜。盘州人吃鸡㙡的花样很多，烹肉是其一，而烹肉尤以火腿为佳。出鸡㙡的时节正是嫩辣椒上市的时候，鸡㙡炒火腿，再加些嫩辣椒，那个香，老远都能闻到。另外是氽汤，其味鲜香无比。氽鸡㙡汤只需油、盐、姜、葱，至于酱油、味精、胡椒等则不必，加了反而夺味，若加些切成丝或薄片的精瘦的鲜猪肉就更好，火腿则不然。鸡㙡汤中加火腿吃起来略有涩感，许多人不明白这一点。吃火锅，不论是鸡肉火锅、羊肉火锅，还是牛肉火锅，只要加上鸡㙡，就会更加汤香肉鲜，且别有一番风味。还有就是将鸡㙡洗净撕小，太阳底下晒干，用菜油炸成鸡㙡油，可以长期保存。炸得焦黄的鸡㙡油，香而且脆，是做小吃的上好调料，可以拌凉粉、拌黄瓜、下面条等，在蘸荤菜的蘸水里放上点鸡㙡油，那味道真是美极了。"采烘"，就是把鸡㙡洗净撕小，再烘干，制成鸡㙡干。其实并非一定要烘，用线或竹签穿成串，晒干晾干都一样，这是过去缺油少盐时的常见做法。鸡㙡干易保存，或留着自家慢慢吃，或寄往远方都可。至于"点茶"，盘州人吃茶有加糖的、加姜的、加花的等等，而以菌子"点茶"的，还没有见过。

"土人采烘寄远，以充方物"的"方物"，就是所谓的土特产。鸡㙡这种山珍作为一种不多见的土特产，拿来寄远赠人，的确是很受欢迎、很拿得出手的。走亲串戚，带点鸡㙡或是鸡㙡油作为礼物，既大方又得体；有朋自远方来，揖别之际，以之相赠，最显情谊；就是乡里高邻，你捡得一窝鸡㙡，分几朵与他来氽汤，也是不亦乐乎的美事；那百里千里之外的亲朋，你炸些鸡㙡油相寄，礼轻情意重，他是要当作美谈的——笔者几乎每年都要炸些鸡㙡油"寄远，以充方物"。

鸡㙡侯时而生，不是经常都有的，只在夏秋时节才有。盘州有谚语："稻穗乱冒，鸡㙡乱撬。"就是说，稻子出穗的时节，正是鸡㙡出土的时候。什么时候稻子就出穗了呢？谚云："六月二十四，稻子冒火把穗。"

鸡㙡的味道，纸上说来，既浅又隔，要领略其味，非亲口一尝，一经尝过，准会时常叨念着、牵挂着，难以释怀。盘州人对鸡㙡有着一份难以割舍的眷念，时时牵挂在心头。到了夏至，三五好友坐在一起吃茶聊天的时候，就会按捺不住地叨念："要出鸡㙡了吧？"尤其是那些少小时吃惯了鸡㙡的游子，鸡㙡更是其剪不断的思乡情结，到了"稻穗乱冒，鸡㙡乱撬"的时节，那份乡愁，就更加浓烈了。

风物凉都

凉都年粑

☆ 胡光贤

每到岁末年终,在盘州市海铺村的老家,赶集的乡场上,总会看到很多父老乡邻挎起背篓穿梭于人山人海中,选春联、买礼花鞭炮,买新衣,购置各种各样的年货,年味浓浓。唯一的缺陷,是感觉以前很多可以自己动手做的过年食品,如今会做的、想做的人越来越少了,比如年粑。随着时代变迁,大家总嫌麻烦,宁愿直接去乡场或作坊购买。

记得小时候,那时人们没有那么多的钱去乡场挑选购买各种年货,但依然感觉年味十足,尤其是做年粑,在我的记忆中非常深刻。我们那里的年粑分为好几种,有用纯玉米做的苞谷粑,有用大米做的白米粑,有用玉米和大米混合做的杂米粑,还有用糯米做的糯米粑(也叫糍粑)。

每到寒冬腊月,人们将田地里的庄稼全部收完存于粮仓后,就开始准备做年粑了。那时条件不好,大米平时都舍不得吃,但为了做年粑,人们还是挺舍得下血本的。一般需要提前一天把黄苞谷或者大米用石磨碾细,然后用水淘几次,再把水过滤掉。因苞谷或大米原本是干的,需要放置一夜让它们"发活",等第二天用木甑子盛装起来放在铁锅里,向铁锅里加15厘米深的水,再放到土灶上蒸煮,一般需要蒸煮2个小时左右。

为了让蒸煮出来的粑粑原材料保持原汁原味,要用干木柴替代煤炭作为燃火材料。记得好几次家里做年粑,我去早已收割后的稻田里割"稻桩",用来做蒸煮的燃火材料。稻桩燃烧时发出的稻秆味,犹如刚刚蒸好的白米饭一样,充满浓浓的饭香味,非常纯正地道,这样做出来的年粑自然很好吃。如今回想起来,感觉嗅觉都还存有那种稻香味的记忆。

将年粑的原材料蒸煮熟透后,接下来就是重头戏了。早些年因村里还没有通电,无法使用机器打年粑,只能用石臼来做年粑。石臼是用各种石材制造的，是用以砸、捣、研磨食品等的生产工具，一般呈圆形，类似一个杯子，上宽下尖。将米或苞谷放入石臼，以木棍冲击击打的力量将其打成泥状。一般是男人负责舂打，女人则用手把打碎的米或苞谷捏成圆形或长形粑粑，我们这里叫作"舂年粑"。

已做好的年粑，可以用火烤熟，也可以用水煮，还可以用油炸，可配上盐、酱油、辣椒面、白菜等。用糯米做出来的糍粑，特别柔软细腻，味道极佳。

凉都年粑，是那个年代里特有的关于年味的凉都记忆。如今步入新时代，物质丰富了，生活条件好了，很多粑粑作坊兴起，人们不用自己做年粑了，通过线上订、线下购，随时随地都可以吃到糍粑、黄粑、米粑等各式各样的粑粑。

遗憾的是，现在的年粑再也没有记忆中的那种味道了，仅是一种很普通的食材而已。因为那时的年粑，不仅仅是一种过年吃的食物，还是那个年代里人们为过年所营造出的年味氛围，更是一种一年比一年好的期盼，承载了人们对生活越来越美好的向往。

凉都年粑是镌刻在我灵魂深处的一道抹不掉的乡愁，每次看到年粑，脑海里都会呈现那些年的影像。那些满满的回忆，通过一口口年粑，让我重拾舌尖上的乡愁。

煮甜酒

☆ 李廷华

甜酒做好那天，母亲总是先盛半碗给我，说赶紧趁热吃吧。记忆中，新鲜出炉的甜酒是最好吃的，所以我每次都要守在母亲身边。

今天要说的甜酒究竟是何种酒也？这种酒就与男人的酒量、性情无关了。在我的老家，冬天有一项活叫煮酒，而煮出来发酵后的甜美之食就是甜酒了。

二十年前，老家旧铺村几乎家家都有做甜酒的习惯。印象中，每进入冬季腊八节这段时间，母亲就要着手煮酒。先是到磨坊把自家种的糯稻碾成米，然后再到街上买酒药。酒药是圆形的小丸子，是用来发酵的酵母。每次赶乡场买酒药时，母亲就要用手捻一点放在嘴里尝一下，看看它的效果。煮酒是一项熬更守夜的细活，母亲在火房里烧柴火将糯米煮熟，之后便晾在簸箕里，温度冷却至适当后放入酒药搅拌均匀，再用米袋子装起来放在火房里发酵。火房里的火必须燃着，保证有足够的温度就好。至于放多少酒药，则要根据糯米的量来决定。母亲煮酒多年，自然是凭自己的经验来添加酒药。发酵四五天时间，装米饭的袋子就会烤出"汗"来。后来才明白，这烤出来的"汗"叫酒酿，有酒酿滤出来，甜酒就可以开封食用了。

母亲煮酒总是在夜里，刚开始我以为是白天人多嘴馋，是不是母亲吝啬了？其实不然，农村即使到了冬天也有干不完的农活，母亲要负责去七八公里以外的树林抓叶子，一花箩一花箩（背柴草的工具）地背来倒在牛圈里踩粪，提前准备春耕的肥料；父亲则忙着耕地，他要赶在立春之前把地耕一道。我记得父亲说过，过年后就立春了，要在这之前把土地翻起来，浸透雨水，来年庄稼才有好的长势。

看来是我误会了。

在中国，酒与坛子是息息相关的，甜酒也离不开坛子。发酵后的甜酒用土坛子装起来，大半年都可食用。但装酒就很讲究了，必须密封起来，存放在阴凉处，食用时再打开，否则就容易透气变质，变质后它就不甜了。

甜食一直是人们喜爱的，可在那个物资匮乏的年代，买糖需要去商店，没有门路，想吃甜食何其难！所以只能自己动手。我记得母亲说过，只要勤劳，生活就是有甜头的。当年父亲在学校上课，更多的时间和精力花在了工作上，只有周末才有空回来，所以干农活的担子重重地压在了母亲的肩上。我和哥哥都在念书，也帮不上母亲什么忙。耕种的季节，有劳力的人家，稻田早已插上绿油油的秧苗，而我家的田里还晃荡着一池春水。在村子里，我家的田几乎是最后一家插上秧苗的。尽管时间上晚了一点，但母亲善于打理，经常除草，所以秋收的季节，稻谷也有一个好收成。秋收冬藏。每到冬天，母亲煮酒的粮食早已做好了发酵的准备。现在想想，煮甜酒是一道工艺，可光有技艺是不够的，没有粮食，再好的技术都会落空，正如俗话描述的那样：巧妇难为无米之炊。所以我总以为，勤劳才是酿造幸福、甜蜜生活的不竭之源。

不论白天多苦多累，冬天的夜里，总有母亲忙前忙后煮酒的影子。在母亲眼里，生活需要一份甜，温暖的家也需要一份甜。

从小的印象里，在农村，甜酒是有很大用途的。据说分娩的妇女在坐月子期间，就要用甜酒煮鸡蛋、煮汤圆吃，不仅口感好，而且很滋补。种地或者做其他活时，女同志也会带上一壶甜酒水解渴。当年邻居到家里串门，就有两种招待方式，男的就为其泡茶，女的就为她调杯酒水。在我的印象里，老家的女同志几乎是不喝茶的，好像没有喝茶的习惯。"我去泡点酒水给你喝吧！"在那个年代，很多妇女都享受过这样的热情款待。现调酒水，更能感受主人待客的心情和心意。现在不同了，很多场合就是发一瓶矿泉水，为喝水而喝水，其他的什么也感受不到。

煮酒水粑粑当然也是一绝，那味道甜得自然，甜得质朴，甜而不腻，绝非现在的白糖、冰糖之类可比。每次煮甜酒粑粑，我几乎都是连汤带水喝得干干净净，就连残留在碗底的米粒也要拈起来吃掉，太过瘾了，却又总感觉意犹未尽。童年的时候，我感觉这就是小康生活的味道。我已许久没享受过这种口福了。母亲年近七旬，已没体力顾及这些琐事了。我回家时问嫂子，现在煮甜酒没有？她惊讶地说，现在谁还煮甜酒？麻烦！想吃的话就去超市买一瓶吧！我微笑着说，算了吧！不过超市的确能买到甜酒，可那都是防腐剂保护起来的食品，哪有家里煮出来的甜呢？

现在是随时随地都能喝到可乐、饮料、苏打水的年代，甜酒的记忆自然停留在了属于它的年代，那是它的历史。

我是一个怀念和感恩历史的人，母亲做的甜酒，想想就是甜蜜的味道！

盘县火腿

☆ 李廷华

盘州人喜欢吃火腿是出了名的；因为喜欢，对火腿就有了特别的讲究。

火腿有多种吃法，炖、炒、蒸皆可，而我最青睐的还是火腿炒辣椒，那香辣咸交融的味道，口齿留香，适合下酒，更适合下饭。炒火腿，不能只切瘦肉，必须肥瘦相搭，这样口感才不干不腻。除此，但凡可以炒的菜，譬如炒豌豆、炒蘑菇、炒竹笋……只要切一点火腿放进去，鲜香的味道自然就溢出来了。每隔一段时间不吃，味觉就极不自在，仿佛对火腿上了瘾。记得十几年前在贵阳念书的时候，每一次返回学校，母亲就要提前用火腿炼油辣椒，让我装上几瓶带回学校，学校饮食清淡，放上火腿油辣椒，就能美滋滋地饱餐一顿。故乡的油辣椒，真不比"老干妈"的味道差。俗话说"青菜白菜，各有所爱"，对于不喜欢辣味的食客来说，更倾向于炖和蒸。现在的筵席上，一盘蒸火腿也备受热捧，总被吃得一干二净。

火腿好吃，可腌制并不简单。

进入寒冬腊月，盘州人就有杀年猪的习惯，为过年准备年货。杀年猪时间极为讲究，要错开父母生日，也要错开亥日，而且属猪的人不能动刀子。听长者们说，选好日子就是为求个吉利。时至今日，他们仍然保持对凶吉的敬畏，多么难能可贵。有人或许会唠叨，真麻烦！可没有规矩就不成方圆，总不能像街上的屠夫，天天提着杀猪刀，白刀子进去红刀子出来，一副天不怕地不怕的样子。杀年猪有一个重要的环节就是留火腿。猪身上其他地方的肉，可随意分割成十块八块，而火腿必须取后腿。将后腿切割成琵琶形，内侧的油封皮也不能切除，切了就等于切除了它的保护层。砍好火腿后，晾数小时，等肉上的热气冷却，接下来就是腌制了。

腌制火腿的食材很简单，就是食盐和少量的酒。它们是最好的防腐剂，敷在火腿上反复地揉，目的是让盐味均匀。揉是要讲功夫的，稍有一个地方腌得不好，就可能会腐烂。我曾听人开玩笑说，腌一只火腿，其用力用时，等于练了一场太极。在我童年的印象中，对于经济条件不是太宽裕的人家来说，火腿是舍不得吃的，背到街上卖了，就能凑凑孩子们的学费，或者给地里的庄稼买一包肥料。所以，为了能卖个好价钱，他们对腌制火腿特别重视。

火腿火腿，当然离不得火。腌好后的火腿与其他肉一同放在一口大锅里，用腌肉水浸泡10天左右，就要挂在火房的墙壁上，用温火慢慢地熏烤。中国人自古讲中庸之道，火太旺则过急，火太小又达不到熏的效果。如此，至少挂在火房半年左右。切开的火腿色泽红润，其实就是渗透了火的颜色，火的温度。离开了火，火腿不过是一块大一点的肉而已；离开了火，一块肉怎么可能放置一年或几年的时间？火，有旺盛的激情，旺盛的生命，火克水，所以才抒写了火腿前世今生的传奇。

盘县火腿能跻身三大名腿之列，首要原因是肉质好。农家的猪喂猪草，喂熟食，完全属于绿色饲养。猪本就该吃猪草，精致的饲料有快速催肥的功效，毁掉的不仅仅是猪的身体。20世纪80年代以前出生的人，大多都有扯猪草的经历。当然同样品质的肉，放在其他地方，也不一定能腌出上好的火腿。盘州喀斯特地貌独特的气候条件，冬天雨雪适中，平均气温在5℃—8℃，夏天平均气温20℃，给火腿的存储创造了得天独厚、不可复制的优质条件。腌制火腿也必须占尽天时地利。

尽管史料中没有明确记载，但民间的长者们说，盘州腌制火腿的饮食文化从明朝时期就开始了。当年明朝调北征南，傅友德将军率兵进驻盘州（当时叫普安州）……战乱平息后，相当一部分人员留下来镇守边陲，而这些军人大多系南京籍，他们把江南的腌制技术带过来，从此生根发芽，代代相传。

600多年的沉淀，使这段火与腿的历史，本身就有足够的底蕴，也是盘州人的自信。

由于腌制火腿的历史文化久远，所以在民间，衍生出了许多与火腿有关的故事。譬如结婚这桩喜事，火腿是男方必须带到女方家的礼品之一，意为结婚后要稳重，扎稳根基，不能浮躁；火腿上带尾巴，表示为人处世要小心谨慎，不要被人揪住尾巴。石桥镇乐民村村民杨书光说，中国人自古讲"不孝有三，无后为大"，所以结婚时要带上后火腿的象征意义就显而易见了，就是希望新人早生贵子，庇护后人。如果没有火腿就显得男方家不重视这桩婚事，想想，也有道理。譬如走亲串戚，若主人家铡火腿，这便是招待客人的最高待遇。当然，用"铡"并非夸张，火腿块大，而且里面夹着骨头，这样容易分割。盘州人铡火腿的习惯，与大块吃肉、大碗喝酒的性情相匹配。所以在农村，若哪家窗户飘出了炒火腿的香味，不用怀疑，这家一定来了重要的客人。时至今日，乡村依然保持着这些淳朴的传统习俗。盘州人吃火腿，素来有一种说法，招待客人时不叫吃肉，而叫客人挑辣椒去吃。明明是吃火腿，怎么叫吃辣椒呢？客人为之不解。其实这不过是盘州人做人谦虚、隐忍的表现罢了。

当然还有远方的故事。

去年春节，外地一个朋友来盘州，度假结束后带走了一只火腿，吃了之后感觉味道不错，但他后来从超市买到的火腿，却怎么也吃不出之前的味道。我对他说，那是你买的路子不对。在盘州，要买火腿就得走村串寨，买从农家火房里取下来的火腿，虽然样子很土，可那才正宗。

其实以我的经验，分辨火腿品质的好坏并不难，若切开的火腿自然流出一股浓香味且肉质色泽晶莹，如此绝对堪称上品。

火腿，火腿，其实是火与腿的珠联璧合，火借腿修身，腿仰仗火来开光。

盘州冻米稀饭

☆ 高积俊

盘州的小吃最是可口。

中国人有着根深蒂固的故乡情结，月是故乡明，无论什么都是故乡的好。盘州人说盘州的小吃最可口，颇有王婆卖瓜之嫌。然而，不唯我这么说，也不止那些走南闯北吃遍天下小吃——"吃遍"未免夸张，不过极言吃得多罢了——的盘州人都如此说，便是那些外地人，凡吃过盘州小吃的，也都是赞不绝口。

鄙人去过的地方不多，中国三十余省市，踪迹所至，不过三分之一之数，又兼囊中羞涩，大菜几不敢问津，而小吃则是免不了的，平心而论，其味道真不如盘州的好。或许多半是饮食习惯的缘故吧，比如，以月饼来说，云贵人多喜欢吃火腿的，而南方人却多好甜味的广式月饼。以地球之大而言，盘州不过四千多平方公里，弹丸之地而已，食遍盘州小吃，这话我敢说。盘州小吃中，最好吃的要数冻米稀饭了。

冻米稀饭这道美味，90后甚至80后多未食过，即便食过，也多非正宗。我的儿子生于1988年，知道炒米，却不知冻米为何物。原因是现在盘州已少有人家冻冻米了。其原因很复杂，大抵是现在经济条件好了，物质丰富了，外来的多了，最主要的原因是冻米的制作过程烦琐复杂。

在我年少的时候，家乡物质条件差，走亲串戚的礼物、家中待客的点心，用冻米炒的炒米便是物美又价廉的选择。而在今天，这却成了拿不出手的东西。加上冻米的制作颇费时费力，所以，只偶有些勤劳的闲不住的老妪还偶尔在冻冻米。

依稀记得，秋收后，入冬时节，农家妇女便把预先藏好的颗粒饱满的糯稻拿到太阳下晒到干得适当的程度——怎样才算干得适当，全凭经验——然后拿到碓里去舂。一般食用的米，只用舂两道或三道。所谓"道"，就是把稻谷放到碓里舂到一定程度，拿出来簸一次糠，叫一道。冻冻米的糯稻至少要舂四道。舂的力度随着道数的递增而递减。三道四道的时候舂得极轻，叫作"欻"。将附着在米粒上的糠皮欻得精光，米粒欻得亮锃锃的，簸干净，再用米筛过一遍，筛去米尖碎粒，留下那些颗粒圆满、晶莹剔透的来冻冻米。

冻冻米的程序颇为复杂而讲究。先是将糯米盛入缸、盆之类的器物中，加水浸泡，泡到用手轻轻一搓，便会酥成粉末的程度，再用水来淘，淘至水清了，便捞入筲箕沥干，倒入甑子中，掇在柴火熊熊的灶上蒸，蒸得透熟，香气四溢了，便倒入预先准备好的均匀洒上一层糯米面的簸篮里。过去农村农活多，一年到头有干不完的活，不像现在，闲暇日子多，所以，蒸冻米饭多是在晚上。小孩儿为了能尝上一团香得令人垂涎欲滴的冻米饭，总是打着瞌睡熬拼着不肯去睡，直到熬到深更半夜，拼得一坨香喷喷的冻米饭下了肚，才乐着上床。也有那想饱口福的隔壁邻舍，男的坐在火边和男主人拉家常，女的殷勤地帮着主妇打下手，忙这忙那。这一切主人家心知肚明，所以，在冻米饭倒入簸篮里后，不管心头辣不辣，都是满脸堆笑地趁热一人递上一坨，在者有份，尝个新鲜。别人都吃了，自己也省不了多少，于是也揪些来在嘴里品尝。

透熟的冻米饭极黏，簸篮底上撒上一层糯米面是为了不让冻米饭黏在簸篮上。黏在簸篮上固然不行，黏在一起也要不得。冻出来的冻米须是一粒一粒的，不能黏在一起，黏在一起的炒炒米时就炒不熟，爆不开。所以，蒸熟的冻米饭倒在簸篮里后，要立即用筷子扒散，边扒边撒糯米面，以使饭粒不会黏在一起，待冷到一定时候便用手把冻米饭搓散。这道工序也颇费事，一大簸篮的冻米饭极难尽数搓散，那些没有搓散的，就要等晒到干得差不多后拿到磨上去推才推得散。散成一粒一粒的后，拿到冬阳下晒得干透到极绵韧的程度，便藏入坛中封好坛口，以免回潮。至此，冻米才算冻好。

"天无三日晴"，极言贵州多阴而少晴，虽不免夸张，倒也是事实。冻米须在霜冻天气制作，不然就不叫冻米了。同样的工序，在其他季节制作，怎么也比不上霜冻天气做的好。贵州一般时候都是阴多晴少，霜冻季节里连着晴几天的时候就更难遇了。冻米在霜冻天气的冬日下晒干才色泽莹润，柔和绵韧，炒出的炒米才爆得彻底，才酥松，开水泡了才入口即化；煮出来的冻米稀饭才柔韧软弹，有筋骨，吃起来才有嚼头。如若做冻米时看不准天气，遇上连连阴天，不见太阳，就只好用火来烘。倘是这样，即便前面的功夫再深，做出来的冻米质量也要大打折扣。

儿时，家乡的冻米是典型的奢侈品。那时，食量本不足，青黄不接，常有断顿的时候。糯稻产量又不高，所以多不栽糯稻，生产队上一家分得的糯稻原不多。冻冻米主要是用作炒炒米，以作待客的点心、走亲串戚的礼品、过年时的节令食品，以及大年初一过早。所谓"过早"，就是吃早餐，平素是得不着吃的，除非是生病。大年初一过早吃炒米是习俗，那一顿甜酒水泡炒米，是可以敞开肚皮吃的，尽管当家人望着也心疼。吃回炒米都难，更不用说吃冻米稀饭了。要吃上一回冻米稀饭，除非是家里来了远方的尊贵客人，平素间，就是当家人也是舍不得拿冻米来煮一顿稀饭吃的。生产队时候，一年到头有做不完的活路，难有闲暇走亲串戚，更兼交通不便，亲戚间往往很少走动，偶有来往，多为有故，少有闲访，人到礼足，事一毕，人即走，除非路途远，当日不能返家和极亲密的关系，一般是绝少留宿的。有贵客来，自然要做最好的招待，所谓"好酒好肉敬远亲，大事小务找近邻"是也。亲戚远了，难得一聚，自有话不完的家常。油灯下，夜深沉，谈兴正甜。主人发话，唤主妇来煮夜宵。如果客极尊贵，且运气好，主人家里正好藏有冻米，而主人家又大方，便有一餐冻米稀饭以饱口福了。一人有福带牵一屋，客少主人多，在座者见者有份，都得"沾豁皮"，不唯主人家，还有那陪聊的邻居。农村人家，相邻而居，对外虽较封闭，于内则十分开放，哪家锅大碗小、屋漏门破，都不是秘密，来的客人，是亲是疏，隔壁邻舍无不知晓。来的是贵客，那陪聊的邻居深知必有一顿夜宵无疑，因此迟迟不肯告退，图的就是一顿夜宵。大家都心知肚明。就是那小孩儿，也拽着瞌睡不肯去睡。吃了夜宵，邻居告辞了，小孩儿也上床了。

冻米稀饭做成荤的素的皆宜，萝卜酸菜依个人所爱。荤的是放油，加上姜、葱、蒜、胡椒粉等作料；素的有甜的、咸的、淡的。甜的有放糖的、放甜酒的，最次的要算放糖精的，最上等的要数甜酒加糖冻米稀饭了。而糖又以红糖为佳，红糖则以"碗口糖"为最好。碗口糖就是做成圆台形的红糖，那个软绵，那个柔韧，那个芳香，那个甜美醇和、爽口怡心的滋味，非美食家不能道其精妙，我等饕餮食夫，只识得一个"确实好吃"。因为确实好吃，吃过的回数又不多，所以每吃过一回，便都清清楚楚地记得一回。咸的就是调料只有盐，味道比起上述荤的、甜的就差多了，纵使如此，也是很爽口的。家乡有谚谓"米汤放盐，就如过年"，过年就是吃得好，米汤放盐都安逸，更遑论是冻米稀饭了。淡的就是什么调料都没有，味道是清香，淡雅而悠逸，病时最相宜。

我近六十岁了，吃过冻米稀饭的次数，用"屈指可数"来形容，都算夸张。尽屈手指，其数为十，而我吃过冻米稀饭的次数，尚不足十次。稻香时节，忽然忆起久违的冻米稀饭来，至少，有三十年了。心血一来潮，便趁赶场天特意去街上买来些冻米，又从超市里买来些红糖和甜酒，满怀期待地煮了一锅冻米稀饭，以解三尺馋涎。然而，那味道，和记忆中的差得有些远。原因一是糯米的品种不如旧时老品种好，二是制作工艺不如农家讲究。媳妇说，要想得到正宗的冻米，得到农村寨子头庄户人家去寻，街上卖的多不正宗。

人间真味·渣面粑

☆ 卓　美

第一次去他家，迎接我的是十几口人忙着为一场见面而准备的一种不朽的味道。三十年来，我一直都觉得，那是我命里的亲人们举办的一场仪式，不是仪式还能是什么？

桌子上的大锑盆里，有半盆米粒；茶几上的瓷盆里，有切好的火腿丁；长板凳上，是半盆豌豆粒和半盆茴香菜；地上，随处是豌豆壳跟茴香菜秆。剥豌豆，熬大骨汤，劈柴生火，大人们各自忙碌，娃娃们蹿出蹿进，过大年一样高兴。害羞的我跟着他母亲剥豌豆、摘拣茴香菜，听她讲做渣面粑的道道。

在我看来，那些道道过于严苛。粳米与糯米如何配比，对泡米时间长短的把控，做出来的粑粑要软糯也要松散，要体现出"渣"的那种感觉来。火腿要本地的陈年老火腿，要闻着香气纯正，吃着咸味刚刚合适的；豌豆，要本地新上市的嫩豌豆。豌豆多了影响粑粑的品质，太少了显得稀稀拉拉，不好看。谁能记得住那么多的讲究呢？我一头雾水地听着，只觉得茴香菜、火腿、糯米和粳米交会在一起的香气，囊括了那个春天所有的一切味道。

在此之前，我听说过世上有渣面粑这种东西，只是没有吃过。在他家，我见识了做渣面粑要动用如此多的家什，要费那么大的功夫和时间，如果是我自己做，这样麻烦的美食我宁可不吃。可是，当我看见、闻见刚刚蒸好的渣面粑的时候，我又突然觉得，所有的麻烦都是值得的。翡翠一样的豌豆，乳白软糯的米渣，红红亮亮的火腿丁，墨绿色的丝丝明媚的茴香菜，它们你我不分地待在一起，待在一个更能衬托姿色的白瓷碗里。端着碗，热气和香气直抵脑门心。真的，在我还没有动筷子之前，如果我不感到幸福，如果我不咽清口水，就必定不是正常人了。吃上第一口，我就觉得来到世上一趟，仅为此一项就是千值万值的。我吃得无比细致，一颗豌豆，一个火腿丁，丝丝绕绕的茴香菜，一粒米渣，没有一样不值得我细细品味。

世上最值得一提的，还有这结下的缘分。缘分，也有可能是上辈子就结下了的，每个人都只是去续，去偿报被亏欠的情分。而我，未实施多少偿报，却源源不断地从这个大家庭里获得恩情。别的暂且不说，单单是从彼年至此年三十年的春秋岁月里，总有一个家人，每年赶几十公里的路送渣面粑来给我这件事，不是恩情还能是什么？

我觉着，只有重情重义的人和热爱生活的人，才能发明出渣面粑这种奇美的圆东西。可惜的是，除了知道渣面粑还有一个名字叫"清明粑"之外，我从来就没有弄清楚过渣面粑的身世，即使是它在盘州老城出现的大致年代，我也无从得知。有人说，有可能是明朝"调北征南"的将士从江南到此驻军，建造普安城的时期开始出现的。最敷衍的一种说法是：渣面粑自古以来就有，是人们为了寒食节禁火冷食的需要，为了方便带到山上祭祀祖先而发明的清明粑。渣面粑的历史，就像它本身一样，是一个圆圆的谜团。事到如今，或许它的身世已经没有深挖考证的必要了，反正一辈辈人已将它传承了下来，并且完完整整地保留了浓浓的家的味道，最好的传承模式莫过于此。

在贵阳，我也见过有人卖渣面粑。我不知道它们是贵阳本地所产还是从盘州过来的，但我敢说，即使是贵阳人也做渣面粑卖，味道也一定是欠缺的。我固执地认为，唯有盘州老城的人才能做出真正的渣面粑来。并且，在盘州老城，能做好渣面粑的人，年龄得在40岁以上。这样的年纪，才懂何为生活，才能领会一种味道的诞生，食材，只是一半的先决条件，另外一半的要领，是用心用情、至情至理。

在有关渣面粑的记忆里，回到过往，只不过是一念之间的事。

结婚半年后，公公突发疾病不幸去世，之后，婆婆依旧延续着年年做渣面粑，趁机将儿女们都喊回家来聚一聚的老习惯。从另一个方面讲，那大概是她让我们回去看望她最充足的理由了，"娘想儿路长长，儿想娘扁担长"。婆婆捏好的渣面粑，整整摆满一个圆圆的大簸箕，很是壮观。粑粑凉透，她一个个地码放在六个塑料袋里。吃过晚饭，六个儿女各回各家的时候，大圆里面的小圆就被婆婆分得只剩下十个八个了。大簸箕空了，屋子里也只剩下婆婆一个人了。她站在高坎上目送我们，撩起围腰来擦眼泪。

婆婆去世后，大姑姐和二姑姐变成了一盘石磨的轴心，这个大家庭又有了主心骨。大事小情的，姊妹们总少不了要磋磨两个姐姐，甚至婆婆做渣面粑分给六个儿女的老传统，也被姑姐们担承、延续了下来。每次将渣面粑做好后，姑姐们就会打发二姐夫送到干沟桥来给我们。时间是算好了的，我们刚刚下班，坐了四十多分钟车的二姐夫带着渣面粑也正好赶到我们家楼下。渣面粑只是姑姐们送来物品的其中之一，干霉豆、水豆豉、甜酒、香肠、南瓜子等等都是送来之物。有姑姐们宠着，温暖一个接一个的，所谓的行路艰辛的那些事儿，就不值得一提了。

如果人间的美味，只被一二十个人品尝到，肯定是一种遗憾。更重要的是，这种寓意人间团圆幸福的渣面粑粑，如果没有帮衬一个或多个家庭走出生活的困境，也一定是一种遗憾。我始终相信，世上所有的粑粑，都是有博大情怀的。十五年前，大姑姐和大姐夫都退休在家，有稳定的经济来源，可二姑姐所在的供销社不复存在，二姐夫所在的机械厂也被时代淘汰，二姑姐家的日子突然艰难起来。艰辛的日子，往往要为俗常的物事创造一个出众的机会，于是，诸如渣面粑、面蒿粑之类的跟团圆美满有关的盘州美食，就被二姑姐搬至六街街口。

早些年，渣面粑只在春天出新豌豆时才可一做。现在一年四季都有大棚豌豆，虽然品质不及本地当季的土豌豆那么好，但也是可用的。也因此，二姑姐从渣面粑这圆圆的尘世里，求到了一家四口人稳稳当当的生活。更值得一提的是，十五年里，大姑姐时常去帮二姑姐做粑粑，就像那是她每天必须要尽到的义务一样。

大姑姐实在是尽到了姊妹情义。长相几乎跟陶华碧一模一样的二姑姐，赢得了"粑粑西施"的好名声。很多搬到红果新城居住的人，每次下老城时总要在二姑姐那里买上一二十个粑粑带回新城去。吃老城的渣面粑、面蒿粑，成了新城人缓解乡愁、怀念故园的一种形式。

世道何曾亏待过饱含深情的物事？2012年，渣面粑所用的食材盘县火腿被原国家质检总局批准为地理标志产品，成为继浙江金华火腿、云南宣威火腿之后，跻身前三甲的中国火腿。渣面粑也实至名归，2014年的时候，被贵州省黔菜美食文化节评定为盘县十大名优小吃，变成了电商争做的抢手生意。诸如我二姑姐、大姑姐这样的民间匠人，成了盘州美食文化的践行者。

随着年岁渐老，我的姑姐们越来越爱唠叨了，说小辈人不用心学，如果有一天她们动不起了，渣面粑也就跟着老了。我不知道老去的渣面粑会是什么样子，我只看见我的姑姐们青丝染雪，目光温暖。

荷叶糯米鸡

☆ 唐 军

荷叶糯米鸡是盘州一道久负盛名的传统风味小吃,兴起于20世纪80年代。当时盘州城里一位管姓老板在自己的早餐店将这一特色小吃作为早餐卖,深受消费者喜爱。一时间,城内各早餐店纷纷效仿,荷叶糯米鸡很快在盘州城里得到推广,后又在酒宴上成为招待贵宾的上等佳肴,以味道鲜美、营养丰富、风味独特而著称,由此成为盘县一道地地道道的风味小吃。现在,到盘州旅游或途经盘州的贵阳、昆明、水城等地客人,都会将盘州的荷叶糯米鸡带回去与家人和朋友分享。

荷叶糯米鸡所需原料和制作工艺复杂,每份重量为250—400克,原料主要以糯米、鸡肉、银杏(白果)、板栗为主,主要作料有食用油、胡椒、味精、食盐等,另加一大片完好无损的干荷叶。其制作方法多种多样,常见的一种是将优质糯米浸泡1—2天,滤干蒸熟(必须要注意火候,不能蒸得太稀),与食用油、胡椒等作料和均匀后,放在锅里炒一下,然后取出泡活的干荷叶,先放一层糯米在荷叶上面,再将预先爆炒过的鸡丁、生银杏、生板栗等均匀铺在中间,上面再加一层糯米,用荷叶将糯米包紧,放在蒸笼里蒸熟即可。

由于糯米、鸡肉、银杏等本身均有丰富的营养价值,蒸熟后的荷叶糯米鸡拆开荷叶时,更是清香扑鼻、鲜味四溢,令人馋涎欲滴。食用时别忘了配上一碗清汤,鸡肉味道鲜美、细滑而略显黏性,口感极佳;清汤润口解腻,两相搭配,令人难忘。

水城美食四题

☆ 符　号

水城茨冲鸡火锅

　　据当地传说，水城茨冲这个地方，以前不叫茨冲，而称"东虎关"或"东关"。传说1935年4月，红军长征经过东虎关时，当地老百姓把山上的野果红茨檬摘来送给红军当军粮。1979年，政府为了纪念和感恩红军与百姓之间这份珍贵的军民鱼水情，就取了红茨檬中的"茨"字，结合东虎关冲子地形地貌，将东虎关更名为茨冲。

　　当然，这只是一个传说。据《水城县（特区）志》记载，早在1979年之前，在水城厅、水城县或水城特区的行政区划上就有茨冲（东关）这个地名的存在。早在雍正十一年（1733）设水城厅，隶属大定府管辖时，茨冲是水城厅常平里八甲的一个村寨；1952年，东关（茨冲）是水城县二区的一个乡；1953年，茨冲是水城县二区的一个苗族乡；1961年，茨冲是水城县滥坝区的一个公社；1970年，茨冲是水城特区滥坝区的一个公社。不管怎么说，东虎关或东关与茨冲是紧密联系的，现在的茨冲村与东关社区毗邻。

　　茨冲位于水城东部，境内是典型的喀斯特地貌风景。茨冲四面环山，山清水秀。特别是茨冲山泉水，是历经250万年地质构造运动形成的自然岩溶泉水。四季清澈透明，口感清爽，富含人体所需的锶、硒、钾、钠、钙、镁、锌、锂、铁等十几种矿物质及微量元素，为天然弱碱性水。锶对人体主动脉硬化具有软化作用，对高血压、高血脂、高血糖、心血管疾病、动脉硬化等具有一定的预防及医疗保健作用，具有通过抗氧化延缓衰老和养颜的辅助功效。

　　著名的乌蒙山矿泉水、水城茗露矿泉水就产于此地，现正在开发东明锶矿泉水品牌。根据水文地质图测量，茨冲山泉水水源点流量为每秒76升，水源补给面积为11平方千米，径流模数为每平方千米每秒6.91升。根据补给区分布的地层地质图看，补给区分布的主要地层有二叠系下统茅口组、二叠系上统峨眉山玄武岩组及三叠系下统永宁镇组。

地下水水质泉点补给处位于地势较高地区，植物主要以灌木林为主，农作物较少，农户居住较少，无工矿污染源。地下水为潜水含水层，主要为尖山街道办茨冲村花泥巴、石老虎、黄家寨、杨家寨、吊水岩一带，面积约11平方千米的降水垂直渗透补给，通过断裂构造带汇集，在茨冲一带以泉点的方式喷涌于地表。

水源水质清澈透明，无异味。据水城茗露矿泉饮料有限公司矿泉水生产厂对该厂泉点取样化验分析报告，酸碱度7.55，属中性水；溶解性总固体每升391.4毫克，为淡水；总硬度每升260.9毫克，属微硬水；水质中主要阴离子有：碳酸氢根离子，含量为每升201.04毫克，硫酸根离子，含量为每升75.44毫克，氯离子，含量为每升2.44毫克；主要阳离子有：锶离子，含量为每升0.21毫克，钙离子，含量为每升80.43毫克，镁离子，含量为每升14.84毫克，钾离子，含量为每升1.77毫克，钠离子，含量为每升2.28毫克。其水化学类型为重碳酸钙型水。2013年6月贵州省地质矿产勘查局111地质大队编制的《贵州省水城县茨冲矿泉水资源储量核实报告》显示，水质中锶含量为每升1.16毫克。

好山出好水，好水出美食。说到水城茨冲的水，自然就会想到茨冲鸡火锅，这可是六盘水市乃至全省、全国一道闻名遐迩的美食。当地老百姓取茨冲山泉水做豆腐，把豆腐放在鸡火锅里，豆腐久煮不烂，越煮越嫩，越煮越鲜。

据水城茨冲鸡火锅航海店负责人刘祖刚介绍，其堂哥刘祖亮夫妇于20世纪80年代开设了第一家鸡火锅店。当时刘祖亮、陈卫秀夫妇在水城县茨冲街上开设了一家饭馆，食客主要是来来往往的车辆驾驶员。

一次偶然机会，刘祖亮、陈卫秀夫妇发现用糍粑辣椒炒的鸡肉来熬汤，煮上"活菜"，可以在极大程度上保留鸡肉的鲜味，不仅味道鲜美，营养价值也很高。此后，经过不断改进，这道美食得到了越来越多人的认可，刘祖亮、陈卫秀夫妇就在茨冲街上开起了第一家"水城茨冲鸡火锅"，茨冲开的第二家是"胡二姐茨冲鸡火锅"。

绝佳的口感，热情的招待，让刘祖亮、陈卫秀的茨冲鸡火锅生意越发火红。周围很多群众上门取经，越来越多的鸡火锅店出现了，成了当地一道独特的风景线，也带动了地方经济发展，致富了一方百姓。无形中，"茨冲鸡火锅"成了远近闻名的一个金字招牌，形成了独特的"鸡火锅"文化。

早在水黄路还未开通的2003年之前，从六盘水去六枝、安顺、贵阳等地的客货车辆必经茨冲，很多驾驶员每次到了茨冲，都要吃一顿水城茨冲鸡火锅。远方的亲戚朋友来水城做客，热情好客的水城人都要招待他们吃茨冲鸡火锅。就这样，水城茨冲鸡火锅的名声就被一传十、十传百、百传千、千传万，名声远播全国各地。

吃水城茨冲鸡火锅少不了要搭配茨冲豆腐，这是闻名遐迩的绝配，如果再加上降血压的微苦荞饭，更是绝配中的绝配。刘祖亮、陈卫秀夫妇在茨冲开的第一家"水城茨冲鸡火锅"现由他们的长子刘照书经营，店名为"水城区老牌正宗茨冲鸡火锅第一家"。刘祖亮、陈卫秀的四子刘照富在市区以朵森林公园开了一家大型茨冲鸡火锅店——富祥山庄茨冲鸡火锅店。刘照富的妻子王芳说，她家还在钟山区川心小区开了一家鸡火锅店，店名为"钟山区老牌正宗茨冲鸡火锅第一家"，还在钟山区凤凰新区开了一家鸡火锅店，店名为"春月圆老牌茨冲鸡火锅"。这两家火锅店生意很好，特别是到冬天更为火爆。仅六盘水市水城区政协委员王容，除在水城区双水汽贸城开了一家"水城茨冲鸡火锅"总店外，她还在水城的山语城、发耳、红桥、德坞及织金、毕节各开了一家分店。据不完全统计，现整个茨冲街上和市区，茨冲鸡火锅店有30余家。

再来说一下水城茨冲豆腐。现在整个茨冲街上，有20余家豆腐作坊，每天从茨冲送出的豆腐达20余吨。据茨冲街上规模最大的六盘水德和源豆制品加工有限公司法人代表赵洪介绍，六盘水德和源豆制品加工有限公司成立于2016年5月，占地2.5亩，生产车间面积1000余平方米，现有工人10名，主要从事生鲜类豆制品生产加工。由于豆制品生产量淡旺季有较大的差距，故平均日产量在1000—2000公斤。换句话说，淡季公司每天都要向六盘水市境内市场送出去1—1.5吨豆腐，旺季每天要送1.5—2吨豆腐。

经过近几年发展，该公司在六盘水本地市场已有较好的口碑。该公司不遗余力地还原茨冲豆腐古法生产工艺，所生产的茨冲豆腐，传承百年技艺。得天独厚的山泉水赋予了茨冲豆腐味香浓、口感细嫩劲道、久煮不老不散之绝妙。为保证品质和口感，公司严把原材料进口关，选用产自河南、山东、安徽、湖北四省的国产优质大豆。磨浆工艺中舍弃目前普遍的渣浆分离工艺，而是采用更加烦琐的磨糊工艺，使渣浆同煮，只为保留传统的品质和口感。加工生产过程中，公司要求工作人员严格自觉遵守相关要求，确保安全、卫生、优质的产品进入市场。

水城茨冲鸡火锅有着考究的食材，以水城茨冲放养的土鸡、茨冲山泉水做的豆腐、水城土豆、水城糍粑、水城辣椒、水城清油、水城红香蒜、水城小黄姜、猪板油及其他作料制作而成。

水城茨冲鸡火锅的制作工艺极为讲究。先将土鸡宰杀后去毛及内脏，洗净，剁成3厘米见方的块；将猪板油切成长4厘米、宽3厘米、厚0.8厘米的片；生姜拍碎，蒜苗切成约4厘米长的段；猪板油下锅，中火熬油后去渣，下鸡炒至水分干后捞出；用锅中余油将糍粑辣椒、生姜下锅炒干水分，香味四溢时再放入捞出的鸡一同炒，一分钟后加水、盐等烹煮，最后把油渣倒入锅中，再放入豆腐及各种蔬菜一起烹煮。

水城茨冲鸡火锅采用砂锅小火慢炖，如此鸡肉容易烂，豆腐容易入味，且保温性能好。这样煮出的汤鲜辣香浓，辣而不腻，具有御寒、开胃等功效。最为重要的是，以当地山泉水熬制的汤来做茨冲鸡火锅汤料，汤鲜味美，适中的辣椒在刺激味蕾的同时，能帮助驱除身体的寒气和湿气，真可谓是一道养生于心的美味佳肴。

2021年，为了巩固脱贫攻坚成果，并且与乡村振兴有效衔接，让更多的人品尝到水城茨冲鸡火锅的美味，观赏到茨冲的美景，又能留得住乡音、记得住乡愁，更好地打造水城茨冲鸡火锅品牌产业，水城区尖山街道结合茨冲特色美食和便捷的交通，成立了水城茨冲鸡火锅协会，制定了水城茨冲鸡火锅行业标准，打造了一家旗舰店，以产品研发、加工包装、品质体验、项目融招为核心，围绕"鸡"的品牌、"水"的品牌、"豆腐"的品牌、"农民画"的品牌进行系统的产品包装引流，为水城茨冲鸡火锅设计了统一的标识标牌和商标，形成水城茨冲鸡火锅特色小镇和"水城茨冲鸡火锅"品牌产业。

与此同时，尖山街道还积极申报了1520万元的水城茨冲鸡火锅品牌文旅融合提升改造项目，对沿线及街面进行绿化、亮化、美化，对河道景观、文化广场、旗舰店、电商进行打造，进一步增加旗舰店数量。

水城羊汤锅

水城羊汤锅因其独特的地域美味和科学合理的药用保健价值，赢得了全国各地慕名而来的宾客的赞誉和青睐，曾被中国饭店协会评为"名优特小吃"，获"中国特色名菜"及贵州省"名特文化餐饮""贵州十佳名小吃"等荣誉称号。

水城羊汤锅因知名度越来越高，成了水城区乃至六盘水市一张亮丽的城市饮食文化名片。

水城羊汤锅的美味，主要得益于本土食材水城黑山羊。水城黑山羊养殖历史悠久。据有关史料记载，早在汉代，水城境内就有饲养黑山羊的历史，黑山羊是当地彝族人民祭祀与生活的必需品。在彝族的祭祀文化中，黑山羊作为三牧之首，具有着神圣的地位和重要的作用。在日常生活方面，水城一带黑山羊已成为当地的主要家畜，产区群众长期以来就有"打羊"（宰羊待客）之风俗和喜食羊肉的习惯。

据《史记·西南夷列传》《后汉书》《华阳国志》等史籍记载，在汉朝时期现今六盘水一带畜牧业已形成一定规模，养殖黑山羊、黄牛等已经是当地的主要畜牧业。据《大定府志》（道光）中记载："府属之产，羊为黑，肉细膻轻，甘也。"其中就有"水城黑山羊"的名称记载。由此可见，水城黑山羊的名称至少有260多年的历史。

水城黑山羊的品质特点与水城境内的自然气候和地理环境有关。水城地处"中国凉都"腹地，境内山高谷深、沟壑纵横，海拔多在1700米以上、2500米以下地区。独特的地形地貌使水城气候凉爽，常年无夏，春秋相连。夏季平均气温不超过20℃，其中6月、7月、8月的平均气温分别为18.3℃、19.8℃和19.2℃。境内黑山羊产区范围辽阔，草山草坡面积大，是理想的养殖场所，而水城黑山羊的核心分布区，介于东经104°34′—105°15′，北纬26°03′—26°55′之间，属温凉湿润的高原亚热带季风气候，气候温和，凉爽宜人，冬无严寒，夏无酷暑，雨热同季，春秋相连，年日照1300—1500小时，年平均气温12.4℃，年平均降水量1200毫米，无霜期250天左右。适宜的气候为水城黑山羊提供了良好的生长环境。

水城境内牧草种类繁多，多年生牧草主要有菊苣、苜蓿、红三叶、白三叶、串叶松香、多年生黑麦草、狼尾草；一年生牧草有苦荬菜、墨西哥玉米、籽粒苋、苏丹草、高丹草、狼尾草、黑麦草；草坪型牧草有红三叶、白三叶、早熟禾、高羊茅等良种。牧草的多样性为水城黑山羊提供了丰富的饲草资源，山羊所采食的饲草种类多，尤其喜爱采食灌木嫩枝条。山羊的体型和被毛更有利于在灌木林中放牧。灌木中多富含氨基酸，长时间食用灌木也间接成就了羊肉更优益的品质。就水城黑山羊的生长环境，在当地民间还流传着这样一句话："水城黑山羊吃的是中药材，喝的是矿泉水。"独特的地理环境、生态环境，成就了水城黑山羊独特的品质。

水城黑山羊是六盘水的特产，同时又是中国国家地理标志产品。民国时期，水城黑山羊参加贵州省举办的西南地方物产推荐会，获得甲等一号名次。2014年9月11日至14日，在贵州务川县召开的第十一届（2014）中国羊产业发展大会上，水城黑山羊1只获一等奖、1只获二等奖、4只获三等奖。2016年2月1日，原国家质检总局批准对"水城黑山羊"实施地理标志产品保护。由此可见水城黑山羊质量之高，地位之高。水城黑山羊肉色鲜红，肉质鲜嫩，味道鲜美，肌纤维细，膻味很轻，煮沸后羊肉熟透而不烂，汤汁鲜醇红亮。黑山羊肉蛋白质含量在22.6%点以上，脂肪含量低于3%，胆固醇含量低，比猪肉低75%，比牛肉和绵羊肉低62%，含人体所需氨基酸15种以上，尤以谷氨酸含量高，达11.03%，氨基酸组成更接近人体需要，能提高机体免疫力。寒冬食羊肉可暖胃，是冬季的补益佳品。

水城羊汤锅最早是在水城农村乡镇的集市上形成的。在20世纪八九十年代那个经济还比较落后的年代里，为了补贴家用，有部分善于经商的农民朋友利用赶乡场的机会，做起了羊汤锅的生意。

那时，交通落后，这些农民朋友一大早就把事先宰杀收拾好的黑山羊肉及锅碗盆瓢等通过人背马驮来到乡场上。他们在乡场上的街头或街尾的空地上、荒坡上，找个理想的位置，捡来柴禾作为燃料，搬来三五个大小适中的石头作为柴火灶的火桩头，再支起大铁锅、锑锅或砂锅，添上水，生上柴火，把砍切成块或片的羊排、羊肉、羊肚、羊肠、羊蹄等，以及事先配制好的用纱布包着的各种中药材一起放入锅中，再加入适量的辣椒、生姜和盐一同熬煮。等到锅内开始沸腾，改用小火慢炖，不一会儿，锅中便飘出了阵阵诱人的羊肉香味，吸引着乡场上的人前来美美地饱餐一顿。

羊肉汤分大小碗，每碗都是连汤带些羊排、羊肉、羊肚、羊肠等。起初，每碗3角、5角不等；之后，每碗3元、5元不等；现今，每碗20元、30元不等。因是全羊一锅炖煮，原汁原味，先辈们就把这种全羊杂烩称为"羊汤锅"。

那时，很多赶乡场的人走十里八里山路，就是为了品尝一碗既驱寒解馋，又强身健体的羊汤锅。有的人还专程来乡场，用砂锅把羊汤锅装了带回去给家中的老人小孩或病人滋补身体。后来，除赶场日外，每逢节日或喜事时，当地人必会精心做好羊汤锅，盛情邀请街邻好友一同分享。由此，逐渐形成了流传至今的水城羊汤锅这一凉都特色饮食文化。

水城羊汤锅以水城本地黑山羊为主材，以山药、鱼香菜、生姜、辣椒、花椒等为辅料。黑山羊宰杀后，将羊毛去尽，用柴火、煤火或酒精喷灯除去羊皮上的绒毛，然后开肠破肚，掏出内脏，洗净血液，再将羊的躯干砍为几大块。锅中加入生姜、山药、大料等，将羊肉、羊杂等入锅煮熟至竹筷可以刺穿羊皮时捞出来，切成片后放回锅内继续用文火炖煮二三十分钟即可食用。

俗话说："药补不如食补，食补不如汤补。"在水城，吃羊肉大多以汤锅为主。水城羊汤锅肉味鲜美，可御寒，具有健脾养胃、降低血糖、补益气血、强身健体、增强体质等功效。

曾经盛极一时的德坞羊汤锅一条街，其实也是水城羊汤锅的重要组成部分，或者也可以说是水城羊汤锅走向市场的前身。现在，六盘水的大街小巷、水城区乡（镇、街道办）甚至各村居都开设有水城羊汤锅店铺。

在水城区野玉海景区，有一家名叫"名羊天下第一锅"的水城羊汤锅店，是为了彝族火把节专门开设的。"名羊天下第一锅"羊汤锅店烹煮羊肉的大锅的直径为6.24米，这个数字就是每年农历六月二十四，即彝族火把节的日子。这口大锅一次可煮260只羊。

每年"名羊天下第一锅"开业的时段就只是彝族火把节前后一个星期。火把节期间，在店堂内，只听到这边喊"老板，两斤黄焖、三斤清炖"，那边又喊"加盘羊肚、来盘羊肠"，气氛好不热闹。

羊汤锅有全羊炖好后论碗卖的"一锅香"，也有将羊肉论斤卖的小火锅，后者称好羊肉加好汤下锅煮好再上桌，主要分为黄焖和清炖两种。吃火锅类羊汤锅时，会免费供应各种时令蔬菜，随吃随加，既经济实惠又价廉物美。

最高等级的是全羊宴。羊汤锅放于正中，周围点缀羊肉、羊肝、羊肚、羊肠、羊眼、羊舌、羊耳、羊蹄、羊脑等。人们在这沉醉飘香的气息中，大快朵颐，尽情享用美味。

水城烙锅

中国地大物博，风俗各异。《晏子春秋·问上》曰："百里而异习，千里而殊俗。"特别是在饮食方面，南北有异，东西有别。北方有烙饼，贵州有烙锅。

说起贵州的烙锅，当以六盘水市的水城烙锅最为出名。特制的砂锅，中间凸起，周边呈下坡状，边上形成一个沟槽。吃烙锅时先在砂锅中间凸起处中刷上油，将各种各样的食物整齐有序地铺放在烙锅中，什么土豆片、臭豆腐、藕片、肥肠、韭菜、牛肉、鸡肉、五花肉等食材便在锅上滋滋作响，过个三五分钟，用特制小锅铲或筷子，将食材在烙锅中翻个身，再过个三五分钟，被烙的食材满屋飘香，蘸上特制的辣椒面放入口中，顿时香味四溢、满口生香。

据有关流传下来的说法，水城烙锅始于清朝，至今已有三百多年历史。关于水城烙锅的来历，水城当地流行两种传说。其一，清朝年间，平西王吴三桂调兵镇压水西彝族土司。官兵们到达水西后因粮草不足，只好就地取材，取来屋顶上的瓦片和腌窖食物的瓷坛碎片架在火上，把猎获的野味和采摘的野菜放到瓦片或瓷坛片上面烙熟后充饥，于是开创出了水城烙锅这道美味。其二，清朝年间，平西王吴三桂调兵镇压水西彝族土司安坤时，水城人民为躲避战乱兵患，携带锅碗盆瓢纷纷逃进深山老林，途中有的人不小心打碎了砂锅砂罐。无奈之下，只好将碎片的凹面向下、凸面向上架在用几个石头围着的柴火上，并把野味、野菜等生食放在凸面上烙熟，没想到竟烙出了独特的美味，于是人们纷纷效仿，渐渐流传开来，就有了水城烙锅。

以上有关水城烙锅的来历，笔者比较认可第二种，毕竟三百多年前，在水城这片土地上，人们居住的主要是土墙茅草屋和木结构茅草屋，用的多为砂锅砂罐，很少有瓦房和瓷器。不论是官兵取来屋顶瓦片或瓷坛，还是水城人民用打破的砂锅砂罐碎片，都是当年的无奈之举成就了今天名闻遐迩的美食——水城烙锅。

大概到了清末，起初不带边沿的凹状瓦片、瓷坛片或凸状的砂锅砂罐碎片逐渐被水城人民生产出来的一种中部凸起的黑砂烙锅所替代，这个可以说是水城烙锅的雏形。这种带边沿的中间高边沿低的烙锅，油料多时便自动流到烙锅周边的锅沿处堆积起来。食客随着火候的大小和需要，随时都可以用小刷子将流到锅沿处堆积起来的油料蘸一蘸后，再往食材上面刷一刷，如此循环往复，把锅沿处堆积起来的油料用完后，再添油料，直到把食材烙熟吃完为止。

这个时期，烙锅的食材在野味野菜的基础上，又增加了当地的特产豆腐、臭豆腐，并且吃的时候要蘸五香辣椒面。改革开放后，水城烙锅以地摊的形式出现在了水城街头，且在水城老城（现在的钟山区水城古镇）形成了特色小吃。当时，烙锅食材以洋芋、豆腐、猪肉为主，蘸碟主要是五香辣椒面。

随着时代的发展，人们又将凸状黑砂锅改成了平底的带边生铁锅，并且是放到煤气炉上面加热。1992年后，水城烙锅破天荒地搬进了店堂，于是，除路边摊之外，很快在老城等地形成了"水城烙锅一条街""水城烙锅夜食城"等。这时的水城烙锅已经是无所不烙了——海鲜禽畜、鸡鸭牛羊、家野蔬菜，荤素不论，但凭喜好，只要是能吃的，统统可烙于锅中。蘸碟也在五香辣椒面的基础上，增加了麻辣折耳根（鱼腥草）蘸水、烧青椒蘸水等。

现在，大家习惯于散步时去吃烙锅，并且不分春夏秋冬都会去吃。随着专业烙锅店的逐渐升级改造，食材丰富、设备齐全，并且以自己动手或服务员操作的烙锅就餐形式已逐渐形成。这种原本为家庭式的烹饪方式，逐渐发展成了自助式烹饪，既有家的感觉，又不烦琐，于是很快流行开来。

水城烙锅食材有：叶类蔬菜如莲花白、芹菜、韭菜等，肉类如猪肉、牛肉、鱼肉等及各种肉类半成品，还有土豆、臭豆腐、碱豆腐、魔芋豆腐、肥肠、鸡翅等。调料有：熟菜油、辣椒面、花椒面、花生碎、芝麻、盐、味精等。

水城烙锅的制作：先将适量菜油倒入准备好的浅口平底锅中或者特制的土制沙锅中，等油加热到五分熟时，再将蔬菜铺放在锅中反复烙至熟透；然后加入用酱油及少量芡粉拌好的肉类，等油加热到八分热时，铺放在锅中，反复烙至熟；最后将烙好的食品蘸取适量的配制好的蘸料，即可食用。

水城烙锅味道好坏的一个至关重要的因素，就是蘸碟。水城烙锅的蘸碟有五香辣椒面、麻辣折耳根蘸水、烧青椒蘸水等，食客可根据自己的口味搭配，有香辣、麻辣、蒜香等口味。五香辣椒面的做法是：将花生、芝麻炒熟后，与辣椒面、花椒一齐捣成粉末状，加入适量盐和味精，花生等作料与辣椒的比例为2∶3。配好后，将辣椒面放入小碟中，称之为蘸碟。

在五香辣椒面的基础上，加上些许折耳根或烧青椒，再佐以香菜、小葱、酱油、醋、蒜泥、姜末水等，就制作成了麻辣折耳根蘸水、烧青椒蘸水。有的地方还会有一碗活油蘸水，碗中加入新鲜猪油、辣椒、香菜、各种调味料等，把碗放置在烙锅中，利用烙锅的温度把猪油化开，烙好的食材蘸上香辣的辣椒面或者爽口的活油蘸水，那味道啊，怎一个"香"字了得。

水城烙锅香辣爽口，油而不腻，鲜美无比，老少咸宜，八方食客纷纷云集，佐以酒水，大快朵颐。同时，一般水城烙锅店里还配有酸菜豆汤饭、甜酒粑粑、汤圆、冰粉、啤酒、白酒、泡酒等，食客可根据各自喜好，各取所需。因此，水城烙锅很受大众喜爱。

2001年，水城"全有福"烙锅店被中央电视台评选授牌为中国西部特色饮食"西部一绝"。2003年，水城"全有福"烙锅又在首届中国民间民族菜肴华西美食节上以总分第四的较大优势在包括台湾在内的114个队中脱颖而出，获特别金奖。

如今，八方宾朋聚凉都，夜宴尽属烙锅客。来到中国凉都，不品尝一下水城烙锅，基本上等于没到过六盘水，更没到过水城。

水城羊肉粉

在整个贵州，水城羊肉粉与凯里的酸汤鱼一样，都是一道很有名的地方美食。

水城羊肉粉是"中国凉都·六盘水"的民间小吃，是当今六盘水人早餐的首选。品尝贵州美食如果没有品尝一碗羊肉粉，就是一种遗憾，而要品尝正宗的羊肉粉还得到六盘水去。说到这里，可能有人会问，怎么要到六盘水才能吃到正宗的水城羊肉粉呢？这就得从水城羊肉粉的起源说起了。

早些时候，水城人是很少吃羊肉的，在当地，羊一般都只是民间祭祀用。人们不吃羊肉，是因为嗅不惯羊的那种膻味。

说到水城羊肉粉，还得从20世纪60年代说起。三线建设之前，还没有"六盘水"这一称谓。20世纪60年代中期三线建设兴起后，因当时隶属安顺地区的郎岱县（后为六枝县）、兴义地区的盘县、毕节地区的水城县的煤炭资源进行整体连片开发，并分别组建了六枝矿区、盘县矿区、水城矿区，后简称为"六、盘、水矿区"。为了简化这一烦琐称谓，西南三线建设委员会决定将三个矿区称谓中的顿号去掉，把三个县的县名第一个字连接起来，就成为"六盘水矿区"。

据说，当时在设置六盘水行政区及级别时，对是设置为地级行政区还是设置为县级行政区，没有人敢表态，直到请示了那时正在视察贵州三线建设的邓小平同志，他指示"要大不要小"，明确支持六盘水设为地级行政区。1970年12月2日，中央正式批准六盘水为一个地级行政区，即六盘水地区。1978年12月18日，经国务院批复，六盘水撤地建市，成为继贵阳市之后贵州省第二个省辖市，即六盘水市。

水城羊肉粉大约产生于20世纪60年代中期，距今已60年的历史。

20世纪60年代中期，遵照毛主席"好人好马上三线，备战备荒为人民"的指示，十万三线建设大军积极响应国家三线建设号召，从全国四面八方奔赴水城，战天斗地，筑路开矿，炼钢炼铁，不断催生了"西南煤都""十里钢城"的新兴城市六盘水。与此同时，水城羊肉粉应运而生。

水城羊肉粉得益于三线文化和水城高寒湿冷的气候，是三线文化的包容性给了羊肉粉生存的空间，是水城高寒湿冷的气候给了羊肉粉生存的土壤。为了给来自四面八方的三线建设者们送上一碗既驱寒除湿，又美味可口的早餐，让他们在暖胃的同时暖心，让他们在他乡找到故乡的归宿感，热情好客、勤劳聪慧的水城人民综合考虑不同口味，反复实践，利用水城羊汤锅、水城辣椒等驱寒除湿的功效，借助水城本地黑山羊味鲜肉嫩、健脾养胃的特点，吸纳乡镇集市水城羊汤锅的做法，精心熬制羊汤，再在羊汤里下入由本地自然岩溶泉水和上好的粳稻米制作的细软米粉，煮好的米粉捞出后，加入由草果、八角、香叶、花椒等几十种调料秘制的油辣椒，缀以本地芫荽，一碗鲜香可口的羊肉粉就做成了。

水城羊肉粉一出现，便深受三线建设者们的喜爱。一碗鲜辣香的水城羊肉粉入口，便是"天寒心不冷，情暖化冰凌"，既能激发三线建设者们一整天的活力和干劲，养胃健脾、驱寒除湿，又能满足人们对高寒湿冷气候下的食疗需求，暖胃暖心。三线建设者们的喜爱之情溢于言表："每天一碗羊肉粉，不辞长作水城人。"

故此，水城羊肉粉迅速风靡全市，走向大江南北，为全国人民送去了水城味道。一批响当当的老字号品牌成功入选中国名小吃、省级非物质文化遗产名录等一大批国家级、省级重要美食文化榜单名录，成为了独一无二的水城美食名片。

可以说，六盘水因三线建设而诞生，没有三线建设就没有六盘水；也可以说，水城羊肉粉因三线建设而诞生，没有三线建设就没有水城羊肉粉。

随着三线建设的展开，大批外地人从全国各地涌向了六盘水当工人、搞建设。据了解，最早的水城羊肉粉馆应该是20世纪70年代末开在水城老客车站边的一家专门卖羊肉粉的小吃店，他家的羊肉粉汤选用水城黑山羊肉，再加入十几味香料和中草药一同炖制而成。

卢文琴接受贵州都市报记者采访时说，水城羊肉粉得以发扬光大，一要感谢三线建设，二要感谢气候资源。

卢文琴于20世纪80年代初来到水城矿务局汪家寨煤矿上班，一心想做生意的她跟丈夫商议过后，决定辞掉工作，在水城东站（人民路茶叶林东站入口处）开了一家"尝回头"水城羊肉粉馆。卢文琴说，之所以选择在茶叶林开粉馆，一是这里是火车在水城的第二站台入口，接近当年最繁华的商业区场坝；二是300米外的水城复烤厂家属区里，住的基本都是金沙人，金沙人喜欢吃羊肉粉。卢文琴说："在当年的金沙，应该说是家家都会做羊肉粉。由于工作繁重、居住条件受限及气候等因素，怀乡的时候，大家就来馆子里吃一碗羊肉粉，叙叙旧，算是缓解思乡之情。"

特别是20世纪80年代以后，结合本地人的饮食习惯，人们逐渐摸索出用芫荽和蒜避膻的方法，水城羊肉粉的生意才开始红火起来。经过三四十年的发展，水城羊肉粉店（馆）越开越多，水城羊肉粉的名气越来越大。随着交通、通信、网络、物流的发展，人们把水城羊肉粉带到了全省乃至全国。现仅水城羊肉粉"尝回头"品牌店在深圳、广州、河南、湖北等地就开设有120家连锁店，生意都很好。

水城羊肉粉以辣香浓郁、羊汤鲜香而著称，柔软的米粉在汤的浸泡下，吸足了羊肉汤中的营养和鲜美的味道，羊肉鲜香而不烂。水城羊肉粉的主要食材有：水城黑山羊羊肉片、米粉、芫荽、油辣椒、花椒粉和密制配料。滚烫的羊肉汤、白玉般的米粉、绿油油的芫荽、火辣辣的油辣椒、鲜香细腻的肉片，一碗热气腾腾又色香味俱全的水城羊肉粉，香气扑鼻，十分诱人，直叫吃粉人一身大汗淋漓，意犹未尽。

当然，对于水城羊肉粉汤的调制也是各有各的配方，各家味道也不完全一样。现在水城有"尝回头"羊肉粉、"元坤"羊肉粉、"向佳"羊肉粉、"大河"羊肉粉等知名品牌，每一家水城羊肉粉都有自己的秘制配料。这配料是不公开的，这也是水城羊肉粉的一大特色。这些品牌店由于注重信誉，货真价实，故生意火爆、经久不衰，食客络绎不绝。

水城羊肉粉具有驱寒除湿的作用，对贵州特别是水城这种高寒地区的人来说，是一种非常适宜的小吃。正因为如此，地处云贵高原的六盘水市水城，正是羊肉粉口碑最好的地区。

凉都小吃三题

☆ 马永超

山楂糕

光绪三十二年（1906），水城厅署小吏李吉成随税官王再成去鹿寨、铜仁等地征收厘金。李假道广西柳州，买来山楂糕馈赠王再成。王品尝后，只觉酸甜可口，回味悠长，啧啧称赞。王只知道山楂以消食化气、调味提神之功效入药，谁知制成山楂糕后竟有如此美味，于是嘱咐李重去柳州，学习山楂糕制作技艺。李遵从王的主意，不辞辛劳，重返柳州，终于学成手艺。李随王在铜仁蛰居几年后，于民国元年（1912）返回水城老家，随即备料制作山楂糕在市场上销售。是年冬月，李吉成家挂牌"吉祥斋"经营山楂糕，是为水城第一家山楂糕。

李家山楂糕初出茅庐时，产品质量不尽如人意，经过一两年在制作工艺上的不断摸索，才慢慢打开销路。民国四年（1915），中大街廖锡臣家开设了第二家山楂糕加工作坊，在李家制作工艺基础上加以改良，理顺制作流程，选用大河边所产的皮薄、肉厚、泡松、籽小、酸甜可口的南山楂果为原料，精推细磨，滤尽杂质，调配糖色比例，掌握好火候，终于制成上品山楂糕。廖家山楂糕切成薄片，颜色鲜红，细腻透明，酸甜可口，销路大开。继后，水城又先后出现陈清华、孙玉庭、李邓氏、邓姜氏等作坊，他们如法炮制，自产自销，食者赞不绝口。水城山楂糕遂成为当地人待客送礼佳品。

水城山楂糕很快驰名全省，时有"水城山楂糕甲贵州，廖家山楂糕甲水城"的美誉，享盛名数十年。中华人民共和国成立后山楂糕不被重视，再加上山楂树被砍伐殆尽，致使山楂糕脱产多年。

夏家卷粉

　　夏家卷粉独树一帜，是场坝夏姓人家研制的一道名小吃。在老城、场坝一带，夏家卷粉品种多样，有米凉粉、荞凉粉、豌豆凉粉、木瓜凉粉。米凉粉、荞凉粉和豌豆凉粉以香辣为主。米凉粉选用上等粳米磨成细浆，不薄不厚，均匀摊在平盘上，蒸熟后裹成筒状切成卷形，装碗后加作料。作料讲究用上好的辣椒油，加胡椒粉、花椒粉、葱花、蒜泥等，亦可加香油、蒜油等搅拌，一般不加汤汁。荞凉粉、豌豆凉粉是将荞麦、豌豆磨成浆熬制，待冷却结成晶块后，用特制勺子拉成线条装碗，加入酸汤汁，配以姜、葱、辣椒等作料，吃起来香辣可口，清爽凉快。木瓜凉粉是将木瓜籽加工成透明晶体，熬制红砂糖水为汁，加入芝麻、花生、核桃，喝起来香甜可口，沁人心脾，是解渴解暑的最佳饮料，人们称之为冰粉。

　　场坝老百货大楼前曾经是米凉粉的传统经营地，不少人家靠卖米凉粉为生。

　　在众多的竞争对手中，夏家卷粉和凉粉用米讲究，作料独特，特别是用蒜粒泡制的蒜水和特制的油辣椒与其他人家的味道大不相同，人们都说他们家有秘方。夏家卷粉在场坝、荷城花园、黄土坡等地均开有分店。

燕麦炒面

　　燕麦分青秆麦、小黄麦、尖嘴麦三种，属小季杂粮。燕麦炒面是用燕麦和花椒做原料加工而成的一种食品，是彝家古老的传统风味小吃。做法：用清水将燕麦淘净，滤干，蒸熟或者煮熟，再用砂锅炒过，炒时要掌握火候，加上少许花椒，取其麻味，还可防止腹泻；最后用磨推，用箩筛筛细即成炒面。吃法：先用甜酒和蜂糖煮成甜酒开水，现在多直接用白糖或黄糖烧成糖开水。将炒面舀入碗内，甜水烧沸即舀入与之搅拌，开水越沸搅拌的炒面越细致，味道也越好。糖不宜多，搅拌好的炒面有甜味、麻味和燕麦味三种味道，非常适口。燕麦炒面香气扑鼻，人们把它称作香麦面。

　　彝家将燕麦炒面作为礼物送人，是一种特殊的尊重。人们远行时会带上炒面作为干粮，路上食用起来也方便，所谓"行者有稞粮"，稞粮就是燕麦炒面。

20世纪60年代前，燕麦炒面成为水城百姓过年必备的食品。临近过年，人们在火上支起炒锅炒燕麦，炒好后背到生产队的机房打成面，过年时食用。只要有客人到家，主人都会热情地以此款待。此时，亦开始有炒燕麦、打炒面的作坊，以炒面作为商品在老城、场坝的街头出售。

除以上三种特色小吃，钟山区境内知名的特色食品还有福继来牛肉粉、老李铺粽子、珍珠滚米团、老城明家甑甑糕、教场赵家糍粑、打耳粑等。

水城腊肉

☆ 傅柏林

说到腊肉，就想起童年记忆中熟悉的令人馋馋的味道。童年的腊肉，黄里透红、色泽鲜艳，吃起来味道醇香、肥而不腻、沁人心脾，让全身的毛孔都淋漓痛快。这种让人难以忘怀的鲜味，便来自贵州水城的腊肉。

自古以来，腊肉——这个已经沿袭了几千年的食品，在岁月的不断积淀中，形成了中国人独特深厚的腊肉饮食文化，贵州水城的腊肉更是彰显着悠久的历史和文化。腊肉，让人们想起故乡，想起故乡的味道，故乡的温暖。无论是物资贫乏的时代，还是家家富裕、人人有钱的现今乡村，新年里每家必备的腊肉依然是节日大餐中的一道亮点。

腊肉的制作十分考究，不是什么柴草都可以用来熏腊肉。烟熏前需要挑选上好的猪肉，将腌肉的大水缸洗干净，用毛巾擦干缸内的水分，把食盐翻炒一下，然后和花椒、丁香、桂皮、八角等配好的调料一起均匀地抹在新鲜猪肉上。腌上一个星期后取出，在肉厚的一端切个挂口，用绳子或铁丝把肉穿起来，挂在光照好且通风的地方晾晒，等风干了水分后才开始准备熏肉。

熏制腊肉时，要把肉挂在火塘最高处，找来材质较好的柴火，有毒烟的油漆、沥青木材是绝对不行的。点燃后再加上橘子皮、稻谷壳、细木屑和山上砍来的松树、柏树丫枝，使之在慢燃中产生浓浓的烟雾，这样熏制出来的腊肉会有一种独有的清香。俗话说"心急吃不了热豆腐"，熏制腊肉也一样。用文火慢慢熏烤一天，时间一久，肉被熏得滋滋作响，烟熏缓慢而充分，橘子皮、柏树丫枝的香味持续熏于肉里，这时的腊肉皮色黄亮，肉色红润，散发出诱人的香味，飘出十里，让人垂涎三尺。熏制的腊肉便于长期储藏，也形成了故乡特有的熏腊肉之味。

在没有冰箱、物资贫乏的年代，腊月里，如果家里墙壁上挂满了腊肉，客人来了主人心中就不慌。如果堂屋的大门处再挂着一两只大猪腿，那会引来一群人羡慕的目光。

从小到大，关于腊肉的一切都深深地烙印在我童年的记忆里。20世纪六七十年代，由于物资紧缺，除了定期到肉食站和供应车上买肉，平时根本买不到猪肉，只有逢年过节，或是家里来了客人，才能吃上腊肉。腊肉的烹调方法比较多，可以炖汤、干炒，也可以清蒸，那香气浓郁、肉质细嫩、咸淡适中的味道绝对醇厚诱人。腊肉不仅风味独特，而且具有开胃、驱寒、消食等功能，还能解去鱼肉、鸡肉的腻味。

关于腊肉的记忆太多太多，不知不觉，它早已融入我的生命。在漫漫人生中，听着乡音，就着乡情，品尝回味着原汁原味的故乡腊肉，我的心情是惬意愉快的。此时此刻，腊肉已渗透到我的骨髓里，不管身在何处，都会记住腊肉的味道，这是一种水土血脉相连的情感，是酝酿了多时的故乡之恋。

在随时能吃到大鱼大肉和各式各样山珍海味的今天，唯有故乡的腊肉，让远方的游子心中生出浓浓的乡愁，回忆起童年的快乐。故乡的腊肉，不仅是一种美味，更是一种生活，犹如故乡的民风，憨厚而又淳朴。

故乡的熏腊肉，香在嘴里，浸透在心里，饱含了父母对儿女的疼爱。

布依族"吃新"习俗

☆杨 锦

布依族在每年农历五、六月份栽种完水稻、苞谷之后,都要"吃新",也有称为"吃新节"的。每年"吃新"要吃三次,第一次是在稻谷、苞谷栽种下去叶子返青后;第二次是在稻谷出线、苞谷出天花后;第三次是在稻谷、苞谷成熟后即将收割时。这三次"吃新"都选在属狗的那一天。每次"吃新"时,布依族的各家各户都要带上粽子、纸、香到田间地头祭祀,然后分别带回稻谷叶、苞谷叶(第一次"吃新"时)和稻谷嫩线、苞谷天花(第二次"吃新"时)。第三次"吃新"时,人们将成熟的稻谷穗和已能吃的苞谷带回家来,与稻米饭或糯米饭一起煮熟,一起供祖,供奉给需要供的所有祖宗先人。供祖之后人们开始吃饭前,要将用于供祖的饭先给狗吃,狗未得吃,人不能先吃。这是为了祭祀古时候为人类寻找谷种的"呢耶"(布依语,人名)和他家的老黄狗。布依族"吃新"来源于一个古老的传说故事。

相传在远古的时候,人世间没有五谷杂粮,人们吃的是兽肉、野菜、野果、树皮。那时,人们知道在很远很远的西方天边有两个神洞,洞中藏着许多谷种,但必须要有一个聪明勇敢的人克服千难万险才能得到。布依族后生呢耶(属狗)自告奋勇,承担了这个艰难的任务。一天清晨,乡亲们为呢耶做了各种准备,向他祝福,送他踏上了远行的路途。呢耶骑着马,和他家的黄狗一同出发了。

他们接连走了九天九夜,翻过八十一座大坡,爬过八十一座峻岭,跨过八十一条江河,战胜毒蛇猛兽八十一次,一路跋山涉水,经历了数不尽的艰难险阻。途中,呢耶所带的食物吃完了,马匹也累了,随行的黄狗也困了,他就摘野果充饥,喝山泉水解渴,用溪水洗脸,再继续前行。走啊走啊,不知走了多久,也不知走了多少时间,他们来到一个苍翠茂密的森林里,得到一个白头赤须老人（神仙）的指点和帮助。呢耶带着黄狗又艰苦地跋涉了十余个昼夜，渡过了恶浪滔滔的江河，越过了烈焰冲天的火焰山，终于找到了藏谷种的神洞。在洞内，呢耶与洞神、妖魔、神鹰、神蜥、蝙蝠等展开数百回合的激烈搏斗以后，终于拿到了谷种。可是，呢耶因长途跋涉十分劳累，又与神魔过度拼杀，终于力不从心，气息也奄奄了，很难再走回故乡。于是他将谷种交给黄狗，让黄狗带回给乡亲们。黄狗将谷种藏在毛底下，翻山越岭，跨江越海，最终带回了谷种。从此，人们开始了播种耕耘，世间有了五谷杂粮，人们也因此过上了丰衣足食的生活。可是，甘愿冒死为人类寻找谷种的呢耶却永远留在了西天。后来，人们为了纪念寻找到谷种的呢耶，便在每年五谷栽种完后三次属狗的那一天（传说呢耶是属狗的）"吃新"，并以新鲜饭菜祭祀呢耶。在"吃新"那天，人们吃饭前要让狗先吃，就是为了纪念带回谷种的那只老黄狗。布依族"吃新"的习俗一直延续至今。

布依族"姑娘菜"

☆ 杨 锦

布依族自古传承下来的一道传统菜肴叫"姑娘菜",布依语称为"归乌"(或"归屋")。这是布依族独有的特色菜,味道鲜美,香味浓郁,既很可口又很下饭,是男女老幼最喜爱的一道菜。

"姑娘菜"的做法其实很简单,选一只较肥的下蛋母鸡宰杀后,开水烫去毛,用火烧去绒毛,洗净后剖开除去内脏,然后将两只鸡爪、两只鸡翅、两块鸡胸肉剔下来,混合剁成肉末状,放入干锅中以文火炒干水分后,加入适量开水,以文火熬一段时间,待熬出香味后加入适量的生姜末、花椒粉、胡椒粉、砂仁粉、草果粉等秘制调料,关火,放入剁细的蒜叶即成。

逢年过节,布依族人家都要杀鸡,杀鸡必做"姑娘菜"。为何叫"姑娘菜"?顾名思义是姑娘做出来的菜,但在布依族人心里,却是母亲到女儿家时,女儿专门做给母亲吃的菜;或者是姑娘回娘家时,母亲专门做给女儿吃的菜。因这是女儿回归探亲在娘家吃的菜,故又称为"归乌(屋)"。说到这里,关于这道菜的来历,还有一个传奇故事。

相传很久很久以前,有一个山环水绕的布依族寨子,寨中有一对年轻夫妇,恩爱有加,也非常孝顺。一天,年轻妻子的母亲因自从女儿出嫁后就未见女儿面,专门从百里之外一路长途跋涉来看望女儿。夫妻俩看到母亲到来十分高兴,手忙脚乱,想做一道当地可口的家常菜给老人吃。可是家里很穷,什么菜也拿不出来,唯有一只正在下蛋的老母鸡。俗话说"急时不宰老母鸡"(意在留来下蛋繁殖发展),可女儿想到母亲养育自己不易,也难得来一次,就决意把仅有的老母鸡宰杀了。

此时已到了傍晚,由于母亲长途跋涉,旅途劳顿,食欲全无,暂时还不想吃晚饭。然而,过了一会儿,从厨房里散发出一股浓浓的香味,令母亲顿生食欲。从未闻到过如此美味,母亲自然要一探究竟,便问起女儿来:"你们做的什么菜啊？闻到可香了！"女儿从厨房里出来，笑着对母亲说："没什么菜呀。我们家里穷，只有一只母鸡，您老人家难得来一次，年纪又这么大了，我把那只老母鸡宰了做汤给您泡饭吃！"母亲听后有些心痛："唉哟喂！那怎么行啊！唯一的一只老母鸡，你们把它给杀了，以后可怎么办呀？"女儿说："没事的，只要能孝敬您老人家就好，我们以后慢慢想办法！"女儿边说边把菜端上桌。母亲一看，略显昏暗的煤油灯下，有一大碗冒着白烟气的肉末汤，汤面上漂着些许蒜叶，看上去不是那么特别，可阵阵香味扑鼻而来，母亲吃到嘴里，顿觉美妙无比。菜中滋味入娘口，美在女儿心。

几年后，女儿回娘家探望年过九旬的母亲。母亲想到女儿出嫁后就没有再回娘家探过亲，以后拖儿带女，背负着家庭的重担，恐怕很难再回娘家，于是，母亲同样把家里唯一的一只母鸡宰杀了，学着女儿的方法做给女儿吃。由于女儿做给母亲吃时，一心想让母亲多吃，自己没舍得尝一口，自然不知其中美味；今日母亲做给自己吃，自己不得不吃。不吃不知道，吃了才知其中味道，各种滋味尽在其中。女儿又喝汤又吃肉，吃得津津有味，还不时夸母亲比自己做得好吃。可谓菜中滋味入女口，美在娘心头。

不久后，母亲去世了，女儿思念母亲，每逢过大年的除夕傍晚，都要同寨老一道到"包接兜"（布依语，意为接祖坡）那里接母亲到阳间和自己一起过年（因布依族有接逝去的祖先回阳间过年，大年初二晚上三更鸡叫时送祖先回阴间的习俗）。晚上供饭时，女儿想到母亲生前爱吃的"归鸟"，决定把正在下蛋的一只老母鸡杀给老人们吃（祭供）。到了大年初二晚上三更后，各家的老人们跟各自的后生告别回到阴间去，半途中都要在一道垭口上集中休息，互相交流在阳间过年的感受。其他老人们都说在他们子孙那里得到很多好吃的东西，只有老母亲一言不发。但在场的老人都从老母亲那里闻到一股香浓扑鼻的味儿，于是便问："你的后人做了什么给你吃？怎么这么香？"老母亲便把她女儿的困难和过年吃"归鸟"的事一五一十地讲了出来。所有在场的老人都为之赞叹，说："你女儿家那么困难，还做出最好吃的菜给你吃。来年我们也要我们儿孙做'归鸟'给我们吃。"

后来，人们为了纪念这位孝敬父母的女儿，每年大年初二晚上，所有的布依族人都要做"归鸟"这道菜，祭祀回阳间过年的老人们。更重要的是，各家各户都要留"归鸟"这道菜让大年初三以后回娘家拜年的女儿们吃。如果女儿回娘家吃不上这道菜，说明娘家不想念她，在回家的路上会伤心地放声大哭。因为父母的一片爱女之心，故人们又把这道菜称为"姑娘菜"，并且一代代传承了下来。

布依族六月初六吃粽子

☆ 赵 庆

很久很久以前，贵州西南部有个不知名的坝子。这里四面环山，道路险峻，易守难攻，只有几个山口与外界相连。居住在这块肥沃土地上的都是布依族人。

在那个兵荒马乱的年代，官家（泛指统治者）横征暴敛，盗匪横行霸道，勤劳勇敢的布依族人无法忍受，就联合起来，抵抗官家的压迫和盗匪的恶行。为了生存，男人们轮流日夜去山口把守，防备兵匪盗贼进山来骚扰抢掠，田地里的农活全靠妇女们去做。

六月的太阳像火一样炙烤着大地，坝子变成了一个特别闷热的大蒸笼。田坝里的秧苗和杂草一起疯长，大地被晒得裂开了缝，仿佛一张张饥渴的大嘴在等待甘露滋润。

阿妹天不亮就起床了，头发也来不及认真梳理，饭也顾不上吃，就用花背衫把娃娃背在前面，挑了双桶急匆匆地出门了。她一边走一边给孩子喂奶。

此时，寨子里的布依族妇女也都先后扛锄挑担上山了。好长时间不下雨，地里的苞谷都枯萎了，杂草丛生。阿妹忙于挑水浇地，到正午时分才想起丈夫阿哥还在在南山守关，还没有吃饭，她要回家做饭给男人送去。

阿妹是个善于开动脑筋的好媳妇。她从地里回来，边走边思考：阿哥这时一定饿坏了，要是昨天多送一点饭过去，现在就不用饿肚子了。但是，天气这么热，头一天煮的饭吃不完第二天就馊了，送多了也放不到第二天。如何才能把做好的饭存放几天而不馊呢？

阿妹一心想着阿哥，忘记自己从早晨到现在也是滴水未进。她从竹林经过，看到大片大片的竹叶在热风的轻拂下仿佛在向她点头微笑，她脑中顿时灵光一现：如果用这些竹叶把家里的糯米包起来蒸熟了送去给阿哥吃，能不能多放几天呢？想到这里，她边走边摘了许多竹叶。回到家后，她立即砍了一大块腊肉，洗净切成小块，与预先浸泡好的糯米拌在一起，再添加些许作料，然后将竹叶折成漏斗形，用勺子舀了足够分量的糯米饭倒入其中，包成三角形，再用麻绳绑紧，放入甑子里蒸。每张竹叶包一个，一甑子有百十个。蒸熟后打开甑盖，一股竹叶香扑面而来。拿一个出来打开尝一口，那个美味啊！真没说的了。阿妹赶紧用竹篮装满送到南山，交给阿哥，微笑着说："田地里的农活很忙，阿哥你守山又离不开，这是我新做的竹叶糯米饭，给你留着，等到饿了好充饥。"

阿哥把盛装竹叶包饭的篮子收下，把妻子的热心热肠也收下，饿了的时候，他把竹叶糯米饭拿出来与大家分享。大家都觉得阿妹做的竹叶糯米饭很可口，香气浓郁，知道这种饭还能存放几天后，人人都夸阿妹的方法好。不久便是农历六月初六，这一天是布依族人除春节之外最为隆重的节日，守山的男人都叫家里人学着阿妹的方法，用竹叶包糯米饭送到山上给他们吃。

从此，不论是兵荒马乱的岁月，还是太平盛世的年代，每到农历六月初六，布依族人都要将糯米、腊肉、酥麻等混合在一起包成三角粑，放在甑子里蒸熟了吃。这就是布依族群众六月初六包粽子吃的来源。

布依"神酒"

☆ 杨 锦

在布依族盘歌中,有一首流传千古、脍炙人口的"爱乡歌":"神酒在布依中香,重阳烤酒流多量,愿君多饮酒,此酒最乡里。"人们唱着乡歌,喝着重阳酒,抒发着对家乡和亲人的思念之情。这里面还有一个美丽的传说。

传说打把河畔的布依山寨里,有一位年轻貌美的少妇,名叫重妹。她的丈夫名叫阳刚,他们俩结婚之后为谋生计,以卖酒为生。他们所烤的酒要用山上挖来的九十九味土药,酿酵九十九天,一年要烤九十九个日子,一年烤出九百九十九斤酒。长期以来,重妹在家烤酒,阳刚上山挖药,日复一日,年复一年,家庭收入不少,日子越过越红火。

一天,丈夫阳刚辞别妻子到山寨对面的山顶上去挖酒药。阳刚要走九十九里路,爬九十九道陡坡,翻过九十九座山峰才能挖到酒药,要挖九十九天才能凑齐九十九味药,所以他要去九十九天才能回家。一百天过去了,阳刚却没回来,且杳无音信。重妹左等右盼,不见阳刚踪影,心中非常挂念,焦急万分,于是她放下烤酒的活儿,托人在家烤酒后,不顾路途遥远,不畏艰难险阻,前去山上寻找丈夫。她找遍了九十九条沟,寻遍了九十九座山峰,问遍了九十九户人家,从天明找到夜晚,又从夜晚寻到天明,找啊,盼啊,始终不见丈夫的踪影。当她再次登上第九十九座山峰,向远处眺望时,只见层叠的山峰,云雾缭绕,茫茫林海,绵雨飘摇,一片迷蒙,上哪儿去找丈夫呢?重妹不禁泪如雨下。一连好几天,重妹不分昼夜地站在那里翘首远望,不吃不喝也不动,泪水不停地往下流,湿透了衣裳。农历九月初九那天早晨,人们发现重妹不见了,但就在重妹站立的地方,多出了一座山峰,同时也发现重妹托人所烤的酒流量神奇地变得很大,如同山泉喷出,怎么接也接不完。酒水不停地流淌,一直接满了九十九个大土坛。

后来人们为了纪念重妹，把多出的山峰称为"神女峰"，把烤出的酒称为"神酒"，并且规定每年农历九月初九必须酿酒，所以又把这酒称为"重阳酒"。打把河畔的布依族，村村寨寨，家家户户，每有大事小事，每逢结婚嫁女，都要用重阳酒。饮酒时，人人都要喝双杯，敬酒时要敬双数，用酒作为礼品时都要带双份，意为好事成双。

凉都风物的一次集中展示

——《风物凉都》后记

习近平总书记指出:"中华优秀传统文化是中华民族的文化根脉,其蕴含的思想观念、人文精神、道德规范,不仅是我们中国人思想和精神的内核,对解决人类问题也有重要价值。要把优秀传统文化的精神标识提炼出来、展示出来,把优秀传统文化中具有当代价值、世界意义的文化精髓提炼出来、展示出来。"一直以来,政协六盘水市委员会文化文史与学习委员会充分发挥自身优势,切实履行负责征集、编辑、出版文史资料的职责,到目前为止,已编辑出版文史资料十六辑,为六盘水市文史资料工作做出了应有的贡献。2022年3月,以政协六盘水市委员会文化文史与学习委员会的名义,向辖区内的四个市(特区、区)政协委员会下发了《风物凉都》的征稿通知文件。

《风物凉都》征稿通知文件下发后,得到四个市(特区、区)政协委员会的积极响应和鼎力支持,在四个市(特区、区)政协有力有效的组织下,各位作家、作者、文化专家学者、文艺工作者和政协工作者积极踊跃撰稿投稿,在不到三个月的时间里,就收到近五十位作家、作者、文化专家学者、文艺工作者和政协工作者七十余万字的散文作品和近三百张摄影作品,因篇幅受限,最终采用了二十五万字的散文作品和五十余张摄影作品。

《风物凉都》包括"胜景凉都""人文凉都""记忆凉都""饮食凉都"四辑。其中,"胜景凉都"主要介绍了六盘水境内有代表性的山川湖泊、风景名胜、文物古迹等，展示了凉都丰富的旅游资源和悠久的历史文化；"人文凉都"主要介绍了境内各民族的传统文化、民风民俗、民间传说等，彰显了凉都人民多彩的民族文化和人文情怀；"记忆凉都"主要介绍了流传于凉都的民间逸闻趣事、民间故事、民歌民谣等，再现了凉都人民勤劳勇敢、善良质朴的生活理念；"饮食凉都"主要介绍了凉都的农特产品、民间美食、特色小吃，展现了凉都大地的物华天宝。

《风物凉都》所收录文章的作者，大多来自长期工作、生活和居住在六盘水的当地人，少部分是旅居六盘水的新六盘水人。本卷的37位作家、作者中，少数是省内外知名的水城籍作家，更多的是文艺工作者、文化专家学者和政协工作者。他们出于对凉都风物的热爱和执着，对文化和文字的真挚情感，揣着对民间文艺、文化的理想与信念，认真搜集、整理，记录下凉都的一点一滴和自己的虔诚心声，并将之诚献于读者。对于本书的多数作者来说，文化、文艺并非他们唯一的职业和生活方式，但他们仍然虔诚，仍然执着，甚至到达忘我的境地，这是非常难能可贵的精神状态。他们希望笔下的文字能成为一道独特的风景，不仅感动自己，也能感动更多的人。

习近平总书记指出："中华优秀传统文化是中华文明的智慧结晶和精华所在，是中华民族的根和魂，是我们在世界文化激荡中站稳脚跟的根基。"《风物凉都》所选作品，许多是关于六盘水民族民间优秀传统文化的精心之作，感情真挚，有对景物的细致描述，有对人、对事的深刻感悟；从内容到文笔，有血有肉，文采斐然。作家、作者、文化专家学者、文艺工作者和政协工作者们的阅历和写作功底，丝丝缕缕，清晰可见，真切可感。

《风物凉都》从编辑到出版得到了领导们的高度重视，政协六盘水市委员会主席王立担任本书的编委会主任，并为本书作序，六盘水市文联原主席徐永俊先生为本书题写书名，贵州省青年版画家、六盘水市美术馆馆长、六盘水市美术家协会主席杨智麟为本书设计封面，贵州省摄影家协会会员贺现社先生提供封面图片——由其摄影的作品《凉都世纪广场》。同时，本书也得到许多六盘水文艺工作者、文化专家学者和政协工作者的积极参与和大力支持支持。借此机会，感谢政协六盘水市委员会的领导，感谢每一位六盘水市的文艺工作者、文化专家学者和政协工作者对编委会工作的支持！特别要感谢政协六盘水市委员会主席王立、四川民族出版社对《风物凉都》的厚爱！

最后，由于篇幅限制，难免有挂一漏万遗珠之憾，加之我们编辑水平有限，时间紧，任务重，力量不足，本书还有很多不足之处，敬望能读到这本书的读者诸君批评指正，我们将感激不尽！

编　者
2022年12月20日